보이스피싱인데

인생역전

◆3◆

A STORY OF HIS REVERSED LIFE

보이스피싱인데
인생역전

장탄 장편소설

빗스토리

《보이스피싱인데 인생역전》 차례

23. 입지

"큰 인기를 끈 다큐 독립영화 내 어머니 박점례의 실제 주인공인 '김점숙' 할머니가 큰돈을 벌었다는 소문이 퍼지면서 '김점숙' 할머니가 11월 12일 밤 9시경 괴한들에게 습격당합니다. 이 과정에서 머리를 잘못 맞은 할머니는 현장에서 사망하고, 이 사건이 알려지자 영화만 만들고 출연자 보호에는 신경 안 썼다며 비난 여론이 쏟아져 제작사의 신뢰도가 바닥까지 떨어집니다."

전화는 가차 없이 끊겼고, 동시에 주혁이 격분했다.

"뭔 개소리야, 이게!"

〈내 어머니 박점례〉는 빅히트를 쳤고, 김점숙 할머니에게도 큰돈이 들어가는 건 사실이었다. 하지만 아직 정산 전이고, 입금되려면 적어도 2주는 있어야 했다. 즉 돈이 아직 움직이지도 않았는데 할머니가 사망한다는 정보였다. 순간 주혁은 왈칵 짜증이 올라왔다.

"괴한들은 또 뭐야?"

거기다 문제는 범인들의 정보가 명확하지 않다는 점이었다. 하다못해 마을에 사는 깡패들도 아니고 그저 괴한들.

"일단, 할머님을 구해야 돼."

주혁은 재빨리 날짜와 시간을 확인했다. 시간은 오후 4시경.

"11월 12일은 오늘인데."

물론 내년이나 내후년에 일어날 일일지도 모르지만, 방금 보이스피싱의 뉘앙스도 그렇고 큰돈 벌었다는 소식을 괴한들이 1년 뒤에 접하고 움직일 리는 없었다. 즉 오늘 일어날 가능성이 컸다. 그렇다면 시간이 매우 촉박했다. 경북 상주까지는 적어도 네 시간.

"이런 개새끼들이."

주혁은 평소 하지도 않는 욕을 뱉으며 김재황 사장에게 전화를 걸었다. 연결 신호는 길지 않았다.

"음, 강 사장. 안 그래도 전화할 참."

김재황 사장이 말을 이으려는 찰나 주혁이 중간에 끼어들었다.

"죄송합니다만, 급합니다. 가드 몇 명만 빌려주실 수 있으십니까?"

"가드를?"

"예."

"얼마나?"

"되는대로 부탁드립니다."

강주혁의 다급한 목소리에 심각함을 느꼈는지, 잠시 침묵하던 김재황 사장이 답했다.

"열 명 보내주지. 어디로 보내주면 되나?"

"꽤 멉니다. 경북 상주 쪽이라. 주소를 문자로 보내드리겠습니다."

"알았어. 가드 팀장 연락처를 보내지."

전화가 끊긴 뒤, 곧장 김재황 사장에게서 가드 팀장의 번호가 도착했고 번호를 확인한 주혁은 다음으로 황 실장에게 전화를 걸었다. 역시 신호는 길지 않았다.

"예. 사장님."

"실장님, 지금 위치가 어딥니까?"

"아, 박 과장과 함께 태신식품 쪽."

"지금 바로 철수하시고, 제가 보내드린 번호로 전화하셔서 그쪽과 합류해서 곧장 경북 상주로 움직이세요. 저도 바로 움직이겠습니다."

"상주 말입니까? 거긴 무슨 일로."

주혁은 통화하면서 촬영장을 벗어나 차를 세워둔 곳으로 뛰어갔다.

"김점숙 할머님이 위험합니다."

최근 할머니는 곧잘 다니던 마을회관에도 가지 않고, 거의 집에서 지냈다. 최근 영화 관련으로 서울에 갈 일이 많아 무리한 탓도 있었고, 어째선지 집으로 찾아오는 사람들이 많았기 때문이었다. 아마도 영화의 히트 덕분이겠지만, 김점숙 할머니가 그런 세세한 것까지는 알지 못했고, 그저 적적한 생활의 작은 기쁨 정도로 여기고 있었다. 선물을 주고 가거나 사진을 찍고 가는 것이 대부분이었으나, 만약 자신이 집에 없으면 사람들이 헛걸음할까 싶어 할머니는 쉬이 집을 비우지 못했다. 오늘만도 벌써 몇몇이 와서는 몸에 좋다는 한약이나 즙 따위를 선물로 주고 갔다.

방에 놓인 선물을 가만히 쳐다보던 김점숙 할머니가 시간을 확인했다. 오후 8시 20분. 도심이라면 오후 8시라도 여기저기 한창 밝겠지만, 여기는 달랐다. 이미 칠흑 같은 어둠이 내려앉았다.

"아고고. 이제 아무도 안 오것제."

김점숙 할머니가 부들거리는 무릎을 붙잡으며 마루에서 일어나, 나무 대문을 잠그러 움직였다. 그때였다.

— 끼익

특유의 나무 갈리는 소리와 함께 대문이 활짝 열렸다. 대문 바로 앞에 있던 김점숙 할머니가 갸웃했다.

"누가 왔나?"

"……."

하지만 대문을 연 상대는 대답이 없었다. 하지만 발소리를 들어서는 한두 명이 아닌 듯했다. 할머니가 다시 물었다.

"누고? 와 대답이 없노."

그러자 여기저기서 남자 웃음소리가 들려왔다.

"크크크. 할매, 우리 돈 쫌 빌리주라."

"뭐라 카노?"

"아따, 내 이래서 틀딱들 싫다, 마. 와 사람 말을 몬 알아묵노. 돈 쫌 빌리달라꼬."

남자의 무거운 목소리에서 위협을 느낀 시점에 할머니의 시야가 서서히 어둠에 익숙해졌다. 대문 안으로 들어온 남자는 세 명, 밖에서 대기하는 남자도 세 명. 총 여섯 명이 보였다. 예사 방문객처럼 보이지는 않았다. 위험을 느낀 할머니가 말이 없자, 선두에 선 덩치 큰 남자가 한 걸음 다가섰다.

"이 할매, 아가리에 공구리 쳤나? 와 답이 없노. 야야 행국아, 니 내 말이 안 들리나?"

"자~알 들립니다. 행님."

"아, 맞나? 그라모 이 할매가 지금 내 말을 씹은기제?"

남자들은 분위기를 점점 더 험악하게 이끌었다. 그럴수록 김점숙 할머니는 쉽사리 입을 열지 못했다.

"아따~ 마. 처맞으모 답할끼가?"

"……내, 내 돈 음따."

"지랄을 따블로 하고 자빠짓네. 할매, 할매가 떼돈 번 거 온 사방에 소문 쫙

났다."

"……."

"시발 거, 대답이 없노. 야야, 뒤짚어 엎으라."

선두에 선 남자의 명령으로 뒤에서 대기하던 남자들이 통로를 막고 있던 할머니를 밀어내고는 신발을 신은 채 방안을 뒤지기 시작했다.

"야야, 하지 마라. 어이구, 이를 우짜노."

"뭐를 우째? 돈 빌리주면 내 조용~히 가께."

남자들은 거침없이 집을 뒤집기 시작했고, 선두에 선 남자는 할머니 앞에 선 채 담배를 입에 물고 여유롭게 연기를 내뿜었다. 잠시 뒤.

"행님. 뭐 아무것도 없습니다. 개털이야 개털."

보고를 들은 남자가 피우던 담배를 바닥에 탁탁 털어내곤 할머니 어깨를 강하게 붙잡았다.

"할매, 으디다 숨겼어."

"엄따. 내 돈 없어."

할머니의 어깨를 잡은 남자가 반대쪽 손을 높이 올리면서 천천히 입을 열었다.

"처맞으면 기억이 난다. 알제?"

김점숙 할머니가 두려움에 잔뜩 움츠러들었다. 이어서 남자의 손이 빠르게 할머니에게로 곤두박질치려는 찰나였다.

"욱! 익!"

"어억! 켁!"

"흡! 커걱!"

대문 밖에 있던 남자들이 요상한 소음을 냈다. 할머니를 내리치려던 남자가 움직임을 멈추고, 대문 쪽을 바라봤다.

"뭔 소리."

그 순간.

"우욱!"

바람처럼 날아든 누군가가 할머니의 어깨를 붙잡고 있는 남자의 복부를 강하게 걷어찼다. 황 실장이었다.

"크윽. 시발! 뭐고!"

널브러졌던 남자는 곧장 복부를 부여잡으며 자리에서 일어났다. 황 실장은 할머니를 부축해 대문 밖으로 내보내고 있었다. 그 모습에 화가 잔뜩 난 남자는 광기 어린 표정으로 황 실장에게 덤벼들었으나.

— 팍!

황 실장은 순식간에 남자의 손을 잡아서 반대로 강하게 꺾었다.

"으다다다! 팔! 팔 꺾인다!"

형사 영화에서나 볼 법한 장면이 연출됐고, 황 실장이 제압한 남자의 뒤통수를 한 대씩 때리면서 입을 열었다.

"입 좀."

— 딱!

"다물어."

— 딱!

"개새끼야."

— 딱!

그 모습에 집을 뒤지던 남자들이 발끈하며 달려들려는 찰나, 검은색 정장을 빼입은 덩치 큰 사내들이 속속 들어왔다. 대충 봐도 다섯 명은 넘어 보였다. 그중 가장 선두에 선 사내가 손가락을 까딱거렸다.

"이리 와서 꿇어라. 뒈지기 싫으면."

정리는 금방 끝났다. 문밖에 서 있던 남자들이나 할머니를 협박하던 남자들 모두 무릎을 꿇고 손을 들고 있었다. 고등학교에서나 볼 법한 장면. 하지만 괴한들은 쉬이 자세를 풀지 못했다. 주변으로 거대한 사내들이 열 명은 있었고, 황 실장과 박 과장까지 지키고 있기 때문이었다.

얼마 뒤, 불빛을 밝히며 차 한 대가 진입했다. 그러더니 길쭉한 남자와 커다란 사진기를 든 남자가 내렸다. 강주혁과 박 기자였다. 강주혁은 빠른 걸음으로 할머니가 쉬고 있는 황 실장의 차로 움직였고, 박 기자가 그 뒤를 따랐다. 할머니는 거친 숨을 몰아쉬고 있긴 했으나 상처는 없어 보였다.

"할머님, 괜찮으세요?"

"……괜찮다."

"후―"

안도와 분노가 점철된 한숨을 내쉰 주혁이 곧장 뒤를 돌아 무릎 꿇고 있는 괴한들을 쏘아봤다.

"……찍어."

― 찰칵! 찰칵! 찰칵!

주혁의 말이 끝나기 무섭게 박 기자가 셔터를 눌렀다. 한참을 찍어대던 박 기자가 사진을 확인할 즈음, 주혁이 이를 뿌득 갈며 괴한들에게 입을 열었다.

"평생 얼굴 못 들고 살게 해줄게. 인생 박살났다고 생각해라."

이어서 황 실장을 돌아본 강주혁.

"신고하세요."

다음 날 아침. 보이스프로덕션 사장실에 강주혁과 황 실장, 박 과장 그리고 박 기자가 모였다. 주혁이 황 실장에게 물었다.

"할머님은 잘 모셨습니까?"

"예. 가까운 곳에 숙소를 잡아 쉬게 해드렸습니다."

"좀 어떠십니까."

"보기에 딱히 문제는 없어 보입니다. 병원에서도 큰 문제 없다고 했고."

안도의 한숨을 내쉬던 주혁이 이번에는 박 기자를 보며 말을 이었다.

"이런 일이 또 있어선 안 돼. 사람들에게 할머님 뒤에 내가 있다는 인식이 박히게 해야겠다."

"그래. 무슨 뜻인지 알겠다."

"어제 내가 현장에서 계속 휘젓고 다녔으니, 기사가 나긴 할 거야. 거기에 박 기자 너도 어제 찍은 사진으로 계속 양념을 쳐."

박 기자가 고개를 끄덕였다.

주혁은 김점숙 할머니 뒤에 자신이 있다는 사실을 대중들에게 인지시키면 누구든 쉽사리 할머니에게 나쁜 마음을 가지고 접근하지 못할 거라 생각했다. 실제로 다음 날부터 강주혁의 의도대로 흘러가긴 했으나, 약간 희한하게 진행되었다.

먼저, 김점숙 할머니가 살던 곳은 안 그래도 영화 때문에 유명해진 상태였고, 심지어 사건 현장에 강주혁까지 있었으니, 상주 경찰은 이때다 싶어 꽤 크게 사건 해결 발표를 했다.

"이번 사건은 인근 사채업 조직이 김점숙 씨의 돈을 노리고 감행한 것으로 밝혀졌으며…… 배우 강주혁 씨가 현장에 조금이라도 늦었다면 자칫 큰일날 뻔……."

발표 후, 쏟아지는 기사들도 급물살을 탔다.

「'강트맨' 강주혁 퍽치기범에 이어 할머니도 구했다!」

「영화 〈내 어머니 박점례〉의 실제 주인공, 김점숙 할머니. 보이스프로덕션에서 책임진다」

강주혁의 계획대로 대중들에게 경각심을 주기는 했으나, 생각지도 못하게 강주혁의 미담이 추가되고 있었다. 덕분에 보이스프로덕션의 이미지도 한껏 좋아지고 있었다.

* * *

그 와중에 〈28주, 궁궐〉의 마지막 16화가 방영됐다. 마지막 화의 평균 시청률은 16%, 혜나와 김건욱이 키스하는 장면에서 최고 시청률 17%가 찍혔다. 아직 특별편이 남았지만, 〈28주, 궁궐〉의 막방을 본 시청자들은 벌써 '28주 뒤에 다시 만나요'라든지 '궁궐앓이' 같은 신조어를 만들어내기 시작했다.

특별편의 시청률은 본방송보단 통상 낮게 나온다. 그럼에도 WTVM 측에서 특별편을 편성한 이유는 광고 때문이었다. 어쨌거나 〈28주, 궁궐〉은 평균 시청률 16%를 넘긴 대작이었고, 그렇기에 특별편이라도 광고는 당연히 붙는다. 실제로 특별편의 시청률은 13%에 그쳤지만, 평소 보지 못했던 비하인드 컷이나 메이킹 영상에 시청자들의 반응은 폭발적이었고.

「WTVM 측 "28주, 궁궐팀 포상휴가 방콕으로 7일 보내주겠다" 약속」

WTVM 방송국은 〈28주, 궁궐〉에 배우부터 촬영, 제작팀 모두에게 포상휴가를 보내준다 발표했다.

그리고 11월 28일. 〈28주, 궁궐〉이 신나는 자축을 하는 사이 시사회 일정을 모두 마친 〈척살〉이 개봉했다. 〈척살〉 영화를 예매한 관객들은 영화 시작과 함께 오프닝 자막에서 익숙한 제작사를 확인했다.

— 제작 : 무비트리

— 공동제작 : 보이스프로덕션

— 투자 : 보이스프로덕션

— 배급 : VIP픽쳐스

안 그래도 최근 강트맨으로 주가를 올리는 강주혁의 회사였다. 관객들이 모를 리가 없었다. 같은 날 저녁, SNS와 영화 평점에 〈척살〉과 강주혁의 이름이 거론되기 시작하더니.

「오늘 개봉한 하성필 주연의 영화 '척살', 알고 보니 강주혁 공동제작 및 투자까지!」

개봉과 동시에 기사가 뜨기 시작하면서, 〈척살〉은 곧바로 예매율 1위를 차지했다. 많은 이유가 섞여 들어간 결과였다. 배급사로서 대기업인 VIP픽쳐스의 마케팅 화력과 무명배우들만 채워진 이유로 제작 초기부터 떠오른 화제성, 거기다 보이스프로덕션과 강주혁의 이름이 녹아들면서 관객들의 기대감이 한껏 높아진 상태였다.

― 개존잼/ 2***님

― 나오는 배우들 모조리 연기 도랐다/ V*****님

― 소희역할 하신 분 존예..../ 3*****님

그래서인지 초기 반응도 〈내 어머니 박점례〉와는 사뭇 달랐다. 〈내 어머니 박점례〉가 서서히 치고 올라갔다면 〈척살〉은 처음부터 두각을 보였다. 평점 또한 대부분 극찬이었고, 특히나 무명배우들에 관한 얘기가 많았다. 강주혁의 설계가 들어맞는 순간이었다.

상업영화의 마케팅은 개봉 전도 중요하지만, 사실 가장 큰 성적을 거둘 수 있는 마케팅 시점은 개봉한 뒤부터다. 관객들의 입소문이 가장 빠르고 기사들도 가장 많이 쏟아지는 시점. 그 때문인지 VIP픽쳐스도 첫날 박스오피스 1위에 만족하지 않고, 추가 마케팅에 힘을 싣는 중이었고.

「300만 공약 건 하성필 "댄스 보여주겠다"」

「여러 가지 재미가 꽉 찬 영화 '척살'」

〈척살〉 역시 초대박 조짐이 보이기 시작했다.

다음 날, 보이스프로덕션 미팅룸에는 강주혁과 홍혜수 팀장, 황 실장, 박 과장이 앉아 있었다. 전체 회의였지만, 추민재 팀장은 강하영과 김재욱의 〈28주, 궁궐〉 팀 포상휴가에 혹시 모를 위험성을 대비해 따라간 터라 불참했다. 먼저 입을 연 것은 홍혜수 팀장이었다.

"사장님. 헤나 계약 건은?"

주혁이 머리를 긁적였다.

"원래는 촬영장 갔을 때 얘기가 됐어야 했는데, 할머님 사건이 터져서 못 했어. 그래도 조건 같은 건 서류에 전부 있으니까 검토하고 있겠지. 〈28주, 궁궐〉 관련은 팀이 포상휴가에서 돌아오면 생각해보는 거로 하고."

말을 마친 주혁이 안건을 정리한 다이어리를 펼치며 말을 이었다.

"누나, 울림 영화사 만나봤어?"

"당연하지."

"반응이 어때?"

"울림 쪽은 하영이 엄청 욕심내고 있던데? 아니, 따지고 보면 김삼봉 감독이 욕심내고 있는 거지. 하영이를."

주혁이 고개를 끄덕였다.

"하영 씨는?"

"하영이는 백미주 역이 좋다는데? 시나리오도 맘에 쏙 든다고 하더라."

"음. 어차피 울림 쪽도 지금 기획단계라 캐스팅도 몇 바퀴 못 돌렸을 거야. 미팅 거듭하면서 백미주 역 달라고 유도해봐. 나도 시나리오 다 읽어봤는데, 백미주 역이면 괜찮아."

"알았어."

홍혜수 팀장이 미소 지으며 다이어리에 무언가 메모를 했다. 이어서 주혁은 박 과장에게 고개를 돌렸다.

"할머님은 좀 어떠세요?"

"크게 문제없어 보입니다! 의외로 즐겁게 지내시는 것 같기도 하고."

"후— 정확한 거취를 결정하기 전까지는 계속 신경써주세요."

"옙!"

사실 김점숙 할머니는 꽤 고민이 되었다. 원래 집으로 보내드리자니 너무 위험했고, 그렇다고 도시에 집을 구하자니 할머니의 적응과 건강이 문제였다. 할머니의 심신이 안정되면 주혁이 직접 얘기를 나눠봐야 할 것 같았다. 이어서 주혁은 황 실장에게 시선을 던졌다.

"황 실장님."

"예."

"혹시, 닉네임만으로 사람을 찾을 수 있습니까? 아, 메일 주소도 있습니다."

"전혀 불가능한 것은 아닙니다만, 누구를 찾으시는 건지?"

〈간 큰 여자들〉의 원작자를 찾는 일이었다. 주혁이 먼저 쪽지와 메일을 보냈음에도 원작자에게서 답변이 없었다. 올 때까지 기다려볼 수도 있겠지만, 자칫 시기를 놓치면 기껏 얻은 미래 정보가 허망하게 사라질지 몰랐다. 주혁은 원작자에 관한 간단한 설명과 함께 황 실장에게 원작자의 닉네임과 메일 주소가 적힌 쪽지를 건넸다.

"한번 찾아보세요."

"예. 다만 확실히 찾을지는 미지수라서."

"하하, 그건 뭐 어쩔 수 없죠. 그냥 가볍게 한번 시작하세요. 부담 없이."

"알겠습니다."

대답한 황 실장이 강주혁에게서 받은 쪽지를 품속에 넣었고, 그 틈에 주혁이 다른 안건을 꺼냈다.

"그리고 황 실장님, 하나 더."

"예."

"사설 가드 업체를 하나 운영해볼까 합니다."

"사설로 말입니까?"

"네. 앞으로 펀치기범 사건이나 할머님 사건과 비슷한 일이 또 일어날지도 모르는데, 계속 김재황 사장한테 가드를 빌릴 수도 없고 하나하나 일이 너무 복잡해요."

수긍한다는 듯, 황 실장과 박 과장이 고개를 끄덕였다.

"지금부터 준비해두는 게 좋겠습니다. 황 실장님 직할로 운영하는 걸로 해서, 틀 한번 잡아보죠. 대충 만드셔도 되니 기획 한번 짜보세요."

"알겠습니다."

"자, 대충 정리됐으니까 식사나."

주혁이 미팅을 마무리 짓는 순간.

— 우우우웅 우우우웅

"아, 사장님. 잠깐만."

홍혜수 팀장의 핸드폰이 울렸고, 모르는 번호였는지 고개를 갸웃하며 전화를 받았다.

"네. 홍혜숩니다. 네네. 아, 맞아요, 보이스프로덕션. 네? 어디요? 아, 잠시만요."

통화하던 홍혜수 팀장이 놀란 토끼 눈을 하며 입을 열었다.

"사장님, 광주시청이라는데?"

"시청? 거기서 왜."

작은 목소리로 그녀가 답했다.

"광주 시장이 사장님 만나기를 요청한다고."

주혁 역시 약간 놀랐다.

"나를?"

대충 들어보니 지역개발 관련으로 사업 계획을 논의하고 싶다는 것 같았다. 주혁은 홍혜수 팀장에게 작게 속삭였다.

"귀찮으니까, 대충 둘러대고 끊어."

그러고 이틀 뒤, 주혁의 차가 아침 느지막이 사옥에 도착했다. 그런데.

"음?"

건물 앞 갓길에 못 보던 검은색 승용차가 있었다.

뭔가 싶어서 승용차를 빤히 쳐다보던 주혁은 이내 건물 내부로 들어섰다. 그런데 복도에서 정장을 빼입은 늙은 남자와 그를 수행하는 몇몇 남자들과 맞닥뜨렸다.

"어이구?"

늙은 남자는 강주혁을 보자마자 탄성을 뱉으며 대뜸 빠르게 걸어와 손을 내밀었다.

"강주혁 씨, 반가워요."

얼떨결에 주혁이 남자의 손을 맞잡으며 고개를 갸웃했다.

"누구십니까?"

"아, 그렇지. 나 광주 시장 박철구라고 해요."

"아."

순간 주혁의 머릿속에서 시장 측이 몇 번이나 전화했는데 거절했던 것이 떠올랐다.

'그래서 직접 행차하셨다?'

아니나 다를까, 박철구 시장이 웃음 지으며 입을 열었다.

"만나기가 어려워서, 내 직접 왔어요."

별수 없이 사장실로 안내한 주혁은 커피부터 내려 시장에게 건넸다. 그러자 시장이 커피를 받으며 입을 열었다.

"허허, 반가워요. 강주혁 씨. 직접 뵈니까 아주 멋지시구먼."

주혁은 여유롭게 답했다.

"과찬입니다."

"놀랐죠? 갑자기 찾아와서."

"조금, 그랬습니다."

이후, 몇 분간 얘기가 자꾸 헛돌았다. 쓸데없는 근황 토크에 슬슬 지루해진 주혁이 본론을 물었다.

"시장님. 그래서 저를 찾아오신 이유가."

"아, 이거 신기해서 그런지 자꾸 이야기가 샛길로, 하하."

박철구 시장이 멋쩍게 웃으며 A4용지 몇 장이 묶인 서류를 내밀었다.

"일단 그것부터 읽어봐요."

― 지역개발 : 마카롱 거리

제목부터 느낌이 왔다. 관공서 특유의 딱딱한 글자들이 박힌 기획안이었다. 주혁은 기획안 내용을 빠르게 파악했다.

'그러니까, 결과적으로 이 건물 주변을 개발하겠다는 거 같은데……'

예를 들자면 경리단길처럼 특정 컨셉을 녹여내 건물 주변을 명소로 만들어내겠다는 기획이었다. 그 컨셉이 바로 마카롱과 한국의 색. 기획안에는 어떤 마카롱 브랜드가 들어갈지도 딴에는 세세하게 정리돼 있었다. 시장이 내민 기획안을 모두 읽은 주혁이 입을 열었다.

"네. 무슨 내용인지는 알겠습니다. 그런데 이걸 왜 제게."

"기획이 시작되고 첫 삽을 뜨는 순간부터 강주혁 씨가 홍보대사를 맡아줬으면 해요, 허허. 이 기획의 중심에는 보이스프로덕션이 있기도 하고, 요즘 다시 잘나가시니까."

주혁이 속으로 피식했다. 앞에 있는 시장이 어떤 그림을 그리는지 대충 느껴졌기 때문이었다. 주혁은 빠르게 머리를 굴렸다. KR마카롱은 이제야 입소문을 타는 중이었고, 방송 출연 덕에 더 날아오를 일만 남았다. 문제는 강주혁의 건물 주변이 여전히 휑하다는 것이었다. 주혁은 KR마카롱 관련 미래 정보를 떠올렸다.

'KR마카롱 1호점이 명소로 자리잡고, 유명 맛집이 들어서면서 결과적으로 상권이 살아난다고 했어.'

즉 상권이 살아나려면 기본적으로 터는 준비돼 있어야 했다. 그렇게 따지면 시장이 보여준 기획안은 썩 나쁘지 않았다. 누가 뭐래도 상권개발이 들어가면 당연히 부동산 가격에도 변화가 있을 테고, 이득 보는 것은 강주혁이니까. 반면 문제점도 몇 가지 보였다.

"시장님, 제가 몇 가지 말씀드려도 되겠습니까?"

"그래요."

박철구 시장이 푸근한 미소를 던지며 고개를 끄덕였고, 주혁은 거침없이 입을 열었다.

"먼저, 이 마카롱 거리라는 것. 이렇게 연쇄적으로 마카롱만 집결되면 현재 화제성이 높은 KR마카롱이 가려질 수 있습니다. 그러면 곧 홍보에 차질이 생길지도 모릅니다. 차라리 스포트라이트는 KR마카롱에 집중시키고, 컨셉이 한국의 색이니까 한국적이고 이색적인 맛집들을 유치하시는 게 어떤가 싶습니다."

"으흠."

"거기다 마카롱만 즐비하면 금방 질릴 겁니다. 먹거리 볼거리는 다양해야죠. 그리고 시장님."

"음?"

주혁이 A4용지 중간쯤을 손가락으로 가리키며 말을 이었다.

"컨셉이 한국의 색인데, 여기 몇몇 일본 쪽 브랜드가 보입니다. 이건 차후 문제가 있을 겁니다. 외국 브랜드는 배제하심이. 거기다 일본은 더욱 철저하게 치워야겠죠."

언제일지는 모르나 일본 기업 불매운동도 터지는데 일본 쪽 마카롱 브랜드는 말도 안 되는 짓이었다.

"뭐? 일본 쪽 브랜드가 있어요?"

"예. 이거랑 이거."

일본 쪽 브랜드는 생각지도 못했는지, 시장의 눈이 커졌다.

'누군지 몰라도 마카롱 브랜드 대충 찾아서 아무렇게나 채웠군.'

그림이 딱 그랬다. 시장이 약간 당황한 표정으로 기획안을 쳐다볼 때, 주혁이 말을 추가했다.

"그리고 제가 홍보대사로 나서는 것 또한 문제의 소지가 있습니다. 어찌 됐든 시청이 나서서 진행하는 사업, 즉 관공서 사업이라는 건데."

"그렇지."

"아실지 모르겠지만, 저는 과거 안 좋은 사건으로 국민에게 오해를 받은 적이 있습니다. 물론 찌라시에다 사실도 아니었고, 현재는 이미지를 회복하는 중이지만, 분명 아직도 오해하는 사람들이 많을 겁니다."

"음."

틀린 말은 아니었다. 지금도 주혁을 다들 좋게만 보는 건 아니었다.

"시장님. 차라리 저희 회사 배우를 홍보대사로 세우심이 어떠십니까?"

"주혁 씨네 회사 배우?"

"예. 최근 인지도가 급상승한 친구가 있습니다. 홍보대사라는 것이 결국은 홍보 차원인데, 아무 구설수 없는 게 좋지 않겠습니까? 거기다 저와 연관도 있고요."

나쁘지 않은 의견이었는지, 시장이 턱을 쓰다듬었고.

"제가 드릴 수 있는 말은 여기까지입니다."

주혁은 탁자 위에 명함을 올렸다.

"결정되시면 연락 부탁드립니다."

그렇게 시장과 얘기를 마친 후, 이번에는 주혁의 전화가 울렸다.

― 김태우 PD

발신자를 확인한 주혁이 의아해하며 전화를 받았다.

"PD님? 지금 방콕에 계신 거 아닙니까? 그 포상휴가."

"하하. 저는 할 일이 남아서 내일 출국합니다."

"그래요? 하긴 드라마가 터졌는데, PD님이 바로 빠지는 건 어렵겠군요."

"예. 다 사장님 덕분입니다."

그러고는 김태우 PD가 본론을 던졌다.

"그…… 사장님. 드릴 말씀이."

"편하게 말씀하세요."

"사장님을 만나고 싶어 하는 사람들이 있습니다."

"저를 만나고 싶어 한다?"

"예. 그런데 사장님이 불편하시면."

주혁이 웃었다.

"하하, 괜찮습니다. 방송 쪽 사람들입니까?"

"예. 예능 쪽."

"예능 쪽이라."

짧게 읊조린 주혁이 시간을 확인하며 말을 이었다.

"지금이 차라리 괜찮겠네요. WTVM 쪽으로 움직이면 되겠습니까?"

"아! 그럼 바로 연락해두겠습니다. 도착하시면 전화 주세요."

"알겠습니다."

주혁이 도착한 곳은 WTVM 방송국 근처 꽤 고급스러운 레스토랑이었다. 직원의 안내에 따라 VIP실로 안내받은 주혁이 방문을 열었다. 김태우 PD를 포함해서 젊어 보이는 남자와 꽤 나이 들어 보이는 남자가 주혁을 보자마자 자리에서 일어나 인사했다.

"네. 안녕하세요."

강주혁도 인사하며 그들의 맞은편에 앉아, 명함을 교환했다.

"예능 PD 박한철입니다."

"CP 송철구라고 합니다."

주혁은 명함을 주머니에 넣은 뒤, 바로 물었다.

"그래서, 예능국에 계신 분들이 저는 무슨 일로?"

그러자 송철구 CP가 PD에게 눈길을 던졌고, 박한철 PD가 탁자 위에 투명 파일을 올렸다. 강주혁이 고개를 갸웃했다.

"이게 뭡니까?"

대답은 송철구 CP 쪽에서 나왔다.

"이번에 저희가 꽤 크게 기획 중인 예능입니다. 간략하게 설명드리면 다재 다능한 스타를 오디션을 통해 발굴하는 대국민 참여 프로그램입니다."

"오디션 예능입니까? 〈슈퍼스타H〉 같은?"

"포맷은 비슷하지만, 성격이 좀 다릅니다. 자세한 것은 파일을 보시면 아실 겁니다."

주혁이 고개를 끄덕이며 말없이 송철구 CP를 계속 쳐다봤다. 대충 '그래서 어쩌라는 겁니까?' 같은 눈빛이었다. 송철구 CP가 약간 긴장했는지, 침을 꼴 깍 삼키며 말을 이었다.

"그 프로에 연기 파트 총괄 심사위원을 강주혁 사장님께서 맡아주셨으면 좋겠습니다."

"심사위원이오?"

주혁이 되물었다.

"예. 바쁘신 줄은 잘 알지만, 사장님이 너무 욕심나서 김태우 PD에게 부탁했습니다. 이 기획과 사장님의 이미지는 분명 시너지가 날 겁니다."

"흠."

짧게 숨을 뱉은 주혁이 투명 파일을 열어 빠르게 내용을 파악했다. 기획 자체는 초기 상태인지, 제목도 없었다. 뼈대는 몇 년 전 붐이 일었던 오디션 예능이었지만, CP의 말대로 성격이 조금 달랐다. 일반적인 오디션 예능은 가수면 가수, 배우면 배우같이 딱 떨어지는 포지션으로 진행되지만, 이 예능은 전부를 넘나드는 다재다능한 스타, 말 그대로 만능 엔터테이너를 키워낸다는 취지가 녹아 있었다. 해서, 초기 오디션을 통해 가능성이 보이는 사람들을 뽑아내고 이후 노래, 춤, 연기를 서바이벌로 진행한다는 것이었다.

'기획 자체는 재밌네.'

어느새 기획의 마지막 장을 보는 강주혁에게 송철구 CP가 말을 걸었다.

"출연료는 고정 심사위원 중에서는 최고로 보장해드리겠습니다."

하지만 주혁은 출연료 따위 관심이 없었다. 당장 그의 머릿속에 드는 생각은 단 하나였다.

'이 예능을 했을 때 내가 얻는 것은 무엇인가?'

현재 강주혁은 걸어 다니는 광고판이었다. 그의 행보에 대중의 눈과 입이 따라다니는 상황이고, 주혁으로선 이 관심이 지속되는 게 형편에 좋았다. 그렇게 따지면 이 예능을 주혁이 하는 건 나쁜 선택이 아니다. 거기다.

'대중적으로 굉장히 친숙하게 다가설 수도 있지.'

강주혁의 회사 보이스프로덕션은 최근 승승장구 중인 데다, 여기에 대중적으로 친숙하게 인지도를 높이면 그 시너지 효과는 상당할 것이다. 즉 상호만 들어도 사람들이 '아! 그 제작사?' 하고 말할 정도의 상황을 꾀할 수 있다.

"기획 재밌네요. 회사 내부적으로나 개인적으로나 신중하게 검토해보겠습니다."

"잘 부탁드립니다."

주혁이 웃으며 답했다.

"그런데 이 기획안은 초기라 그런지, 자세하지가 않군요. 좀 더 세세한 기획안을 받을 수 있습니까?"

송철구 CP가 고개를 강하게 끄덕였다.

"물론입니다. 확정안이 나오면 가장 먼저 보내드리겠습니다."

WTVM 측과 미팅을 겸한 식사를 마치고 사무실로 돌아온 주혁은 남은 일을 쳐내기 시작했다. 가장 먼저 한 일은 김재황 사장에게 감사 인사를 전하는 것이었다.

"사장님. 이번 일은 꼭 갚겠습니다."

"아니야. 내가 자네한테 진 빚이 얼만데, 그 정도로 뭘. 기사 봤네. 세상에 아직 미친놈들이 많아."

"그렇죠."

"그보다, 자네. 바쁜 건 알지만, 우리 쪽 일도 봐줘야지. 브랜디드 1차 시안 메일로 보내라고 일렀으니, 확인하고 연락해주게."

"알겠습니다."

전화를 끊은 주혁은 해창전자 홍보팀 쪽에서 보내온 1차 시안을 출력해서 따로 빼두었다. 시간 날 때마다 읽어보면 될 듯싶어서였다.

그사이 김점숙 할머니를 공격했던 괴한들의 응징도 주혁은 잊지 않았다.

먼저, 박 기자를 통해 이번 사건이 금방 잊히지 않게 주기적으로 기사를 던지게끔 했고.

"박 과장님. 과장님은 상주 쪽 가셔서 사채업 조직들 뒤를 확실하게 털어보세요. 죄가 될 만한 게 있으면 모조리 경찰에 넘겨주시고, 그와 연관된 사람들 줄줄이 사탕으로 딸려갈 수 있게. 황 실장님은 바쁘시니, 사람 고용해서 움직이시고."

"알겠습니다."

사채업 조직을 아예 박살낼 작정이었다.

황 실장 쪽은 당장 두 가지 일을 진행하고 있었는데, 〈간 큰 여자들〉의 원작자를 찾는 일과 사설 가드 업체를 만드는 일. 황 실장은 먼저 사설 가드 업체 관련을 빠르게 처리했다. 그가 작성한 기획은 나쁘지 않았고, 주혁은 황 실장에게 그대로 운영할 수 있게끔 지시를 내렸다.

주혁이 빠르게 움직이는 만큼 시간도 빠르게 흘렀고, 어느새 포상휴가를 떠났던 〈28주, 궁궐〉 팀이 귀국했다. 그즈음 〈척살〉 역시 개봉 일주일을 맞았다.

"현재 반응입니다."

강주혁과의 미팅에서 VIP픽쳐스 최혁 팀장은 〈척살〉의 현재 상태, 평론가 반응, 기사를 순서대로 브리핑했다.

「'척살' 개봉 7일만 300만↑ 돌파! '인정'·'세자님'과 동일 흥행속도[공식]」
「하성필, '척살' 이번에도 터졌다. 그의 거침없는 행보가 놀라운 이유」

"다음으로 일주일 관객수입니다."

반응을 보여줬던 최혁 팀장이 개봉 후 일주일이 흐른 〈척살〉의 정확한 관객수를 보여줬다.

― 1. 〈척살〉 / 개봉일 : 11월 28일 / 관객수 : 345,512 / 스크린수 : 887 /

누적관객수: 3,588,452

　일주일에 3백만. BEP(손익분기점)는 한참 전에 달성했고, 이제부터는 오롯이 수익 날 일만 남았다. 최혁 팀장이 강주혁의 손을 덥석 잡았다.

　"이 속도라면 5백만은 우습게 올릴 듯싶습니다. 사장님! 이 금손 진짜 무슨 효과가 있는 게 아닙니까? 세상에 독립영화 3백만에 드라마에 〈척살〉까지 줄줄 초대박. 무슨 결과가 이렇게 폭발적입니까?!"

　주혁은 그저 웃을 뿐이었다. 그러자 최혁 팀장이 다시 한 번 외쳤다.

　"이거 잘하면 연말에 상 하나 타겠습니다!"

　"아."

　순간 주혁의 머릿속에 스쳐 지나가는 기억.

　"청룡영화제 말입니다!"

　연말에 하는 영화 3대 시상식 중 하나, 청룡영화제가 떠올랐다.

* * *

　다음 날, 보이스프로덕션 3층 회의실. 〈28주, 궁궐〉 팀이 포상휴가에서 돌아옴에 따라, 황 실장과 박 과장을 제외한 직원과 배우들을 모두 불러모았다. 주혁은 가장 먼저 추민재 팀장과 강하영, 김재욱, 말숙 등에게 드라마 종영 후 여론을 브리핑했다. 이어서 김점숙 할머니의 거취 문제도 거론했는데.

　그때 강하진이 스리슬쩍 손을 올렸다.

　"사장님."

　"응. 하진 씨."

　"혹시, 할머님이 저희랑 지내는 건 힘드실까요?"

　"어! 맞아! 그래도!"

"……음."

강자매와 지내는 것을 주혁도 생각하지 않았던 건 아니었다. 하지만 강하영은 몰라도 할머니를 전혀 본 적 없는 강하진이 마음에 걸렸었다. 그런데 강하진이 먼저 얘기를 꺼냈기에 주혁은 내심 안도하며 말을 이었다.

"하진 씨는 괜찮겠어요?"

"네. 전 상관없어요. 뵌 적은 없어도 언니한테 자주 듣기도 했고, 기사 보고 저도 많이 불안했어요."

"하진!"

강하영이 옆에 있는 강하진을 얼싸안고 얼굴을 비비적거렸다. 강하진이 미간을 약간 찌푸렸으나 크게 싫어하는 기색은 아니었다. 그 모습에 피식한 주혁이 결론을 내렸다.

"그럼, 먼저 할머님께 의중을 여쭤본 후에 괜찮다고 하시면 그렇게 하는 거로 해보죠. 대신에 이사는 합시다. 제가 사는 오피스텔 주변으로."

"예?! 어, 저희 아직 그 정도 돈은."

눈에 띄게 당황하는 강자매.

"걱정 말아요. 내가 알아서 해줄 테니까."

주혁은 대수롭지 않게 답한 후, 추민재 팀장과 홍혜수 팀장을 보며 말을 이었다.

"두 분은 오늘부터 직원 뽑는 것에 치중해줘. 아는 사람 있으면 좋고, 없다면 스케줄을 잡아봐."

보이스프로덕션 몸집 불리기의 시작을 알렸다.

같은 날 오후, 주혁이 사장실에서 업무를 보는 중 노크 소리가 울렸다.

"들어오세요."

이어서 사장실의 문이 열리고, 트레이닝 복장의 헤나가 들어왔다. 주혁이 웃으면서 자리에서 일어났다.

"어서 와요. 저번엔 놀랐죠? 갑자기 급한 일이 터져서."

"아뇨~ 혜수 언니한테 사정 다 들었어요. 진짜 개새끼들! 아, 여기 앉아요?"

헤나는 욕설을 아무렇지 않게 뱉으며 자리도 알아서 앉았다.

"커피?"

"아! 감사합니다."

그녀에게 커피를 전해주며 주혁이 반대쪽에 앉았다.

"그래서, 조건은 전부 확인했어요?"

"네. 그리고 우리 식구들 전부 받아주시는 것도 맞죠?"

"물론이죠. 오히려 제가 필요합니다, 그분들."

"흐응~ 보통 다른 소속사들은 걸리적거린다고 싫어하는데."

"하하하. 제가 가수 쪽은 좀."

주혁이 크게 웃자, 헤나가 조심스럽게 물어왔다.

"그런데, 계약 기간이 1년이던데?"

"맞아요. 보이스프로덕션 소속 배우들은 모두 계약 기간을 1년으로 잡고 있어요."

"엄청 특이하다. 그렇게 하면 배우들 큰 다음에 막 도망가지 않아요?"

충분히 의문을 가질 수 있는 부분이었다. 현실적으로 그런 문제 때문에 소속사들이 짧게 잡아도 계약 기간을 5년은 잡는 것이고. 하지만 그건 평범한 소속사의 얘기였다.

"도망가면 어쩔 수 없죠. 하지만 아마 쭉 계시게 될 겁니다."

그는 자신 있었다. 헤나를 포함해서 보이스프로덕션에 있는 모든 배우가 계약해달라고 먼저 달려들게끔 할 자신.

"오오, 선배님 자신감! 아, 사장님이지."

살짝 머리를 긁적이던 헤나가 펜을 들었고.

"계약서 주세요."

헤나와의 계약 자체는 오래 걸리지 않았다. 정작 그녀의 활동에 관한 얘기가 길어졌다.

"내년 초쯤에 싱글앨범을 시작으로 가수 활동을 다시 하고 싶어요."

"그렇군요."

"그리고 제 팬클럽은 이미 알고 있지만, 제 이적 소식도 크게 다뤄주셨으면 좋겠어요!"

헤나의 합류는 기본적으로 강자매와 김재욱, 말숙과는 그 파급력이 달랐다. 슈퍼스타 한 명을 영입한 것과 다름없었다. 가수로서도 1등을 찍고 있고 연기자로서도 승승장구 중인 대어였기에 들어가는 돈도 많을 테지만, 벌어들일 수입도 많을 것이다.

'가수 쪽도 공부해야겠네.'

헤나를 영입함과 동시에 주혁에게 주어진 과제였다. 가수 쪽은 관심도 없었기에 그쪽 바닥이 어떻게 돌아가는지, 당장 지식부터 쌓아야 했고.

'쉴 틈이 없네…… 일단, 발표부터.'

가장 먼저 해야 할 일은 대대적인 발표였다.

"헤나 씨, 일단 발표는 디쓰패치에서 시작해보죠. 단독으로 디쓰패치와 인터뷰를 시작합시다."

"네. 괜찮은 것 같아요."

주혁은 곧장 박 기자를 호출할 생각으로 핸드폰을 꺼내 들었다. 그때였다.

— 똑똑

사장실에 다시 한 번 노크 소리가 들렸다. 이어서 문 사이로 황 실장이 얼굴을 빼꼼 내밀었다.

"저, 사장님. 미팅 중에 죄송합니다만."

"아, 황 실장님. 괜찮아요. 말씀하세요."

주혁의 허락으로 황 실장이 살짝만 열었던 문을 전부 열었고.

"찾았습니다."

"누굴?"

"찾으라시던 원작자 말입니다."

자신 있게 답한 황 실장이 뒤를 돌아보며 누군가에게 말을 던졌다.

"이쪽으로 오세요."

동그란 뿔테안경을 낀 여자가 황 실장 옆에 섰다. 그런데 매우 낯익은 얼굴
이었다. 주혁이 놀라 물었다.

"어? 너는."

강주혁이 황 실장에게 시킨 것은 〈간 큰 여자들〉의 원작자를 찾는 일이었
고, 찾아왔다.

"사, 사장님 안녕하세요……."

그런데 문 앞에 백번 촬영팀 작가인 송미진이 서 있었다.

기류가 이상하게 변한 것을 눈치챈 헤나는 연신 강주혁을 봤다가 송미진
을 봤다가, 고개를 왔다 갔다 했다. 황 실장도 상황은 비슷했다. 하지만 주혁
은 아랑곳없이 어물거리는 송미진을 빤히 쳐다보고만 있었다. 그렇게 몇 초.
주혁이 송미진을 쳐다보며 입을 열었다.

"〈간 큰 여자들〉, 너가 쓴 게 맞아?"

"네, 제가 쓴 건 맞는데. 그냥 스트레스 해소용으로 쓴 거라."

"스트레스 해소용?"

주혁이 고개를 갸웃했다.

"……네."

송미진이 약간은 민망했는지, 긴 생머리로 얼굴을 가리기 바빴다. 그런 그녀에게 주혁이 다시 한 번 물었다.

"설명 좀 해줄 수 있을까?"

"설명이오?"

"응. 언제부터 썼는지, 무엇을 토대로 쓰고 있는지 같은 거. 일단 앉아."

"아. 네."

주혁이 의자를 가리키자, 송미진이 우물쭈물 자리에 앉았고.

"사장님, 저는 나가보겠습니다."

"네. 수고하셨습니다. 가드 업체 마무리 부탁드려요."

"네."

황 실장이 강주혁에게 꾸벅 인사하며 사장실 문을 닫았다. 헤나도 강주혁에게 물었다.

"사장님, 저도 나가 있을까요?"

"아뇨. 뭐, 들어도 상관없어요. 헤나 씨랑은 얘기도 안 끝났고."

"네. 그럼 저 커피 한 잔 더 마셔도 되죠? 여기 커피 맛집이네. 머신기 저거죠?"

어느새 다 마셔버린 커피를 추가로 뽑기 위해 헤나가 움직였고, 주혁은 다시 송미진을 쳐다봤다.

"편하게 얘기해."

"아…… 사장님도 아시다시피 드라마 작가는 입봉하기가 엄청 힘들어요. 보조로 기본 5년은 지내야 하고. 그래서 애들, 아, 백번 촬영 친구들이요. 그 친구들 만나기 전에 글쓰기가 너무 힘들어서, 취미로 바꿀까 해서 쓴 게 〈간 큰 여자들〉인데 2년 정도 올렸어요."

"그럼 〈청순한 멜로〉는 언제 쓴 거야?"

"그건 최근에. 애들 만난 다음부터 쓴 거예요."

얘기를 듣던 주혁이 팔짱을 꼈다.

'그 짧은 시간에 〈청순한 멜로〉를 뚝딱 써냈다는 건가? 일반 드라마 작가들도 작품 들어가기 전에 반년은 헤매는데.'

새삼 앞에 앉은 송미진이 대단해 보였다. 그러거나 말거나 송미진은 뿔테 안경을 손가락으로 올리더니 계속 말을 이었다.

"〈간 큰 여자들〉은 사실 제 얘기나 다름없는데, 저희 집이 저 포함해서 딸 셋이거든요? 엄마까지 여자 네 명이 사는 거죠."

왜 아버지 언급은 없는지 알 수 없었지만, 주혁은 세세하게 묻지 않았다.

"그래서?"

"제가 막낸데, 우리 집은 항상 전쟁터예요. 먹는 것, 입는 것부터 시작해서 엄청 싸웠어요. 심지어 리모컨 가지고도 싸워요. 보고 싶은 게 다 다르니까. 거기다 아침엔 여기저기서 악을 써대요. 화장실 빨리 나오라고. 저 그래서 고등학교 때 맨날 지각했거든요."

주혁이 피식했다.

"화장실 쟁탈전에서 진 건가?"

"아뇨. 전 싸워보지도 못했어요. 애초에 전투병력도 아니었고."

송미진이 예전 기억이 떠올랐는지 몸서리를 쳤다. 헤나가 충분히 이해한다는 듯 옆에서 커피를 홀짝이며 고개를 끄덕거렸다.

"맞아, 인정. 완전 공감된다."

"……저, 헤나 님. 나중에 사진 한 장만 같이 찍어주실 수."

"네, 돼요. 그보다 빨리 다음 이야기!"

금방 표정이 환해진 송미진이 말을 이었다.

"사장님은 아시겠지만, 드라마 대본은 제 마음대로 할 수 없는 부분이 있어요. 심의에 들어가니까. 그래서 스트레스가 엄청 쌓였어요. 그러다 '아, 이거 취미로 해야겠구나' 했을 때, 손가락이 너무 심심해서 쓴 게 〈간 큰 여자들〉이었고, 모티브는 언니들이었어요."

"캐릭터를 언니분들로 잡고 썼다?"

"네, 거의 똑같아요. 캐릭터를 정하고 보니까, 순간 그런 얘기가 떠올랐어요. 성격이 제각각인 사이코에 파탄자 여자 세 명에게 대뜸 30억이 든 돈가방이 생기면 어떻게 될까?"

송미진이 말한 유의 영화적 클리셰는 이미 꽤 흔하지만, 주인공이 여자 세 명이라는 것과 성격이 제각각인 사이코라는 캐릭터는 조금 새로웠다.

'옆에서 잘만 잡아주면 재밌겠는데.'

주혁이 가만히 생각을 시작했을 즈음, 혜나가 궁금해 미치겠다는 표정으로 재촉했다.

"그래서요? 그래서?"

붙임성 좋은 혜나가 성화를 부리자, 약간 내성적인 송미진은 어찌할 바를 몰랐다. 그 와중에 주혁은 가만히 책상을 내려다보며 생각을 정리했고.

"송미진 작가님."

대뜸 송미진을 불렀다. 그녀는 작가님이라는 명칭이 부끄러웠는지, 살짝 놀라며 되물었다.

"네?!"

주혁이 미소 지으며 자리에서 일어났고.

"〈간 큰 여자들〉, 영화 만듭시다."

송미진이 자지러졌다. 그러거나 말거나 강주혁은 대뜸 요즘 회사에 살다시피 하는 최명훈 감독을 호출했다. 최명훈 감독이 사장실로 얼굴을 내밀자, 주혁은 지체없이 계획을 설명했다.

"여기 송미진 작가님은 우리 보이스프로덕션 소속이고, 작가님이 쓴 습작을 영화 시나리오로 각색해서 찍어볼까 하는데요."

최명훈 감독이 퀭한 눈으로 되물었다.

"작가 습작을 영화 시나리오로 각색한다는 말씀이신지?"

"맞아요. 그리고 그 작업 총괄을 최명훈 감독님이 해주셨으면 좋겠습니다."

"예? 제가요?!"

주혁이 미소를 머금으며 끄덕였다.

"네. 대신 이번 작업은 배급 빼곤 보이스프로덕션 단독으로 갑니다."

다음 날 이른 점심 무렵. 주혁은 헤나와 디쓰패치 본사에 들러 이적 관련 인터뷰를 진행했다. 물론 그와 별개로 헤나의 이적 소식 자체는 크게 보도될 수 있도록 모든 언론사에 뿌렸다. 대어 헤나의 이적 기사는 역시나 발 빠르게 퍼졌다.

「[단독]이적을 결심한 헤나, 그녀의 속마음을 들어보자!」

디쓰패치의 단독 특집 기사부터 시작해서.

「헤나, '강트맨' 강주혁의 보이스프로덕션에 둥지 틀었다」

「헤나, 소속사 이적 후 첫 인터뷰 "내년부터 가수로서 활동 박차"」

이 모든 게 단 두 시간 만에 이루어진 일. 헤나의 영향력이 얼마나 큰지 확인할 수 있었다.

회사로 복귀한 주혁은 곧바로 추민재 팀장과 미팅을 진행했다. 제작 쪽이야 송미진 작가와 최명훈 감독이 있으니 그렇다 치고, 투자와 매니지 쪽의 방향성을 잡기 위해서였다. 추민재 팀장이 책상 위에 종이 몇 장을 올리며 입을 열었다.

"대충 돌아보니까, 현재로선 파이낸싱이나 기획단계인 작품은 이 정도가 전부야."

쓴 입맛을 다시며 추민재 팀장이 내민 기획서 및 시놉은 고작 서너 편이었다. 주혁이 팔짱을 끼며 어쩔 수 없다는 듯 고개를 끄덕였다.

"연말 비수기니까 별수 없겠지."

"그렇지. 나도 작품들 대충 읽어봤는데. 뭐, 전부 구려."

"흠. 이렇게 되면 당연히 오디션 정보도 적겠네."

"맞아. 파이 자체가 작으니까. 내 생각에는 연말까진 내실을 다지고, 내년부터 움직이는 게 좋지 싶은데."

틀린 말은 아니었다. 연말부터 이듬해 설날 때까지 연예계는 바빠진다. 작품이 쏟아져서가 아니라 지상파 방송국 시상식, 영화제, 특별행사, 연말 파티 등등 행사가 적지 않아서다. 보이스프로덕션에도 여러 연말 파티와 행사 초청이 들어와 있는 상태였고, 그중에서 꼭 가야 할 곳을 주혁이 추리는 중이었다.

"그래. 그럼 내년 설 지날 때까지는 회사 내부적으로 미비한 것들 정리하자. 형이 직원들 포함 연기자들한테도 전부 전달해줘. 참석 시상식이나 파티는 내가 추려서 문자 돌릴게. 연기자들 스케줄은 그때 정리하자."

"예예. 사장님."

말을 마친 주혁이 커피를 뽑기 위해 자리에서 일어났다. 그러자 추민재 팀장이 몸을 돌려 팔을 등받이에 두르면서 말을 던졌다.

"그런데 사장님. 그 뭐냐, DBS 쪽에서."

─ 취익!

커피가 내려오는 것을 바라보던 주혁이 추민재 팀장의 말을 잘라먹고 끼어들었다.

"형. 나 요즘 커피를, 살려고 마시는 것 같아."

"어? 갑자기 그게 뭔 소리냐?"

"뭔 소리긴. 나도 좀 쉬겠다는 소리지."

"쉰다고?"

"어."

내려오는 커피를 가만히 쳐다보던 주혁이 짧게 읊조렸다.

"며칠 쉬어야겠어."

늦은 밤. 오피스텔에 도착한 주혁은 입은 정장 그대로 거실 소파에 널브러졌다. 바로 한숨이 쏟아졌다.

"후우—"

몇 초간 얼굴에 팔을 올린 채 누워 있던 주혁이 요상한 신음을 뱉으며 거실 탁자 위에 올려진 노트북을 집었다. 〈척살〉의 현 상황을 파악하기 위함이었다. 검색어를 입력하니 결과가 빠르게 출력됐다.

「영화 '척살' 이번 주말을 기점으로 500만 넘을 듯」

「300만 공약 지킨 하성필, 그의 댄스 실력은?」

상황을 파악한 주혁은 노트북을 닫고는 배 위에 대충 올려놨다. 이어서 다시 한숨이 나왔다.

"후—"

온몸이 피곤함에 축축하게 젖은 듯했다. 주혁은 누운 채로 밝은 빛을 뿜어내는 천장 전등을 멍하게 바라보다가, 이내 거실 여기저기로 눈알을 굴리며 혼잣말을 뱉었다.

"뭘 하면서 쉬어야 되나."

거의 1년이었다. 세상 밖으로 다시 발을 내딛고 거의 1년 동안 쉬지 않고 달려왔다. 쉬는 날도 없었고, 그러다 보니 당장 뭘 하며 시간을 보내야 할지 떠오르지 않았다.

멍하니 눈알을 굴리던 그의 눈에 거실 책장에 꽂혀 있는 수백 권의 책이 보였다. 그가 찍은 작품 대본이었다. 영화부터 시작해서 드라마까지, 형형색색의 표지를 두른 대본들. 가만히 쳐다보던 주혁이 소파에서 일어나 책장으로 천천히 다가섰다. 시간을 머금은 표지에는 지난 세월을 증명하듯 먼지가 쌓여 있었다. 꼿꼿하게 서서 대본들을 쳐다보던 주혁이 혼잣말을 뱉었다.

"내 대본 안 본 지도 벌써 5년이 넘었네."

주혁은 살짝 떨리는 손으로 수백 권 중 표지가 깔끔한 영화 대본을 집었다.

― 제목 : 첫사랑공식

군대에서 갓 전역한 강주혁을 일약 국민 연하남으로 만들어준 영화였다. 주혁은 표지에 덮인 먼지를 손으로 대충 털어낸 후.

― 팔락

자신의 대본을 5년 만에 펼쳤다.

"……열심히도 했네."

펼친 대본에는 감독이 뽑아낸 지문과 대사가 반, 강주혁이 캐릭터 분석으로 적어둔 필기가 반이었다.

― 이 부분 대사 강세는 상대 배우와 호흡을 맞출 것.

― 대사 중간중간 공백을 부여해, 장면의 긴장감을 이어가자.

― 사랑을 느끼는 게 아니라, 무슨 감정인지 헷갈리는 장면. 절대 대사에 정을 담지 말 것.

빈칸을 찾아볼 수 없을 정도로 빼곡했다.

"이때가 20대 초반이었나?"

연기에 욕심을 부릴 때였고, 어떤 연기를 펼쳐도 만족하지 못하던 때였다. 이때쯤 홍혜수 팀장이 강주혁 진영에 합류했고, 그의 대중적 인기가 치솟을 때이기도 했다.

"……"

오묘한 기분이 들었다.

자신의 과거가 고스란히 담긴 대본. 개인적 삶을 반납하면서까지 연기하고 싶었던 캐릭터. 그 캐릭터로 대중에게 받았던 사랑까지. 무언가 가슴이 따뜻해짐을 느꼈다.

희한했다. 분명 컴컴한 반지하 월세방에 5년간 처박혀 살 때는 '지랄 같은 대본들 태워버려야지' 따위의 생각을 했고, 배신감과 우울증 그리고 대인기피증 공황장애까지, 부정적인 감정이 그의 마음속에 가득 차 있었는데, 지금 대본을 펼친 순간 과거 자신이 경멸했던 세상이, 연기가, 사람들의 불신이 아무렇지 않게 느껴졌다.

그렇게 가만히 대본을 내려다보던 주혁이 혼잣말을 뱉었다.

"……사람을 만나볼까?"

무언가 떠올랐는지 수첩을 꺼내 글자를 적기 시작했다.

— 1. 영화 보기(카라멜 팝콘도)

수첩 가장 첫 줄에 적힌 것은 그의 유일한 여가생활이었던 영화관람이었다. 그리고 가장 좋아하는 카라멜 팝콘. 그가 계속해서 목록을 적어 내려갔다.

— 2. 송 사장, 김건욱, 하성필과 술 한잔.

"……하성필은 만나지 말까? 걘 일단 보류."

그 와중에 하성필은 탈락했다.

같은 시각. 한눈에 봐도 고급스러운 검은색 세단이 도로를 달리고 있었다. 뒷좌석엔 누가 봐도 꽤 잘나가는 기업인이 연신 짜증스럽게 통화를 하고 있었다.

"아니, 시발아. 그러니까 왜 내 말을 한 번에 못 알아먹냐고! 일단 교도소 들어가라고! 그리고 니 애새끼들 중에 하나 꼬셔서 몸빵 세우라잖아!!"

기업인은 당장이라도 상대방을 죽여버릴 기세로 소리를 질러댔다.

"뭐? 야. 니 밥줄을 내가 왜 책임져?! 니 사채 사업장 털리는 게 내 탓이냐?! 그러니까 내가 시킨 대로 그 할매를 똑바로 처리하든가. 개새끼들이 판은 니들이 엎어놓고, 왜 내가 책임을 져? 끊어!!"

전화를 끊은 기업인이 핸드폰을 냅다 운전사 쪽으로 던졌다.

"늙어빠진 할망구 하나 똑바로 못 따놓고 시발새끼가. 후—"

긴 한숨을 내쉬며 머리를 감싸던 기업인이 짧게 읊조렸다.

"강주혁 그 새끼가 어떻게 알고 나타났지?"

때마침 고급 세단은 높디높은 빌딩 앞에 도착했다. 빌딩 입구 위에는 회사 상호가 커다랗게 걸려 있었다.

— 태신식품

기업인은 박종주였다.

* * *

강주혁의 휴식은 영화관에서부터 시작됐다. 아침을 대충 먹고 영화관에 도착한 시간은 아침 9시 정도.

12월이라 제법 쌀쌀해서인지, 주혁은 월세방에 살던 시절 자주 입던 롱패딩과 청바지 차림에 마스크와 모자까지 푹 눌러쓴 모습으로 영화관 입구에 들어섰다.

'생각보다 사람이 많은데?'

일요일이라 그런지 이른 아침임에도 영화 관람객이 꽤 많이 보였다. 대부분

커플이었고 다들 양손에 팝콘과 음료수를 들고서는 영화 시간이 되기를 목 빠지게 기다리고 있었다.

거기다 5백만을 향해 달리고 있는 영화 〈척살〉의 포스터가 여기저기 걸려 있고, 대형 TV에는 예고편이 뻔질나게 흘러나왔다. 주혁은 입구에 비치된 키 오스크에 예매번호를 입력해, 표를 출력했다. 그 길로 매점으로 향해 카라멜 팝콘까지 사서 상영관으로 입장했을 때 대형 스크린에는 이미 광고가 흘러나 오고 있었다.

'진짜 오랜만이네.'

강주혁은 어느새 영화관 내부의 컴컴한 분위기를 즐기고 있었다. 그가 선 택한 영화는 〈척살〉과 비슷한 시기에 개봉한 경쟁작 〈마약 전쟁〉이었다. 주혁 의 옆자리에는 대충 대학생 정도로 보이는 커플이 먼저 와 있었다.

"혜지야. 진짜 〈척살〉 보면 안 돼?"

"아니, 오빠. 우리 그거 두 번이나 봤잖아. 지겹지도 않냐, 진짜?"

"세 번 봐도 대존잼일 거 같지 않아? 이거 〈마약 전쟁〉 평 좀 안 좋던데."

커플은 이후 이런저런 잡담을 나눴다. 그러다 남자 쪽이 입을 열었다.

"근데 강주혁 개쩔지 않냐?"

카라멜 팝콘을 와삭와삭 씹던 주혁의 움직임이 멈췄고.

"강주혁? 갑자기 뭐가 쩔어?"

커플들의 대화에 은근히 귀를 기울였다.

"아니, 걔가 손댄 거 지금 다 성공한 거잖아. 〈척살〉 그것도 5백만 넘었대."

"아~ 하긴 〈28주〉 그것도 진짜 개존잼이긴 했어. 하― 김건욱 진짜 매력 터 져."

"그니께. 강주혁 걔가 손댄 거, 좋은 게 뭐냐면 존나 재밌는데 배우들이 연 기를 또 개잘함. 아이돌도 없고."

"오빠 아이돌 나오는 걸 그렇게 싫어하더라?"

"난 싫던데. 뭔가 믿음이 안 가자네."

"그렇긴 해."

그 순간 상영관 내부의 조명이 어두워지기 시작했고.

"약간 요즘 강주혁 이미지가 그런 거 같아."

남자가 마저 말을 이었다.

"걔가 제작하면 믿고 볼 수 있다?"

같은 시각, WTVM 예능국에는 주말임에도 송철구 CP를 필두로 박한철 PD, 메인 작가, 보조작가 그리고 조연출까지 모였다. 프로그램 기획이 막바지라 주말 반납은 어쩔 수 없었다. 머리가 산발인 메인 작가가 쉰 목소리로 입을 열었다.

"그럼, 프로그램 제목은 '만능엔터테이너'로 하는 거죠?"

송철구 CP가 고개를 끄덕였다.

"그래. 제목을 그걸로 가고, 투자랑 편성도 문제없을 거다. 아니지, 후— 굳이 따지자면."

한숨을 푹 쉰 CP 대신 박한철 PD가 말을 이었다.

"캐스팅이 문제네요."

"야야. 김환철 진짜 안 한대?"

"네. 못을 박더라고요. 안 그래도 전에 〈홀로산다〉에 잠깐 나왔다가 성격 지랄맞은 거 탄로 나니까, 잠잠해질 때까지 작곡이나 한다나 뭐라나."

"개새끼네 아주. 그럼 술 처먹은 거 뱉으라 해."

이후로도 예능 프로 〈만능엔터테이너〉 팀은 한참이나 회의를 지속했다. 캐디(캐스팅디렉터)까지 합세해서 답을 찾기 위해 노력했다.

"그럼 확답을 준 게, 민효정밖에 없는 거야?"

송철구 CP의 말에 박한철 PD가 힘없이 고개를 끄덕였다.

"네. 민효정이야 뭐, 1세대 걸그룹 출신에 아는 사람 다 아는 댄싱퀸이니까. 이런 멘토 같은 역할 마다할 이유가 없죠."

"그나마 다행이네."

그때 종이에 출력된 캐스팅보드를 내려다보던 캐디가 고개를 갸웃하며 물었다.

"근데, 박 PD님."

"예."

"연기 쪽이요. 굳이 강주혁으로 가야 할 이유가 있습니까? 레벨이 너무 무거운데. 덩치가 너무 커요. 프로그램 방향성 자체가 연기가 메인이긴 하지만 굳이 이런…… 몸값도 비싸고."

그런데 대답은 송철구 CP 쪽에서 나왔다.

"야, 승구야, 아니 류 캐디. 너 이 프로가 어떻게 토요일 편성이며 투자며 키 스태프 계약까지 순탄하게 뚫렸는지 모르냐?"

"예?"

살짝 눈이 커진 캐디를 보며 송철구 CP가 진지한 표정으로 말을 이었다.

"강주혁, 아니 강 사장. 연기도 연기지만, 가장 중요한 건 스토리야. 그 친구 걸어온 과정이 말도 안 되게 재밌잖아? 거기다 지금 제작사로 빵빵 터지고, 헤나 영입에다가 신인들도 전부 연기파에."

거기에 메인 작가도 거들었다.

"저희 작가진에서 기획안 올리기 전에 트렌드 조사만 몇 주 했거든요? 그런데 지금 강주혁이 시장에서 가지는 브랜드 파급력이 엄청나요. 걸어 다니는 광고판이에요. 진짜."

그러자 송철구 CP가 팔짱을 끼며 말을 이어받았고.

"가수 파트나 댄스 파트는 그렇게 목맬 필요 없어. 어차피 대체할 캐릭터는 많으니까 누구 하난 물겠지. 그런데, 강주혁은 안 돼. 내가 이 바닥 15년인데 대체할 캐릭터가 없어. 무조건 잡아야 된다. 얼마를 주더라도."

거의 정해진 결과인 것처럼 엄포를 던졌다.

"강주혁 섭외 엎어지면 이 프로도 나가리 나는 거야."

〈만능엔터테이너〉 회의가 한창인 사이, 어느새 영화가 끝났는지 주혁이 보던 스크린에는 엔딩크레딧이 스스슥 올라가고 있었다. 그런데 어째선지 주혁이 눈을 질끈 감았다. 이어서 옆자리 커플 중 남자가 자리에서 일어나면서 입을 열었다.

"와― 진짜 영화 개쓰레기네. 이거 봐. 아, 돈 아까워."

"아, 오빠. 진짜 〈척살〉이나 볼걸."

"그니게. 1분 1초가 이렇게 늦게 가는 영환 진짜 오랜만이네."

실컷 혹평을 쏟아내던 커플이 계단을 따라 출구 쪽으로 내려갔다. 그 모습을 가만히 지켜보던 주혁도 작게 읊조렸다.

"내 말이 그 말이다."

말 그대로 영화가 똥 같았다. 주혁은 남은 카라멜 팝콘을 입에 털어넣고는 미련 없이 자리에서 일어났다.

영화관을 나온 주혁은 곧장 무비트리 쪽으로 차를 몰았다. 송 사장과 점심을 하기 위해서였다.

"자자, 강 사장님! 짠!"

송 사장은 〈척살〉의 흥행으로 기분이 업됐는지, 점심임에도 소주를 부어대기 시작했다. 주혁은 운전 때문인지 사이다를 마시는 중이었다. 두 남자는 과거 〈척살〉의 제작 시작부터 시작해 이야기꽃을 피웠다.

"크— 죽인다. 야, 근데 너 〈척살〉이 잘될 거란 거 어떻게 알았냐? 장춘성 치울 때까지만 해도 솔직히 좀 반신반의했는데."

"형. 장춘성이 이 판에 끼었으면 10만도 못 넘겼어."

"알지. 내가 아주 자~알 알지. 그래서, 어떻게 알았어? 지금 생각해보면 너 최명훈 감독 데려올 때부터 확신 있었잖아?"

"뭐, 그냥 감이지. 말했잖아? 시나리오 재밌었다고."

"아이고, 강 사장님. 이거 평생을 같이 가야겠는데? 그래. 그딴 게 다 뭔 소용이냐! 영화가 잘됐다는 게 중요하지! 먹어먹어!"

신나게 소리친 송 사장이 비닐장갑을 낀 왼손으로 족발을 잡아 뜯기 시작했다. 송 사장의 광적인 발골에 질렸다는 듯 고개를 흔들던 강주혁이 순간 무언가 떠올랐는지 입을 열었다.

"근데, 형. 예전 류진태가 움직일 때 말이야."

"족발 맛 떨어지게 그 새끼 이름은 왜 꺼내냐? 류진태 움직일 때 뭐?"

"그때 무비트리 사장, 지금 찾을 수 있나?"

"몰라, 난. 그 사람이랑 친하지도 않았고."

"그래? 그럼 형 박종주는 누군지 알아?"

"박종주? 누군데? 영화 쪽 관계자?"

아무래도 송 사장은 전혀 모르는 눈치였다. 그를 가만히 지켜보던 주혁이 짧게 숨을 내쉬면서 말을 이었다.

"그럼 그때 무비트리 사장, 신상은 좀 알 수 있지? 기본적인 건 있을 거 아니야."

여전히 족발을 손에 든 송 사장이 순간 진지한 표정으로 돌변했고.

"찾아볼게. 근데 무슨 일 있냐?"

주혁은 그런 송 사장이 이 판에 개입되면 안 된다고 생각했다.

"아니. 형은 몰라도 돼. 그냥 그것만 찾아줘."

강주혁은 송 사장과 헤어진 후, 여의도 한강공원 주변 카페에서 김건욱을 만났다. 김건욱의 광고 촬영 차 하루를 통으로 빌려둔 카페였다. 촬영 쉬는 시간에 짬을 낸 두 남자는 많은 얘기를 나눴다. 5년 동안 쌓인 오해가 너무나 많았다. 강주혁을 아끼는 만큼 김건욱은 서운함이 컸던 모양이었다. 하지만 주혁의 사과와 사정을 듣고 이해했고, 이내 모든 의문을 털어냈다. 그런데 엉뚱한 곳으로 불똥이 튀었다.

"근데 형, 혜나 영입했어?"

"했지."

"나는?"

"너는 뭐."

무심하게 답하는 강주혁 때문인지, 김건욱의 말문이 순간 막혔다.

"너 계약 얼마나 남았는데."

"⋯⋯1년."

"재계약 안 하려고? 회사에 뭔 문제 있냐?"

"문제라기보다는."

무언가 말하려던 김건욱이 결국 고개를 저었다.

"나중에, 나중에 말해줄게."

"그래라."

그때.

"건욱 씨! 준비 부탁드립니다!"

광고 촬영 스태프가 소리쳤고.

"가봐. 나중에 얘기하자. 고민 있으면 언제든 전화하고."

잠시 강주혁의 얼굴을 빤히 쳐다보던 김건욱이 촬영장 쪽으로 천천히 움직였다.

김건욱과 헤어진 주혁은 한강공원을 거닐었다. 밤공기가 차가웠지만 운동하는 사람들부터 데이트 나온 연인 등 꽤 많은 이들이 일요일 밤을 즐기고 있었다. 다행히 단단하게 무장한 강주혁을 알아보는 이는 없었다.

'뭐, 좋네. 이런 것도.'

주혁은 양손을 롱패딩 주머니에 쑤셔 넣고 천천히 산책하는 이 순간이 썩 괜찮다고 느꼈다.

그리고 사람들이 불편하지 않았다. 오히려 지나치는 사람들에게서 언뜻언뜻 들리는 대화나 그들의 표정, 감정 등이 강주혁을 즐겁게 했다.

'……그래, 가끔은.'

은근 만족스러움에 슬쩍 미소 짓던 주혁이 걸음을 멈추고, 왔던 길을 돌아가려는 찰나.

— 우우우우웅 우우우우웅

그의 전화가 느닷없이 울렸다. 전화기를 꺼내보니.

* 070-1004-1009

발신자는 보이스피싱이었다.

"좋아."

쾌재를 부른 주혁이 곧장 전화를 받았다.

"'실버' 단계의 주인이신 강주혁 님 안녕하세요!

강주혁 님의 유료서비스 '실버'의 남은 횟수는 총 28번입니다. 유료서비스인 '실버' 단계를 통해 인생역전에 더욱 가까워지길 기원합니다! 계속 진행을 원하시면 1번을 눌러주세요."

재빨리 1번을 눌렀다. 그런데.

"……"

"뭐지."

평소 같으면 곧장 키워드 선택이 들려야 하는데, 핸드폰에서 여자 목소리가 들리지 않았다. 오직 통화 특유의 소음만 들릴 뿐.

"끊어졌나?"

하지만 보이스피싱이 끊어진 건 아니었다.

"뭐야. 왜 진행이 안 돼?"

이상함을 느낀 주혁이 핸드폰을 다시 귀에다 가져다 댔다. 바로 그때.

— 띠릭!

"'실버' 단계의 주인이신 강주혁 님. '실버' 단계부터는 랜덤박스 서비스가 시작됩니다. 확인 결과 앞선 5개의 키워드 결과 달성률이 100%, 랜덤박스 조건이 충족되었습니다. 랜덤박스는 조건이 충족될 때마다 서비스될 예정이며 랜덤박스 서비스를 자주 이용하거나, 단계가 높아질수록 여러 콘텐츠가 포함되어 강화됩니다. 랜덤박스를 선택하지 않으셔도 충족된 조건은 모두 리셋되니 착오 없으시길 바라며, 더욱 여러 사람에게 인정받으며 인생역전에 박차를 가해주시길 바랍니다!"

"랜덤박스? 조건? 이게 다 뭔."

뜬금없는 말을 늘어놓던 보이스피싱은 주혁의 의문에도 불구하고 계속 진행됐다.

"들으실 항목의 키워드를 '선택'해주세요!

1번 '14주 동안', 2번 '당해낼 수 없다', 3번 '새벽 3시', 4번 '데이트폭력', 5번 '대철건설', 6번 '랜덤박스', 다시 듣기는 #버튼을 눌러주세요."

크게 달라진 것은 없었다. 다만.

"랜덤박스. 6번이…… 풀렸어."

마지막 숫자가 해금됐다. 지금껏 보이스피싱이 제시하는 키워드 번호 중 마지막 항목은 항상 번호만 들릴 뿐이었다. 이번에 실버 단계로 넘어왔더니 브론즈에선 안 들렸던 5번이 열렸기에 그저 '단계가 높아지면 항목이 하나 더 열리는구나' 정도로 주혁은 생각했다.

하지만 지금 보이스피싱은 강주혁의 추측을 가볍게 깨뜨렸고, 순식간에 주혁의 머릿속은 복잡해졌다. 그렇게 가만히 넋 놓고 보낸 시간이 몇 초.

"어쨌거나, 눌러봐야지."

경험해보지 못하면 그 어떤 것도 알아낼 수가 없었다. 아직 생각이 정리되진 않았지만, 주혁은 6번 '랜덤박스'를 눌렀다.

"탁월한 선택! 강주혁 님이 선택한 키워드는 '랜덤박스'입니다!

강주혁 님의 1차 '랜덤박스'를 개봉하는 중입니다. 잠시만 기다려주시기 바랍니다…… 축하드립니다! 강주혁 님의 1차 '랜덤박스'에서 미래 영상파일이 나왔습니다. 문자를 확인하시기 바랍니다!"

보이스피싱은 가차 없이 끊어졌고.

"미래 영상파일?"

주혁이 짧게 읊조리는 순간, 핸드폰으로 문자가 도착했다.

* 070-1004-1009

문자를 보내온 곳은 역시나 보이스피싱. 주혁은 약간 떨리는 손으로 도착한 문자를 터치했다.

ㅡ 1차 랜덤박스 / 미래 영상파일

유효기간 / 30일(기간이 지나면 자동으로 영상은 열리지 않게 됩니다.)

첨부 : 1. 미래 영상파일

주혁은 말없이 첨부된 영상을 눌렀다.

시작은 연예계 소식을 전해주는 방송영상으로 시작됐다. 처음 보는 여자 리포터가 자리에 앉아 카메라를 응시하며 멘트를 쳤다.

"겨울에 잘 어울리는 노래 '차가운 이별'! 여러분도 아시죠? 겨울마다 차트 상위권에 재등장해 연금음원이란 수식어가 붙은 '차가운 이별'은 2년 전 국내 모든 음원 플랫폼 상위권을 약 한 달간 휩쓸었는데요? 그 노래를!"

— 지직

"어?"

깨끗하게 재생되던 영상이 순식간에 검은색 화면으로 전환됐다. 그리고.

— ♬ ♪ ♩

노래가 흘러나오기 시작했다.

가수의 목소리가 입혀지지 않은, 그저 노래 멜로디만 흘러나와 MR 같았다. 뭔가 웅장한 느낌이 드는 노래였다. 클래식 같으면서도 중간중간 강한 비트가 가미된 노래. 그리고 검은색 화면 하단에 자막이 나타났다.

— 작곡, 작사를 직접 한 원곡자가 부른다면 큰 성과를 올리지 못하고, 대중의 기억 속에서 사라지는 노래가 됩니다.

그러고는 1분간 나오던 노래가 끊기면서 영상이 끝났다. 주혁은 첨부된 영상을 재차 터치했다. 그러자 영상은 문제없이 재생됐다. 즉 유효기간 안에는 영상을 다시 볼 수 있다는 의미였다.

"흠."

잠시간 핸드폰을 내려다보던 주혁은 이내 주변을 둘러보다, 가까운 나무 벤치를 찾아 앉았다. 생각을 정리해야 했다.

'일단, 브론즈 때는 이런 서비스가 없었어. 랜덤박스라고 했지?'

보이스피싱답게 미묘한 서비스였다. 인터넷 쇼핑몰에서나 볼 법한 랜덤박스는 같은 가격에 내용물을 알 수 없는 게 보통이었다. 구매 가격보다 더 좋은 물건이 있을 수도 있고 안 좋은 것이 있을 수도 있는, 예측 불가능성이 핵심.

'그런데 보이스피싱은 물건이 아닌 미래를 판매한단 말이지.'

물건이 아닌 미래를 판매하는 보이스피싱 특성상 강주혁에게 무조건 이득이 된다는 뜻이었다.

'앞선 키워드 다섯 개의 달성률이 백 프로, 이게 조건이라고 했어.'

브론즈부터 실버까지, 보이스피싱이 제시하는 키워드는 무엇 하나 버릴 것 없는 고급정보였다. 그런 키워드들을 주혁은 충실하게 써먹었다. 결과적으로.

'제시된 미래 정보를 백 프로 써먹으면 나온다는 소리지.'

거기다가 랜덤박스는 서비스를 자주 이용하거나 단계가 높아질수록 강화된다고 했다. 주혁은 생각을 정리하다 말고, 다시 미래 영상파일을 눌러 재생시켰다. 가만히 영상을 보던 주혁이 혼잣말을 뱉었다.

"이건 거의 치트키 아냐?"

보이스피싱이 제시하는 키워드들의 미래 정보도 엄청난데, 이 랜덤박스가 보내준 영상파일은 말 그대로 미래에 일어난 일 중 일부분의 편집 영상 같았다. 거기에 전체는 아니지만 대박이 터지는 노래를 제목까지 들려줬다.

'심지어 여기서 더 강화된다고?'

강주혁이 핸드폰을 내려다보면서 혀를 내둘렀다. 이름 모를 기대감과 짜릿함이 동반됐다. 주혁이 웃었다.

"뭐가 됐든, 보이스피싱을 꾸준히 잘 써먹으면 되는 거야."

주혁은 주머니에서 수첩을 꺼내 랜덤박스 내용을 간단하게 메모한 뒤, 자리에서 일어났다.

"그럼 이제 또 일해볼까."

핸드폰과 수첩을 주머니에 넣은 주혁은 곧장 사무실로 달려갈 마음이 치솟아 그대로 몸을 돌렸다. 그때였다.

"언제나처럼 머리를 질끈 묶고 하루를 시작해♬"

어디선가 들리는 기타 소리와 노랫소리가 주혁의 발길을 잡았다.

"감정이 없는 얼굴로♪"

분명 귀에 익은 음성이었다. 강주혁이 홀린 듯 노랫소리가 들리는 방향으로 고개를 돌렸다. 그곳에는 이미 열댓 명쯤 모여 있었다. 강주혁도 천천히 노랫소리가 들리는 쪽으로 걸었다.

가까이 가서 보니 청재킷과 회색 후드를 입은 여자가 작은 몸에 비해 큰 통기타를 치면서 버스킹(길거리 공연)을 하고 있었다.

"문득 꿈에 나온 널 떠올려♫"

여자는 이미 발표된 타 가수의 노래를 자신의 감정을 담아 부르고 있었다. 주혁은 딱히 노래를 즐겨 드는 편이 아니었다. 그럼에도 그는 자리를 뜨지 않았다. 뭔가 흡인력이 있었다.

몇 분 뒤.

"감사합니다!!"

빠져 듣다 보니 어느새 노래가 끝났는지, 들어준 사람들에게 여자가 꾸벅꾸벅 인사했고, 노래를 듣던 사람들도 박수를 치며 화답했다. 그 모습을 지켜보던 주혁과 여자의 눈이 우연히 마주쳤다. 동시에 주혁의 눈이 커졌다.

'어?'

이어서 떠올랐다. 예전 황 실장이 찍어온 사진에서 봤던 걸그룹 멤버.

"감사합니다!!!"

'쟤 분명, J-주비스.'

최화진이었다.

그녀의 인사에 사람들은 조금씩 흩어졌고, 어느덧 강주혁 혼자 남았다. 최화진은 강주혁을 알아보지 못한 채 기타와 음향기기를 정리하느라 정신이 없었다. 그런 그녀를 물끄러미 바라보던 주혁이 한 걸음 다가서며 입을 열었다.

"왜 여기 있어요?"

주변에 사람이 있다는 것을 인지하지 못했는지, 최화진이 화들짝 놀라며 고개를 들었다.

"아! 죄송해요. 금방 치우고 빠질게요."

강주혁을 한강공원을 관리하는 관계자로 판단했는지 자리를 정리하는 손이 바빠졌다. 그런 그녀에게 주혁이 더 가까이 다가가 말을 이었다.

"전화, 왜 안 했어요."

바삐 자리를 정리하던 최화진의 손이 멈췄다. 그녀가 쭈그린 채로 강주혁을 올려다봤다.

"네? 그게 무슨."

"내가 분명 앞이 안 보이거나 헤쳐나가기 힘들 때, 전화 달라고 전하라고 했는데."

"……어?"

문득 무언가 떠올랐는지, 최화진의 눈이 커졌다. 주혁은 그녀와 손을 뻗으면 닿을 정도로 가까이 다가가 마스크를 내렸다.

"박 기자가 명함 안 전해줬어요?"

마스크를 내려 얼굴을 드러낸 강주혁을 보자마자, 앉아 있던 최화진이 벌떡 일어났다.

"어어어?! 어, 어째서 여기!"

주혁은 놀란 최화진을 그저 빤히 바라봤다. 혈색은 나빠 보이지 않았다. 예전 사진에서 봤을 때보다 표정도 밝은 듯했고, 노란색 머리도 검은색으로 돌아와 있었다. 대체로 대학생처럼, 딱 제 나이처럼 보였다.

"……"

"……"

둘의 사이는 꽤 가까웠지만, 이어지는 대화는 없었다. 최화진은 나름대로 충격받은 상태였고, 주혁은 그런 그녀를 관찰했다. 솔직히 그간 신경쓰지 못했다. 물론 FNF의 동향은 지속적으로 파악했지만, 최화진을 중점적으로 파악한 건 아니었다.

'그런데 왜 여기서 버스킹을.'

J-주비스 정도면 인지도가 없는 것도 아니거니와 어느 소속사라도 군침 흘릴 정도는 됐고, 전화도 안 왔기에 주혁은 최화진이 잘 지내겠거니 했다.

'무슨 사연이 있는 건가? 해체 기사는 못 봤는데.'

자세하게 묻고 싶었지만, 시간도 너무 늦었고 충격에 빠진 최화진과 당장 대화하기는 여러모로 적절해 보이지 않았다. 주혁은 그녀에게 다시 명함을 건넸다.

"전화를 줘도 좋고, 회사로 찾아와도 괜찮아요. 진정되면 꼭 연락 줘요."

"……"

그녀는 말없이 떨리는 손으로 명함을 받았다. 마스크를 다시 쓴 주혁이 마지막 말을 던졌다.

"부담 없이 편하게 연락해도 돼요. 화진 씨는 그럴 자격이 있으니까."

최화진의 손은 여전히 떨렸다.

* * *

복귀한 강주혁이 가장 먼저 처리한 일은 당연하게 랜덤박스에서 들린 노래를 찾는 것이었다. 하지만 쉽지 않았다. 애초 가수 쪽은 강주혁의 주 종목도 아니었기에.

"흠. 이 노래를 직접 만드는 것도 생각해봐야겠는데?"

주혁은 '차가운 이별'이라는 노래를 정해진 기간 동안 들을 수 있었고, 직접 만드는 것도 가능했다. 원곡자를 찾다가 정 안 나오면 시도해볼 만한 가치가 있었다.

다음으로 광주시청에서 지역개발을 발표했다. 강주혁의 조언들이 모두 포함된 발표였다. 이에 보이스프로덕션 건물 주변은 자연스레 관심이 높아졌고, 시세 역시 변동이 생기기 시작했다. 물론 강주혁의 건물만 관심이 높아진 것은 아니었다. 이미 SNS나 너튜브 등으로 관심도가 폭증한 상태였던 KR마카롱이 대중적으로 수면 위에 오르면서 가맹점 문의가 쏟아진 것. KR마카롱의 가맹사업에 시동이 걸렸다.

그사이 주혁은 김재황 사장과도 미팅을 진행했다. 브랜디드 콘텐츠는 김재황 사장이 직접 핸들링을 하는지, 꽤 디테일한 얘기가 오갔다. 물론 굳이 강주혁과 상의할 의무는 없었지만, 그럼에도 김재황 사장은 강주혁에게 내용을 공유하며 조언을 구했다.

"어떤가? 난 대체로 괜찮아 보이는데."

브랜디드 콘텐츠의 시작은 SF 느낌의 단편영화였다. 단편영화를 시작으로 다른 방향성으로 총 5부까지 뻗어 나가는 기획. SF라는 점이 특이했다. 거기에 현재 피 터지게 살아가는 20~30대의 미래에 관한 이야기를 풀어내고, 해창전자의 기업 소개와 문화 등을 자연스럽게 녹여냈다. 대기업 해창전자의 틀에 박힌 색깔을 쫙 빼겠다는 의지가 분명했다. 출연 라인업도 화려했고, 연출도 국내 유명 감독 고창수. 거기다 외국 배우들까지 합세해 글로벌 느낌을 살렸다. 대충 봐도 제작비가 상당해 보였고, 전체적으로 흥미로웠다. 다만.

"사장님. 제 느낌인지는 모르겠는데, 여기 중간중간 촬영지가 일본이라거나 일본 배우들의 비중이 상당히 보이는데, 의도한 겁니까?"

"아무래도 요즘 일본 교류가 좀 활발하고, 최근 노트북이나 핸드폰이 일본에서 잘 팔려."

"그러시군요."

즉 일본을 꽤 어필하겠다는 뜻. 주혁은 이 부분이 마음에 들지 않았다.

"……그저 제 감인데, 일본 비중을 확 줄이시거나 아예 빼버리시는 건 어떠십니까? 재욱이도 들어가는 마당에 좀 생각을 달리하세요."

"아예 빼다니? 근거는?"

"글쎄요. 일본은 감이 안 좋습니다. 그리고 이거 컨셉 자체가 20~30대의 사랑과 꿈, 미래에 관한 이야긴데 요즘 20~30대에게 일본의 이미지가 썩 좋다고만은 할 수 없어요. 까딱 잘못하면 가장 중요한 국내에서 미움받을지 모릅니다."

"감이 안 좋다라……."

그 자리에서 결정지을 문제는 아니었지만, 김재황 사장은 강주혁의 감에 꽤 흥미를 갖는 사람 중 한 명이었고, 때문에 깊은 고심에 빠졌다.

보이스프로덕션 소속 배우들도 저마다 할 일이 있었다. 강하영은 김삼봉 감독의 영화〈도적패〉출연이 확정됐다. 재미있는 점은 김삼봉 감독이 추가로 말숙까지 캐스팅을 원했다는 것이다. '날치기녀' 역할에 비중은 강하영과 달리 크지 않지만, 시나리오상 초반부 웃음을 책임지는 윤활유 배역이었고 캐릭터 자체도 좋았다. 어쨌든 김삼봉 감독 진영에 보이스프로덕션 소속 배우 두 명이 꽂혔다.

강하진은 강주혁의 지시대로 연기연습과〈척살〉의 남은 마케팅 스케줄 그리고 영화제와 연말 행사를 준비하는 중이었고.

"재욱아. 너는 한동안 학교생활에 열중. 곧 시험이지? 공부도 하고. 브랜디드 콘텐츠는 내가 알아서 할 테니까, 그 전까진 학교 다녀."

"네."

그간 드라마 촬영 때문에 학교를 밥 먹듯 빠졌으니 수업일수도 부족하고,

학교생활을 등한시하면 안 된다는 판단에서였다.

　정신없는 일주일이 지나 다시 찾아온 월요일. 주혁은 아침부터 세무사와 함께 돈 정리를 했다. 작품 정산이었다. 〈내 어머니 박점례〉가 벌어들인 돈은 백억에 육박했고 〈28주, 궁궐〉은 투자금 회수와 투자금 비례 약 40%의 수익률을 올렸다. 이 모든 것이 1차 판매 수익이었고, 2차 판매는 시작도 안 된 상태였다. 대충 잡아도 120억.

　여기에 최철수, 류성원 감독부터 김점숙 할머니, 강하영 등 〈내 어머니 박점례〉와 관련됐던 사람들의 정산을 보너스까지 생각해서 정리했다. 반면 〈28주, 궁궐〉에서 나온 수익은 오롯이 강주혁이 투자만으로 이루어낸 결과였기에 모두 강주혁의 수익이었다.

　"나머지는 김앤미디어에서 알아서 하겠지."

　얼추 정산이 끝나자, 쉴 틈 없이 VIP 최혁 팀장이 메일을 보냈다. 가장 눈길을 끄는 내용은 〈척살〉의 어제 날짜 성적이었다. 누적 관객 7,173,452명. 개봉한 지 한 달도 안 돼 누적 관객수 7백만을 돌파했다는 소식이었다.

　"이대로면 9백만은 가볍게 넘겠는데?"

　거칠 것 없는 행보. 미소를 머금은 주혁이 커피를 뽑기 위해 자리에서 일어났다. 그러나 쉴 틈을 안 주겠다는 듯, 이번에는 핸드폰이 울렸다. 발신자는 헤나였다. 주혁은 커피머신 버튼을 누르며 전화를 받았다.

　"네. 헤나 씨."

　그런데 헤나의 목소리가 꽤 다급했다.

　"사장님! 일이 좀 짜증 나게 흘러가는데요?"

　"짜증 나게?"

　주혁이 되묻자, 헤나가 실제로도 살짝 짜증이 묻은 목소리로 말을 이었다.

"전 소속사 사장이 훼방을 놓는 것 같아요."

"훼방을 놓는다?"

"네."

반면 주혁은 미소 지으며 꽤 여유롭게 답했다.

"치워버리면 되니까, 편하게 말해봐요."

24. 만능

소울 엔터테인먼트 사장실에서는 백상구 사장이 아침부터 핸드폰을 붙잡고 여기저기 전화를 돌리고 있었다.

"야야. 내가 너한테 투자한 게 얼만데 이럴래, 진짜? 그래, 인마. 그 노래 헤나 주지 말라니까. 어차피 노래 어려워서 걔 소화도 못해. 걱정하지 마. 내가 책임진다. 그래."

백상구 또한 시작은 가수였다. 따라서 가수 쪽으로 발이 넓고, 입김이 안 닿는 곳이 없었다. 연기 쪽이라면 강주혁의 이름값이 빛을 발하겠지만, 이쪽은 사정이 달랐다. 보이스프로덕션은 그저 최근 자주 거론되는 제작사일 뿐이었다.

"어, 종석아. 너 요즘 곡 돌린다며. 지금쯤 헤나 싱글 준비할 텐데, 걔한텐 주지 마라. 그냥 주지 마. 괜찮아. 절대 주지 마."

여기저기 전화를 돌리던 백상구 사장이 핸드폰을 책상 위에 던지면서 거칠게 혼잣말을 뱉었다.

"뭐? 싱글? 지랄. 헤나야, 어디 한번 보자. 니가 거기서 싱글로 성공할 수 있는지."

같은 시각, 주혁은 3층 미팅룸에 모두 모였다는 전화를 받고는 사장실을 나섰다. 보이스프로덕션 전체 직원은 물론 헤나와 그녀의 스태프들도 자리해 있었다. 스태프는 스케줄매니저, 로드매니저, 스타일리스트 두 명 그리고 댄스팀 팀장 정도였다. 이들도 헤나가 이적하면서 소울 엔터테인먼트에서 보이스프로덕션으로 넘어왔다. 정신없이 일정을 쳐내던 주혁으로서는 사실상 처음 만나는 자리였다.

"반가워요. 다들 처음 보죠?"

주혁은 스케줄매니저를 시작으로 끝에 서 있는 댄스팀 팀장까지 악수를 청하며 인사를 나눴다. 그러고는 뒤쪽에 서 있는 보이스프로덕션 직원들을 소개한 후 의자를 가리켰다.

"다들 앉으세요."

헤나는 강주혁의 바로 옆자리 의자를 빼내어 살짝 짜증스럽게 앉았다. 그런 그녀를 보며 주혁이 단도직입적으로 물었다.

"그래서, 훼방을 어떻게 놓는지 설명해봐요."

주혁의 물음에 헤나가 콧잔등을 찡그리며 짧게 답했다.

"곡이 안 들어와요."

"곡이 안 들어온다?"

"네. 싱글 곡 주기로 했던 작곡가들이 모조리 연락이 안 돼요! 짜증 나! 이거 무조건 백상구 사장이 약 치고 있는 거예요. 아니고선 전부 이렇게 한 번에 등을 돌릴 수가 없어요."

머리를 감싸 쥔 헤나를 바라보던 주혁이 고개를 갸웃했다.

"미안한데 그쪽 생리를 내가 잘 몰라서. 세상에 작곡가들이 널렸을 텐데, 몇 명 등돌렸다고 문제가 되는 건가요?"

대답은 홍혜수 팀장 쪽에서 나왔다.

"으음, 뭐라고 설명해야 할까? 작곡가는 널렸지만, 노래라는 건 결국 가수가 소화할 수 있느냐 없느냐로 판가름 나거든. 왜 그런 거 있잖아. 유명 가수들 인터뷰 보면 '대박 터진 노래가 원래는 자기한테 먼저 들어왔지만, 곡이 어려워서 반려했다' 같은."

설명하던 홍혜수 팀장이 헤나를 쳐다보며 말을 이었다.

"노래가 아무리 좋아도 헤나가 소화하지 못하거나 음악 스타일이 다르면 싱글이 망할 수 있고, 그렇게 되면 다음으로 가는 정규앨범에 막대한 지장이 갈 수 있어. 대중의 기대감이 팍 떨어지거든."

주혁이 고개를 끄덕이며 답했다.

"그러니까, 헤나 씨와 줄곧 작업하던 작곡가들을 그 백상구라는 사장이 원천봉쇄했다는 말이잖아?"

그때 헤나가 씩씩거리며 끼어들었고.

"진짜 나빴죠? 제가 거기서 낸 앨범만 4집에다가 드라마까지 엄청 고생했는데! 완전 뒤통수 제대로 맞았어요."

팔짱 끼고 있던 추민재 팀장이 거들었다.

"염병. 백상구 그 양반, 꽤 잘나가는 가수 출신이라 그 바닥에선 방귀깨나 뀌는 걸로 아는데. 귀찮게 됐네. 아주 죽도록 물고 늘어질 셈인가?"

주혁은 말없이 검지로 책상을 두드리며 생각에 빠졌다.

"그러니까."

이윽고 그가 입을 열었다.

"나를 방해하고 있는 거잖아. 백상구라는 양반이."

추민재 팀장이 웃었다.

"크크, 그렇지. 아주 제대로 물 먹이고 있는 거지."

그러자 주혁이 속주머니에서 수첩을 꺼내며 결론을 던졌다.

"그럼 치워야지."

속전속결로 진행되는 분위기에다 꽤 살벌한 대화가 오가는데도 보이스프로덕션 직원들은 대수롭지 않은 표정으로 주혁에게 집중하고 있었다. 심지어 추민재 팀장이나 홍혜수 팀장은 여유롭게 웃기까지.

'뭐야, 이 분위기. 저런 결정을 이렇게 쉽게.'

그 모습에 혜나와 그녀의 스태프들은 적응이 안 되는 듯 보였다. 그러거나 말거나 주혁은 수첩을 꺼내 예전에 해결한 미래 정보가 적힌 쪽을 펼쳤다.

'이 표절 관련 미래 정보, '366일의 사랑'부터 파볼까?'

혜나를 〈28주, 궁궐〉에 합류시키기 전, 보이스피싱에서 들었던 미래 정보였다. 혜나가 받은 OST 곡이 외국 가수의 노래와 유사해 표절 가수 낙인이 찍힌다는 정보. 당시만 해도 이 OST를 제작한 음악감독과 음악팀의 잘못이라고만 생각했는데, 이쯤 되니 여기에도 백상구 사장이 관여했지 싶었다.

'아니, 어쩌면 아예 백상구가 직접 핸들링했을지도.'

가만히 생각하던 주혁이 혜나에게 시선을 던지며 물었다.

"혜나 씨, 일전에 OST 표절 사건 말인데. 상황이 어땠어요?"

"아, 그건 OST 만든 음악감독하고 프로듀서가 제대로 확인을 못해서 벌어진."

혜나가 계속 말하고 있었지만, 주혁의 신경은 이미 수첩으로 옮겨졌다.

'슬쩍 발 빼고 덮었다는 소리 같은데.'

수첩을 뚫어져라 보던 주혁은 자신이 메모해놓은 미래 정보를 한 글자 한 글자 파악했다.

'어쨌거나 핵심은 표절 OST를 만든 그 음악감독과 유언비어를 퍼뜨릴 예정이었던 소속사 관계자 그리고 백상구.'

대충 결론을 지은 주혁이 다시금 혜나를 보며 입을 열었다.

"일단, 알겠어요. 내가 알아서 할 테니까 그전까지는 좀 쉬고 있어요."

그 후 모임은 자연스럽게 회의 분위기로 전환됐다.

"그리고 헤나 씨 스케줄매니저님 포함 스태프분들은 공식적으론 홍혜수 팀장님 산하로 들어갑니다. 앞으로 헤나 씨 관련 문제나 이슈들은 곧장 홍혜수 팀장님한테 전달하세요."

"네."

가장 연장자로 보이는 스케줄매니저가 고개를 끄덕였고.

"그리고 직원 충원 말인데. 우리 소속 배우들 로드매니저는 모두 각각 있어야 할 것 같고, 스케줄은 팀장님들이 정리해서 로드에게 전달하는 식으로 진행하자."

"알았어."

"그리고 황 실장님."

"예. 사장님."

"보안팀도 두세 명 정도 추가로 뽑으세요. 정예라기보다 회사 치안을 봐주는 가드 정도로 보면 되겠습니다. 사설 가드 업체랑은 별개로."

"알겠습니다."

주혁이 커피 한 모금 넘기면서 말을 이었다.

"올해 우리가 제작 들어가는 건 〈간 큰 여자들〉 빼고는 없다고 봐도 돼. 이번 달 안으로 직원들 추가로 뽑고, 안정시키는 것에만 치중해줘."

지시가 떨어지자 홍혜수 팀장이나 추민재 팀장이 서로 얘기를 나누며 다이어리를 펼쳤다. 그때 주혁이 그들에게 물었다.

"그래서 말인데, 지금 급한 스케줄 있나?"

"어머, 나 있는데."

"울림 영화사?"

"응. 하영이 말숙이. 내일 〈도적패〉 배역 확정 관련으로 2차 미팅 있어."

주혁이 간단하게 답했다.

"그거 내가 가지 뭐. 나한테 토스해줘."

"고마워~ 사장님."

"그리고 추민재 팀장님."

"응?"

회의 모습을 멍하니 바라보는 헤나를 가리키며 주혁이 입을 열었다.

"헤나 씨 쪽에 법카 추가로 발급해서 지급해주고, 이번 참에 차도 추가로 사놓자. 헤나 씨 활동 전에 회사 차도 지급하고 여분으로 몇 대 더 사."

"예~ 예~"

"그리고 헤나 씨."

"네?!"

"녹음 스튜디오나 음악 작업할 스튜디오 원하는 곳 있으면 올려요. 계약해줄게."

그러자 헤나가 고개를 갸웃했다.

"우리 사옥에 안 만들어요?"

주혁이 웃었다.

"만들어도 되는데, 곧 이사 갈지도 모르니까."

"뭐?!"

"예?!"

모두가 놀라 자지러졌다. 그런 일행을 내보내고 미팅룸에는 강주혁과 황 실장, 박 과장만 남았다.

"황 실장님."

"예."

"사설 가드 업체, 상호는?"

"아, 그냥 보이스가드로 정리했습니다."

주혁이 피식했다.

"심플하네요. 태신 쪽은 어떻습니까?"

본론이 나오자 황 실장이 진지한 표정으로 말을 이었다.

"외부나 내부적으로 태신식품은 꽤 괜찮은 기업입니다. 기부도 많이 하고, 기업 이미지 자체도 소비자들에게는 꽤 좋습니다."

"그런데요?"

"문제는 거의 박종주 쪽에서 터집니다. 과거 사건들 대부분이 박종주 스캔들에서 시작됩니다."

대답을 들은 주혁이 예전 김재황 사장이 했던 말을 떠올렸다.

'망나니에다 개새끼지. 그래, 태신은 그 새끼가 옥에 티야.'

잠시 생각하던 주혁이 팔짱을 끼며 말을 이었다.

"현재 박종주 상태는 어떻습니까?"

"일전에 터진 사건으로 법정 공방은 계속하고 있으나, 불구속 상태입니다."

"그걸로도 부족하다는 건가."

그때 박 과장이 조용히 손을 들었다.

"네. 박 과장님."

"이건 제 추측이긴 합니다만, 그 상주 할머님 작업하려던 사채업 조직 있잖습니까?"

"아아."

평소 쾌활하던 박 과장의 표정이 진지해졌다.

"이래저래 조사를 해봤는데 자금 흐름이, 아무래도 그 조직 물주가 박종주가 아니었나 싶습니다."

"……역시나, 그랬습니까?"

"어? 알고 계셨습니까?!"

"아니, 뭐. 저도 대충 추측만."

강주혁이 활발하게 움직이고 있다는 것을 박종주가 눈치채지 않을 리 없었다. 그리고 자신을 공격한 것 역시 강주혁이라고 판단했을 터였다. 그만큼 최근 강주혁의 행보는 눈에 띄었으니까. 즉, 지금 박종주는 강주혁에게 툭툭 잽을 날리고 있는 셈이었다.

'이렇게 되면 전면전이라는 거지.'

주혁이 미소를 머금으며 박 과장을 불렀다.

"박 과장님. 일단 박종주와 그 사채업 조직을 엮어서 확실하게 물증을 찾아보세요. 움직이실 땐 꼭 보이스가드 인원 차출해서 동행하시고."

"예."

"그리고 황 실장님은 일단 태신이나 박종주에서 손 떼시고, 다른 건을 먼저 확인해보세요."

"어떤?"

이미 메모할 준비를 마친 황 실장을 보며 주혁이 헤나와 백상구의 관계, OST를 작업한 음악감독 등을 설명했고 추가로 헤나의 연락처도 전달했다.

"필요하면 헤나 씨 연락해서 정보를 얻으세요."

"박종주 쪽은 괜찮겠습니까?"

"괜찮습니다. 당장은 못 움직일 겁니다. 연말이라 바쁠 테고, 김점숙 할머니 건으로 저를 의식하기 시작했을 겁니다. 쉽게 못 움직일 거예요."

"알겠습니다."

그날 저녁, 주혁이 자리에서 업무를 보고 있을 때 핸드폰이 울렸다. 발신자를 확인한 주혁이 짧게 읊조렸다.

"모르는 번혼데."

이어서 전화를 받는 강주혁.

"예. 강주혁입니다."

"아! 사장님. 안녕하십니까. 일전에 인사드렸던 송철구 CP입니다."

순간 주혁은 WTVM 예능국 CP를 떠올렸다.

"하하, CP님. 무슨 일이십니까?"

"네. 다름이 아니라, 저희 오디션 예능 최종 기획안을 지금 사장님 메일로 보내드렸습니다!"

"아— 알겠습니다. 지금 바로 검토해보겠습니다."

"그리고 저…… 죄송하지만, 미팅을 좀 빠르게 잡을 수 있겠습니까? 시간이 빠듯해서."

"그렇습니까? 음, 그럼 내일 아침 일찍은 어떠십니까."

송철구 CP의 대답은 빨랐다.

"물론입니다! 새벽도 가능합니다."

"아니, 뭐. 새벽은 아니고. 아침 9시 정도면 어떨까 싶어요."

"알겠습니다! 저희 쪽에서 사장님 회사로 찾아뵙겠습니다!"

"네. 내일 뵙겠습니다."

그렇게 전화가 끊겼고, 주혁의 곧장 메일에 첨부된 기획서를 확인했다.

"만능엔터테이너? 제목은 좋은데?"

천천히 기획서를 읽어보던 주혁이 얼굴이 중간쯤부터 구겨지기 시작했다.

"하— 얘네는 안 끼는 곳이 없네."

짧게 읊조리며 가만히 노트북 화면을 쳐다보았고.

"……흠."

이어서 그가 다이어리를 꺼내, 무언가 적어 내려가기 시작했다.

그다음으로 주혁은 여기저기서 도착한 초청장을 정리했다. VIP픽쳐스에서 주최하는 영화인의 밤, 무비트리에서 소소하게 진행하는 파티, WTVM을 포함하여 DBS나 각종 방송국의 초대, 광주시청 등. 수많은 곳에서 강주혁과 보이스프로덕션을 초대했고, 심지어 개인적으로 친분 있는 배우 모임이나 듣도 보도 못한 곳에서도 초청장을 보내왔다. 당연히 해창전자 연말 파티 초청장도 왔다. 주혁은 여기야말로 걸러야 할 1순위라고 생각했다.

"귀찮은 늙은이들이 드글드글하겠네."

곧장 해창전자 초청장을 바닥에 떨어뜨렸다. 바닥에는 이미 걸러야 할 초청장이 즐비했다. 그런 다음 다른 초청장을 집어 드는데.

"아니, 잠깐만."

무언가 번뜩 떠올랐는지, 그의 움직임이 멈췄다. 이어서 바닥에 떨어뜨린 해창전자 초청장을 다시 집어 물끄러미 바라봤다. 그러더니 느닷없이 미소를 지으며 어디론가 전화를 걸었다.

"자네, 이 밤에 무슨 일인가?"

상대방은 김재황 사장이었다.

"통화 좀 가능하십니까?"

"그래. 괜찮아."

"제가 해창전자 초청장을 받았는데, 혹시 여기에 태신식품이나 박종주가 옵니까?"

그러자 김재황 사장이 너털웃음을 터뜨렸다.

"허허헛, 걱정 마. 안 불렀."

그때 강주혁이 김재황 사장의 말을 잘라먹었다.

"아니, 박종주를 좀 불러주셨으면 좋겠는데요."

뜬금없는 반전에 김재황 사장이 되물었다.

"박종주를?"

"네. 힘드십니까?"

"허헛, 뭐 힘들 게 있나. 보내면 오겠지."

"그럼 부탁 좀 드리겠습니다."

주혁의 부탁에 김재황 사장이 잠시 침묵을 지키다 이내 답했다.

"부르는 거야 상관없는데, 내가 재미있는 장면을 볼 수 있나?"

"글쎄요."

"즉, 자네도 온다는 거겠지?"

"왜요? 안 갈 줄 알았습니까?"

"그래. 강 사장은 안 올 줄 알았지. 뱀 같은 늙은이들이 우글거릴 테니까."

피식하는 강주혁이었고.

"솔직히 안 갈 생각이었습니다."

"그런데, 생각을 바꿨다? 박종주 때문인가?"

"비슷합니다."

김재황 사장이 짤막하게 답했다.

"눈에 선하구먼. 무언가 꾸밀 때 짓는 자네의 그 표정이."

다음 날, 강주혁은 일찍부터 출근을 서둘렀다. 오늘 스케줄이 꽤 빡빡했다. 사옥에 도착한 주혁은 건물 내부로 들어가기 전, 아직 문이 닫혀 있는 KR마카롱을 슬쩍 살폈다.

"음?"

그때 무언가 주혁의 눈길을 사로잡았다. 유리문에 붙어 있는 꽤 큼지막한 스티커였다.

― 가맹점 문의

자신과 비슷하게 속도를 내는 KR마카롱을 보며 슬쩍 미소 짓던 주혁은 이내 발길을 돌려 엘리베이터에 몸을 실었다.

잠시 뒤, 정장을 차려입은 송철구 CP와 박한철 PD가 도착했다. 조금 의외였다. 방송 작가 포함 이래저래 몰려올 줄 알았는데, 깔끔하게 딱 두 명만 등장했다. 주혁이 정장 재킷을 벗어 의자에 걸쳐놓으며 손을 내밀었다.

"오시느라 고생하셨습니다. 앉으세요. 커피 드릴까요?"

"아, 감사합니다."

연달아 커피 석 잔을 내린 주혁이 두 잔을 그들에게 내밀면서 자리에 앉았고, 자연스레 다리를 꼬며 커피를 입에 댔다. 송철구 CP와 박한철 PD 역시 커피 몇 모금으로 목을 축였다. 곧 수많은 얘기가 오갈 것이기에. 이내 주혁이 마시던 커피를 탁자 위에 올려두면서 포문을 열었다.

"기획 잘 확인했습니다."

"어떠셨습니까?"

"재밌던데요. 제가 예능은 경험이 없어서 잘 모르지만, 머릿속에서 그려지는 그림은 괜찮았습니다."

순간 송철구 CP의 표정이 환해졌다. 그간 캐스팅 문제로 속이 더부룩한 참이었기에 이런 긍정적인 말 한마디가 궁했다.

"그런데요."

그 환한 분위기 사이를 주혁이 비집고 들어왔다.

"몇 가지 확인할 게 있습니다."

대답은 박한철 PD 쪽에서 나왔다.

"예. 말씀하세요."

말이 끝나기 무섭게 주혁은 자리에서 일어나, 책상 위에 출력해둔 기획서와 다이어리를 가지고 왔다. 먼저 주혁은 기획서를 펼치며 입을 열었다.

"회당 제작비가 얼마 정도 됩니까?"

약간 뜬금없는 질문으로 여겼는지 송철구 CP가 고개를 갸웃하긴 했지만, 이내 대답했다.

"1억 2천 정도 보고 있습니다."

역시. 어젯밤 주혁이 기획서를 확인하고 가장 먼저 든 생각은 '이대로라면 제작비가 어마어마하겠네'였다. 통상 예능은 회당 제작비가 5천만~8천만 원 선. 간판 예능도 1억을 웃돌기는 어렵다. 그만큼 WTVM 방송국이 이 〈만능 엔터테이너〉라는 예능에 엄청난 힘을 실어주고 있다는 것을 뜻했다.

"〈28주, 궁궐〉 이후로 WTVM 브랜드 가치를 높여보겠다는 뜻이겠네요."

"아…… 그렇습니다."

송철구 CP가 살짝 놀라며 대답했다.

'이젠 사업가 다 됐네. 거기에 연기파 배우 이미지는 덤이고. 사기캐구먼, 사기캐.'

몇 장 안 되는 기획만 보고 녹아 있는 취지를 파악한 것에 놀란 것이었다. 주혁은 탁자 위에 올려진 기획서를 보면서 퍼즐을 짜 맞추고 있었다.

'회당 1억 2천. 기획서대로라면 총 15회. 얼추 예상 제작비만 18억인데. 대충 어떻게 굴러가는 건지 알겠네.'

판단을 내린 주혁이 자신을 바라보고 있는 두 남자에게 시선을 던졌다.

"제가 하겠습니다."

그러자 송철구 CP와 박한철 PD의 눈이 커졌다.

"저, 정말입니까! 지금 확답을 주신 거죠?"

"감사합니다! 와하하, 정말 화끈하십니다!"

그런 반응을 지켜보던 주혁은 다시 다리를 꼬며 말을 이었다.

"대신, 조건이 몇 개 있습니다."

"조건 말입니까?"

"예, 조건. 만약 지금 이 자리에서 조건을 전부 들어주시면 사인까지 오늘 해드리죠."

사인이라는 단어에 송철구 CP의 눈이 빛났다.

"제 뼈가 갈리는 한이 있어도 해내겠습니다. 말씀해보세요."

"감사합니다. 그럼 첫째로, 녹화는 일주일에 한 번으로 정해주세요. 물론 사정상 그렇지 못할 때도 있겠지만, 기본적으로 일주일에 한 번 생각하고 있습니다. 그 이상은 시간 내기가 힘듭니다."

"맞춰보겠습니다!"

당차게 외치는 박한철 PD를 보며 주혁이 말을 이었다.

"둘째는 제가 하는 심사과정이나 평가에 제작진에서 그 어떤 터치도 없을 것을 약속해주세요."

"……그게 무슨."

"누가 됐든 배경이나 화제성, 이슈, 외압 등 상관없이 오직 참가자 실력으로만 평가하겠다는 말입니다."

"……"

이번에는 송철구 CP나 박한철 PD가 쉽사리 대답하지 못했다. 방송이라는 건 언제나 미래를 예측할 수 없고, 무조건 시청률이 우선되기에. 그러거나 말거나 주혁은 조건을 계속 내세웠다.

"셋째로는 제가 기획서를 보니까 이 〈만능엔터테이너〉 우승자에겐 여러 가지 혜택이 주어지던데. 화려한 데뷔부터 시작해서 소속사 컨텍, 지원금, 방송국과의 계약 등."

"예. 그렇습니다만."

"그 혜택에 제가 제작하는 영화에 출연할 기회를 준다는 것을 추가했으면

73

좋겠습니다. 다만 1등만 기회가 있는 것이 아니라 10등까지 폭을 넓히고, 그 권한을 제게 주셨으면 좋겠습니다."

어찌 보면 마케팅의 일환이었다. 보이스프로덕션을 세상에 알리고, 그 제작사에서 만드는 영화를 대중에게 알리는 홍보 효과. 연기 평가야 프로를 진행하면서 판단하면 될 문제였고. 분명 화제가 될 것으로 주혁은 판단했다.

"그, 그건 꽤 파격적인."

송철구 CP는 당황했으나, 직접 프로를 연출하는 박한철 PD는 눈을 빛냈다. 충분히 욕심낼 만한 기획이었고, 군침 흘릴 정도의 홍보 효과가 날 터였다.

"이제 마지막 조건인데, 그전에 한 가지 확인하겠습니다."

"예?"

"제일 이해되지 않았던 부분인데, 이 좋은 기획에 왜 중간쯤부터 똥을 끼얹을까요?"

"똥이오?"

주혁이 탁자 위에 놓인 기획서 중간쯤을 손가락을 찌르면서 답했다.

"일본에 가서 일본 참가자를 뽑는다는 부분. 글로벌하게 한다는 취지는 알겠는데, 왜 일본입니까? 예전 오디션 프로만 봐도 일본보단 미국 쪽으로 갔던 거 같은데."

"아…… 그것이."

대답하기 난처한 듯 송철구 CP가 머리를 긁적였다. 하여 대답을 강주혁이 대신했다.

"제작비에 '일본 쪽 자금이 포함되었다'고 보면 되겠습니까?"

강주혁이 이 기획서를 보고 가장 이해되지 않았던 부분이었다. 난데없이 일본을 방문해 일본 현지 참가자를 뽑는다는 기획. 이는 곧 일본 쪽 자금이 투입됨을 의미했다. 주혁의 추측에 송철구 CP가 이마를 쓸어내리며 어렵사리 답했다.

"그…… 예능 특성상, 제작비 전부를 내부에서 충당하긴 힘들고 국내에서 투자가 잘 안 붙습니다. 아무래도 회수가…… 어쨌든 그래서 초반 투자에서 좀 허덕일 때, 일본 쪽에서 연락이 와서 현재 협의 중인 사항입니다."

협의라는 부분에서 주혁이 고개를 틀었다.

"협의. 그러니까 아직 확정은 아니라는 거네요."

"그렇습니다."

"얼마나 붓는답니까?"

"어…… 한 8억 정도."

총제작비의 거의 절반이었다. 방송국에서 본다면 넙죽 절을 할 정도로 큰 돈이지만.

"알겠습니다. 마지막 조건 말씀드리죠."

"예."

"기획에서 일본이 포함된 부분을 모두 뽑아냈으면 좋겠습니다."

"저, 전부를 말입니까?!"

주혁은 담담했다.

"네. 아예 걷어냈으면 싶은데요."

지금껏 밝은 표정으로 일관하던 송철구 CP와 박한철 PD의 얼굴에 그늘이 드리워졌다.

"그게 현실적으로…… 불가능한."

하지만 무심하게 말을 잇는 강주혁.

"부족한 만큼 제가 채워드리죠."

"예?!"

판을 180도 뒤집을 만한 발언이었다.

"일본 대신 제가 투자하겠다는 뜻입니다."

한껏 놀란 송철구 CP, 박한철 PD. 당장 결론을 내리긴 어려운 터라 내부 논의를 거친 후 연락을 주기로 하고 그들은 사장실을 떠났다. 그리고 확답은 이틀 만에 왔다.

"사장님과 진행하겠습니다. 일본 쪽에는 투자를 거절한다고 분명하게 전달 했습니다!"

"잘하셨습니다. 앞으로 잘 부탁드립니다. 계약 진행일은 다음 주 월요일 정 도 어떻습니까?"

"여부가 있겠습니다, 하하하. 정말 잘 부탁드리겠습니다."

그사이 주혁은 오피스텔로 향하고 있었다. 다만 주혁의 오피스텔이 아니라 강자매와 김점숙 할머니가 지내는 옆 동 오피스텔이었다. 이유는 단순했다.

"내 기부를 쪼매 하고 싶은데, 방법이 있나?"

"기부 말씀이죠? 어느 쪽에."

"뭐 있나. 불쌍한 아들이제."

김점숙 할머니가 〈내 어머니 박점례〉로 받은 출연료를 결식아동들에게 기 부하고 싶다고 했기 때문이었다. 주혁은 아주 초기 보이스피싱에서 나왔던 미 래 정보를 떠올렸다.

— 다큐 독립영화로서 312만을 동원한 영화 〈내 어머니 박점례〉, 할머니 역 을 맡은 김점숙 씨가 영화로 벌어들인 수익 전액을 결식아동을 위해 기부.

강자매의 오피스텔에서 지내는 할머니를 바라보며 주혁이 미소 지었다.

'변한 건 관객수뿐이네.'

살짝 미래가 변하긴 했지만, 관객 숫자뿐이었다.

이어서 주혁이 할머니에게 기부 관련해서 조언하고 있을 때.

— 우우우우웅 우우우우웅

주혁의 핸드폰이 울렸다.

"받아. 받고 해도 된다."

김점숙 할머니는 쿨했고, 주혁은 웃음으로 화답한 후에 핸드폰 화면을 확인했다. 모르는 번호였다.

"네. 강주혁입니다."

"……"

"여보세요?"

"……아. 저, 최, 최화진인데요."

"아, 화진 씨?"

상대는 며칠 전 마주쳤던 최화진이었다.

"저…… 사장님 회사 앞인데."

"아, 그래요? 내가 지금 나와 있는데. 일단 3층이나 4층 사장실 어디라도 들어가서 앉아 있어요. 금방 갈 테니까."

"감사합니다."

할머니께 몇 가지 방법을 말씀드린 주혁은 바삐 사옥으로 복귀해 엘리베이터에 몸을 실었다. 이어서 엘리베이터 문이 열리자마자, 주혁은 곧장 사장실로 발길을 옮겨 문손잡이를 잡았다. 그런데.

— ♫ ♪ ♩

어디선가 은은하게 노랫소리가 들려왔다. 분명 익숙한 노래였다.

"이 노래."

주혁이 급하게 핸드폰을 꺼냈다. 하지만 핸드폰은 조용했다.

"영상이 재생되는 건 아닌데."

잔잔한 노랫소리는 계속해서 들렸고, 주혁은 신경을 바짝 세우고는 노랫소리가 들려오는 곳으로 한 걸음 한 걸음 움직였다. 3층까지 내려오니 노랫소리는 더욱 선명하게 들렸다. 연습실 안이었다.

— ♪ ♬ ♩

기타 소리와 그저 '라라라'만 연속해서 부르는 여자 목소리. 주혁은 움직임을 멈추고 노래에 집중했다. 그러다 가만히 핸드폰을 꺼내, 미래 영상파일을 재생시켰다.

— ♬ ♪ ♩

미래 영상파일에서도 노랫소리가.

— ♪ ♬ ♩

연습실에서도 노랫소리가 들렸다. 주혁의 눈이 커졌다.

"같은 노래다."

주혁이 다급하게 연습실 문을 벌컥 열었다. 그러자 연습실에서 노래 부르던 여자가 발딱 일어났다.

"아, 죄, 죄송해요! 구경하다가 연습실이 보여서…….."

최화진이었다.

그녀를 사장실로 안내한 강주혁은 말없이 커피부터 내려서 내놓았다. 그도 그럴 게, 최화진은 좀처럼 입을 열지 못한 채 잔뜩 얼어 있었다. 최근 정서적으로 힘들었던 최화진의 상태를 이해했는지 주혁 역시 말이 없었다. 어색함을 애써 거부하듯, 최화진이 뜨듯한 커피잔을 양손으로 감쌌다. 그런 그녀를 강주혁이 유심히 관찰했다. 허리까지 내려오는 긴 생머리, 밥은 먹고 다니는지 의심스러울 정도로 앙상한 손가락, 그에 비해 예쁜 얼굴, 청바지에 화이트 롱패딩. 그리고 책상에 기대놓은 기타. 언뜻 봐서는 영락없는 가수 지망생 같은 모습.

'누가 걸그룹 출신이라고 보겠어.'

최화진부터 기타까지 자연스레 눈길을 던진 주혁이 다시금 최화진을 보며 침묵을 깼다.

"밥, 먹었어요?"

"……네."

"진짜?"

"……."

답답했는지 주혁이 한숨을 쉬더니 커피머신 주변에 올려져 있던 KR마카롱 선물세트 하나를 뜯어서 내밀었다.

"먹어요."

"감사합니다."

그녀는 형형색색의 마카롱 중 송편 모양을 집어서 오물거리기 시작했다. 생각보다 맛있었는지 최화진의 표정이 금세 밝아졌다. 순식간에 마카롱 하나를 먹어치운 최화진이 탈을 쓴 캐릭터가 그려진 마카롱을 추가로 집을 때, 주혁이 말을 걸었다.

"J-주비스는?"

자신의 과거가 언급되자, 잠시 멈칫했던 최화진이 어렵사리 답했다.

"……해체했어요."

"그때 일 이후로 어떻게 된 건지 얘기해줄 수 있어요? 힘들면 안 해도 되고."

주혁의 말을 들은 그녀가 살짝 주저하는가 싶더니, 이내 작은 입을 열어 설명하기 시작했다.

"제 소속사가, 아 그러니까 FNF엔터 사건이 터지면서 자세히는 모르겠지만, 투자자들이 빠져나갔다고 들었어요. 다른 선배님들이야 인지도도 있고 해서 곧장 다른 소속사랑 계약했는데, 저희는 연식이 있는 데다가……."

컨텍이 오는 회사가 없다는 말이었다. 하지만 그건 J-주비스라는 걸그룹이 그렇다는 얘기였고, 멤버 개개인은 달랐다. 그나마 인지도 있고 눈치 빠른 멤버 몇몇이 타 소속사로 옮기면서 J-주비스는 자연스레 해체. 그 와중에 최화진만 낙동강 오리알 신세였다. 얘기를 들은 주혁이 물었다.

"그래서, 가수가 되기 위해서 버스킹을?"

그런데 최화진이 고개를 세차게 저었다.

"아뇨! 그건 아니고 저…… 그 사건 이후로 행사 몇 번 나가봤는데, 아무것도 못했어요."

"아무것도 못했다?"

"……무대 공포증이랑 카메라 공포증이래요. 그런데 버스킹은 괜찮았어요. 그래서 가끔 노래를 만들면 나가서 부르곤 했어요. 그러다 사장님을 만난 거고."

큰 사건 이후 찾아오는 갖가지 공포증. 대충 어떤 상황인지 이해가 갔다. 아니, 이해하고도 남았다.

'……하긴 나도 그랬으니까. 아직 조금은 남아 있는지도 모르지만.'

어찌 보면 보이스피싱이 강주혁을 비롯해 최화진까지 건져낸 것과 같았다. 잠시간 혼자 생각하던 주혁이 다시 물었다.

"노래는 원래 만들 줄 알았어요?"

"그런 건 아닌데, 쉬면서 이것저것 끄적이다 보니…… 연습실 맘대로 사용한 건 정말 죄송해요."

주혁이 웃었다.

"가수, 이제 못하겠어요? 아주?"

"무대에 오르거나 카메라가 절 잡으면 몸이…… 안 움직여요. 심장이 터질 것 같고, 사람들이 전부 절 욕하는 것 같아요."

그녀는 못하겠다는 말 대신 현재 몸 상태를 줄줄 말하면서 고개를 푹 숙였다. 그런 최화진을 물끄러미 바라보던 주혁은 이내 핸드폰을 꺼내 어디론가 전화를 걸었다. 신호는 짧았다.

"사장님! 혹시 백상구."

상대는 헤나였고.

"아니, 그건 아직인데. 다음 주 월요일 아침에 헤나 씨 포함 팀 전부 회사로 좀 들어오세요."

"응? 왜요?"

"노래 구했어요."

"어? 진짜요?!"

헤나의 알겠다는 대답을 듣고 전화를 끊은 주혁이 여전히 고개를 숙인 최화진에게 말을 걸었다.

"그러니까, 지금 소속사 없는 거죠?"

"네? 아, 네."

그러자 주혁이 대뜸 본론을 던졌다.

"그럼 나랑 계약합시다."

"……녜?!"

얼마나 놀랐는지, 네인지 예인지 애매한 대답이 튀어나왔다.

"왜 그렇게 놀라요?"

"아, 아니! 저 공포증이!"

다급한 최화진에 비해 주혁은 꽤 여유롭게 답했다.

"가수가 아닌 작곡가로 시작하죠."

놀란 최화진과 계약을 마친 후 그녀를 집에 데려다주고 주혁이 오피스텔에 도착한 것은 밤 11시가 넘은 시간이었다. 온몸에 피곤이 덕지덕지 붙은 채로 샤워를 마친 주혁은 곧장 침대로 몸을 던졌다. 하지만 그가 턱밑까지 이불을 당겼을 때, 핸드폰이 울렸다. 잠시 움직임이 없던 주혁은 어렵사리 핸드폰을 집었다.

— 김재황 사장

"네."

"혹시 잤나?"

"그럴 참이었습니다."

"허헛, 미안하군. 것보다, 자네 봤나?"

"예?"

"음? 아직 모르는 건가? 그럼 지금 인터넷 한번 확인해보게. 그런 다음 다시 얘기하지."

그렇게 전화가 끊겼고, 주혁은 뭔가 싶었는지 부스스 침대에서 일어나 거실 탁자 위에 둔 노트북을 켰다. 부팅이 끝나자 주혁은 인터넷을 켰고, 곧장 검색사이트가 나타났다.

"응?"

주혁이 고개를 갸웃했다. 실검에 자극적인 단어들이 즐비했다.

1. 한국인 사망

2. 일본 여행 사망

3. 오사카 폭행

"사망?"

실검 1위는 한국인 사망. 그리고 그 밑으로 일본 관련 단어들이 주르륵 실검을 장악하고 있었다. 그대로 실검 1위를 클릭했다.

「'일본 오사카' 한국 여성 관광객 3명 중 1명 사망, 2명 중태. 외교부 "사태 파악 중"」

그 밖에 관련 기사가 쏟아졌다. 방금 터진 사건인지 추측이 난무했지만, 팩트만은 일치했다. 일본에서 한국 여성 관광객 한 명 사망, 두 명 중태. 네티즌 반응은 더 난리였다. 일본을 욕하는 댓글, 무슨 일인지 걱정하는 댓글, 말도 안 되는 추리를 하는 댓글, 차마 입에 담을 수 없는 댓글까지. 몇십 분간 상황을 파악하던 주혁이 조용히 수첩을 펼쳤다.

— 일본 기업 불매운동, KR마카롱 핫 아이템으로 승승장구 (진행 중)

"설마, 이걸로 일본 불매운동이 시작되는 건가?"

다음 날 아침이 되자, 일본에 관한 여론이 바닥을 쳤다. 안 그래도 일본은 민감한 존재인 데다, 아침이 돼서도 원인이 소상히 밝혀지지 않은 탓이었다.

— 우우우우웅 우우우우웅

덕분에 주말 아침임에도 강주혁의 핸드폰이 터질 듯 전화가 몰려왔다.

"자네, 감은 도대체 뭔가? 이번 건은 정말 자네 아니었으면 기업 이미지상으로 큰 피해를 볼 뻔했어."

시작은 김재황 사장이었다. 그는 기업 이미지가 달린 브랜디드 콘텐츠에서 강주혁의 조언을 받아들여 일본 지분을 상당 부분 걷어낸 바 있었다.

"자꾸 자네한테 빚만 늘어나는군."

다음은 WTVM 송철구 CP였다. 이쪽 역시 우연이었겠지만 강주혁이 아니었다면 프로그램 자체가 엎어질 뻔했다고 열변을 토했다.

"그대로 갔으면 편성 날아갈 뻔했습니다! 정말 감사합니다!"

광주 시장 역시 주혁에게 감사의 뜻을 보내왔다.

그러는 동안에도 시간은 착착 흘렀다. 오후쯤 되자, 일본 관련 기사가 미친 듯 쏟아지는 사이에 김점숙 할머니의 기사가 간간이 떴다.

「'내 어머니 박점례'의 주연 '김점숙 할머니' 영화로 벌어들인 수입 전액 기부」

「김점숙 할머니 "하늘나라에 있는 내 아이들에게 자랑스럽다." 결식아동들에게 출연료 기부」

강주혁의 조언대로 결식아동 관련으로 출연료를 기부한 내용의 기사들로, 뜨거운 여론에 잠시나마 훈훈함을 전했다.

그렇게 정신없이 주말이 지나갔고, 주말을 기점으로 영화 〈척살〉이 9백만을 넘어섰다.

"9백만."

월요일, 사장실에서 관객수를 확인한 주혁은 작게 미소 지으며 속주머니에서 수첩을 꺼내, 가장 첫 줄에 적혀 있던 〈척살〉 관련 미래 정보를 지웠다. 그러고는 남은 정보들을 확인했다.

— HY테크놀로지, 제2공장을 경기도 광주 오포읍 방면으로 건설 (진행 중)

— 일본 기업 불매운동, KR마카롱 핫 아이템으로 승승장구 (진행 중)

— 영화 〈간 큰 여자들〉, 6백만 관객수, 원작은 네리버 토크

— 미래 영상파일 / '차가운 이별', 차트 싹쓸이, 연금음원

어느새 초기에 적었던 미래 정보들은 모두 없어진 상태였다.

"일단, 다음."

9백만이라는 성적을 음미할 짬도 없이 주혁은 수첩을 주머니에 넣으며 자리에서 일어났다. 아침부터 최화진과 헤나의 미팅이 잡혀 있기 때문이었다. 그때 득달같이 전화가 울렸다. 발신자는 송 사장이었다.

"주혁아! 9백만이야! 9백만!"

기쁨에 찬, 아니 거의 미친 상태로 소리치는 송 사장. 충분히 그의 마음을 이해하긴 했지만, 주혁이 어렵사리 진정시켰다.

"진정 좀 해요, 형. 제대로 된 축하파티는 따로 할 거지?"

"당연하지, 인마."

"알겠어요. 스케줄 나오면 알려줘."

그때 황 실장이 사장실 문을 노크한 후, 얼굴을 내밀었다. 그러다 강주혁이

통화 중인 것을 확인하고는 다시 나가려는 것을 주혁이 앉으라는 손짓으로 붙잡았다.

"그럼 나중에 통화합시다, 형."

"어어. 그래."

그렇게 주혁이 전화를 끊으려는 찰나에.

"아아! 주혁아! 여보세요? 야, 강 사장!!!"

송 사장이 강주혁을 다급하게 불렀다.

"왜 그래요. 숨넘어가겠네."

"아하하. 내가 다른 것 때문에 전화해놓고, 딴소리만 늘어놨네."

"다른 것?"

주혁이 되묻자, 핸드폰 너머에서 종이 넘어가는 소리와 함께 송 사장이 답했다.

"12월 30일. 청룡영화제 초청받았어."

"아, 그래요? 알겠어. 최명훈 감독님이랑 하진 씨한테 전달해둘게요."

송 사장이 웃었다.

"뭔 소리야. 네가 메인이다."

"내가?"

강주혁이 고개를 갸웃하자, 송 사장이 빠르게 말을 이었다.

"청룡 쪽에서 너 무조건 데려오라고 했다니까. 간만에 턱시도 입고 가서 난 다 긴다 하는 배우들 싹 다 쓸어버려."

"그게 무슨."

"야야. 지금 손님 왔다. 여튼 내가 우리 제작실장한테 자세한 일정 전달하라고 할게! 끊는다!"

─ 뚝

"하여간에."

짧게 읊조린 주혁이 핸드폰을 주머니에 넣으며 시선을 황 실장에게 던졌다.

"아, 실장님. 통화가 길었습니다. 커피는?"

"예. 감사합니다."

쪼로록 소리를 내며 커피가 컵에 채워질 즈음 주혁이 몸을 돌렸고.

"백상구, 뭐 좀 나왔습니까?"

"예. 알아봤는데……."

황 실장이 말끝을 흐리며 다이어리에 껴둔 사진 한 장을 책상 위에 올렸다.

"이 친구한테 확인해보는 게 가장 정확할 것 같습니다."

"누구요?"

되물으며 주혁이 책상으로 다가갔고, 이어서 책상 위에 올려진 사진을 집었다. 사진에는 차에서 금방 내린 듯한 남자 두 명이 찍혀 있었다.

"그 감색 정장을 입은 것이 백상구, 그리고 그 옆에 찍힌 남자가."

강주혁이 황 실장의 말을 붙잡았다.

"헤나 씨 로드매니저."

주혁이 사진을 유심히 보면서 황 실장에게 물었다.

"언제 찍으신 겁니까?"

"토요일. 늦은 밤이었습니다."

"즉 헤나 씨 팀이 우리 쪽으로 넘어온 다음에도 만났다는 게 되겠네요."

"맞습니다."

"정보를 넘기고 있었나?"

고개를 끄덕인 황 실장이 설명을 이어갔다.

"백상구 회사는 헤나 씨가 빠져나간 다음에는 이렇다 할 가수가 없는 것으로 파악됩니다. 그렇다고 백상구가 뭔가 눈에 띄게 움직이는 것도 아닙니다."

"음악감독 쪽은?"

"백상구와 친분이 굉장히 두터워 보이나, 딱히 이상한 점은 안 보입니다."

주혁이 사진을 책상 위에 올려두면서 생각에 빠졌다.

'저번 주에 회의한 내용을 백상구 쪽에 흘렸나? 이 로드매니저는 회의 초반에만 있었으니까, 자세한 건 모를 테지.'

백상구 쪽 사람으로 추정되는 로드매니저는 강주혁이 어떻게 움직일 건지 알 리가 없었다. 강주혁이 황 실장에게 직접 전달한 사안이었으니까.

'혹시 이 로드매니저가 유언비어를 퍼뜨린 전 소속사 관계자려나?'

헤나를 따라 회사를 옮겼음에도 백상구와 내통할 정도면 그럴 가능성도 충분했다. 어차피 주혁이 개입하면서 표절 OST 사건은 세상에서 없어졌으니 확인할 길은 없지만.

"어쨌든 이 로드매니저를 잘만 이용하면 전부 털어버릴 수 있겠네요."

"그게 가장 확실한 방법이 아닐까 합니다."

"흠."

"일단, 이 친구를 한번 자세히 알아볼까요?"

황 실장의 물음에 주혁이 짧게 한숨을 쉬며 팔짱을 꼈다.

"아마도 돈 때문일 가능성이 가장 크지만, 확실해서 나쁠 건 없겠죠. 빠르게 한번 알아보세요. 얼마나 걸리겠습니까?"

다이어리에 메모하던 황 실장이 가볍게 답했다.

"이틀이면 될 것 같습니다. 뒤를 캐기 어려운 인물도 아니고, 최근 변화에 초점을 맞춰보겠습니다."

고개를 끄덕인 주혁은 로드매니저를 역이용할 설계를 빠르게 정리했다.

한 시간 뒤. 3층 미팅룸에는 온몸을 덮을 만한 후드점퍼를 입은 헤나와 그녀의 스케줄매니저, 로드매니저 그리고 스타일리스트가 두런두런 얘기를 나누고 있었다. 그곳에 강주혁과 기타를 짊어진 최화진이 들어오자 헤나의 눈이 휘둥그레졌고. 주혁은 어색하게 서 있는 최화진에게 헤나 반대쪽 자리를 가리켰다.

"거기 앉아요."

"사장님? 이 예쁜 언니는 누구예요? 어디서 많이 봤는데. 아, 어디였지."

헤나가 반대편에 앉은 최화진을 빤히 쳐다보며 물었다. 반면 최화진은 말없이 책상만 내려다보고 있었다. 하지만 주혁은 대답 없이 헤나의 오른쪽에 앉아 있는 로드매니저에 집중했다.

"……"

강주혁은 로드매니저를, 헤나는 최화진을 뚫어져라 보는 오묘한 광경. 자신을 쳐다보는 시선을 눈치챘는지, 검은색 모자를 눌러쓴 로드매니저의 눈이 어색하게 허공을 맴돌았다. 이내 주혁이 볼 만큼 봤는지, 짧게 숨을 들이마시며 입을 열었다.

"미안한데, 스타일리스트분하고 로드매니저분은 차에서 기다려줄래요?"

주혁의 말에 헤나의 스타일리스트는 가볍게 고개를 끄덕였으나.

"예?!"

로드매니저는 뭔가 예상하지 못했는지, 꽤 큰 목소리로 되물었다. 그 모습에 주혁이 담담하게 답했다.

"왜요?"

"아, 아닙니다."

눈에 띄게 당황한 로드매니저와 그런 로드매니저에게 왜 그러냐고 묻는 스타일리스트가 미팅룸을 나갔다. 이후, 잠시간 뜸을 들이던 주혁이 헤나의 스케줄매니저에게 시선을 던졌다.

"스케줄, 아니, 죄송한데 성함이?"

"아, 고동구라고 합니다."

"네, 동구 씨. 복도 가서서 전부 내려갔는지 확인 좀 부탁합니다."

"예? 아, 네."

헤나의 스케줄매니저인 고동구는 의아한 표정을 짓긴 했으나, 곧장 복도로 나가더니 몇 초 만에 돌아왔다.

"다들 내려갔습니다."

답을 들은 주혁이 그에게 다시 물었다.

"스케줄매니저님은 헤나 씨와 꽤 오래 일하셨다고요?"

"예. 헤나 데뷔부터 지금까지 쭉 같이 왔습니다."

고개를 끄덕인 주혁이 최화진을 보며 대뜸 말했다.

"화진 씨, 저번에 그 곡. 기타로만 쳐봐요."

"아, 네."

검은 생머리를 찰랑거리며 최화진이 기타 케이스에서 기타를 꺼내 들었고.

"후—"

짧게 숨을 내쉰 뒤.

— ♬ ♪ ♩

난데없이 기타를 치기 시작했다.

그러자 눈을 끔뻑이던 고동구의 표정이 일순 진지하게 변했고, 헤나 역시 언제 그랬냐는 듯 표정에서 장난기를 지운 채 기타 소리에 집중했다.

— ♪ ♩ ♬

그렇게 최화진은 약 30초가량 무아지경으로 기타를 쳤고.

— ♬ ♪……

흔히들 후렴구라고 말하는 절정 부분에서 주혁이 손을 들었다. 그러자 최화진의 기타 소리가 뚝 끊겼다.

"노래, 어떤 것 같아요?"

"흐응? 좋은데요? 훅도 좋고. 딱 들어선 솔로나 듀엣이 부르기 좋을 것 같아요."

"그래요? 그럼 이 곡, 헤나 씨가 불러요."

"어? 잠깐? 뭐라고 하셨어요?"

주혁이 웃었다.

"헤나 씨 이번 싱글앨범, 이 노래로 가자고 말했습니다."

"헐……."

갑작스러운 제안에 헤나가 안 그래도 큰 눈을 더욱 크게 뜨며 주혁을 빤히 쳐다봤다. 무심해 보이지만, 뭔가 자신에 찬 표정. 본 적 있는 표정이었다.

'드라마 대본을 들고 왔을 때도 저 표정이었는데. 이 여자 유명한 작곡가인가? 어디 외국에서 활동하는?'

그때 고동구가 펄쩍 뛰었다.

"갑자기 그게 무슨!"

바로 최화진을 쳐다보며 말을 이었다.

"이분 작곡가셨습니까? 혹시 대표곡이?"

"아직 없습니다."

"예?! 그럼 신인이라는 말씀입니까?"

"맞습니다."

이어서 주혁이 최화진을 소개했다.

"우리 회사 소속 작곡가 최화진 씨. '화진'으로 활동할 겁니다."

미팅룸에 정적이 흘렀다. 나라 잃은 표정의 고동구는 무엇부터 말해야 할지 감이 안 오는 듯 어버버거렸고.

"……."

최화진을 영락없이 외국 유명 작곡가라고 생각했던 헤나는 '혹 미치셨어요?' 같은 눈빛으로 강주혁을 지그시 쳐다봤다. 생초짜 작곡가를 헤나에게 붙인다는 말도 안 되는 발상에 어렵사리 정신 차린 고동구가 외쳤다.

"사, 사장님, 말도 안 됩니다!! 이번 싱글은 장난으로, 아니 시험 삼아 내는 게 아닙니다. 싱글앨범이 잘돼야 다음 정규가 힘을 받습니다! 아무리 백상구가 장난질을 치고 있다곤 해도, 헤나급 가수가 대표곡 하나 없는 신인 작곡가…… 아, 죄송합니다. 하여튼 굳이 험난한 길을!"

'맞는 소리야.'

구구절절 맞는 소리였다. 강주혁도 충분히 동의하는 바였고, 가요계 지식이 부족한 주혁은 아마 고동구의 말을 따랐을 것이다. 보이스피싱이 아니었다면. 어쨌건 주혁은 자기 일처럼 펄쩍 뛰는 고동구를 보며 살짝 안심하는 한편, 헤나의 의견을 묻는 듯 말없이 그녀를 쳐다봤다. 헤나는 여전히 주혁을 미친놈 취급하는 표정으로 입을 열었다.

"저도 동구 오빠 생각이랑 같아요. 이 건은 드라마랑은 달라요. 소속사를 옮기고 처음 내는 음반인 만큼."

그때 주혁이 헤나의 말 중간에 끼어들었다.

"나를 한번 믿어봐요."

거추장스러운 설명 없이 간결한 대답이었다.

"……"

그 말에 헤나의 말문이 막혀버렸다.

그 시간에도 한국 관광객 사망 사건은 웹상에서 미친 듯이 타올랐다. 대중의 분노가 차오르기 시작했다. 그럼에도 외교부는 아직 사태 파악 중이라는 공식입장만 반복하는 바람에 이런저런 추악한 유언비어가 파생되기 시작했다.

— 시발 원숭이 새끼들

— 아니 그니까 일본을 왜 감?

— 백퍼 살해 당한거임

분명 대중의 분노는 차오르고 있었지만, 그래도 나름의 선을 지키고 있었다. 어떤 상황인지 정확하게 밝혀진 게 아니었기 때문이었다.

그런데 이 타이밍에 '미야자와 기지치'라는 일본의 전 정치인이 SNS에 한국을 저격하는 뉘앙스의 망언을 게재하고, 그 내용을 그대로 국내 기자가 퍼오면서 대중의 분노가 터져버렸다.

— 이런 미친원숭이새끼가. 뒤질래?

— 오늘 편의점 식스텐 대신 KS갔다.

— 스벌 나 초밥 ㅈㄴ 좋아하는데 오늘부터 끊음

내용이 논란이 되자 미야자와 기지치가 빠르게 SNS를 삭제했으나.

「대중들, 일본 기업 불매 움직임?」

「"일본 거 안 사요" 국민들 대동단결 시작됐나?」

이미 일본 불매운동의 불씨는 지펴진 뒤였다.

미팅이 끝나고, 헤나와 고동구가 엘리베이터에 올랐다. 헤나는 아무렇지 않게 1층 버튼을 눌렀고, 그런 그녀에게 고동구가 다급하게 입을 열었다.

"헤나야! 그렇게 말하고 나오면 어떡하냐! 무조건 싫다고 했어야지!"

"으— 오빠. 귀 아파."

"야야! 지금 그게 문제가 아니라."

여전히 나라 잃은 표정의 고동구를 보며 헤나가 어깨를 으쓱했다.

"뭐, 무조건 한다고 한 것도 아니잖아?"

"아니, 무슨 강주혁 저 사람이."

"저 사람 아닌데? 사장님."

"어? 아, 그래. 사장님이 무슨 경찰도 아니고, 백상구를 쉽게 치운다는 게 말이 안 되잖아? 백퍼 대충 처리하고선 너한테 그 노래 하게끔 민다니까? 이 바닥 인간들을 넌 아직도 믿냐?"

그러자 헤나가 픽 하고 웃었다.

"믿겠어? 백상구한테 그렇게 시달렸는데! 그런데 이상하게 저분은 뭔가 흘리는 아우라가 좀 다르지 않아?"

"뭔 아우라?"

"으음, 말로 표현 못하겠어. 여튼 그때 드라마 대본 들고 왔을 때나 지금이나 드는 느낌이 같아."

"너! 어휴, 진짜. 이번 싱글 망해도 난 모른다?"

그때 엘리베이터가 1층에 도착했고 천천히 문이 열렸다. 이어서 헤나가 혼 잣말하듯 뱉었다.

"보면 알겠지. 저분이 진짠지 가짠지."

그들이 나간 뒤, 강주혁과 최화진이 엘리베이터 앞에 섰다.

"정말 괜찮아요?"

"네네. 진짜, 지인짜 괜찮아요. 혼자 생각 좀 정리하면서 버스 타고 집에 갈 게요."

"알았어요."

"저…… 근데."

최화진이 두 손을 모은 채로 말을 입속에서 쉽사리 뱉지 못했다.

"편하게 말해봐요. 왜? 무슨 걱정 있어요?"

주혁이 부추기자 이내 결심했는지, 최화진이 고개를 휙 들어서 강주혁을 올려다봤다.

"제, 제가 곡을 완성한다고, 헤나 선배님이 불러주실까요?!"

그녀는 그야말로 꿈속을 걷는 기분이었다.

"부르게 해야지. 그게 내 일이니까요."

"아⋯⋯."

"화진 씨는 걱정하지 말고, 그 노래 완성해요. 제목도 짓고. 나머지는 내가 알아서 할 테니까."

그때 1층에 있던 엘리베이터가 3층에 도착했고.

"어떻게든 이번 주 안으로 완성해볼게요. 아니, 완성시킬게요!"

다부지게 답한 최화진이 엘리베이터에 몸을 실었다. 주혁이 웃으며 입을 열었다.

"곡, 최대한 많이 만들어봐요. 앞으로 정규앨범도 내야 하니까."

최화진이 엘리베이터를 타고 떠난 후, 주혁은 4층 사장실로 가기 위해 계단에 발을 디뎠다. 그 순간.

— 우우우우웅 우우우우웅

그의 핸드폰이 우렁차게 울리기 시작했다.

* 070-1004-1009

보이스피싱이었다.

"랜덤박스 이후 처음이네."

짧게 읊조린 주혁이 전화를 받아 안내 멘트를 들으며 키워드를 기다렸다.

"들으실 항목의 키워드를 '선택'해주세요!

1번 '14주 동안', 2번 '당해낼 수 없다', 3번 '새벽 3시', 4번 '데이트폭력', 5번 '대철건설', 6번⋯⋯."

역시나 6번 랜덤박스는 사라졌다. 주혁은 깔끔하게 랜덤박스에 관한 생각을 지워버리고 현재 제시된 키워드들에 집중했다. 1번부터 4번까지는 이미 한 번씩 검색을 마친 키워드들. 그런데.

"대철건설?"

저번 김점숙 할머니 키워드 다음으로 나온 대철건설이 눈에 띄었다.

"이건 뭔가 나올 것도 같은데?"

주혁은 빠르게 # 버튼을 눌러 다시 듣기를 실행한 후, 핸드폰으로 인터넷 검색창에 '대철건설'을 입력했다. 결과 중 최상단에 나온 기사가 주혁의 관심을 끌었다.

「15억 뇌물 등 건설사 비리, 한순간 몰락한 중견 건설사 '대철건설'」

제목부터 심상치 않았다. 주혁이 기사를 터치하자 기사 내용이 핸드폰 화면에 출력됐다.

— 15억 뇌물, 재건축 수주 비리 등으로 한순간 몰락한 대철건설 송광규 사장의 토지 및 건물 등등이 법원 경매로 나온다. 이는 송광규 사장의 앞날을 엿볼 수 있는 결과로 건물은 삼성동, 압구정 등…….

가만히 기사를 읽던 주혁이 중얼거렸다.

"건물? 경매?"

기사를 확인한 주혁은 피어오르는 호기심에 5번 '대철건설'을 선택했다.

"*탁월한 선택! 강주혁 님이 선택한 키워드는 '대철건설'입니다!*

몰락한 건설사 '대철건설' 송광규 사장의 건물 중 1월 23일에 법원 경매로 나온 삼성동 DCS타워가 예상 낙찰가 약 150억보다 한참 아래인 105억 2368만 원에 낙찰됩니다. 이는 응찰자들의 눈치싸움에서 비롯된 결과로, 감정가 98억에서 고작 7억가량 붙은 금액으로 마무리됩니다."

보이스피싱은 역시나 가차 없이 끊겼다. 반면 주혁의 눈은 빛났다. 안 그래도 슬슬 이사 계획을 잡고 있었기 때문이다. 주혁은 보이스피싱에서 들은 미래 정보를 수첩에 메모하면서 곱씹었다.

"삼성동에 있는 DCS타워가 105억 정도에 낙찰된다는 거지?"

물론 건물을 상세하게 검색해봐야겠지만, 삼성동치고는 썩 괜찮은 가격이 아닌가 싶었다. 거기다.

"최종 낙찰가를 나만 안다는 거지."

낙찰가 105억 2368만 원.

"최종 낙찰가에 만 원만 보태도 그 건물은 내 거란 소리."

어느새 메모를 마친 주혁이 미소 지었다.

"일단, 확인부터."

그때, 주혁이 계단을 따라 사장실로 가려던 차에 어디선가 왁자지껄 시끄러운 목소리가 들렸다. 고개를 돌려보니 3층 연습실에서 나는 소리였다.

"누가 있나?"

최근 팀장들은 직원을 구한다고 회사에 거의 없었고, 소속 배우들도 휴식기였다. 의아함에 주혁이 천천히 걸음을 옮겼다. 연습실에 가까이 다가가니 목소리가 더욱 선명하게 귀에 꽂혔다.

"야! 김재! 나 대사 좀 맞춰줘!"

강하영이 방방 뛰자, 길쭉한 김재욱이 답했다.

"어, 누나. 그럼 그거 한 다음에 연습 대본 좀 같이 해줘요."

"콜! 이 누나가 해줄게."

연습실 문틈을 통해 본 내부에는 강자매와 김재욱이 모여 있었다. 말숙은 아이 때문인지 보이지 않았다. 강하영과 강하진은 편한 후드티에 레깅스, 김재욱은 흔한 운동복 차림이었다. 주혁은 어느새 벽에 기대어 팔짱을 끼고는 오랜만에 보는 흐뭇한 광경에 빠져들었다.

"근데 누나. 김삼봉 감독님 어때요?"

김재욱이 강하영에게 물었다. 강하영은 최근 〈도적패〉의 백미주 역을 확정하느라 김삼봉 감독과 미팅한 터였다.

"완전 젠틀! 나한테 질문하실 때마다 꼬박꼬박 존댓말 해주셔. 우리 사장님이 나아~중에 나이 드시면 그렇게 되지 않을까?"

아니, 그건 아니지. 지켜보던 강주혁의 미간이 살짝 찌푸려졌지만, 다행히 바닥에서 양다리를 벌린 채 꾹꾹 스트레칭 중이던 강하진이 그의 마음을 대변했다.

"언니. 그건 좀 오버다."

"호홍. 아니! 말투만! 비주얼 말고."

"하영 누나 부럽다. 나도 영화 하고 싶다."

"응? 김재 너도 사장님한테 말씀드려봐."

침통한 표정의 김재욱이 고개를 저었다.

"저 공부해야 돼요. 저번에 점수 제대로 안 나와서, 이대로 가면 사장님한테 죽을지도."

그때 가슴이 바닥까지 닿도록 스트레칭 중이던 강하진이 청초하지만 무표정인 얼굴로 김재욱을 올려봤다.

"맞다. 너 좀 있으면 고3이네. 과 생각해봤어? 역시 연영과?"

"그래야죠. 아, 일단 종성대 보고 있는데."

"엄청 쎈 곳 잡았네."

"그 정도는 돼야 사장님이 만족하실 거 같아서. 하진 누나는 차기작 정했어요? 〈척살〉 대박 터져서 시나리오 좀 들어온다면서요."

강자매와 김재욱의 대화를 들으며 주혁은 새삼 기분이 묘했다.

'쟤네가 저러고 있으니까, 분당 쪽 연습실에서 에어로빅할 때 생각나네.'

그때만 해도 지금 하는 게 뭔지도 모른 채, 홍혜수 팀장의 율동을 그저 휘

적휘적 따라 하기 바빴던 아이들이 어느새 데뷔하고, 배우라는 직업으로 불렸다. 분명 강자매나 김재욱은 거리를 돌아다니면 알아보는 사람도 꽤 있을 것이다. 기간은 짧았지만 엄청난 파급력을 지닌 작품을 소화했으니까.

'뭐, 정작 자기들은 인기를 실감하지 못하는 것처럼 보이긴 하다만.'

강자매와 김재욱의 모습에 피식해버린 주혁은 이내 발길을 돌려 사장실로 향하며 짧게 읊조렸다.

"다들 내년부터는 바빠질 거다."

다음 날은 크리스마스이브였다.

어딜 가도 징글벨이 울려 퍼지는 시기. 거리 곳곳 나무마다 꼬마전구가 둘려 있고, 아파트 입구에는 큰 나무를 트리처럼 꾸며놓은 모습이 보이는, 모두가 두근거리는 그날.

주혁은 그런 설렘을 즐길 새가 없었다. 그는 가장 먼저 보이스피싱이 알려준 DCS타워를 확인했다.

"지상 6층에 지하로 1층이라."

주변으로는 삼성중앙역이 5분 거리, 코엑스가 10분 거리. 꽤 괜찮은 위치였다. 준공 일자는 2009년. 1층은 기본적인 점포들이 입점해 있고, 2층부터 6층까지는 대철건설의 자회사가 사용하고 있었으나 최근 모두 빠진 듯했다.

"딱인데."

조건상 딱 좋았다. 문제는 돈. DCS타워를 낙찰받기 위해선 최소 105억이 드는데, 강주혁의 전 재산과 맞먹는 수준이었다. 물론 현금만으로 본 수치였고. 문득 광주 건물의 시세가 궁금해진 주혁은 부동산 업자에게 전화를 걸었다.

"아이고~ 사장님. 오랜만입니다."

부동산 업자는 몇 분 동안 광주 지역개발 중심에 강주혁의 건물이 있다는 것을 침을 튀기며 강조했다. 약간 부러워하는 느낌도 있었고. 어쨌거나 주혁은 본론으로 들어갔다.

"지금 현재 제 건물 시세가 어느 정도 나옵니까?"

"아하, 사장님 건물이. 에— 잠시만요."

잠시 키보드 두드리는 소리가 들리는가 싶더니, 이내 부동산 업자가 답했다.

"약 10~15% 올랐습니다."

즉 30억짜리 건물이 대충 35억 정도가 됐다는 소리였다. 그대로 전화를 끊은 주혁이 짧게 혼잣말을 뱉었다.

"머리를 잘 굴려봐야겠는데."

돈 계산을 확실히 해봐야 할 사안이었다.

같은 날 오후. 사장실로 얼굴이 검은 버섯처럼 변한 최명훈 감독과 머리가 엉망진창인 작가 송미진 그리고 〈간 큰 여자들〉 작품에 합류한 백번 촬영팀이 기다시피 하며 들어왔다.

"1차 시놉과 기초 기획안이 나왔습니다."

최명훈 감독이 강주혁에게 두 개의 파일을 내밀었다.

"감독님. 괜찮으십니까?"

"예. 간신히."

"……"

정말 간신히 숨만 쉬고 있는 듯 보였다. 최명훈 감독도 그랬지만, 뒤쪽에 서 있는 송미진 하며 백번 촬영팀 역시 마찬가지였다. 저들이 죽으면 죽도 밥도 안 됐기에, 주혁은 당장 지시를 내렸다.

"고생하셨습니다. 1차 시놉과 기획 확인해볼 테니까, 일단 며칠은 아무것도 하지 말고 들어가서 쉬세요. 지금 당장."

"……알겠습니다."

최명훈 감독이 어렵사리 답했고, 이어서 송미진과 백번 촬영팀이 인사를 꾸벅하고선 사장실을 빠져나갔다.

그들의 뒷모습을 바라보던 주혁은 책상에 놓인 파일 중 '예상 기획안'이라는 파일부터 펼쳤다. 작품 초기 기본적인 가닥과 예산 등이 적혀 있었다.

"60억이라."

예산은 마케팅·비용 제외 총 60억으로 책정되어 있었다. 〈척살〉보다는 약 20억 정도 적은 금액.

"어차피 초기 예산이야 배우들 끼워 넣으면 변하기 마련이니까."

기획안을 확인한 주혁은 이번에 시놉 파일을 열었다.

한 시간 뒤.

주혁이 오묘한 표정으로 파일을 덮었다.

"흠. 뭔가 아쉬운데."

아니, 정확하게 표현하자면 부족했다. 너무 영화스럽다고나 할까? 어찌 보면 당연한 결과였다. 작가 송미진의 입봉작은 사실상 웹드라마. 영화 시나리오 자체는 생각조차 못 해봤을 테고, 반대로 최명훈 감독은 시나리오 집필에는 베테랑이었다.

"당연히 각색을 맡은 최명훈 감독의 흐름대로 갔겠지."

그 결과, 너무 영화스럽게 뽑혀버렸다. 주혁은 수첩을 꺼내 〈간 큰 여자들〉 관련 정보를 곱씹었다.

— 영화 〈간 큰 여자들〉이 코미디 영화로는 이례적인 6백만…… 자신의 이야기를 맛깔나게 표현해 게재했던 원작자를 배제한다면 관객수가 현저하게 줄어든 6만으로 망작이 탄생.

"포인트는 원작자의 이야기를 맛깔나게 표현한다는 것."

한마디로 1차 시놉의 문제는 가장 중요한 핵심을 파악하지 못한 것에 있었다. 핵심은 원작자의 이야기. 즉 여자 네 명이 한 집에 살아가는 느낌, 공감 그리고 그것을 영상으로 담아낸 개그.

"흠."

잠시간 고민하던 주혁은 한 가지 묘안을 떠올렸다. 며칠 전 TV에서 스치듯 봤던 프로. 시놉 최상단에 메모를 시작했다.

— 최명훈 감독, 송미진 작가의 가족들과 식사 및 대화를 같이해볼 것 (시끌벅적하게)

그가 떠올린 프로그램은 〈극한직업〉이었다.

이어진 크리스마스. 아쉽게도 화이트 크리스마스는 아니었지만, 무비트리 연말 파티가 예정돼 있었다. 사실상 〈척살〉 9백만 돌파 기념 파티에 가까웠다.

송 사장은 보이스프로덕션 직원과 배우들을 모두 초청했고, 주혁 역시 모두를 데리고 늦은 점심 무렵 이동했다. 장소는 무비트리 근처, 복합 문화공간이라는 타이틀을 달고 있는 종합 파티장이었다. 그중 약 3백 명 가까이 수용 가능한 1층이 무비트리가 예약한 장소였다. 작은 제작사가 잡기에는 큰 행사였으나, 〈척살〉의 흥행에 힘입어 기자들이나 영화 관계자들도 많이 보였다.

"어어! 주혁아! 왔냐? 빨리 와라! 사진 찍자."

강주혁 포함 보이스프로덕션 식구들이 형형색색의 꽃으로 치장된 건물 입구로 들어서자 문 앞에서 손님들을 맞이하던 송 사장이 한달음에 달려와 주혁을 끌고 갔다.

"어어, 아니! 형. 잠깐……."

송 사장은 주혁의 다급한 외침에도 아랑곳없이 그의 어깨를 잡아끌어 포토존으로 향했고, 이후부턴 플래시 세례의 연속이었다. 〈척살〉 제작에 참여한 인원들 기념사진, 〈척살〉 감독과 배우들 기념사진, 제작사와 투자사의 기념사진, 배우들만 따로 찍은 사진까지.

한참이 지나서야 강주혁은 파티장으로 들어올 수 있었다. 그나마도 송 사장과 같은 테이블이었다.

이어서 파티가 본격적으로 시작됐다. 오랜만에 본 무비트리의 박경수 PD가 큐카드를 들고서 무대에 등장했다. 파티 식순까지 있는 모양이었다. 그 모습에 피식한 주혁이 옆자리에서 흐뭇해하는 송 사장에게 시선을 던졌다.

"아니, 형. 뭘 이렇게 힘을 줬어요?"

"야! 우리가 또 언제 9백만 영화를 만들어보겠냐. 기념이야 기념. 처음이자 마지막."

"그래, 뭐. 그나저나 형, 〈척살〉 1차 정산일은 언제쯤 될 것 같아?"

"정산?"

〈척살〉의 메인 제작사는 무비트리였고, 정확한 일정은 무비트리가 알고 있었다.

"글쎄. 적어도 다음 달 말은 돼야 할걸? 왜? 돈 급해?"

"아니, 뭐 그 정돈 아니고. 일단 알았어요."

주혁은 머릿속으로 DCS타워와 법원 경매를 떠올리면서 다시 정면 무대로 시선을 옮겼다. 그때 강주혁의 뒤 테이블에 앉은 무비트리 직원들의 대화가 살짝 들렸다. 워낙 시끄러운 상황이라 정확하지는 않았지만.

"……확정 났네. 대박."

"아! 나도……사둘걸."

"확실……야?"

이어서 약 한 시간가량 정해진 식순에 따라 파티가 진행됐고 그 이후부터는 자유였는데, 거기서부터 사람들이 미쳐버렸다. 정신이 아득해질 정도로 스스로를 놓고 놀기 시작했다. 초반 각 잡힌 파티가 무색해질 정도였다.

주혁은 적당히 분위기를 맞춰주다가 추민재 팀장과 홍혜수 팀장에게 자리를 부탁하고는 파티장을 나섰다. 오늘 밤, 헤나의 로드매니저에 관한 황 실장의 보고가 있을 예정이기에.

빠른 걸음으로 파티장을 나오던 주혁은 입구에서 담배를 문 남자와 눈이 마주쳤다.

"……"

눈이 마주친 주혁은 걸음을 멈추고, 그저 남자를 웃으며 쳐다봤다. 그러자 남자가 눈빛으로 말했다.

'뭘 보냐?'

눈빛으로 짜증을 담아 보낸 남자는 하성필이었다. 〈척살〉 조연배우들도 있는 터라 주혁 역시 눈빛으로만 하성필에게 말했다.

'졌지?'

그 눈빛에 하성필의 눈꺼풀이 미세하게 떨렸다. 하성필은 이도 저도 못할 애매한 기분이었다. 영화가 9백만으로 흥행한 것은 주연배우로서 무척이나 기쁘지만, 강주혁에게 내기로 진 것은 짜증이 났다. 짜증인지 기쁨인지 분간이 안 갔다. 그래서 그냥 이 기분을 짜증으로 결론 내렸고, 이어서 부릴 수 있는 짜증을 가득 담아 하성필이 주혁에게 눈빛을 쐈다.

'엿 먹어.'

주혁이 사장실 문을 열고 들어서자, 황 실장은 이미 와 있었다.

"아, 많이 늦었습니다."

"괜찮습니다. 저도 방금 왔습니다."

주혁은 입고 있던 정장 재킷을 의자에 걸친 후, 셔츠 목 단추를 두 개 정도 풀었다.

"파티가 힘드셨나 봅니다."

"사람이 너무 많은 곳은 여전히 좀 힘드네요. 그래서, 혜나 씨 로드매니저 확인하셨습니까?"

"물론입니다."

자리에 앉은 황 실장이 다이어리를 꺼낼 때였다.

— 우우우우웅 우우우우웅

주혁의 핸드폰이 울렸고.

"아, 잠시."

재킷을 뒤적거려 핸드폰을 꺼냈다. 그러고는 고개를 갸웃하더니 전화를 받았다.

"네. 접니."

하지만 상대방은 주혁의 말이 끝나기도 전에 외쳤다.

"사장님! 축하드립니다! 세상에. 진짜 광주로 확정될 줄은!"

상대는 부동산 업자였다.

그의 열변을 요약하자면 HY테크놀로지가 반도체라인 5개 건설과 협력사 40여 곳이 입주하는 대형 제2공장을 경기도 광주 오포읍 방면에 건설하겠다고 오늘 오후에 발표했다는 내용이었다. 전화기 너머인데도 침이 어마어마하게 튀는 것이 느껴졌다.

열변을 들으며 주혁이 미소 지었다. 보이스피싱에서 들었던 내용 그대로였기 때문이다. 주혁이 부동산 업자에게 물었다.

"이런 경우 보통 건물값이 얼마나 오릅니까?"

"아하하, 그렇죠. 그게 궁금하시겠죠. 이게 흔한 일은 아니지만, 보통 재개발이나 이번 광주시 지역개발처럼 뭔가 호재가 뜨면 약 10%에서 많게는 30%까지도 뛰는데, 사장님! 이번 건은 그 크기가 다릅니다. 모르긴 몰라도 두 배, 아니 그 이상일지도 모릅니다!"

이어서 부동산 업자가 왜 그렇게까지 건물값이 뛰는지 부연설명을 했는데.

'그러니까, 지역개발 정도가 아니라 거의 신도시 건설 급의 파급력이라 이 거지?'

대충만 생각해봐도 현재 강주혁이 있는 건물인 오포읍 방면으로 HY테크 놀로지 반도체 제2공장이 들어서면 도로부터 아파트, 편의시설 등이 세워질 것이고 제2공장 덕분에 유동인구가 급작스럽게 치솟을 것이었다.

주혁은 일단 부동산 업자에게 다시 통화하자고 한 뒤 전화를 끊고 생각에 빠졌다.

'사실 이 광주 건물을 팔고, 경매로 나올 삼성동 DCS타워를 사는 게 가장 간편하기야 하겠다만…… 좀 아까운데.'

당장 팔면 이득이야 보겠지만, 이 광주 건물은 시간이 흐를수록, 주변이 더 욱 활발해질수록 계속 오를 게 자명했다.

'거기다 보이스가드 사무실도 필요하긴 하지. KR마카롱도 한창 상승세고.'

즉, 이 광주 건물은 아직 쓸모가 많았다. 가만히 노트북 화면을 보며 검지 로 책상을 두들기던 주혁이 살짝 미소 지으며 혼잣말을 뱉었다.

"예전에 아껴뒀던 로또. 써야겠네."

급할 때 쓰기 위해 아껴뒀던 로또 세 장을 떠올렸다.

"건물 두 채 다 가지지 뭐."

생각을 정리한 주혁이 수첩을 꺼내, HY테크놀로지 관련 정보를 지워내면 서 기다리고 있는 황 실장에게 시선을 돌렸다.

"많이 기다렸죠?"

"아, 아닙니다. 무슨 좋은 일이라도 생기셨습니까?"

"하하하. 며칠 지나면 다 알게 될 겁니다."

웃으며 대답한 주혁이 자리에 앉으며 입을 열었고.

"자, 시작해봅시다."

헤나 로드매니저에 관한 보고를 받기 시작했다.

다음 날, 헤나의 로드매니저 최류혁은 쉬는 날임에도 아침부터 보이스프로덕션 사옥으로 출근했다. 뜬금없이 강주혁 사장이 호출했기 때문. 좀 이상하긴 했지만, 워낙 강주혁의 소문은 요지경인 터라 최류혁은 그러려니 했다.

그가 사장실 앞에 서서 잠시 심호흡을 한 뒤 노크하자, 안쪽에서 강주혁의 목소리가 들렸다.

"들어오세요."

최류혁은 문손잡이를 잡고 '후— 후—' 두 번 정도 숨을 뱉은 후에야 사장실로 들어섰다.

"아, 거기 앉으세요."

사장실에는 한 번 본 적 있는 황 실장이라는 보안팀장이 앉아 있었다. 어쨌거나 최류혁은 주혁의 권유에 따라 자리에 앉았고 강주혁이 그에게 커피를 건넨 후, 반대편에 자리하며 입을 열었다.

"헤나 씨와는 3년 정도 같이 일하셨다고요?"

"아, 예. 3년 조금 넘었습니다."

"로드매니저님, 아, 최류혁 씨 맞죠? 류혁 씨는 헤나 씨 스케줄 관리는 전혀 안 하시는 겁니까?"

"그렇습니다."

최류혁은 짧게 대답하며 부연설명을 했다.

"보통 헤나 정도 되는 가수에게는 매니저가 서너 명이 붙습니다. 지금 헤나 스케줄매니저인 동구 형이 전 회사에서는 실장급 매니저였고, 그 밑으로 저처럼 운전만 도맡아 하는 로드부터 동구 형 일을 돕는 매니저까지 다양합니다. 당연히 사장님도 잘 아시겠지만, 이게 가수랑 배우랑 스케줄이 좀 달라서……."

말끝을 흐린 최류혁이 군데군데 갈색으로 염색한 머리를 긁었다.

"그렇군요."

그런 최류혁을 빤히 바라보며 답한 주혁은 그 뒤로 침묵을 지켰다. 사장실에는 어색한 기류가 흘렀고, 황 실장 역시 입을 다물고 있었다. 그렇게 약 몇 초가 흘렀고.

"류혁 씨."

주혁이 본론으로 들어갔다.

"백상구 사장과는 사이가 어떻습니까?"

"예?!"

느닷없이 폐부를 찌르는 질문에 최류혁이 깜짝 놀라 되물었다. 하지만 주혁은 무심하게 같은 말을 반복했다.

"백상구 사장과 사이가 어땠는지 물었습니다."

"그게, 저 같은 로드가 백상구 사장님이랑 사이랄 게……."

"그래요?"

"네, 넵!"

그러자 주혁은 준비해둔 종이를 보며 말을 이었다.

"자, 그럼 류혁 씨 몇 가지 좀 물어볼게요. 제가 헤나 씨 식구들 서류를 받았는데, 류혁 씨는 월급이 대략 2백만 원 선이었네요."

"예. 대충 그랬고, 가끔 보너스 나오면 2백이 좀 넘고 했습니다."

대답을 들은 주혁이 들고 있던 종이를 내려놓으며 최류혁과 눈을 마주쳤다.

"그런데 외제차를 구매하셨어요?"

"……!"

"월급 2백 받아서 외제차 유지비가 감당됩니까? 힘들지 싶은데."

순간 눈이 커진 최류혁의 말문이 막혔다. 그러거나 말거나 주혁은 말을 계속 이어갔다.

"거기다 최근 씀씀이가 꽤 헤프시던데요. 어머님이랑 백화점도 자주 가시고."

"그, 그걸 어떻게!"

"홀어머니에 외아들, 사는 곳은 작은 원룸이었지만, 최근 투룸으로 이사. 보통 쉬는 날은 집에서 보내고, 친구도 많이 없는 편."

주혁의 브리핑에 뇌가 멈췄는지, 최류혁은 그저 어버버할 뿐이었다. 그때 강주혁이 조용히 앉아 있는 황 실장을 보며 고개를 끄덕였다. 그러자 황 실장이 다이어리를 꺼내, 그사이 끼워진 사진들을 책상 위에 펼쳤다.

"이상하네요. 제 눈에는 류혁 씨가 사이랄 게 없다고 한 백상구 사장과 꽤 친해 보이는데, 어때요?"

책상에 올려진 사진에는 백상구와 최류혁이 나란히 찍혀 있었다. 그 사진을 떨리는 손으로 집어 드는 최류혁은.

"……이, 이게, 어떻게. 어?"

명백하게 당황한 모습이었다. 그 모습을 부추길 요량이었는지, 주혁이 입을 열었다.

"제 생각에는 말이죠. 백상구와 혜나 씨는 꽤 오래전에 사이가 틀어졌고, 예전 혜나 씨 OST 표절 사건부터 최근까지 혜나 씨 진영에 백상구가 심어둔 사람이 있었다, 백상구 사장은 자신이 심어둔 사람을 이용해서 혜나 씨를 곤경에 빠뜨리려고 했으나 실패, 그러나 백상구는 포기하지 않고 자신이 심어둔 사람을 이용해서 계속 혜나 씨를 공격하려 한다, 근데 내가 볼 땐 백상구가 심어둔 사람이."

잠시 최류혁의 표정을 살피던 주혁은 이내 남은 말을 뱉었다.

"당신 같은데."

그러자 최류혁의 눈이 좌우로 미친 듯이 흔들렸다. 마치 오류로 작동하지 않은 AI 로봇 같은 모습. 그런 AI 로봇이 힘겹게 외쳤다.

"그, 그럴 리가요! 제가 아닙."

하지만 강주혁이 AI 로봇의 말을 잘라먹었다.

"당신이 알지 모르겠지만, 나는 일반 소속사 사장들과는 좀 달라. 그동안 나와 관련된 사건들, 기사들 봤다면 얼추 알겠지."

"……."

최류혁의 시선이 강주혁과 마주쳤다.

"쉽게 말해서, 나는 이런 일을 대충 어림짐작으로 진행하지 않아. 즉, 당신을 망가뜨릴 자신이 있다는 소리야."

순간 무심하지만, 서늘한 강주혁의 눈빛에 최류혁은 느꼈다.

잘못 건드렸다고.

최류혁 역시 강주혁의 무성한 소문부터 그의 과거 사건 그리고 최근 터진 사건들을 기사로 접했다. 모를 리가 없었다. 실검을 몇 번이나 갈아치울 만큼 이슈였으니까. 하지만 최류혁이 지금 할 수 있는 거라곤 울먹이며 부정하는 것밖에 없었다.

"……정말 제, 제가 아닙니."

그때 주혁이 책상 위 사진을 짚으면서 다시 한 번 그의 말을 잘랐다.

"말을, 잘해야 할 거야. 다시 한 번 말하지만, 이미 확인은 끝났어."

"……."

그리고 이 한마디에 AI 로봇은, 아니 최류혁은 무너지고 말았다.

"크흑— 자, 잘못했습니다! 처음엔 진짜 그냥 가벼운 대화 정도만 알려달라고 했습니다! 진짭니다! 그런데 주는 돈이 커서 너무 멀리 와버렸습니다……
이렇게까지 일이 커질 줄 정말 몰랐습니다! 잘못했습니다! 정말…… 흐흑."

한 타임에 모든 것을 쏟아낸 최류혁을 보며 주혁이 속으로 혀를 찼다.

'이렇게 멘털이 약하고 돈을 좋아하니 백상구가 꼬셨겠지.'

돈만 주면 자신의 위치 안에서 뭐든 할 수 있는 그런 부류. 즉 다루기가 쉽
다는 얘기였고.

'이번에 백상구 뒤통수를 치기엔 충분히 쓸모가 있어.'

써먹기가 편했다. 여전히 눈물을 줄줄 흘리는 최류혁을 가만히 쳐다보던
주혁이 말을 이었다.

"이대로 내가 당신을 세간에 알리면 진짜 당신이 모조리 뒤집어쓰고 인생
끝날지 몰라요. 그럼 안 되잖아. 어머니도 계시니까. 게다가 치워버릴 놈은 따
로 있잖아요?"

"……"

어느새 몸까지 덜덜 떠는 최류혁이 할 수 있는 거라곤 그저 강주혁과 눈을
마주치는 것이 전부였다.

"최류혁 씨. 내가 하라는 대로만 움직이면 적어도 당신이 전부 뒤집어쓰는
경우는 피하게 해줄게요. 어차피 터질 일이야. 포커스는 백상구가 받아야 하
지 않겠어요? 현재 백상구에게 받는 돈은 내가 대신 주지. 어때, 하겠어요?"

제안을 받은 최류혁의 생각은 길지 않았다.

"하겠…습니다."

"좋아요."

"그, 그런데 어떻게 하실……."

"음? 그건 간단해. 백상구 뒤통수를 칠 겁니다."

"그럼 제, 제가 뭘 어떻게 하면."

"기다리고 있어요. 일단은 평소와 같이 생활하면 돼. 그러다 때가 오면 내가 시키는 대로 하면 됩니다."

최류혁은 말없이 고개를 끄덕였다. 그런 그를 보며 주혁이 마지막 말을 던졌고.

"혹시나 해서 말해두는데. 일을 시작하기 전까지는 우리 보안팀장님인 황실장님이 당신을 마크할 거야. 무슨 말인지 아시겠죠?"

쐐기를 박았다.

* * *

같은 시각, 태신식품.

박종주가 책상 위에 올려진 초대장을 흐뭇하게 바라보고 있었다.

"크크. 이제야 해창그룹에서 이 박종주를 인정하는군?"

박종주가 들고 있는 초대장은 뒤늦게 도착한 해창그룹 연말 파티 초대장이었다.

"이거 갔다 와서 움직이지 뭐."

가뜩이나 최근 강주혁 때문에 속 더부룩한 일이 많았던 박종주는 해창그룹 초대장에 한순간 속이 뻥 뚫리는 기분이 들었다.

그때 핸드폰이 울렸다. 발신자를 보자 박종주는 혀를 차며 전화를 받았다.

"야 이 개새끼야. 내가 이 핸드폰으로 전화하지 말랬지? 뭐? 그럼 닥치고 기다릴 것이지 왜 전화질이야! 쫄리긴 뭐가 쫄려! 미친 새끼. 그냥 시킨 대로 거기 짱박혀서 숨어 있어!! 잠잠해지면 내가 연락할 테니까."

거칠게 쏟아내고 전화를 끊은 박종주가 추가로 몇 번이나 욕을 뱉다가 다시금 해창그룹의 초대장을 보며 비릿한 웃음을 지었다.

"김재황 사장, 그 영감도 이제 날 인정한 거야. 크크."

그러면서 책상의 인터폰을 눌렀고, 이어서 여자 목소리가 들렸다.

"네. 상무님."

"야. 차 대기시켜."

"알겠습니다."

짧은 대답과 함께 여자 목소리가 끊기자, 박종주가 담배를 입에 물며 혼잣말을 뱉었다.

"자, 재밌는 일이 많을 것 같은데. 일단 옷빨부터 세워놔야지."

이어진 금요일 그리고 주말.

연말답게 강주혁의 스케줄은 살인적이었다. 그나마 걸러낸다고 한 건데 VIP픽쳐스의 영화인의 밤, 광주시청의 초대, WTVM의 내부 파티 등등, 몸이 세 개라도 모자랄 지경이었다. 그 바람에 주혁이 진행하는 일은 일단 뒤로 미뤄야 했다. 아니, 사실 미룬 것도 아니었다. 그가 참여한 파티나 연말 행사는 곧 일과 직접 연관된 곳이었고, 일의 연장이었다.

"사장님. 최명훈 감독님이 차기작 준비 중이라고 하시던데? 이번에도 저희랑 같이하셔야죠?"

VIP픽쳐스 최혁 팀장이었고.

"요즘 바쁘시죠? 하하하. 다름이 아니라 저희 〈만능엔터테이너〉는 아마 이르면 내년 1월 초 정도에 첫 녹화가 있을 것 같습니다."

WTVM 방송사 예능국 송철구 CP였다.

그렇게 정신없는 스케줄이 지나, 어느새 다시 월요일이 도래했다. 머리부터 발끝까지 세팅이 완벽하게 끝난 강주혁이 거울 앞에서 나비넥타이 위치를 바로잡았다. 오랜만에 머리를 뒤로 넘겼고, 며칠 전 준비해둔 맞춤 턱시도 셔츠를 입었다. 시간을 확인한 주혁이 거실 소파에 걸쳐둔 턱시도 재킷을 펄럭거리며 입었다. 그때 핸드폰이 울렸다. 추민재 팀장이었다.

"야야! 사장님. 아직 멀었어? 슬슬 출발해야 돼. 나와!"

"알았어."

"그러고 보니 사장님, 레드카펫 5년 만에 밟아보는 건가?"

12월 30일. 청룡영화제가 있는 날이었다. 보통 11월 중순부터 12월 초 사이로 영화제를 진행하는데 올해는 무슨 이유에선지 꽤 늦게 열렸다.

"형. 이번엔 세종문화회관인가?"

"어, 올해는. 작년에는 거기 어디냐, 평화의 전당에서 했으니까."

턱시도에 검은색 싱글코트로 멋을 낸 강주혁은 밴 조수석에 타고 있었다. 운전은 추민재 팀장. 뒷좌석에는 태어나서 영화제 자체가 처음인 최명훈 감독과 연분홍색 드레스를 입은 강하진이 타고 있다. 긴장했는지 최명훈 감독이 연신 심호흡을 해대는 모습을 추민재 팀장이 룸미러로 쳐다보며 입을 열었다.

"하이고, 감독님. 죽겠죠?"

"……군대 들어가기 직전보다 더 죽을 맛입니다. 미치겠네."

"크크크, 레드카펫 딱 밟으면 쓰러지는 거 아닙니까? 카메라 플래시가 번쩍번쩍하거든, 0.1초마다."

"음…… 어떻게, 지금이라도 내리면."

"꿈도 꾸지 마세요~"

추민재 팀장의 짤막한 답변에 좌절한 최명훈 감독은 얼굴을 찡그리며 애꿎은 재킷 단추만 풀었다 끼우기를 반복했다. 강주혁이 고개를 돌려 최명훈 감독의 상태를 확인했다. 그러다 안 되겠다 싶었는지 아까부터 말없이 창밖을 바라보고 있는 강하진을 불렀다.

"하진 씨."

창밖을 보는 그녀의 모습은 아름답고 청초했지만, 평소 뭐든 담담하게 받아들이는 터라 지금도 여전히 무표정이었다.

"……."

그런데 강주혁의 부름에도 대답이 없었다.

"하진 씨?"

"……."

여전히 대답이 없자, 답답함에 운전하던 추민재 팀장이 크게 소리쳤다.

"야. 하진아! 사장님이 부르잖아!!"

순간 크게 울려 퍼진 목소리에 강하진이 화들짝 놀라며 고개를 휙 돌렸다.

"네? 뭐라고 하셨어요?"

"……하진 씨. 아까 내가 차에 타면서 긴장되면 먹으라던 청심환, 감독님 하나 드리세요."

"아, 먹을 거요? 저는 제육이요."

"……?"

여전히 무표정에 눈을 말똥말똥 뜬 강하진의 대답이 이상했다.

"뭐…라고요?"

"먹을 거…… 어젯밤부터 제육이 먹고 싶어서."

"……."

요상한 대답을 한 강하진을 빤히 쳐다보던 주혁의 고개가 천천히 추민재 팀장에게로 돌아갔다. 그러자 추민재 팀장이 고개를 절레절레 흔들며 입을 열었다.

"표정이나 말투가 퍼석퍼석하긴 한데 하진이 쟤도 속은 맹탕이더라. 지금 딱 보니까 정신 났어. 몸만 왔어, 몸만. 정신은 지금 김밥나라에 있네."

"하……."

"레드카펫에서 감독님 팔짱이나 잘 끼면 다행인데. 크크, 하진이 쟤 엉뚱한 사람 팔짱 끼는 거 아니냐?"

추민재 팀장이 얼른 재밌는 장면을 보고 싶은지 속도를 높였고.

"후우— 스읍. 후우—"

"제육…… 아, 떡라면도 맛있는데."

뒷좌석에 있는 사람들은 정신이 거의 나가버린 상태였다.

같은 시각, 영화제가 시작되기 두 시간 전이지만 서울 세종문화회관 앞은 이미 포화상태였다. 입구서부터 15m가량 레드카펫이 깔려 있고, 양옆으로 광고판이 따닥따닥 붙어 있다. 그 뒤로 적어도 백 명은 돼 보이는 기자들과 리포터, 카메라맨, 시민 등등이 뒤섞여 있었고.

— 찰칵! 찰칵! 찰칵!

"철호 씨!! 카메라 보면서 하트 한번 날려주세요!"

레드카펫이 끝나는 지점 오른쪽으로는 포토존이, 그 뒤로는 문화회관으로 올라가는 계단, 계단 주변으로는 청룡영화제를 생중계하는 SBC 방송국 카메라와 관계자들이 줄지어 서 있었다.

"혜주 씨!!! 안녕하세요!!! 〈연예가 소식〉입니다!!"

"안녕하세요~"

난다긴다하는 배우들이 하나둘 나타나 레드카펫을 걷고 있었고, 배우들이 커다란 차에서 내리면 기다렸다는 듯이 카메라 플래시가 쏟아졌다.

— 찰칵! 찰칵! 찰칵!

정말 단 1초도 쉬지 않고 터진다.

이윽고 배우 하성필이 차에서 내렸다. 그러자 사람들의 비명이 꽂혔다.

"꺄아아아아! 성필 오빠!!!"

"하성필! 사랑해요!!"

"성필 씨! 성필 씨! 카메라 한번 봐주세요!!"

갑작스레 쏟아지는 비명에도 하성필은 여유롭게 차에서 내려 한걸음 내디딜 때마다 손을 올려 여기저기 인사를 던졌고.

"하성필 씨! 멋지십니다! 저희 〈연예가 소식〉입니다! 안녕하세요!!"

"사랑해요, 〈연예가 소식〉."

가벼운 농담을 던지며 위트 있는 모습도 보여줬다.

분위기는 최고조였다.

하지만 영화제의 피날레는 뭐니 뭐니 해도 여배우. 하늘하늘 드레스로 한껏 꾸민 여배우들은 혼자 등장하기도 하고 감독이나 동료 남자배우의 팔짱을 끼고 등장하기도 하는데, 일단 등장하면 차원이 다른 반응이 쏟아진다.

"진주 씨! 류진주 씨!! 너무 아름답습니다! 오늘 의상컨셉이 어떻게 되나요!"

"그냥, 주는 거 입었어요~"

"하하하!"

천사를 연상케 하는 새하얀 드레스 자태를 뽐내던 류진주가 포토존으로 들어가자, 레드카펫 입구에 진을 치며 플래시를 터뜨린 기자들이 찍은 사진을 확인하면서 두런두런 얘기를 나눴다.

"와씨, 류진주 쟤는 진짜. 이거 보정 없이 그냥 올려도 되겠다 야."

"말해 뭐해. 톱 여배우 아니냐. 근데 슬슬 올 때 되지 않았나?"

"누구?"

"강주혁."

"아."

사실 오늘 기자들이 레드카펫 끝쪽에 몰린 이유는 따로 있었다.

"근데 강주혁은 좀 이례적이라던데."

"뭐가?"

"아니 이 사람아. 영화제잖아, 영화제. 근데 지금 강주혁은 배우로서 오는 게 아니라더라."

누가 뭐래도 이번 해 가장 큰 화제를 낳았던 강주혁 때문이었다.

"그렇긴 하지. 그런데 강주혁은 좀 특이 케이스니까. 뭐, 5년 전만 해도 거의 국내 원톱 배우였으니."

"그러니까 이례적인 거지."

기자들 말대로 청룡영화제 주최측이 강주혁을 초청한 것은 특별했다. 보통 영화제의 메인은 배우, 감독, 시나리오 작가 순. 물론 촬영상, 음악상, 미술상 등으로 메인 스태프들도 초청받긴 하지만 그 수가 드물고, 강주혁처럼 제작사 사장이 직접 초청받는 경우는 거의 없다고 봐도 무방했다.

"어쨌든 이번 해 가장 핫하긴 했어."

"핫하기만 했냐. 거의 용광로 수준이었지. 끝쪽에 몰린 기자들 수만 봐도 딱 견적 나오잖아."

레드카펫 입장이 거의 막바지에 다다를 무렵, 검은색 밴이 도착했다.

"뭐야. 누구야!"

"몰라! 일단 찍어!"

아직 밴의 문이 열리지도 않았는데, 플래시가 쏟아졌다. 언뜻 보면 플래시 덕분에 오후가 아닌 밝은 아침처럼 보일 정도였다. 이어서 레드카펫 끝쪽에 대기하고 있던 안내 가드가 차 문을 열었다. 그러자 잔뜩 얼어붙은 최명훈 감독이 '끼기긱' 소리를 내며 차에서 내렸고.

"하하하. 저분 얼었네, 얼었어."

최명훈 감독은 밴에서 내리자마자, 차렷 자세로 하늘을 올려다봤다. 완벽하게 긴장한 모습. 재밌는 광경이 펼쳐지자 기자들의 셔터 누르는 속도도 빨라졌다.

이어서 안내 가드의 팔뚝을 잡고 차에서 내린 여배우, 강하진이었다.

"강하진이다. 〈척살〉 그 여고생."

배우로서는 신인이었지만, 〈척살〉의 흥행과 파급력 있었던 소희 역으로 나름대로 이름을 알린 강하진이 등장하자 플래시는 더욱 빠르게 터졌고.

이어서 탄성도 터졌다.

"와. 대충 찍어도 그림이 이렇게 말도 안 되게 나오냐."

"야, 쟤 되겠다. 되겠어."

"강하진 씨! 이쪽 좀 봐주세요!!"

"손 흔들어주세요!!"

그런데 차에서 내린 강하진이 잡았던 안내 가드의 팔뚝에 아예 팔짱을 껴버렸다.

매우 요상한 장면이 연출됐다.

차렷 자세로 먼 산을 바라보는 최명훈 감독, 안내 가드의 팔짱을 끼고 무표정으로 선 강하진, 그리고 당혹스러움과 부끄러움이 공존하는 덩치 큰 안내 가드까지. 마치 레드카펫 위에서 펼쳐지는 콩트를 보듯, 기자들이 와자지껄 웃으며 미친 듯이 카메라에 담아냈다. 그리고 최명훈 감독, 강하진, 안내 가드가 얼어 있는 순간에.

— 덜컥!

밴 조수석 문이 열렸다. 순간, 몰려 있던 모두의 시선이 조수석 쪽으로 향했다. 이어서 길쭉한 다리와 새카만 구두가 등장했고, 자연스레 턱시도에 싱글코트를 걸친 강주혁이 모두의 시선을 빼앗았다.

"……헐."

가장 초입에 있던 리포터는 할 말을 잃고 강주혁을 바라봤다.

처음이었다. 지금까지 배우들이 등장하면 리포터부터 기자들까지 소리치기 바빴다. 그런데 이번에는 그 어떤 외침 없이.

"……워."

"작살…나네."

그저 강주혁의 자태를 감상했다. 그 바람에 플래시 세례도 잠시 멈추는 현상이 벌어졌다. 물론, 곧바로 쏟아지긴 했지만.

주혁은 파파팍 쏟아지는 플래시 사이에서 무심하게 주변을 둘러봤다. 꽤 오랜만에 보는 광경. 그러다 차 앞에 서 있는 세 명을 보고 헛웃음이 터져버렸고 그 웃음소리를 들었는지, 안내 가드가 강주혁을 쳐다보며 살려달라는 시늉을 했다. 주혁이 강하진의 어깨를 톡 쳤다.

"하진 씨, 뭐 해요?"

"네? 어? 사장님이 왜 거기 계세요?"

자신이 끼고 있는 팔짱이 강주혁의 팔짱인 줄 알았던 강하진은 얼굴을 들어 어색한 표정의 안내 가드를 확인하곤 화들짝 놀라 연신 고개를 숙였다.

"그쪽이 아니라 최명훈 감독님…… 감독님? 감독님 혼자 어딜."

원래 계획은 강하진이 최명훈 감독의 팔짱을 끼고 걸어가는 그림이었으나, 한동안 얼어 있던 최명훈 감독이 마치 행군을 하듯 자기 멋대로 레드카펫을 걸어가기 시작했다. 이미 그의 머릿속은 하얗게 비어 있는 상태였기에. 그 모습에 주혁이 다급하게 손을 뻗으며 최명훈 감독을 불렀는데.

"감독님! 감독……."

그때 강주혁의 팔에 감각이 느껴졌다.

"……."

아까부터 제육을 외치던 강하진이 강주혁에게 바짝 다가서며 팔짱을 낀 것이었다.

강주혁이 약간 당황스러운 눈빛으로 강하진을 쳐다봤으나, 강하진은 그저 강주혁의 팔이 마치 목숨줄인 양 꽉 붙잡고 있을 뿐이었다. 갑작스레 연출된 장면이었지만, 비주얼은 최고였고.

"크크크."

운전석에 있던 추민재 팀장은 작게 웃으며 밴과 함께 자리를 벗어났다.

— 찰칵! 찰칵! 찰칵!

그사이에도 사진은 미친 듯이 찍혀대고 있었다.

"작품이네. 작품이야."

"사장 얼굴이 저게 뭐냐! 반칙이지!"

"강주혁 씨!! 카메라 보면서 하트 한번 날려주세요!!"

"두 분! 그 포즈 그대로 이쪽 좀 봐주세요!!"

레드카펫의 분위기는 최고조로 달아올랐다.

영화제 메인 MC는 30년 동안 꾸준히 사랑받아온 원로배우 심경수와 연기파 여배우 문소현이 맡았다. 1부는 걸그룹의 축하공연으로 시작됐고, 공연이 끝나자 심경수와 문소현이 큐카드와 마이크를 들고 무대에 나타났다.

"어— 안녕하십니까. 메인 사회를 맡은 심경숩니다. 제가 몇 번이나 못하겠다고 했는데, 다들 아시는 강길태 선배님께서 안 하면 혼낸다고 해서 하게 됐습니다. 실수해도 예쁘게 봐주십쇼."

"안녕하세요~ 문소현입니다. 벌써 1년이 지나 한 해를 마무리하는 영화제에 메인 사회를 맡게 돼 영광입니다."

사회를 맡은 배우들의 인사가 끝나자 박수가 쏟아졌고, 이어서 첫 번째 수상 후보들을 발표했다. 인기스타상부터 시작해서 각본상 등 1부는 애피타이

저 느낌으로 시작됐다.

"인기스타상! 그 주인공은? 홍태진! 축하드립니다!"

이름이 호명되면 SBC 카메라맨은 순식간에 배우를 찾아내 화면에 담아낸다. 이어서 박수가 쏟아지고, 상을 받은 배우가 무대에 올라 트로피와 꽃다발을 받고 수상소감 발표. 같은 루트로 몇 번의 시상이 지나고.

"네. 이번은 가득한 열정으로 스크린을 달궈준 신인여우상 차례입니다. 먼저, 후보부터 만나보시죠."

이어서 정면에 배치된 대형 스크린에 짤막한 영화 장면과 신인 여배우들이 비쳤다.

"〈괴담〉의 이태림 씨, 〈청춘기차〉의 박수진 씨……."

네 명 정도가 후보로 거론되고 있을 때, 주혁은 여전히 자신의 팔뚝을 잡고 있는 강하진을 보며 입을 열었다.

"하진 씨. 이 팔은 언제까지 붙잡고 있을 거예요?"

"사장님. 저 이거 안 잡고 있으면 막 집에 뛰쳐갈 것 같아요."

"……최대한 꽉 잡고 있어요."

그러자 강하진이 살짝 긴장이 풀렸는지, 주변을 둘러보며 입을 열었다.

"근데 진짜 신기해요. 맨날 영화관이나 TV에서 보던 분들이 막 같이 앉아 있으니까."

보통 신인이 첫 영화제에 참석하면 당연스레 겪는 현상이었다. 주혁은 주변을 둘러보는 강하진을 보며 입을 열었다.

"이번에는 상보다는 경험해본다 생각하고 최대한 많이 보고 느껴요. 내년에는 상 한번 노려."

바로 그때 사회를 맡은 문소현이 외쳤다.

"신인여우상 마지막 후보는? 네, 〈척살〉의 강하진 씨!"

순간 놀란 주혁이 고개를 휙 돌려 무대를 쳐다봤다.

"뭐?"

총 여섯 명의 신인여우상 후보 중 마지막으로 강하진이 불렸다. 메인 사회를 맡은 문소현이 부연설명을 했다.

"강하진 님은 화제의 보이스프로덕션 소속 배우시죠? 데뷔작인 〈척살〉에서 자신보다 어린 고등학생 역할을 훌륭하게 소화해 관객들에게 극찬을 받았습니다. 진짜 고등학생이 아니냐는 궁금증이 생길 정도의 자연스러운 연기가 아주 좋았다는 평입니다!"

이어서 정면 스크린에는 영화 〈척살〉 중 강하진이 나온 몇 장면이 나왔다. 스크린을 보는 배우들의 반응은 제각각이었다. 처음 본다는 듯 고개를 갸웃하거나 이미 알고 있어서 칭찬하는 듯하거나 별로 신경쓰지 않는 배우도 있었다. 반면 감독들이나 제작팀은 눈을 빛냈다.

그 와중에 강주혁은 솔직히 조금 놀란 상태였다. 가능성이 없지는 않지만, 청룡영화제는 전통이 깊은 영화제고 애초 데뷔작 하나 가지고는 후보에 오르기가 어렵다고 생각했다. 그런데 대뜸 강하진이 후보에 올랐다.

'이렇게 되면 얘기가 다르지.'

후보에 오르지 못했다면 어쩔 수 없지만, 올랐다면 사정이 달랐다. 주혁은 강하진과 같이 오른 후보들을 천천히 되짚어봤다. 그런데 해보나 마나였다.

'저 라인업에 밀리는 건 말이 안 돼.'

물론 그들도 충분히 괜찮은 배우들이었지만, 연기력으로 봤을 때는 강하진을 앞서지 못했다.

'충분히 가능.'

그때 팔을 붙잡고 있던 손에 힘이 들어가는 걸 느낀 강주혁이 강하진을 돌아봤다. 그녀는 말없이 정면을 뚫어져라 보고 있었다. 신인여우상 후보에 올랐다는 사실이 믿기지 않는 듯했다.

"하진 씨."

"……"

"하진 씨?"

대답 없이 멍하게 정면을 바라보던 강하진의 입이 천천히 열렸다.

"……사장님. 제 이름이 왜 불리죠?"

"음, 연기를 잘해서겠죠."

"꿈이죠? 아무래도 이거 꿈 같은데."

"하진 씨."

"네?"

이제야 강주혁을 쳐다보는 강하진이었고.

"수상소감, 준비 안 했죠?"

했을 리가 없었다.

"제가 살면서 해본 소감은 옷 산 거 후기 올린 게 전부인데요."

뜬금없는 대답에 주혁이 픽 하고 웃어버렸다.

"소감 할 거 없으면 그냥 언니인 하영 씨나 돌아가신 부모님 얘기해요. 평소하고 싶었던 말이나, 해야 할 말들."

"……예? 소감을 왜 준비해요?"

강하진의 되물음에 주혁이 미소 지으며 답했다.

"하는 게 좋겠어. 아무래도 오늘 신인상 트로피는 하진 씨가 들어 올릴 거 같으니까."

그의 말이 끝나기를 기다렸다는 듯 메인 사회를 맡은 문소현이 외쳤다.

"신인여우상! 〈척살〉의 강하진 님. 축하드립니다!"

박수가 쏟아졌다. 강하진의 앞, 뒤에 앉은 배우들이 고개를 돌려 그녀와 눈을 마주쳤고, 양옆에 앉은 강주혁과 최명훈 감독도 축하 인사를 건넸다. 그러나 정작 강하진은 이게 무슨 사태인지 얼이 빠져 있었다.

그 와중에 문소현은 큐카드에 적힌 강하진의 이력을 읊었고, SBC 소속 카메라맨이 쓱 들어와 강하진의 얼굴을 바짝 당겨 잡았다. 그녀의 청초하지만 무표정인 얼굴이 정면 스크린에 크게 잡혔다. 다행히 강하진은 울지 않았다. 그럴 때가 있다. 너무 놀라거나 충격을 받으면 눈물 흘릴 정신도 없는. 지금 강하진이 딱 그런 상태였다. 갑작스럽게 펼쳐진 상황에 앞만 보던 강하진이 이윽고 강주혁을 천천히 쳐다봤다.

"사장님……."

강주혁은 웃으며 강하진의 등을 밀어냈다.

"다녀와요."

그 손길에 힘을 받은 강하진은 이내 하늘거리는 드레스 자락을 잡고는 자리에서 일어나 스태프의 안내에 따라 무대로 천천히 걸어갔다.

"우리 후배님이 많이 놀란 모양인데, 다들 뜨거운 박수 좀 쳐줍시다!"

역시나 베테랑 원로배우 심경수가 분위기를 띄웠다.

어느새 무대에 오른 강하진은 청룡영화제 주최 측에 인사를 하고, 이어서 트로피를 받았다.

"네, 강하진 님. 아무래도 정신이 없으시겠지만, 소감 한마디 부탁드립니다."

문소현의 요청으로 강하진이 어물어물 무대에 배치된 스탠딩 마이크 앞에 섰다. 아니, 정확히 말하자면 서긴 했는데 정면을 보지 않고 손에 들린 트로피만 빤히 내려다봤다. 마치 '이게 뭐지?' 같은 눈빛. 멍하니 선 강하진을 보며 배우들의 웃음이 터졌다. 강하진이 보여주는 모습은 여기 모인 배우들이 과거 한 번씩 경험해봤거나 본 적 있는 장면이었다. 강주혁 역시 피식했다. 다만,

피식한 이유는 남들과 달랐다.

'오디션 때 생각나네.'

무대에서 어물거리며 트로피를 들고 있는 강하진. 그녀를 보며 주혁은 소희 역으로 오디션을 진행하던 날을 떠올렸다. 언니 강하영의 추천으로 고등학생 때 입었던 교복을 입고 류진주와 함께 왔던 모습. 그때와 같은 표정으로 무대에 서 있던 강하진이 어렵게 입을 열었다.

"어…… 마이크를 써본 게 노래방 빼곤 없어요."

첫마디부터 가관이었다. 덕분에 모두가 자지러졌다. 그러거나 말거나 강하진은 뚝심 있게 말을 이었다.

"저희 사장님이 수상소감 준비 못했으면…… 가족들에게 평소 하고 싶었던 말을 하라고 하셨거든요? 그래서 가족들에게 하고픈 얘기를 할게요."

일순 시선이 강주혁에게 쏟아졌다.

"일단, 하영 언니. 언제나 엄마처럼 아빠처럼 그러면서도 동생처럼 내 옆에서 힘이 돼줘서 너무 고마워. 그리고 하늘에서 나를 지켜보고 있는 엄마, 아빠 저 지금 상 받았……."

강하진은 처음과 달리 유창하게 소감을 말했다.

"사실 강주혁 사장님이 아니었으면 이 자리에, 아니 이런 인생을 살지 못했을 거예요. 제게 이런 인생을 선물해주신 강주혁 사장님. 정말, 진짜 너무 감사합니다."

그런데 이게 끝이 아니었다. 2부의 포문을 연 시상은 신인감독상이었다.

"〈몬스터H〉를 연출한 김강수 감독님…… 〈폭력 남자〉를 연출한……."

이어서.

"〈척살〉을 연출한 최명훈 감독님!"

최명훈 감독이 불렸고.

"신인감독상! 네. 〈척살〉을 연출한 최명훈 감독님. 축하드립니다!"

강하진과 다르게 최명훈 감독은 눈물을 펑펑 쏟았다. 그런 그의 어깨를 붙잡으며 주혁이 인사를 건넸다.

"감독님, 축하드립니다."

"큽! 사장님…… 정말, 너무 감사합니다. 정말."

이번 해 신인 부문 수상은 보이스프로덕션이 휩쓸었다.

다음 날, 아침부터 실검은 요동쳤다. 청룡영화제 덕분이었다. 분마다 검색어가 바뀌고, 기사들이 쏟아졌으며 댓글이 폭발했다. 그만큼 볼거리가 많았다. 한 해를 빛낸 배우들부터 인기 걸그룹의 축하공연, 특이했던 수상소감, 레드카펫 사진들 등등 보고 즐길 콘텐츠가 넘쳐났기에 이른 아침부터 2019 청룡영화제는 뜨겁게 타올랐다.

실검 상위권엔 당연히 남우주연상과 여우주연상 및 남녀조연상 수상자 이름이 있었다. 그런데 재밌는 점.

1. 정지현

2. 고동수

3. 청룡영화제

4. 류진주

5. 강하진

  ⋮

7. 강주혁

5위가 강하진, 7위가 강주혁이었다. 거기다.

11. 강주혁 강하진 투샷

그리고 강하진의 수상소감이 꽤 화제가 됐다. 무엇보다 강하진과 강하영이 자매라는 사실이 신선했던 모양이었다.

— 헐. 둘이 자매였음?

— 유전자 깡패 집안.....

— 보통은 한 명한테 몰빵되는데, 저기 집은 골고루 나눠가졌누.

— 둘 다 ㅈㄴ예쁜데, 느낌이 묘하게 다름.

강주혁과 강하진 그리고 보이스프로덕션은 물론, 생각지도 못하게 강하영까지 엮여 화제가 되면서 인지도가 치솟기 시작했다.

* * *

같은 날, 늦은 오후. 해창그룹의 연말 파티장은 이미 인산인해였다. 오후 8시에 시작해 제야의 종소리까지 파티장에서 듣는 일정이었다. 국내 난다긴다 하는 기업인, 정치인, 유명인 등등이 줄지어 파티장으로 들어섰다. 수많은 원탁이 자리한 파티장 한가운데에는 기다란 탁자에 음식이 올려져 있고, 파티에 참석한 인물들은 샴페인잔이나 접시를 들고 다니며 여기저기서 자유롭게 얘기를 나누었다.

"박 사장, 얼굴 좋아졌어?"

"회장님이야말로 작년에 뵀을 때보다 훨씬 젊어지셨는데요? 젊은 사모님이 계셔서 그런가?"

"허허허, 이 친구 농담도."

무비트리가 진행했던 파티와는 다르게 식순이 전혀 없고 제야의 종이 치기 전까지 힘 있는 인물들끼리 얘기를 나누는 그림.

물론, 이 정신없는 파티장 내부에도 보이지 않는 선이 존재했다.

정면에 설치된 커다란 스크린 주변은 말 그대로 거물들의 자리였다. 김재황 사장을 포함해 정치인, 회장, 사장 등 국내에서 맹수로 대접받는 힘 있는

자들. 연예인 버금가는 유명세를 지닌 인물들이 즐비했다.

중간쯤에는 말 그대로 힘이 애매한 인물들이 배치됐다. 물론 이 파티장 안에서나 애매한 자들. 이사급이나 부장급 간부들이 모여서 얘기를 나누고 있었다.

"최 부장, 조만간 한번 쳐야지?"

"예예, 이사님. 요즘 스윙 연습 많이 하신다고 들었습니다. 다음 주에 한번 나가시죠."

이 중 가장 아래 계층은 출입문 근처 자리였다. 반짝 성공한 젊은 기업인, 재벌 2세, 3세 등 연령대도 대부분 낮았다.

이런 배치를 누가 시켜서 하는 게 아니었다. 그저 암묵적인 룰, 쉽게 말해 주제 파악. 똑같이 해창그룹의 초대를 받고 왔지만, 자기 주제를 파악해 자기 자리에 맞춰 서 있는 것이었다.

신상 슈트를 빼입은 태신식품 막내 박종주 역시 주제를 파악해 출입문 주변을 배회하고 있었다. 그때 누군가 그를 불러세웠다.

"어이— 트러블메이커!!"

재벌들 사이에 트러블메이커로 통하는 박종주가 미간을 찌푸리며 고개를 돌리자, 명품을 주렁주렁 달고 있는 무리가 보였다.

"뭐냐. 똑바로 안 불러?"

"크크크. 뭐, 트러블메이커를 트러블메이커라 부르는데 뭔 문제 있냐?"

"종주 오빠~ 오랜만이네. 저번에 보니까 또 한 건 했더라?"

"시끄러워."

짧게 혀를 찬 박종주가 그들 무리에 섞였다.

"근데 너 어떻게 용케 왔다? 김재황 사장님이 널 부르디? 매년 너는 절대 안 불렀잖아."

이때다 싶었는지, 박종주가 크게 웃었다.

"그 영감도 이제 날 인정한 거지."

"쉿! 야, 미친 새끼야. 여기 해창 본진이야. 미쳤냐?"

재벌 2세 남자가 화들짝 놀라며 주변을 둘러봤고, 정작 박종주는 비릿한 웃음을 지으며 저 멀리 모여 있는 거물들을 쳐다봤다.

"봐라. 나도 곧 저기서 저 영감들이랑 섞이는 날이 머지않았다."

"아서라, 아서. 너나 우리나 저기 끼려면 20년은 멀었다."

"염병. 김재황 사장이 나 초대한 거 보면 모르냐? 이제 진짜 코앞이야."

어느새 의기양양해진 박종주가 들고 있던 샴페인을 원샷했다.

그런데 파티장의 분위기가 일순 술렁였다. 거물들이 모여 있는 곳에 웬 젊은 남자가 등장했기 때문이었다. 멀어서 잘은 안 보였지만, 분명 젊어 보였다. 그 모습에 모두 고개를 갸웃했다.

'어째서일까? 누구일까? 왜 저기에?'

수많은 의문이 피어나는 순간에 박종주 무리 중 주얼리를 주렁주렁 매단 여자가 젊은 남자를 보며 입을 열었다.

"저 남자는 뭐야? 어떻게 저기에 끼어 있지?"

"뭐? 누구?"

여자의 말에 너나 할 것 없이 모두 거물들이 모인 곳으로 시선을 던졌다.

"멀어서 잘은 안 보이는데, 잘……생긴 것 같은데? 뭐냐, 뉴페이스?"

"아니아니, 야. 그게 문제가 아니라, 어떻게 저기에 낄 수 있냐가 먼저 아니냐?"

젊은 남자는 분명 김재황 사장 옆에 붙어서 거물들과 얘기를 나누고 있었다. 주변이 소란스러워지자 샴페인을 추가로 가져온 박종주가 뭔가 싶어 모두가 보고 있는 방향을 쳐다봤다.

"뭔데? 누가 저기 있⋯⋯."

젊은 남자를 보자 박종주는 순간 말문이 막혔다. 멀었지만, 직감했기 때문이었다. 누구인지를. 옆에 있던 여자가 박종주의 막힌 말을 붙잡았다.

"어머! 이쪽을 보는 것 같은데?"

어느새 시선을 눈치챘는지, 젊은 남자가 미소 지으며 박종주 무리를 빤히 바라보고 있었다. 아니, 정확하게 말하면 박종주를 쳐다보고 있었다. 너무나 여유롭게.

"어, 어? 저 새끼가. 왜 저길⋯⋯."

박종주와 젊은 남자의 눈이 마주쳤다. 뇌가 멈춘 박종주에 비해 젊은 남자는 미소 지으며 상황을 즐기는 것같이 보였다. 그러다 젊은 남자가 고개를 살짝 꺾으며 박종주를 마치 신기한 동물 보듯 표정이 변했다.

"어어? 종주 오빠 보는 건가, 지금?"

두 남자의 시선을 인지한 여자가 박종주에게 물었다.

"오빠! 아는 사람이야? 저기 껴 있는 거면 거물인데, 누구야? 응? 누군데?"

다급하게 물으며 여자가 박종주의 어깨를 흔들었다. 그러자 어느새 얼굴이 잔뜩 구겨져 눈에 불길이 터진 박종주가 답했고.

"강⋯⋯주혁."

"어? 누구?!"

어금니에서 뿌드득 소리가 났다.

"강주혁이라고."

25. 새해

답을 들은 여자가 화들짝 놀라 다시 거물들이 있는 곳을 보았다.

"강주혁? 그 배우? 배우가 왜 저깄어?"

거물들과 섞인 강주혁은 박종주를 보며 웃고 있었다. 그때 김재황 사장이 강주혁의 어깨를 치며 누군가를 소개했다. 그 바람에 박종주를 보던 강주혁은 시선을 거둬 소개받은 인물에게 인사했다.

김재황 사장은 기분이 좋아 보였다. 마치 숨겨뒀던 보물을 자랑하듯, 모여 있는 거물들에게 연신 웃으며 강주혁을 소개했다. 그 요상한 광경에 파티장에 모인 사람들은 고개를 갸웃할 수밖에 없었다.

"김재황 사장이 연예계에도 투자한 게 있나? 저 친구 배우잖아?"

"친해…… 보이는데요? 뭐지? 무슨 관계가."

한마디씩 의문을 던졌다. 출입문 쪽에 있는 재벌 2~3세들 역시 쉬지 않고 추측을 했다.

"뭐야! 저 그림!"

"저 배우, 김재황 사장 사촌이라도 되는 거야?"

"아니. 사촌이라도 김재황 사장 성격상 저렇게까지는 안 할 텐데?"

무엇보다 박종주가 가장 큰 충격을 받았다. 강주혁을 발견하자마자, 말 한 마디 없이 어금니가 부서질 듯 꽉 깨물고 있을 뿐이었다.

그렇게 시간이 흘렀다.

30분, 한 시간.

어느새 정면 스크린에는 TV에서 내보내는 타종 화면이 보였다. 이윽고.

'뎅~ 뎅~ 뎅~ 뎅~ 뎅~'

자정. 2020년으로 넘어가는 순간 TV에서 제야의 종을 치기 시작했다.

파티장은 순식간에 박수 소리와 덕담이 쏟아졌다. 누가 먼저랄 것도 없이 가까운 인물들에게 올해도 잘 부탁한다는 의미를 담아 악수를 건넸다. 강주혁 역시 마찬가지였다.

"사장님, 올해도 잘 부탁합니다."

"나야말로."

"그럼, 전 다음 일정이 있어서."

"아, 그런가? 그래. 내 배웅해주지. 따로 할 말도 있고."

주혁이 모여 있던 사람들에게도 꾸벅한 뒤, 김재황 사장과 천천히 가운데를 가로질러 출입문으로 걸었다. 그 모습을 따라 모두의 시선이 박혔다. 그러거나 말거나 주혁은 계속 걸었다. 그러더니 출입문 주변에서 돌연 걸음을 멈췄다. 그러고는 한 무리를 빤히 쳐다봤다. 아니, 정확하게 말하자면 퍼석한 얼굴의 박종주를 보는 것이었다.

잘 걷다가 멈춘 강주혁이 의아했던 김재황 사장 역시 주혁의 시선 끝에 있는 박종주를 보곤 슬쩍 미소를 지었다. 흥미로운 영화 한 장면을 보듯이.

"너……."

박종주의 입이 어렵사리 열렸다. 하지만 주혁은 어떤 말도 하지 않았다. 그저 무심한 눈빛으로 박종주를 쳐다볼 뿐.

명백한 과시였다. 여러 가지 의미가 섞인 과시. 경고라거나 주의, 엄포 등. 말 한마디 없었지만, 강주혁의 눈빛에는 묵직한 메시지가 담겨 있었다.

'해볼 테면 해봐라.'

그렇게 주혁은 양손을 주머니에 찔러넣고는 그저 담담하게 박종주를 쳐다 봤고. 1분여가 지날 때쯤.

"이제 가지."

"예. 그러시죠."

김재황 사장의 재촉으로 주혁은 박종주를 보던 묵직한 시선을 거뒀다. 이 어서 강주혁이 김재황 사장과 파티장에서 모습을 감추자, 강주혁이 보여준 퍼포먼스로 여기저기서 웅성거리기 시작했다. 단 한 사람, 박종주만 빼고.

"야, 종주야. 뭐냐, 방금? 너 저 배우 알아?"

"눈빛이 건방지네."

"오빠! 강주혁이랑 친해? 근데 좀 싸가지 없긴 하네."

수많은 질문이 쏟아지는 와중에 박종주가 짧게 입을 열었다.

"저…… 개새끼."

박종주로서는 태어나 처음 받아본 느낌이었다. 흔히들 말하는 치 떨리는 기분. 모욕이었다.

강주혁은 방금 말 한마디 없었지만, 그저 눈빛만으로 박종주를 더러운 시 궁창에 처박은 것과 다름없었다. 강주혁이 어째서 김재황 사장과 붙어먹었는 지, 어떻게 배우 나부랭이가 이 파티에 참석할 수 있었는지, 거기다 자신이 강 주혁을 방해할 때마다 미꾸라지처럼 잘만 빠져나가는 이유까지도 당장은 알 지 못했다. 하지만.

"시발. 그래. 내가 너 모가지 비틀고 만다."

박종주의 새해 목표가 정해진 순간이었다.

* * *

　2일부터 주혁은 다시 바삐 움직였다. 가장 먼저 처리한 일은 보이스프로덕션 직원을 뽑는 것이었다. 물론 실행은 추민재 팀장과 홍혜수 팀장의 몫이었고, 주혁은 결정만 내리면 됐다.

　"내가 알던 놈들 중에 싹수 괜찮은 놈들로 영입했다."

　"어머, 나돈데."

　가장 시급한 로드매니저와 스타일리스트부터 채웠다. 로드매니저는 기동성을 책임지고, 스타일리스트는 작품 캐릭터와 분위기를 파악해서 의상을 선별한다. 그 의상을 가지고 연출팀과 미팅하고 최종적으로 감독이 결정하는데, 강자매나 김재욱, 말숙의 인지도가 높아질수록 맡는 배역의 비중이 커질 테고 극 중 입는 의상도 간단하게 넘어갈 수 없게 될 것이었다.

　"좋아. 그럼 그렇게 가자."

　다행히 면접까지 볼 필요는 없이 추민재 팀장과 홍혜수 팀장의 추천 덕분에 주혁은 간단하게 미팅을 진행한 뒤, 출근시키라는 결정을 내렸다.

　그런 다음 주혁은 최명훈 감독을 호출했다.

　"러브콜 많이 들어오죠?"

　"하하하, 말도 마십쇼. 하루에도 다섯 통은 들어옵니다. 일일이 차기작은 결정했다고 말해주고 있는데, 죽을 맛입니다."

　신인감독상과 〈척살〉 9백만이라는 성적이 최명훈 감독을 영화판에서 일약 스타 감독으로 올려놨기에 제작사 등에서 최명훈 감독을 영입하기 위해 혈안이 된 상태였다.

　"오늘 아침 VIP픽쳐스 측에서 〈척살〉은 대충 930만 정도로 마무리될 것 같다고 연락이 왔습니다."

"예. 저도 전해 들었습니다."

"VIP픽쳐스에서도 이제 2차 판매 쪽으로 신경쓴다고 하니, 감독님은 지금부터 〈간 큰 여자들〉 각색에 집중하시면 될 것 같은데. 그런데 감독님."

"예?"

"감독님은 형제자매가 어떻게 됩니까?"

느닷없는 물음에 최명훈 감독이 고개를 갸웃하며 답했다.

"형님이 한 명."

"그렇군요."

짧게 답한 주혁은 며칠 전 최명훈 감독이 1차로 완성한 〈간 큰 여자들〉 시놉을 책상 위에 올리며 말을 이었다.

"각색은 나쁘지 않았습니다."

주혁의 첫마디에 최명훈 감독의 얼굴이 짐짓 심각하게 변했다.

"나쁘지 않았다는 것은."

"아쉽다는 뜻입니다."

강주혁은 이 시놉이 왜 아쉬운지 그리고 무엇이 부족한지를 설명하기 시작했다. 가만히 주혁의 말을 경청하던 최명훈 감독이 입을 열었다.

"즉, 각색이 너무 영화스럽게 뽑혔다는 말씀이군요."

"맞습니다. 제 생각에는 이대로 좀 다듬어서 시나리오 뽑고, 연기 좀 한다 하는 배우 돌려서 찍고, 영화관에 내걸면 손익은 무난하게 넘기지 싶은데. 문제는."

"손익 넘기자고 영화 찍는 건 아니라는 것."

확실히 이해가 빠른 최명훈 감독을 보며 주혁이 미소 지었다.

"감독님. 그래서 말인데, 시놉을 수정하기 전에 한 가지 해주셨으면 하는 게 있어요."

"예? 무엇을."

주혁이 책상 위에 있던 1차 시놉을 최명훈 감독에게 내밀면서 말을 이었다.

"송미진 작가 가족들과 주기적으로 부대껴보시는 건 어떻습니까?"

"……?"

최명훈 감독이 명백하게 당황하기 시작했고.

"한번 해보세요."

주혁은 악마 같은 웃음을 지었다.

다음 날. 이른 아침부터 주혁은 WTVM 방송국에 들렀다. 첫 녹화가 임박한 〈만능엔터테이너〉의 기획 미팅이 있었다. 어느새 〈만능엔터테이너〉는 스태프 계약부터 캐스팅, 마케팅 기획까지 준비된 상태였고 마지막으로 전체 가닥을 되짚어보는 느낌의 미팅이었다.

"사장님. 첫 녹화는 1월 13일로 확정됐습니다."

박한철 PD가 감개무량한 표정으로 포문을 열었다.

"일단, 첫 녹화는 심사위원분들 캐스팅하는 과정과 심사위원분들과 관련된 인물들을 인터뷰하는 느낌으로 채워질 예정입니다. 첫 방은 80분으로 편성 받았습니다."

오디션 프로지만 예능이기에 심사위원으로 참여하는 연예인들의 캐스팅 과정을 보여줘, 리얼함을 더하면서 관심을 집중시키겠다는 뜻.

"그중 사장님은 제일 마지막 이야기로 약 38분 정도 나갈 계획입니다."

결론적으로 박한철 PD는 보이스프로덕션 소속 배우들과 직원들의 인터뷰를 원했다. 주혁은 대충 박한철 PD가 어떤 그림을 상상하는지 감이 왔다. 재밌을 것 같았고, 뭣보다 한창 인지도를 올리고 있는 강자매를 포함한 배우들과 보이스프로덕션의 이름을 대중에게 각인시킬 기회였다.

"괜찮겠네요. 자세한 스케줄은 나왔습니까?"

"물론입니다. 앞에 놓인 게 당일 촬영 스케줄 표입니다. 조금 변동은 있겠지만, 거의 그 순서대로 진행됩니다."

그 길로 몇 시간 동안 박한철 PD와 촬영 스케줄을 조율한 강주혁은 이어서 사무실로 돌아와 배우들 스케줄을 체크했다. 자리에는 추민재 팀장과 홍혜수 팀장 그리고 헤나의 스케줄매니저 고동구가 참석했다.

"〈도적패〉 촬영 들어가면 하영 씨가 두 작품 돌릴 여유는 되나?"

주혁의 말에 홍혜수 팀장이 고개를 저었다.

"어머, 사장님. 애를 죽이려고? 적어도 중반부까지는 힘들어. 하영이 아직 신인에다가 컨디션 조절도 해야 돼. 거기다 김삼봉 감독이 하영이한테 백미주 역 주면서 비중을 확 늘려서 거의 주조연급이야."

"말숙 씨는?"

"말숙이는 괜찮아. 〈도적패〉에서도 비중이 크진 않아. 대신 말숙이는 아직 인지도가 낮아서, 오는 대본이 많이 없어."

"그럼 말숙 씨는 촬영날 빼곤 오디션만 보게 하자. 올해 초에 들어가는 작품 괜찮은 걸로 추려줘. 확인해볼게."

"알았어."

이어서 주혁은 추민재 팀장에게 시나리오 뭉치를 내밀었다.

"저번에 형이 준 거, 하진 씨 차기작으로 들어갈 작품 시나리오 전부 확인했는데. 난 이 세 작품이 괜찮아."

시나리오 중에 '무제'라는 작품을 주혁이 손가락으로 찍었다.

"그중에서도 이게 제일 재밌던데. 일단 하진 씨한테 전달해서 읽어보고 본인은 뭐가 좋은지 확인해봐."

"크크. 다 좋은데, 하진이가 지금 영혼이 돌아올 생각을 안 한다."

추민재 팀장이 쓴웃음을 지으며 이마를 쓸어내리자, 홍혜수 팀장이 말을 이어받았다.

"하영이 말이, 하진이 눈뜨면 신인상 트로피 보면서 30분은 멍 때린다고 하던데?"

"형이 영혼 멱살을 잡아서라도 읽게 해. 쉴 만큼 쉬었잖아. 너무 쉬면 안 좋아. 지금 치솟은 관심은 이어가야지. 그리고 재욱이는 학교 방학했으니 해창 쪽이랑 내가 미팅 진행할게."

그렇게 몇십 분간 회의가 이어졌고, 마침내 마지막 안건.

"고동구 매니저님, 헤나 씨는 요즘 어때요?"

"아아, 최근에 그 최화진 작곡가님이랑도 자주 만나고, 스튜디오도 확인하고 지냅니다."

"노래는 70% 정도 완성했다고 들었습니다. 곧 완성될 거예요. 매니저님이 녹음 진행할 스튜디오 같이 확인하셔서 빨리 올려주세요. 계약부터 하죠."

"알겠습니다. 근데…… 그 백상구 건은."

주혁이 웃었다.

"준비는 끝났으니 곧 치울 겁니다."

같은 날 늦은 밤. 밀린 업무를 보던 주혁이 피곤했는지, 눈과 눈 사이를 꾹꾹 누르다, 커피머신으로 이동했다. 커피를 추가로 내린 주혁이 책상에 펼쳐져 있는 수첩을 내려다봤다. 진행 중인 미래 정보들이 보였다.

— 일본 기업 불매운동, KR마카롱 핫 아이템으로 승승장구 (진행 중)

— 영화 〈간 큰 여자들〉, 6백만 관객수, 원작은 네리버 토크

— 미래 영상파일 / '차가운 이별', 차트 싹쓸이, 연금음원

— 법원 경매로 나온 삼성동 DCS타워, 105억 2368만 원에 낙찰

이어서 주혁이 짧게 읊조렸다.

"이상해. 왜 일본 기업 불매운동이 본격적으로 시작되지 않지?"

며칠 전만 해도 일본에서 관광객 한 명이 사망하고 두 명이 중태에 빠진 사건, 거기다 일본 전 정치인의 망언으로 불매운동이 점화되는가 싶더니.

"지금은 또 조용하단 말이지."

물론 연말 행사다 영화제다 뭐다 이슈가 많기도 했고, 2020년으로 넘어오면서 다들 정신이 없을 만했다.

"분명 터지긴 할 텐데……."

게다가 아직 사건에 관한 명확한 이유를 정부가 발표한 것도 아니었다.

"아직 뭔가 더 터질 게 남았나?"

그렇게 잠시간 생각에 빠진 주혁은, 결국 기다려보자는 결론을 내렸다.

다시 자리에 앉은 주혁은 다이어리를 펼쳐 백상구 관련 계획을 정리하기 시작했다.

"황 실장님, 박 과장 그리고 도청업자도 필요해. 박 기자 포함 기자들도 여럿 필요하고."

일단 증거도 필요했지만, 백상구가 확실히 구설수에 올라야 했다.

"과거에 가수 활동을 해서 인지도도 높으니 파급력이 꽤 괜찮겠지."

그때 우연히 주혁의 눈이 노트북 화면을 훑었고.

"응?"

몇 분 전 주혁이 켜놓은 검색사이트. 그 검색사이트가 표시하는 실검 11위에 눈길이 멎었다. 익숙한 단어가 보였다.

— 11. 14주 동안

"……이거 분명 키워드에."

짧게 읊조린 주혁이 11위 14주 동안을 클릭했다.

— 14주 동안(MMORPG)

— 제작 ㈜에스게임즈

— 등급 12세이상 이용가

— 출시 2020. 01. 02.

검색결과로 나온 '14주 동안'은 게임 이름이었고, 인기도 꽤 있는 모양이었다. 노트북을 보던 주혁이 수첩에 적어둔 지난 보이스피싱 키워드들을 확인했다.

— 1번 '14주 동안', 2번 '당해낼 수 없다', 3번 '새벽 3시', 4번 '데이트폭력', 5번 '대철건설'

"1번 '14주 동안'은 이 게임 관련 정보였나? 주식?"

어쩌면 주혁이 아직 선택하지 않은 미래 정보가 현실에서 일어난 것인지도 몰랐다.

"전에도 이런 적이 있었는데."

이렇게 되면 보이스피싱의 키워드는 다른 것으로 교체됐다.

"흠."

짧게 숨을 뱉은 주혁이 수첩을 덮었다. 뭐가 됐든 보이스피싱이 다시 와야 확인할 수 있었기에.

다음 날 아침, 출근 준비를 마친 주혁이 핸드폰과 수첩을 재킷 속주머니에 넣으며 오피스텔 현관문에 손을 올렸을 때였다.

— 우-우-우-우-웅 우-우-우-우-웅

그의 핸드폰이 울렸다. 발신자는 황 실장이었다.

"네. 황 실장님."

"사장님. 최류혁한테 백상구가 만나자고 방금 전화 왔답니다."

주혁이 현관을 열며 답했다.

"바로 시작합시다."

늦은 밤. 인적이 드문 한 공영주차장에 백상구가 차 안에서 누군가를 기다리는 듯, 연신 창밖을 쳐다보기도 하면서 핸드폰을 확인하고 있었다.

약 5분 뒤. 검은색 패딩에 모자를 푹 눌러쓴 남자가 백상구 차로 다가와 창문을 두드렸다. 소리에 창밖을 흘깃 쳐다본 백상구가 말했다.

"타! 뭐해!"

백상구의 말에 남자가 차 문을 열었다. 남자가 차에 타자, 백상구가 천장 램프를 눌러 불을 밝혔다. 캄캄했던 차 내부가 누런 불빛으로 차올랐다. 위아래로 회색 정장을 맞춰 입은 백상구, 그리고 검은색 패딩과 모자를 눌러쓴 남자는 최류혁이었다. 추운 날씨 탓인지 최류혁은 차에 타자마자, 양손을 마주 비비며 입김을 불어 넣었다. 그 모습에 백상구가 짧게 혀를 차며 히터를 틀었다.

"야. 너 왜 이렇게 늦었어."

그러자 최류혁이 따뜻한 바람이 나오는 곳에 손을 가져다 대며 변명을 시작했다.

"강주혁 쪽을 좀 따돌리느라고 늦었습니다."

"따돌려? 왜 따돌려? 뭔 소리야?"

"사장님. 강주혁이 눈치챘습니다. 제가 사장님 쪽 사람인 걸."

"뭣?!"

백상구가 화들짝 놀랐다.

"아니, 그걸 어떻게 알아?!"

"며칠 전에 갑자기 절 부르더니, 사, 사장님이랑 저랑 만나는 사진을 보여주면서 이미 다 알고 있다는 식으로 말하더라고요. 뒷조사도 이미 끝내놓은 상태였고."

말을 마친 최류혁이 한숨을 뱉으며 모자를 벗어서 대시보드 위에 올렸다.

"뭐야? 이런 미친! 그래서?!"

"바로 저를 포섭하려고 들더라고요. 저도 엄청 쫄았고 분위기도 무서워서 일단, 알겠다곤 했는데…… 아, 사장님. 강주혁 그 사람 뭔가 달라요. 눈빛이 너무 위험하고, 보안팀장이라는 인간도 뭔가……."

그때가 다시 떠올랐는지 최류혁이 말끝을 흐렸고, 백상구가 미간을 찌푸리며 머리를 벅벅 긁었다.

"자세히 좀 말해봐. 포섭? 널 포섭하려고 했다고?"

"예. 저를 자기 진영에 포섭하려고 했어요. 사장님이 주시는 조건 다 맞춰 줄 테니까, 백상구 잡아내자고."

"따돌린다는 건 뭔데?"

"그 보안팀장이라는 사람이 저를 계속 마킹하고 있었어요. 사장님한테 전화 온 것도 알고 있고요. 그래서."

최류혁이 말을 이으려 할 때 백상구가 가로챘다.

"그래서 오늘 밤 늦게 보자고 다시 문자 한 거냐? 그쪽 따돌리려고?"

"네. 강주혁 쪽에는 사장님 내일모레 만난다고 흘려놓고, 몰래 문자 한 거 예요."

"야. 너 잠깐 내려봐."

말을 마치자마자, 백상구가 차에서 냅다 내려 트렁크에서 무언가를 꺼냈다. 손바닥만 한 리모컨처럼 생긴 물건이었다. 물건의 전원을 켠 백상구가 어느새 차에서 내려서 트렁크까지 나온 최류혁에게 거칠게 말했다.

"팔 벌리고 서봐."

최류혁은 군말 없이 시키는 대로 섰고, 백상구가 손바닥만 한 리모컨으로 최류혁의 몸 구석구석을 훑었다. 아마도 무슨 탐지기 비슷한 물건인 것 같았다. 몇 분간 최류혁의 몸을 훑던 리모컨은 그의 신발까지 검사한 후에야 이상 없음을 확인했고, 백상구는 만족한 듯 리모컨을 다시 트렁크에 던지면서 입을 열었다.

"야, 핸드폰 꺼."

"아, 넵."

보는 앞에서 최류혁이 핸드폰을 끄자, 백상구가 다시 말을 이었다.

"그래서? 그쪽은 어떻게 움직인다는 거야?"

"우— 사장님. 너무 추운데 차에서."

"쯧! 빨리 타!"

두 남자는 다시 차에 몸을 실었다. 훈훈한 히터가 나오는 차에 타서야 최류혁이 다시 입을 열었다.

"어떻게 안 건지는 모르겠는데, 전부 알고 있었어요. 강주혁이."

"뭘? 뭘 다 알아?"

"처음부터 전부요. 제가 사장님과 움직인 순간부터."

차 내부는 잠시 정적이 흘렀다. 백상구는 생각에 빠졌으나 떠오르는 것들에 비해 영 정리가 되지 않았다.

'부족해.'

정보가 부족했다. 일단 백상구는 최류혁을 통해 강주혁의 정보를 최대한 끌어내야 했다. 백상구가 입을 열었다.

"표절 음원 제작부터 강주혁이 알고 있다는 소리냐?"

"예. 그 음악감독님도 만난 것 같던데."

"시발! ……아니지, 그 새끼가 말했을 리가 없는데. 김필수 그 인간도 표절 음원을 의도적으로 만들었다는 게 퍼지면 밥줄 끊기는 거라 절대 입 밖에 내지 않았을 텐데."

"애초에 그 OST가 표절이라는 걸 강주혁이 헤나한테 알려준 것 같더라고요."

"뭣? 그럼 강주혁 때문에 그 계획이 어그러졌다는 거냐?!"

"예. 제가 듣기론."

"그걸 어떻게 알았지?"

백상구의 표정이 미묘하게 변했다.

"사장님이 작곡가들 전화 돌려서, 헤나 싱글 곡 막고 있는 것도 아는 것 같아요."

"그건 뭐, 알아도 상관없어. 보란 듯이 한 거니까. 어디 배우 나부랭이가 가수 키운다고 지랄이야, 지랄이."

거칠게 말을 뱉은 백상구가 운전대를 검지로 툭툭 쳐대면서 생각에 빠졌다. 그에 따라 최류혁도 입을 다물었다. 10초쯤 이어진 침묵을 먼저 깬 것은 백상구였다.

"너는 근데 왜 그쪽에 안 붙었냐?"

"아, 뭐, 길게 보면 사장님 쪽이 더 이득이라서…… 그, 사장님. 제가 다음 달에 나갈 돈이 좀 많은데. 어떻게, 주시는 돈을 조금 올려주시면."

"쯧! 돈 귀신 새끼. 내일 안으로 보내줄 테니까, 확인해봐!"

"감사합니다!"

기분 좋게 감사를 표하는 최류혁을 보며 백상구가 속으로 혀를 찼다.

'이 새끼는 길게 가면 위험해. 빨리 털어버려야지. 이번 일만 정리하고.'

그때 무언가 생각났는지, 최류혁이 '아!' 같은 탄성을 뱉었다.

"사장님. 그 강주혁 쪽이 신인 작곡가로 싱글 준비하는 것 같던데요."

"신인 작곡가? 누군데?"

"저도 이름은 잘. 근데 헤나나 동구 형은 되게 긍정적으로 생각하던데."

최류혁은 확실히 백상구 쪽에 붙어먹을 생각인지, 줄줄줄 정보를 뱉어냈다.

"지랄. 그게 쉽게 되겠냐? 하여튼, 그쪽엔 나랑 내일모레 접선한다고 흘렸다는 거지?"

"예. 거기에 맞춰서 준비하자고 연락받았어요. 어떻게 할까요?"

"뭘 어떡해? 만나야지. 만나서 딴소리, 헛소리나 지껄이면서 시간 낭비하게 만들어야지. 헷갈리게 하거나. 이틀 뒤, 약속장소는 여기라고 하고 시간은 밤 10시라고 흘려."

"아, 예."

"실수하지 마! 알겠냐?"

"저야 돈만 주시면 잘하죠."

다시 한 번 헤헤거리던 최류혁의 모습에 살짝 짜증 났는지 백상구가 꺼지라고 소리쳤다.

"그럼 말씀하신 대로 전하겠습니다!"

최류혁이 다부지게 말한 후, 차 문을 열려고 하자 백상구가 그의 어깨를 붙잡았다.

"야. 모자 챙겨, 새끼야!"

"아야."

그때야 대시보드에 올려둔 모자를 챙겨 쓴 최류혁이 차 문을 열었고, 차 안에 혼자 남은 백상구는 이틀 뒤 있을 접선에서 어떤 헛소리를 날릴지 고민에 빠졌다.

이틀 뒤 같은 장소, 백상구의 차가 최류혁을 만났던 공영주차장에 9시 50분쯤 천천히 나타났다. 주차장 중간쯤에 차를 멈추고 기어를 P로 넣은 백상구가 시간을 확인했다. 9시 53분.

"내가 오기 전에 와 있어야지, 이 새끼는. 쯧!"

짧게 혀를 찬 백상구가 속주머니에서 핸드폰을 꺼낼 때였다.

— 똑, 똑, 또독, 똑.

약간 리듬이 실린 노크 소리에 백상구가 시선은 여전히 핸드폰에 두고는 왼손으로 차 문 잠금을 풀었다. 이어서 차 문이 열렸고, 핸드폰에서 시선을 거둔 백상구가 고개를 오른쪽으로 돌리며 외치려는 순간.

"야! 너 왜! 어?"

— 찰칵! 찰칵! 찰칵!

— 찰칵! 찰칵! 찰칵!

갑자기 플래시가 터졌다. 컴컴한 공영주차장이 순식간에 밝아졌다 어두워지기를 반복했다. 파바박 꽂히는 플래시에 당황한 백상구가 양팔을 들어 얼굴을 가렸고, 어느새 탔는지 조수석에는 웬 남자가 핸드폰을 백상구에게 내밀며 질문을 던졌다.

"백상구 씨, 가수 헤나 씨에게 의도적으로 표절곡을 만들어줬다는 것이 사실입니까?!"

"뭐, 뭣?"

이제야 약간 사태파악이 된 백상구가 얼른 주변을 둘러봤다. 곧 그의 눈이 커질 대로 커졌다. 자신의 차 앞, 옆 그리고 조수석까지 카메라를 든 남자들과 핸드폰을 손에 쥔 남자들로 가득했기 때문이다. 누가 봐도 기자들의 행색이었다.

"표절곡을 만들어 소속 가수인 헤나를 침몰시키려 한 것이 사실입니까!"

"백상구 씨! 소속 가수였던 헤나가 이적하자 앙심을 품고 헤나에게 갈 곡들을 중간에서 커트하고 있다는 것이 진짜입니까?!"

"현재 기사로 뜬 음성 녹음 파일에 나온 내용이 전부 사실입니까?!!"

"음악감독과 내통해 실제로 표절 OST 곡을 만들었습니까?!"

"백상구 씨! 한마디 부탁드립니다!"

기자들의 질문 폭격은 인정사정없었다. 거기다 쉴새 없이 터지는 플래시는 백상구의 눈을 멀게 했다.

"이, 이게 무슨."

그가 짧게 혼잣말을 뱉었을 때, 가장 먼저 조수석에 탑승한 기자가 씨익 웃으며 작게 답했다.

"뭐긴 뭐야. 당신 사냥당한 거지."

답한 기자의 핸드폰 케이스에는 명함이 들어 있었다. 디쓰패치 로고가 보였다.

이틀 전, 공영주차장.

백상구의 차가 떠난 후, 사라졌던 최류혁이 다시 공영주차장에 모습을 드러냈다. 이어서 주차장 구석에 주차된 검은색 승합차의 문을 열었다. 안에는 황 실장과 박 과장 그리고 디쓰패치 박 기자가 헤드폰을 끼고 앉아 있었다. 그들을 보며 최류혁이 어물어물 입을 열었다.

"시키는 대로 했어요."

그러자 황 실장이 끼고 있던 헤드폰을 벗으며 입을 열었다.

"백상구가 가는 것까지 확인했습니까?"

"네."

고개를 끄덕인 황 실장이 최류혁에게 손을 내밀었다.

"모자, 줘보세요."

최류혁이 모자를 벗어 황 실장에게 건네자, 황 실장이 모자 안쪽 솔기 부분에서 작은 기계를 꺼내 박 과장에게 건네며 입을 열었다.

"업자한테 말해서, 녹음된 거 뽑으라고 해."

손바닥 반만 한 기계를 받아 속주머니에 넣는 박 과장을 보며 박 기자가 웃었다.

"크크. 아니 왜 강주혁 주변에만 이렇게 재밌는 일이 벌어지는 거야? 이러니 내가 우리 물주님을 찬양할 수밖에."

그 모습에 황 실장이 짐짓 진지한 표정으로 답했다.

"박 기자님, 이후로는 사장님이 말씀하신 대로."

"알죠. 알아서 할게요. 것보다, 확실히 물주님 말처럼 백상구 저 양반 눈치가 빠르네."

"그래서 사장님이 이런 설계를 꾸민 겁니다. 백상구가 의심이 많고 뱀 같은 인간이니 차라리 전부 보여주자고."

그때 몸을 덜덜 떨며 서 있던 최류혁이 물었다.

"그, 그런데. 그냥 터뜨리면 될 텐데 왜 다시 만날 약속을 잡으신 건지."

대답은 박 기자 쪽에서 나왔다.

"기사부터 터지면 백상구가 숨어버릴지 모르니까. 현장에서 정신 못 차리게 하겠다는 뜻이겠지."

"맞습니다."

"그건 그렇고. 캬, 우리 황 실장님 모자 아이디어는 기가 막혔어요. 타자마자 벗으면 신경이 곧 끊긴다는 건 어떻게 아셨어?"

황 실장 대신 의기양양하게 박 과장이 답했다.

"우리 형님이 형사 시절에는 아주 잘나갔습니다. 그 일만 없었다면."

순간 황 실장이 박 과장을 보며 미간을 찌푸렸다.

"입."

"아, 죄송합니다."

입에 지퍼 채우는 시늉을 하는 박 과장을 보던 황 실장이 작게 한숨을 뱉으며 핸드폰을 들었다.

"그럼, 사장님께 보고하겠습니다."

같은 시각, 보이스프로덕션 사장실. 황 실장의 보고를 받은 주혁은 끊긴 전화를 그대로 쥔 채 창밖 야경을 바라보며 읊조렸다.

"백상구는 얼추 됐고. 다음은 최류혁을 어떻게 처리하냐인데."

잠시간 말없이 야경을 보며 생각에 빠진 주혁이 결론을 내렸다.

"이건 헤나 씨가 결정할 문제겠네."

간단하게 결론을 내린 주혁이 핸드폰을 속주머니에 넣을 때였다.

— 우우우우웅 우우우우웅

그의 전화가 다시 울렸다.

"황 실장님인가?"

하지만 아니었다. 보이스피싱이었다.

"꽤 오랜만인데?"

슬쩍 미소 지으며 주혁이 전화를 받았고, 곧 이어 1번을 눌렀다.

"들으실 항목의 키워드를 '선택'해주세요!

1번 '6·25 전쟁 배경', 2번 '당해낼 수 없다', 3번 '새벽 3시', 4번 '데이트폭력', 5번 '1년 전 겨울', 6번……."

키워드를 듣자마자 주혁이 입을 열었다.

"역시 1번이 바뀌었어."

즉 이미 현실에서 일어났다는 뜻이었고.

"그 게임, 주식정보가 맞았던 거야."

며칠 전 확인했던 '14주 동안'이라는 게임을 떠올렸다. 딱딱 맞아떨어지는 보이스피싱에 약간은 소름 돋은 주혁이 방금 들었던 키워드들을 수첩에 메모하며 노트북으로 검색해보았다. 그러나 딱히 눈에 띄는 결과는 없었고, 잠시간 수첩에 적힌 키워드들을 내려다보던 주혁이 혼잣말을 뱉었다.

"6·25 전쟁 배경이라……."

호기심이 동한 주혁이 1번 '6·25 전쟁 배경' 키워드를 선택했다.

"탁월한 선택! 강주혁 님이 선택한 키워드는 '6·25 전쟁 배경'입니다!

'6·25 전쟁 배경'을 모티브로 찍은 영화 폭풍이 개봉과 함께 첫날에만 관객 70만을 넘기며 국민에게 극찬을 받는 영화로 성공을 거둡니다. 한편 폭풍을 찍은 심황석 감독은 시나리오가 좋았으며 작품을 집필해준 작가에게 감사한다며 입장을 밝힙니다."

그렇게 보이스피싱은 여지없이 끊겼다. 핸드폰을 책상 위에 올리며 주혁이 슬쩍 웃었다.

"심황석 감독이라…… 실력이야 있지. 다만."

심황석 감독은 강주혁도 알고 있는 인물이었다.

"여자를 좀 밝혀서 문제지."

60세를 바라보는 심황석 감독. 그는 예전부터 자신이 연출하는 영화에 캐스팅된 여배우에게 치근덕거리기로 유명했다. 헛웃음을 흘리며 생각을 정리한 주혁은 방금 들었던 미래 정보를 수첩에 메모했다.

"어쨌든, 역사를 배경으로 해서 첫날에만 70만을 동원한다 이거지?"

역사 관련해서 나온 영화들은 타율이 썩 높지 못한 것이 현실이었다. 거기에다 역사를 다루기에 민감한 부분도 많다. 그럼에도 보이스피싱은 영화 〈폭풍〉이 극찬을 받는다고 했다. 즉 수작이라는 말이었다. 메모를 마친 주혁은 혹시나 싶어 영화 〈폭풍〉을 검색했으나, 천재지변인 폭풍 외에 영화 관련으로 나오는 정보는 없었다.

"그럼, 심황석 감독으로."

검색의 결을 감독으로 넓혔다.

「심황석 감독 "차기작은 6·25 전쟁이 배경이다."」

「2년 넘게 작품 없던 송희진, 심황석 감독의 차기작으로 복귀 확정?」

「아직 제목 정하지 않은 심황석 감독 차기작, 이미 캐스팅은 시작한 듯」

"이것 봐라. 지금 프리 단계네, 이거?"

심황석 감독은 보이스피싱에서 들은 〈폭풍〉이란 영화를 현재 준비 중이었다. 국내서 얼추 이름을 날린 감독이라 그런지 정보의 양도 꽤 됐다. 그런데 문득, 주혁의 움직임이 멈췄다.

"잠깐만. 6·25 전쟁 배경?"

분명 최근 주혁이 검토한 시나리오 중에 비슷한 내용이 있었다.

"분명, 봤는데."

주혁은 노트북 화면으로 시선을 돌려 기사 제목을 다시 확인했다.

「아직 제목 정하지 않은 심황석 감독 차기작, 이미 캐스팅은 시작한 듯」

"제목이 정해지지 않은."

짧게 읊조린 주혁이 자리에서 일어나 시나리오를 모아둔 쪽으로 가더니, 시나리오를 하나하나 뒤집기 시작했다. 주혁은 시나리오를 찾으면서 혼잣말을 뱉었다.

"강……필름 제작사였던가? 분명 제목이 없던 시나리오…… 아! 맞아. 그거 저번에 민재 형 줬던가?"

번뜩 떠오른 기억에 주혁이 곧장 핸드폰을 들어 추민재 팀장에게 전화를 걸었다.

"어. 사장님."

"형. 내가 검토한 하진 씨 차기작 시나리오들. 전부 하진 씨 줬어?"

"줬지. 바로 줬지."

"일단, 알았어."

전화를 끊은 주혁은 곧장 강하진에게 전화를 걸었다. 신호는 길지 않았다.

"사장님?"

"어, 하진 씨. 추민재 팀장님이 전해준 시나리오들, 혹시 전부 읽었나?"

"아. 아뇨. 총 세 개 받았고, 지금 제목 없는 거 읽어보고."

"그거! 혹시 그 시나리오 표지 말고 뒷면이나 첫 장에 집필 감독 이름 있어요?"

"잠시만요."

핸드폰 너머에서 강하진이 시나리오를 뒤적거리는 소리가 들렸고.

"사장님. 이게 감독님 이름인지는 모르겠는데, 첫 장에 약간 사인처럼 뭐가 적혀 있긴 해요."

"못 알아보겠어요?"

"아뇨. 그 정돈 아니고. 어…… 심황…석?"

"그거야."

"네?"

강주혁이 웃으며 답했다.

"하진 씨. 그 시나리오 내일 회사로 좀 가져와요."

* * *

그리고 1월 7일.

백상구의 이름은 전날인 6일 밤부터 실검에 오르내렸다. 그러더니 7일 새벽쯤 미친 듯이 인터넷을 달구기 시작했다.

「가요계 터줏대감 백상구, 표절 OST 만들어 헤나 죽이려 했다.」

「백상구, 헤나에게 갈 신곡도 못 가게 막았다.」

시작은 기사들이었고.

[백상구 녹음 파일]

— 팩트TV

— 조회수 44만

[헤나 앞길 막은 백상구]

— NEWS TV

— 조회수 32만

불을 지핀 것은 너튜브를 비롯한 영상 플랫폼이었다. 백상구의 목소리가 고스란히 담긴 음성 파일은 디쓰패치에서 시작돼 여기저기로 빠르게 퍼져나 갔다. 그러자 새벽녘부터 실검을 차지한 백상구의 꽤 자극적인 사건에 대중의 이목이 쏠렸고, SNS는 물론 공유가 가능한 메신저 등으로 빠르게 번져나갔 다. 거기에 헤나의 팬클럽이 휘발유를 붓기 시작했다.

[백상구의 만행.JPG]

[지금까지 백상구가 저지른 일들.TXT]

그동안 백상구가 마음에 안 들었음에도 헤나의 소속사라는 이유만으로 눈감고 귀 닫고 지나갔던 과거 사건들을 들추면서 백상구 관련 스노우볼은 점점 몸집을 불려갔다. 가수 출신으로 대중에게 인지도가 높았던 백상구는 강주혁의 의도대로 바짝 마른 장작처럼 삽시간에 타올랐다.

헤나는 현재 상황을 침대에 누워 핸드폰으로 확인하고 있었다. 기사를 확 인했다가, 팬카페에 들어갔다가, 너튜브도 확인해보던 그녀의 얼굴에는 통쾌 한 미소가 번져 있었다. 한창 통쾌함에 빠져 있을 무렵, 탁자 위에 올려둔 업 무용 핸드폰이 진동을 뱉어냈다.

— 최종석 작곡가님

백상구의 압력으로 연락이 끊겼던 작곡가 중 한 명이었다.

"흥! 발등에 불 떨어지니까 전화하는 것 봐."

헤나가 코웃음을 쳤다. 그도 그럴 게, 이미 여러 작곡가에게 아침부터 전화가 쏟아지고 있었다. 타깃 변동이 빠른 여론 때문이었다. 현재야 백상구가 활활 타오르고 있지만 곧 자초지종이 밝혀질 테고, 그럼 헤나에게 곡을 주지 않았던 작곡가들에게도 영향이 갈 것이 자명했다.

— 우우우우웅 우우우우웅

그녀의 핸드폰은 쉬지 않고 울려댔고.

"니들도 한번 당해봐야지. 내가 쉽게 전화 받을 줄 알고?"

헤나는 이내 시선을 거뒀다. 일종의 작은 복수였다. 싱글앨범 이후 정규앨범을 발매해야 했고, 적어도 다섯 곡 이상은 포함돼야 하니 저 작곡가들의 노래를 받긴 해야 했다. 하지만 당장은 놔두자는 결론을 내린 헤나였다.

헤나는 침대에 엎드린 채 보던 핸드폰을 다시 쥐면서 혼잣말을 했다.

"아— 근데 이런 상황을 어떻게 만들었지? 어떻게 했을까?"

신기했다. 정말 빠른 시간에 강주혁은 자신이 말한 것을 이루어냈다. 가만히 핸드폰을 보던 헤나가 강주혁을 떠올리며 키득거렸다.

"완전 진짜잖아?"

정말 오랜만이었다. 이 바닥에서 자신이 뱉은 말을 이렇게까지 완벽하게 해내는 인물은. 신나게 키득거리던 헤나는 들고 있던 핸드폰을 대충 침대에 툭 던지고.

"끄으!"

시원하게 기지개를 켠 후.

"일해볼까!"

강주혁에게 돈 벌어다 줄 준비를 마쳤다.

다음 날, 보이스프로덕션 3층 미팅룸.

백상구 사건이 세상에 터지고 주혁은 헤나의 전화를 받았다. 이제 속도를 좀 내고 싶다고 하면서 미팅을 요청하는 전화였다. 사장실에서 업무를 보다 시간에 맞춰 3층 미팅룸으로 내려온 주혁이 문을 열자, 미팅룸에는 하얀색 롱패딩 차림의 헤나와 처음 보는 남자 몇 명이 앉아 있었다.

헤나부터 차례대로 남자들까지 쳐다본 주혁이 다시 헤나에게 시선을 맞췄다. 무슨 상황인지 설명하라는 눈빛이었다. 헤나가 살짝 미소 지으며 입을 열었다.

"사장님! 이분들이에요. 그 작곡가분들."

"아."

이제야 이해가 된 주혁이 앉아 있는 유명 작곡가들에게 눈길을 돌리자, 그들이 벌떡 일어나 강주혁에게 고개를 숙였다.

"정말 죄송합니다. 앞뒤 사정도 잘 모르고. 진심으로 사과드립니다. 사장님."

"저, 저도! 어쩔 수 없이!"

"염치없지만, 작업은 헤나와 계속하고 싶습니다! 원래 만들던 곡도 헤나를 보고 쓴 거였는데, 백상구 그 양반 때문에……."

이유도 제각각이었고, 사과 멘트도 다 달랐다. 그런 작곡가들 한 명 한 명의 눈을 주혁이 무심하게 마주쳤다. 대답 한마디 없이 그저 그들의 눈을 쳐다보며 침묵을 지켰다. 그러고는 가까운 의자 하나를 빼내 앉으면서 헤나를 쳐다봤다.

"헤나 씨는요? 저는 헤나 씨가 원하는 대로 하겠습니다."

헤나가 귀여운 미소를 지었다.

"사과도 받을 만큼 받았고, 이렇게까지 일이 커졌는데 우리 작곡가 오빠분들께서 설마 또 그러시겠어요오?"

명백하게 비꼬는 말투로 헤나가 작곡가들을 쳐다보자, 그들이 잔뜩 움츠러들었다. 그 모습에 피식한 헤나가 웃음기를 지워내며 다시 주혁에게 시선을 돌렸다.

"그리고 시간도 많이 없어요. 저 이제 돈 벌어야죠. 〈28주, 궁궐〉도 죄다 백상구 주머니로 들어갔잖아요? 타이트하게 싱글앨범 한 달, 정규앨범 두 달로 달려볼게요. 다음 들어갈 드라마 대본도 팍팍 주세요."

왜인지는 모르겠지만, 헤나는 힘이 빡 들어간 상태였다. 어쨌거나 가장 힘들었을 헤나 본인이 결정했으니 주혁은 고개를 끄덕이고는 작곡가들에게 손을 내밀며 한 명씩 악수를 청했다. 아니, 정확하게는 한 명씩 경고를 던졌다.

"지켜보겠습니다. 앞으로 잘 부탁드려요."

잘나가던 백상구를 순식간에 침몰시킨 강주혁이었다. 작곡가들이 악수하며 침을 삼켰고, 헤나가 짧게 웃음을 지었다.

"흐흥."

그런 그녀를 보며 주혁이 말을 이었다.

"그리고 헤나 씨. 헤나 씨가 결정해야 할 문제가 하나 더 있어요. 오늘은 일단 이분들과 의논할 것들 정리하시고 내일쯤 다시 회사로 와요."

같은 날 늦은 오후, 사장실.

주혁은 강하진이 가져온 시나리오를 검지로 툭툭 치며 생각에 빠져 있었다. 그때 회의 책상에서 커피를 호로롭 마시던 추민재 팀장이 말을 걸었다.

"그러니까 사장님 말은, 시나리오는 하진이 차기작으로 괜찮은데, 심황석 감독 때문에 걸린다는 거지?"

"맞아."

이미 확인은 끝난 상태였다. 제작사인 강필름과 통화도 마쳤고, 이 시나리오가 심황석 감독의 작품이라는 것과.

'아, 제목이오? 지금 논의 중이긴 한데, 아마 〈폭풍〉으로 갈 것 같습니다.'

심지어 제목도 〈폭풍〉, 더 알아볼 것도 없었다.

"시나리오는 분명 괜찮아. 문제는 심황석 그 인간이지. 형도 알잖아. 그 감독 행실."

"알지. 잘~ 알지."

"아무 탈 없이 영화관에 걸리면야 문제없겠지만, 까딱 그 감독 탓에 엎어지기라도 하면 하진 씨한테 제동이 걸려."

강하진은 데뷔작 〈척살〉이 9백만 이상으로 흥행하면서 인지도가 높아진데다 신인여우상까지 받아, 반짝 스타덤에 올랐다. 이렇게 깜짝 인지도가 높아진 배우는 차기작이 매우 중요하다. 행여나 차기작으로 고른 작품이 아예 망해버리거나, 크랭크업까지 마쳤는데 엎어져서 작품에 참여한 세월이 연기처럼 사라진다면 대중에게 잊히는 건 순식간이었다.

"하진 씨는 앞으로 1년이 가장 중요해."

고민에 빠진 강주혁을 보며 추민재 팀장이 의견을 냈다.

"그렇게 걱정되면, 일단 들어온 광고 스케줄 소화하면서 인터뷰나 섭외 들어온 예능 돌리고 다른 시나리오를 신중하게 골라보는 건 어때?"

틀린 말은 아니었다. 실제로 강하진이 신인여우상을 받자마자 광고가 꽤 들어왔다.

"광고, 어디 어디 들어왔지?"

"신인이니까 계약기간이 짧긴 한데, 나름 굵직한 건 음료수랑 교복. 전부 할 거지?"

"당연하지."

광고는 마르지 않는 샘물. 배우를 포함해 모든 연예인은 들어온 광고는 어지간하면 진행한다. 정산이 빠르고, 뭣보다 촬영 스케줄이 짧아서 좋다. 거기다 인지도를 올리는 데에도 도움이 된다.

'광고는 한다 치고, 하진 씨를 지금 예능에서 소비하기에는 좀 아까운데.'

주혁은 강하진이 예능에서 분명 먹힌다고 생각했다. 청룡영화제에서 보여 줬던 엉뚱한 모습에 대중이 열광했으니까. 거기다.

'보이스피싱이 알려준 미래 정보도 너무 아까워.'

무려 미래 정보다. 걱정만으로 버리기엔 〈폭풍〉이라는 영화가 너무 아까웠다.

생각을 정리하기 위해선지 주혁이 자리에서 일어나 창밖을 보기 시작했다. 그 뒤로 몇 분 후, 주혁이 결심한 듯 입을 열었다.

"하자. 대신에 형이 신경을 많이 써줘야 돼."

"그래. 하진이 그 작품 들어갈 땐 내가 거의 붙어 있을게."

"평소보단 두세 배 신경을 쓰는 거로 하고, 거기 강필름 제작사랑 미팅할 땐 나도 같이 가."

고개를 끄덕이는 추민재 팀장이 다이어리를 꺼내 무언가 적기 시작했다. 그때 송 사장에게서 전화가 왔다.

"네. 형."

"바쁘냐? 아니, 바쁘겠지."

"아냐, 말해요. 무슨 일 있어?"

"……내가 너한테 부탁할 말과 전달할 말 포함 세 가지가 있는데."

"세 가지나 있어? 많네."

"하하하. 그래, 인마."

"뭔데요?"

어째선지 잠시 뜸을 들이던 송 사장이 말을 이었다.

"그중 두 가지는 중요한 거야. 지금 만날 수 있냐?"

주혁이 되물었다.

"중요한 것?"

"아, 물론 부탁할 것은 나한테나 중요한 거고, 너한테는 하나만 중요하겠네."

"뭔데요. 대충 말을 해봐."

"너가 저번에 나한테 알아보라던 그 무비트리 전 사장 있잖아? 너 사건 초기 터졌을 때 여기 있던 놈."

"아—"

"전달할 건 그놈 관련이고, 그리고 에……."

이어서 핸드폰 반대편에서 종이 넘어가는 소리와 함께 송 사장이 답했다.

"너 눈 좀 빌려줘라."

"눈?"

"어어. 네가 〈척살〉 신화를 이뤄냈으니까, 한 번 더 빌려줘."

"뭐, 작품을 봐달라고?"

"맞아."

"그럼 나머지 부탁은 뭔데요?"

"전화로 하기 좀 긴데. 지금 만나기 힘든가?"

길어질 용건이었는지 송 사장이 요청했고, 주혁이 전화를 받으면서 시간을 확인했다. 시간은 이미 밤 11시를 향하고 있었다.

"시간이 너무 늦었는데. 내일 저녁 같이하는 건 어때요?"

"그래. 알았다. 대략적인 시간은 문자로 알려줘. 장소는?"

"우리 자주 가는 한식집."

"좋네. 그럼 문자 줘라!"

그렇게 끊긴 핸드폰을 속주머니에 넣은 주혁이 짧게 읊조렸다.

"무슨 말을 하려고."

다음 날 아침.

주혁이 출근해서 커피를 내리고 있는데 누군가 노크했다. 다 내려진 커피를 빼내면서 주혁이 답했다.

"들어와요."

— 끼익

"사장님. 저도 커피 주세요!"

아침부터 사장실에 방문한 사람은 헤나였다. 주혁은 헤나에게 추가로 뽑은 커피를 건네면서 자리에 앉았다.

"빨리 왔네요?"

"아! 궁금해서요. 내가 결정해야 할 문제가 뭔지. 그나저나 사장님 원두 뭐써요? 왜 집에서는 이 맛이 안 나지?"

헤나가 감탄사를 터뜨리며 강주혁표 커피를 후르릅 들이켰고.

"그래서, 뭐예요? 제가 결정할 게?"

"좀 기다려보죠. 곧 올 겁니다."

주혁의 말에 헤나가 고개를 갸웃하긴 했지만, 이내 대수롭지 않게 대화를 이어갔다. 대부분 헤나와 관련된 일이었고, 주혁이 질문하고 헤나가 대답하는 형태였다. 그렇게 약 30분 정도 지나자, 다시 한 번 노크 소리가 들리고 사장실의 문이 열렸다.

"어? 오빠?"

최류혁이 고개를 푹 숙인 채 어물어물 사장실로 들어오자, 헤나가 놀란 토끼 눈을 떴다.

"오빠가 이 시간에 여길 왜……?"

그래도 말 없는 최류혁을 바라보던 헤나의 시선이 강주혁으로 옮겨졌다. 대답을 원하는 눈치였다.

"류혁 씨, 일단 앉아요."

"……예."

어물거리던 최류혁이 가까운 의자를 빼내 앉았고, 그가 앉자마자 주혁이 헤나를 쳐다보며 입을 열었다.

"지금부터 설명할 텐데, 한 번에 전부 다 들어요. 그런 다음에 궁금한 거 물어보고."

"네. 알았어요."

헤나는 나름 싸늘해진 분위기를 파악했는지 짐짓 진지한 표정이었다. 주혁이 설명을 시작했다. 백상구와 최류혁의 관계, 지금까지 일이 어떻게 돌아간 것인지, 이번 일의 해결까지. 백상구와 최류력의 관계에 초점을 맞춰 10분 정도 설명했다.

"그러니까 지금, 백상구가 심어놓은 인간이 류혁 오빠라는 거예요? 맞아요?"

헤나의 물음에 주혁이 말없이 그녀를 쳐다볼 때, 최류혁이 여전히 고개를 푹 숙인 채 어렵사리 입을 열었다.

"미, 미안하다. 헤나야. 정말 미안해. 뭐라고 말해야 할지 모르겠다. 내가 돈에 눈이 멀어서……."

"오빠 닥쳐봐. 사장님, 맞아요?"

"맞아요."

"뭐가 잘못된 것 아니에요? 아니면 헷갈렸다거나, 아니면."

"헤나 씨."

그녀가 믿기 힘들다는 듯 구구절절 말을 뱉어내자 주혁이 말을 잘랐다.

"잘못되거나 헷갈린 것 없이 확실해요."

"……"

헤나가 입을 다물었다. 그저 기가 찬 듯 '하!' '허!' 같은 숨을 뱉으며 커피만 줄곧 들이켰다. 강주혁은 그런 그녀를 보며 딱히 말을 잇진 않았다. 그녀도 나름대로 생각을 정리할 시간이 필요했기에.

이어서 헤나는 살짝 미묘한 표정을 지으며 커피머신으로 가서 커피를 추가로 내렸다. 강주혁과 최류혁에게는 헤나의 뒷모습만 보였다. 그런 채로 헤나가 입을 열었다.

"오빠, 머리가 어떻게 되지 않고서야. 어떻게 나한테 그럴 수가 있냐?"

"……미안하다."

"진짜 이 동네가 아무리 더럽다 더럽다 해도, 정말 어떻게 이래."

"미안……하다."

다시 대화가 끊겼다. 오로지 커피 내리는 소리뿐. 그렇게 10초 정도 흘렀다.

"오빠. 나가."

"어?"

"나가라고. 집에 가. 내가 사장님이랑 얘기해서 연락할 테니까."

"아, 어어. 헤나야, 진짜 미."

"가라고."

"……"

비에 젖은 고양이처럼 축 처진 모습으로 최류혁이 사장실을 나섰다.

"그러니까, 사장님이 말한 게 이거네요? 류혁 오빠를 어떻게 해야 할지."

"맞아요. 이건 헤나 씨가 결정해야 할 일이니까."

"……사장님은, 어찌하는 게 맞다고 생각하세요?"

"글쎄요. 정답은 없죠. 다만 헤나 씨가 가장 중요합니다. 저 친구를 다시 챙기든가 아니면 버리든가, 뭘 선택하든 헤나 씨의 멘털이 가장 우선돼야 해요. 조금이라도 불편하다면 헤어지는 게 맞아요."

다시 말이 끊겼다. 헤나는 다 내린 커피를 집어서 제자리로 돌아왔고, 생각에 빠졌다. 시간은 천천히 그러나 속절없이 흘렀다. 1분, 3분, 5분. 이윽고.

"류혁 오빠, 정리할게요."

헤나가 입을 열었다.

"대신 퇴직금을 3년이 아니라 5년으로 챙겨주세요. 돈은 제가 낼게요. 회사에서 지급되는 거로 해주세요."

"됐어요. 그 정도는 제가 해도 됩니다. 그보다 앞으로 타이트하게 달린다면서, 당장 로드가 빠져도 문제는 없겠어요?"

"그 정도는 동구 오빠가 해도 되고 당장은 조금 허덕이겠지만, 사장님이 금방 뽑아주실 거잖아요?"

주혁이 픽 웃어버렸다.

"알았어요. 그렇게 정리하죠."

"……류혁 오빠한테는 제가 전화할게요."

"그래요."

"그리고 죄송한데, 저 딱 3일만 잠수 탈게요."

남은 커피를 털어 넣으며 강주혁이 답했다.

"일주일 잠수 타도 되니까, 돌아만 와요."

진지해진 표정의 헤나를 돌려보낸 후, 주혁은 황 실장과 박 과장을 불러 곧장 사무실을 나섰다. 엘리베이터 앞에서 주혁이 황 실장을 돌아보며 물었다.

"삼성동 DCS타워, 별거 없었죠?"

"예. 사장님 말씀대로 딱히 문제없었습니다. 걸리는 게 있다면 비리로 망한 회사 건물이라는 건데, 그건 이미지 문제라 사옥으로 사용하시기엔 전혀 문제없습니다."

"일단, 가서 확인부터 해보죠."

"예."

잠시 뒤 박 과장이 운전하는 차가 지하 주차장을 빠져나왔다. 그러자 수많은 사람이 몰려 있는 게 눈에 띄었다.

"요즘은 점심부터 저렇게 몰리는 겁니까?"

대답은 운전하던 박 과장 쪽에서 나왔다.

"하핫. 요즘엔 아침부터 오던데요. 사람들 와서 사진도 찍고, 마카롱도 사가고 하더라고요? 몇몇이 3층으로 올라가려는 걸 막은 적도 있습니다. 보안팀 추가로 안 뽑았으면 골치 아팠을 겁니다!"

최근 이 지역이 여러모로 화제가 되면서 마치 명소인 것처럼 사람들이 몰려들었다. 이미 웹상에서 이름을 날리는 KR마카롱도 있지만 헤나와 강자매, 김재욱, 말숙 등 연예인들이 소속된 보이스프로덕션을 구경하러 오는 사람들도 많았다. 여기저기서 사진 찍는 사람들을 보며 주혁이 짧게 읊조렸다.

"몇 달 전만 해도 개미 한 마리 없었는데."

그러자 조수석에 앉아 있던 황 실장이 살짝 웃으며 거들었다.

"많은 것이 변하지 않았습니까."

주혁이 웃었다.

"그렇죠."

정말 꽤 많은 것이 변하고 있었다.

삼성동 DCS타워에 도착한 일행은 주차장에 차를 세워두고 건물 앞으로 나왔다. 주혁이 6층짜리 건물을 올려다보더니 이내 시선을 돌려 주변을 둘러봤다.

"북적북적하네요."

"하하, 삼성동 아닙니까."

주변은 광주 사옥과는 비교도 안 되게 바쁘게 돌아가고 있었다. 수많은 차가 오가고, 사람들이 끊임없이 건물 앞을 지나다닌다. 양손을 주머니에 찔러넣고는 말없이 둘러보는 강주혁에게 황 실장이 조심스레 말을 붙였다.

"보시다시피 입지는 최곱니다. 지시하신 대로 주변 부동산 좀 돌아보니까 아까 말씀드린 대로 이미지 빼고는 딱히 허점이 없는 건물이라 노리는 사람도 많다고 합니다."

"그렇겠죠."

"낙찰이 가능하시겠습니까?"

주혁이 황 실장을 보며 웃었다.

"이미 제 건물인 것처럼 느껴집니다."

"하하하, 알겠습니다."

다시금 DCS타워로 시선을 옮긴 주혁이 말을 이었다.

"보이스가드, 보안팀 인원 충원 등등 최근 제가 전달한 일들 전부 진행이 끝났죠?"

"예. 저는 그렇습니다."

"박 과장님. 상주에 박종주와 관련한 사채 조직, 자금줄 정확하게 확인하셨습니까?"

"예. 다만 이것만으로는 조금."

"부족하겠죠."

고개를 끄덕이며 잠시간 생각에 빠졌던 주혁이 이내 황 실장과 박 과장을 쳐다보며 결론을 던졌다.

"오늘부터 두 분은 예전처럼 태신식품을 파시죠. 대신에 이번에는 박종주 위주로. 그놈 과거부터 현재까지 알아낼 수 있는 것은 모조리 확인해보세요."

"알겠습니다."

"옙!"

* * *

같은 시각, 어느 패밀리 레스토랑.

점심시간이라 그런지 가족 단위 손님들로 넘쳐났다. 여기저기 아이들이 뛰어다니고, 앉아 있는 사람들은 무슨 할 말이 많은지 와자지껄 얘기를 나누고 있었다. 그 시끄러운 분위기 속에 최명훈 감독이 진땀을 흘리며 6인석 테이블에 홀로 앉아 있었다.

그때 누군가 최명훈 감독의 어깨를 살짝 쳤다. 그 바람에 깜짝 놀란 최명훈 감독이 벌떡 일어났고.

"어머머머, 이분이 감독님이셔? 어휴, 생각보다 젊으시다."

"뭐야? 나도나도. 와! 안녕하세요!"

"영화 감독님이라고 해서 뭔가 다를 줄 알았는데, 평범하시네?"

"야! 미진아! 언니들 소개 안 하고 뭐 하냐! 감독님 얼었잖아!"

〈간 큰 여자들〉의 원작자인 송미진 포함 그녀의 가족이 우르르 최명훈 감독에게 인사를 던졌다. 하나씩도 아니고 한꺼번에 쏟아진 인사에 어찌할 바를 모르던 최명훈 감독이 겨우 입을 열었다.

"아, 안녕하십니까. 최명훈이라고 합니다."

그러자 송미진의 어머니로 보이는 중년여성이 눈웃음을 치며 답했다.

"어머, 무슨 군대도 아니고. 감독님 긴장 푸세요. 미진이한테 얘기 들었어요. 우리 딸이 신세 지고 있습니다."

"아닙니다! 제가 더."

별안간 송미진의 어머니가 허리를 굽히는 바람에 최명훈 감독도 넙죽 고개를 숙이며 말하던 때에, 송미진의 언니들이 어느새 어머니 옆에 서서 자세를 똑같이 따라 했다.

"우리 송송이가 신세 지고 있습니다."

"우리 미진송이 신세 지고 있습니다."

이어서 송미진이.

"……신세 지고 있습니다. 감독님."

말을 하긴 했지만, 송미진의 얼굴은 미안해 죽겠다는 표정이었고.

"아, 앉으시죠. 계산은 전부 했으니, 편하게들 식사하시면 됩니다."

"어유, 감사해라. 얘들아, 앉아라."

강주혁이 요청한 최명훈 감독의 극한직업이 시작될 참이었다.

몇 시간 뒤, 고급 한식집. 강주혁이 직원의 안내에 따라 들어간 방에는 이미 송 사장이 자리하고 있었다.

"어, 왔냐? 앉아. 사장님, 저희 일단 차부터."

"예. 알겠습니다."

한식집 직원이 인사를 하며 문을 닫았고, 주혁이 입고 있던 코트를 벗어 대충 접으며 자리에 앉았다.

"일찍 오셨네. 엄청 중요한 일인가 봐요?"

"하하. 보기에 따라 다르달까?"

잠시 뒤, 직원이 들어와 허브차를 서빙했고 송 사장이 허브차를 호호 불면서 입을 열었다.

"요즘 바쁘지?"

"바빠요. 죽겠어, 아주."

"야야. 안 봐도 비디오지. 투자야 그렇다 치고 제작에 매니지에 거기다 회사 운영까지. 나는 죽었다 깨도 못한다, 그렇게."

생각만 해도 오싹했는지, 송 사장이 몸을 떨었다.

"이제 시작인데 뭘."

"그렇지. 이번에 넘어간 헤나야 뭐 알아서 할 테지만, 너 소속 배우들 이제 좀 날개 달았지? 크는 속도 봐라. 바로 옆에서 봤지만 대단하다, 대단해. 겨우 1년 만에."

이후로도 송 사장은 꽤 오랫동안 보이스프로덕션에 대해 묻거나 탄성을 질렀다. 분위기는 나쁘지 않았지만, 얘기가 자꾸 헛돌았다. 해서 주혁이 말을 잘랐다.

"이제 다 아는 얘기는 그만하시고. 말해봐요. 나한테 부탁할 말과 전달할 말 세 가지."

"잠깐! 잠깐잠깐! 나 마음의 준비 좀 하고."

송 사장의 호들갑에 주혁은 뭔데 이러나 싶었다. 그러거나 말거나 송 사장은 심호흡을 몇 차례 한 뒤, 챙겨온 파일을 식탁 위에 올렸다.

"먼저, 전달할 것."

"이게 뭔데요?"

주혁이 파일을 펼쳤다. 파일 안에는 특정 인물의 사진과 나이, 이력 등등이 적혀 있었다. 언뜻 보면 이력서 같은 느낌. 파일을 보던 주혁이 설명을 해달라는 듯 송 사장을 다시 쳐다봤고.

"이게 도움이 될진 모르겠는데, 네가 저번에 말한 것. 너 예전 일본 이중계

약 터졌을 당시 있던 무비트리 사장 알아봐 달라며. 그래서 나름대로 좀 알아

봤다. 회사 내부에 있는 정보랑 뭐, 이것저것 얹어서."

"아."

"그리고 제일 뒷장에 보면 그 사람 지금 사는 곳이 적혀 있긴 한데, 정확하

진 않아."

"이 정도면 충분해요. 나머진 내가 알아서 할게. 고마워요."

가볍게 고개를 끄덕이던 송 사장이 이번에는 웬 종이뭉치를 책상 위로 올

렸다.

"이건 첫 번째 부탁."

— 제목 : 시발점

시발점이라는 제목이 적힌 종이뭉치. 주혁이 받았던 파일을 옆으로 치우면

서 종이뭉치를 내려다봤다. 그러자 송 사장이 다급하게 외쳤다.

"아! 제목은 신경쓰지 마! 가제니까."

이어서 주혁이 종이뭉치를 집어 들자 송 사장이 다시 말을 이었다.

"어떤지 좀 봐주라. 니가 보는 눈은 확실하니까 너한테 검사부터 받아보려

고."

주혁이 종이뭉치 첫 장을 넘기면서 답했다.

"시나리오?"

"맞아, 시나리오. 저번 달에 몇 개 골라서 산 것 중에서 내 눈에는 그게 가

장 괜찮아서. 〈척살〉 다음으로 제작해볼까~ 하는데."

무비트리 역시 〈척살〉로 홈런을 쳤다. 그러므로 다음 작품 제작이 매우 중

요한 타이밍이었다. 따라서 송 사장이 시나리오를 허투루 골랐을 리 없었다.

고개를 끄덕이던 주혁이 시나리오 첫 장을 펼쳐 읽으면서 입을 열었다.

"그래서, 이게 첫 번째 부탁이면 두 번째 부탁은? 전달할 것 포함해서 세 가

지라며."

여전히 눈은 시나리오에 가 있는 주혁을 보며 송 사장이 목을 가다듬은 후 답했다.

"그거 제작하면 강하진 씨, 주연으로 세우고 싶다."

시나리오의 두 번째 장을 넘기던 강주혁의 손가락이 멈췄고, 그의 시선이 송 사장에게로 맞춰졌다. 주혁의 눈이 꽤 커졌다. 살짝 놀란 모양이었다.

"주연? 하진 씨를?"

"맞아. 지금 너 지인으로서가 아니라, 제작사 사장으로서 너한테 부탁하는 거다, 이거."

짐짓 다부진 표정을 지은 송 사장에게 주혁이 물었다.

"왜 이렇게 갑자기?"

"갑자기는 아니야. 〈척살〉 초기 오디션에서 나도 하진 씨 마스크 좋았다. 연기도 잘하고. 이번에 신인상도 받았잖아? 아마 모르긴 몰라도 탐내는 데 많을걸? 시나리오도 좀 들어오잖아?"

"들어오죠. 내 말은 왜 하진 씨를 주연으로 생각했냐는 거지."

그러자 송 사장이 시나리오를 가리키며 입을 열었다.

"이거 읽는 순간 여주인공으로는 하진 씨밖에 안 떠오르더라. 아, 그렇다고 원톱 주연은 아니야. 투톱이나 쓰리톱 정도 되니까 부담이 크진 않을 거야."

가만히 송 사장의 말을 듣던 주혁은 다시 시나리오로 시선을 돌렸다.

"일단 무슨 말인지는 알겠어요. 이거부터 읽어봐야겠네. 그래야 다음으로 넘어가겠어."

"그래그래. 너는 읽는 속도 빠르니까, 지금 읽어봐라."

이어서 주혁은 빠르게 시나리오를 읽기 시작했다.

같은 시각. 방에서 여자가 품에 기타를 끼고선 연신 무언가를 적고 있었다.

"나에게 필요한 건…… 아니야. 필요한 건 말고 소중한 건? 그래, 소중으로 가자."

그렇게 연습장에 몇 글자 고쳐 적은 후, 다시 기타를 연주하고 짧게짧게 노래를 부르며 방금 적은 부분을 되새겼다. 여자는 집에서 할 수 있는 가장 편한 복장으로 긴 머리를 돌돌돌 말아 올렸다. 그때 거실에서 누군가 여자를 불렀다.

"야! 최화진! 밤에는 그거! 기타 치지 말랬지?!"

"아, 엄마. 거의 끝났어! 이거 오늘 밤 안에 끝내야 돼!"

"어휴!"

최화진은 어머니가 한숨을 내쉬거나 말거나 작곡에 집중했다. 막바지였다. 멜로디와 가사의 앙상블 등을 체크하며 가사를 쓰고, 연주하고, 확인하고, 수정하기를 반복했다. 이미 자기만의 세계에 빠져버린 최화진은 무아지경으로 작곡을 진행했다. 30분, 한 시간, 두 시간. 시간은 계속해서 흘렀다. 이윽고.

처음부터 끝까지 가사를 써놓고, 연주를 마친 최화진이 음표가 즐비한 연습장 첫 줄에 노래 제목을 적었다.

'차가운 이별'

"후— 다 됐다."

강주혁이 랜덤박스에서 들었던 '차가운 이별', 그 노래가 이제 막 완성된 참이었다.

다시 한식집. 주혁이 시나리오를 읽고 있는 사이 송 사장은 식사를 시켰다. 강주혁은 밥을 먹으면서도 시나리오에서 눈을 떼지 않았다. 그리고 약 30% 정도 읽었을 때.

'재밌네.'

시나리오가 재밌다는 것을 느꼈다. 작품에서 풍기는 냄새 자체는 로맨틱 코미디였고, 이제 갓 성인이 된 남녀 여섯 명이 이야기를 풀어가고 있었다. 따라서 가볍게 볼 수 있지만, 반면 전하고자 하는 메시지도 확실했다.

"최민서. 이 역을 하진 씨한테 준다는 거예요?"

방금 밥숟갈을 입에 넣었던 송 사장이 숟가락을 다시 빼내면서 답했다.

"맞아. 최민서."

고개를 끄덕인 주혁이 다시금 시나리오로 시선을 내렸다.

'최민서. 확실히 이 세 커플 중에서 메인이네.'

극은 남자주인공의 시점과 여자주인공의 시점으로 나뉘어 진행되고 있었는데, 조연들은 모두 주인공과 연관된 인물이었다. 무엇보다 여자주인공 최민서.

'캐릭터가 잘 뽑혔어.'

주혁은 이 최민서라는 캐릭터가 재밌다고 느꼈다. 고등학교를 막 졸업한 여자. 예쁘고 스타일도 좋은 데다 집도 잘산다는 소문이 나서 언제고 이슈가 되는 최민서. 그러나 최민서에게는 아무에게도 밝히고 싶지 않은 비밀이 있다. 실제로는 가난하다는 것.

'그런데 남자주인공이 우연히 이 비밀을 알게 된다는 건데. 근데 또 이 남자주인공은 최민서가 평소에 죽도록 싫어했던 인물이고.'

그렇게 이야기는 시작된다. 주연은 딱 봐도 남녀 주인공 투톱. 나머지 커플은 남녀 주인공의 이야기가 진행되는 과정에 약간 애피타이저 느낌으로 섞어냈다. 확실히 짜임새나 흐름이 매끄럽고 뭣보다 캐릭터가 재밌었다. 즉, 욕심이 나는 작품이었다. 시나리오를 보던 주혁의 시선이 방금 깍두기를 입에 넣은 송 사장에게로 옮겨졌다. 자신을 보는 줄도 모른 채 송 사장은 허겁지겁 눈

앞에 펼쳐진 음식을 먹어치우고 있었다.

'저 양반, 확실히 작품 고르는 센스가 있어.'

송 사장은 영화판에서 잔뼈가 굵었다. 하지만 오랫동안 비빈다고 해서 작품을 턱턱 잘 고르는 것은 아니다.

'〈척살〉도 그렇고 이번 것도 그렇고.'

사실상 되돌아보면 〈척살〉 역시 최명훈 감독에게서 송 사장이 시나리오를 사면서 시작됐다. 나머지 부분이야 강주혁이 개입하면서 진행했지만, 어쨌거나 〈척살〉 시나리오를 보고 송 사장은 가능성을 느꼈던 거였다. 이 작품 역시, 충분히 가능성이 있었고.

시간이 흘러 얼추 시나리오를 훑어 읽은 주혁이 짧게 숨을 뱉으며 어느새 식사를 마치고 차를 마시는 송 사장에게 물었다.

"이거 집필은 누가 한 거예요? 감독이?"

"아냐. 시나리오 작가가 쓴 거고, 감독도 구해야 해. 최명훈 감독은 작품 준비 중이라고?"

"맞아요."

"흠흠, 그럼 일단 최명훈 감독은 안 되겠고. 시나리오는 어때?"

"괜찮아요. 재밌어. 〈척살〉만큼은 아니지만, 로맨틱 코미디로서는 충분히 잘 뽑혔어."

"그래? 그렇지! 나도 그래서 보자마자 샀다니까. 그러면 강하진 님은?"

이번에는 주혁이 바로 대답하지 못했다. 이유는 간단했다. 강하진은 〈폭풍〉에 들어갈 예정이었기 때문. 주혁은 시나리오를 내려다보며 턱을 쓰다듬었다.

'로맨틱 코미디라…… 이쪽도 아깝긴 한데. 문제는 두 작품을 하진 씨가 소화할 수 있느냐인데.'

물론 배우가 한 타임에 작품 두 개를 하는 것이 전혀 불가능한 것은 아니었다. 과거 강주혁도 여러 번 해봤던 일이고, 다작을 치는 조연배우의 영화 두 개가 동시에 영화관에 걸리기도 하니까.

'영화 두 작품, 즉 캐릭터 두 개를 연기해야 한다는 소리야.'

촬영이야 연출팀과 스케줄을 어찌어찌 맞추면 굴러간다고 치고, 다음은 캐릭터 소화 능력이 걸렸다. 같은 시기에 작품 두 개를 하려면 캐릭터를 한 시기에 두 개나 파악, 연기해야 했다. 가만히 생각에 빠졌던 주혁이 송 사장을 불렀다.

"형. 지금 하진 씨가 심황석 감독 차기작을 논의 중인데."

"심황석 감독? 그 밝히는 놈?"

"어어. 6·25 배경으로 시나리오가 왔어요. 작품이 좋아. 잘빠졌어. 쓴 건 작가 같은데, 어쨌든 메가폰은 심황석이 잡을 거 같아요."

송 사장의 표정이 순식간에 우울해졌고.

"내가 좀 늦었네."

짧게 읊조리며 강주혁에게 건넸던 시나리오를 다시 집어 회수하려고 했다. 그런데 시나리오가 꼼짝을 안 했다. 강주혁이 시나리오를 놓지 않았다.

"강 사장님? 강 사장, 놓아야지? 어허, 놔."

현실적으로는 이 시나리오를 놓는 게 맞았다. 하지만 이 바닥은 현실적으로 해서는 성장이 늦다. 비현실성이 통용되는 곳, 그게 영화판이었다.

"영화 두 작품, 찍으면 돼."

"어?! 진짜냐?! 아니 근데 다른 거 논의 중이라면서."

"그러니까."

주혁이 시나리오를 기어코 송 사장의 손에서 뺏으며 결론을 던졌다.

"욕심 좀 부리지 뭐."

다음 날, 아침부터 주혁이 강하진과 팀장들을 소집했다. 이어서 책상 위에 영화 〈폭풍〉과 〈시발점〉 시나리오를 올려놓고 강하진에게 주혁이 의견을 말했다.

"하진 씨, 〈폭풍〉 시나리오는 봤죠? 그리고 이 시나리오는 어제 내가 송 사장님한테 받아온 건데, 로맨틱 코미디. 읽어봐요."

의자에 다소곳하게 앉아 있던 강하진이 강주혁의 얼굴을 살짝 쳐다봤다가 이내 시나리오를 자기 앞으로 당겼다. 추민재 팀장이 시나리오를 슬쩍 엿보면서 입을 열었다.

"〈폭풍〉은 까내려고? 하긴, 그 영감탱이 감독 좀 귀찮으니까."

하지만 주혁이 고개를 저었다.

"아니, 안 까. 나는 이것까지 포함해서 하진 씨가 이번 분기에 작품 두 개를 들어갔으면 싶어."

"어?!"

"뭐라고?!"

"……."

제각각의 반응이 쏟아졌다. 팀장들이야 당연히 놀라며 반대의견을 냈고, 강하진은 그저 작은 손으로 시나리오를 집은 채 강주혁을 말없이 올려다봤다.

"어머머, 사장님! 하진이 죽어. 광고도 전부 들어간다면서? 그런 데다가 작품 호흡도 그렇게 빠르면."

"그래. 주혁, 아니 사장님. 나도 아줌마 의견에 한 표. 급할 건 없잖아? 너무 무리."

순간 주혁이 그들의 말을 잘랐다.

"팀장님들 얘기 다 맞아. 내가 그걸 모를 리도 없고. 그래서 두 분은 옛날 내가 전역했을 때 작품을 그렇게 겹쳐서 돌리셨나? 그때랑 온도 차가 너무 심한데."

"……어? 아, 아니. 그때는 말이지, 사장님."

홍혜수 팀장이 웃으며 머리를 긁적이는 반면, 추민재 팀장은 당당하게 응수했다.

"그땐 사장님이 작품 욕심이 어마어마했었!"

"그래, 그거야. 욕심. 두 개 다 욕심이 나."

이어서 강주혁이 청초한 강하진을 보며 설명을 시작했다.

"작품 호흡? 중요하지. 그런데 하진 씨는 이번에 신인상을 받았어. 그만큼 대중들이나 영화계에서 기대를 받는 것도 사실이야. 아마 이 두 작품, 제작 들어가면 얼추 비슷하게 촬영 일정이 잡히고, 영화관에 걸리는 것도 큰 문제 없으면 거의 같겠지. 그만큼 정신없는 스케줄일 테고. 그래도, 그렇다고 해도."

잠시 말을 멈추자, 강하진이 짧게 말을 받았다.

"……욕심."

"맞아요. 작품 욕심. 하고 싶다면 하면 돼. 물론 하진 씨가 어렵다고 말한다면 존중하겠지만."

사장실에 모인 이들의 시선이 강하진에게 꽂혔다. 그녀는 어느새 시나리오 첫 장을 넘기고 있었다. 침묵과 함께 사장실에는 오로지 강하진이 넘기는 종이 소리만 퍼졌다. 그렇게 약 몇 분이 흘렀고.

"해볼게요. 아니, 할 수 있게 해주세요."

그녀의 눈에는 어느새 배우로서의 욕심이 담겨 있었다.

이후부터 할 일이 많은 만큼 시간이 빠르게 지나갔다. 우선 보이스프로덕션 주변을 개발하는 광주시청의 사업이 첫 삽을 떴다. 그사이 KR마카롱의 성장 속도도 빨라졌다. 가맹점 계약을 무려 열 곳이나 체결한 것이다.

다음으로는 헤나. 다행히 헤나는 말했던 3일 잠수에서 딱 이틀만 쉬고 움직이기 시작했다. 최화진이 곡을 완성했기 때문이었다. 최화진이 완성한 곡을 들려줬을 때, 헤나는 곧장 가사에 적힌 대로 가볍게 노래를 불러보았다. 3분, 딱 3분이 걸렸다. 헤나가 최화진을 얼싸안기까지.

"우와— 진짜 작곡 초보 맞아요? 노래 너무 좋은데? 그때 잠깐 들었을 때랑 또 달라!"

그리고 한 시간. 헤나가 최화진을 데리고 계약된 음악 스튜디오에 달려간 시간이었다. 곡이 나왔으니 녹음작업부터 할 일이 태산이었다. 예상 싱글앨범 발매일까지 시간이 얼마 없기에 헤나의 움직임도 빨라졌고.

강하진 역시 바삐 움직였다. 작품 결정과 함께 영화 〈폭풍〉의 심황석 감독과 미팅을 진행했다.

"오오— 하진 씨, 반가워요. 〈척살〉 정말 재밌게 봤어요."

"네, 안녕하세요. 감독님."

"허허헛. 스크린에서 보는 것보다 훨씬 예쁘시네. 이미지가 딱이야! 아주 좋아요."

심황석 감독은 곧 산이라도 오를 것 같은 복장으로 강하진을 맞이했고, 강필름 직원도 몇몇 참석했다. 이어서 주혁이 심황석 감독에게 손을 내밀었다.

"감독님, 오랜만입니다."

"그래요. 강주혁 씨, 아니 이제 사장님이라고 불러야 하나? 주혁 씨는 그대로네. 바로 작품 들어가도 되겠어?"

넉살 좋게 악수한 심황석 감독은 강주혁에게 칭찬을 쏟아내면서도 계속해서 강하진을 힐끔거렸다. 정말 마음에 든 눈치였다.

"저, 하진 씨? 갑자기 미안한데, 여기 이 대사 좀 쳐보겠어?"

"아, 네."

이미 시나리오 파악이 끝난 강하진은 심황석 감독의 요청대로 13씬 한 대사를 가볍게 읊조렸다.

"허허! 좋아요. 아주 좋아. 그런 시니컬한 느낌으로 친 이유가 있나?"

"기다림……에 지쳤을 거라 생각했어요."

"그렇지, 맞아. 민지영은 기다림이 익숙한 인물이지."

심황석 감독은 계속해서 강하진에게 여러 가지 요청을 해왔다. 강하진은 어렵지 않게 해냈고, 강주혁은 신난 심황석 감독을 물끄러미 관찰했다.

'아직까지는 감독의 눈이군.'

별다른 낌새는 보이지 않았다. 저런 요청이야 감독들이 심심치 않게 하는 것이니 큰 문제는 없었다.

'보이스피싱에서 들린 대로 〈폭풍〉은 흥행이 확실해.'

반대로 보이스피싱에서는 영화 〈폭풍〉에 관해 이렇다 할 경고도 없었다. 즉, 이대로라면 큰 문제는 없을 것 같았다.

'괜찮겠어.'

이어서 심황석 감독은 강주혁을 보며 결론을 던졌다.

"강 사장. 나는 우리 강하진 씨한테 이 민지영 역할을 주고 싶어."

"민지영, 좋네요. 다만 한 가지 부탁드릴 게 있습니다."

"어어. 말해봐요."

"하진 씨는 같은 시기에 작품이 두 개 들어갈 예정입니다. 그러니."

"스케줄을 맞춰달라?"

주혁은 말없이 고개를 끄덕였고, 잠시간 턱을 쓰다듬던 심황석 감독이 강필름 직원들과 뭔가 심각하게 얘기를 나눴으나.

"그렇게 하지. 대신 그쪽 촬영 스케줄을 공유해줘. 그래야 이쪽도 촬영 커트를 나눠서 계획을 잡을 수 있으니까. 당연히 그쪽도 똑같이 해야겠지?"

"최대한 맞춰보겠습니다."

"허헛, 그래그래. 한창 물 들어올 때니까 쭉쭉 나가야지."

결정은 빨랐다. 주혁은 심황석 감독, 강필름 제작사와 미팅 후 비슷한 사안으로 무비트리와도 미팅을 진행했고.

"된다. 무조건 돼. 우리도 감독만 맞춰지면 바로 공유해줄게. 하하. 고맙다, 주혁아!"

송 사장의 결정은 심황석 감독보다 다섯 배는 빨랐다.

그리고 정신없는 일정 속에 1월 13일 아침이 밝았다. WTVM 방송국 주변의 한 고깃집. 2층짜리 대형 고깃집에는 손님은 없고 아침부터 방송 스태프들로 넘쳐났다.

"야! 여기도 카메라 설치해!"

"예에~ 지금 갑니다!"

2층 룸 형식의 공간에 특히나 스태프들이 몰려 있었다. 사방팔방 작은 카메라가 설치되고 있었고.

"빛이 좀 따로 논다! 여기 조명! 야!! 조명!"

"예예!"

"반사판 하나 더 대봐, 여기!"

중앙 길쭉한 테이블에는 박한철 PD와 메인 작가 그리고 기타 키스태프 감독들이 앉아 회의하고 있었다.

"팀을 나눠서 진행하자고."

"PD님, 굳이 그렇게 무리해서 인서트를."

"안 돼. 무리해서라도 오늘 안에 촬영이 끝나야 돼."

그때 조연출이 1층 입구에서 소리쳤다.

"강주혁 님 도착하셨습니다!!! 입장 5분 전이요!"

그러자 2층에서 회의 중이던 박한철 PD에게도 무전이 왔고.

"띠릭— 강주혁 님 도착하셨답니다."

무전을 듣자마자, 박한철 PD는 물론 회의하던 모두가 일어나 1층으로 빠르게 움직였다. 박한철 PD가 1층 입구 쪽에 가까워졌을 때, 코트를 벗어 한 손에 걸친 강주혁이 걸어 들어왔다.

"아, 사장님!"

박한철 PD가 냅다 달려가서 강주혁에게 손을 내밀었고.

"네, PD님. 좀 늦었습니다."

"무슨 말씀을. 자, 2층으로 가시죠."

〈만능엔터테이너〉의 첫 녹화가 시작될 참이었다.

26. 폭풍

부산스러운 1층에 비해 2층은 꽤 정리된 상태였다. 주혁은 박한철 PD가 안내하는 방으로 들어가 스태프들과 간단하게 인사를 나눈 후 박한철 PD의 반대쪽에 자리했다.

"녹화는 녹화스럽지 않게 진행할 겁니다. 어— 쉽게 얘기해서 자연스럽게, 편하게 임하시면 됩니다."

박한철 PD가 녹화 방향성을 설명하기 시작했다. 중간중간 메인 작가가 몇 가지 추가 설명을 했지만, 한마디로 얘기하자면 '촬영 시작!' 하고 녹화를 진행하다 '촬영 끝!' 하면 녹화가 끝나는 것이 아닌, 처음부터 끝까지 모든 장면을 담아서 후처리로 편집을 하겠다는 것이었다.

"그러니까 이미 촬영은 진행되고 있다는 말씀이죠?"

"맞습니다, 하하하. 일단 식사부터 시작할까요?"

박한철 PD가 뒤에 있는 조연출에게 뭐라고 지시를 내리자, 조연출이 후다닥 달려가서 준비해둔 음식을 차례차례 가져왔다. 그 모습을 보던 주혁이 탁자 주변을 휘 둘러봤다. 자리에는 이미 각종 쌈채소부터 밑반찬 등이 즐비한 상태였다. 젓가락만 얹으면 곧바로 식사해도 될 수준. 이어서 조연출이 삼겹

살이 잔뜩 쌓인 쟁반을 가지고 오자 비로소 고깃집 같은 분위기가 완성됐고.

— 취이이익!

박한철 PD가 삼겹살 한 줄을 불판 위에 올리면서 인터뷰를 진행했다.

"요즘 한창 바쁘시죠?"

"그렇습니다."

"사장님. 너무 딱딱하게 안 하셔도 됩니다. 예능이니까 정말 편하게 대답하셔도 돼요."

"아, 그래요? 이런 건 처음이라 감이 안 잡히네요."

"그냥 평소의 사장님을 보여주시면 될 것 같습니다."

"평소의 저라. 알겠습니다."

자신이 어떤 것을 허가했는지도 모른 채, 박한철 PD가 질문을 이어갔다.

"자, 그럼 사장님. 바쁘신 와중에 이 〈만능엔터테이너〉에 메인 심사위원으로 출연하신 이유가 있으십니까?"

"CP님하고 PD님이 하도 간곡하게 부탁을 하셔서요. 거절하기 힘들었습니다."

"예? 아, 아니."

"하하. 농담이고, 기획의도가 흥미로웠고 많은 사람에게 기회를 주는 프로라 재밌을 것 같았습니다. 뭣보다 저 역시 인재를 찾기 위해 나왔죠."

살짝 당황하긴 했으나, 이내 고개를 끄덕이며 고기를 뒤집는 박한철 PD 옆에서 메인 작가가 질문지를 넘기며 다음 물음을 던졌다.

"보이스프로덕션에는 연기파 배우만 있다고 들었어요."

"맞습니다. 다들 연기 잘하죠."

"그럼 강주혁 님은 배우가 연기할 때 가장 중점적으로 무엇을 보시나요?"

주혁이 생각을 정리하는지, 사이다를 한 모금 한 뒤 입을 열었다.

"어렵네요. 음…… 작품과 상황에 따라 매번 바뀌겠지만, 배우만 놓고 본다면 본질을 보려고 합니다. '이 배우가 무엇을 표현하려 하는가' 또는 '무엇을 전달하려고 하는가'를 판단하고 그에 따른 움직임을 봅니다. 눈빛, 행동, 동선, 대사. 모든 것이 배역과 섞여들어서 자신의 것을 만들었다면 누가 봐도 연기를 잘했다는 말이 나와요."

그때 박한철 PD가 끼어들었다.

"그럼 연기는 재능이다? 노력이다? 강주혁 님의 선택은 어떻습니까?"

"연기는 경험입니다. 모든 것은 경험이 밑바탕이 돼야 해요. 어떤 경험이라도 도움이 됩니다. 간혹 연기 천재라고 불리는 친구들이 나오는데, 그 친구들이 재능이 넘쳐나서 그런 게 아닙니다. 그들을 그렇게 만든 경험이 밑에 깔렸기 때문에 모든 것을 녹여낼 수 있는 겁니다. 노력과 재능은 그 이후에 발현되는 거죠."

"연기는 경험이다. 좋네요. 중간 타이틀로 넣으면 풍성해지겠어요."

박한철 PD가 뭔가 흐뭇하게 조연출에게 말을 전했고, 다시 메인 작가가 질문했다.

"저희 〈만능엔터테이너〉에서 찾으시려는 인재상이 따로 있나요?"

"연기죠. 배우는 연기만 잘하면 됩니다. 저는 연기만 볼 생각입니다. 다른 파트는 다른 심사위원분들이 잘하시겠죠."

말을 마친 주혁이 그새 다 구워진 삼겹살 한 점을 쌈장에 찍어 입어 넣었다. 맛있었는지 고개까지 끄덕였다. 하마터면 '맛집이네요?' 따위의 말을 뱉을 뻔했다.

"강주혁 님은 아역배우 출신이죠. 첫 오디션인 〈할머니…〉에 바로 주연으로 캐스팅되셨는데, 그 어릴 때 무슨 경험을 하셨기에 연기를 그렇게 잘하셨을까요?"

살짝 예민한 질문이었기에 박한철 PD가 질문하면서도 목소리를 조심스럽게 낮췄다. 하지만 주혁은 고기를 씹으며 무심하게 답했다.

"흔하디흔한 가족사죠. 어릴 때부터 혼자인 적이 많았고, 많이 외로웠던 거 같아요. 그래서 촬영장이 좋았죠. 사람 많고 북적북적하니까."

순간 정적이 흘렀다. 박한철 PD가 괜히 헛기침하며 메인 작가를 쳐다봤다. 어서 질문을 하라는 듯. 그러자 메인 작가가 작게 한숨을 쉬며 어렵게 입을 열었다.

"그…… 민감한 질문일지 모르겠는데, 강주혁 님은 작년 다시 모습을 드러내기 전까지 5년 정도 은둔생활을 하셨는데. 세상으로 다시 나오게 된 계기가 있나요?"

대답이 늦을 줄 알았는지, 질문한 메인 작가가 앞에 놓인 맥주잔을 들었다. 하지만 주혁의 대답은 곧장 나왔다.

"보이스피싱을 당해서요. 그 이후로 살고 싶어지더라고요."

"……예?"

"방금 뭐라고?"

요상한 표정을 짓는 박한철 PD나 메인 작가를 보며 피식한 주혁이 고기 한 점을 추가로 집으면서 말을 이었다.

"하하, 농담입니다."

촬영은 고깃집에서만 진행되는 것이 아니었다. 초기 강주혁과 협의한 대로 소속 연예인들과 직원들의 인터뷰까지 찍기로 하고 보이스프로덕션 연습실에서 촬영이 진행되고 있었다. 촬영 구도는 간단했다. 연습실 한가운데에 의자 하나 놓고 거기에 한 명씩 앉아, 연출팀이 던지는 질문에 대답하는 그림이었다.

"저는 사장님 덕분에 〈내 어머니 박점례〉에 출연하게 됐습니다!"

"〈28주, 궁궐에 피어난 꽃〉 출연 당시에는 오디션 비리로 꽤 시끄러웠는데, 심경이 어땠어요?"

"억울했어요! 진짜 공정하게 오디션 보고 뽑혔거든요. 저 연기 연습하면서 사장님한테도 엄청 혼나고 그랬는데. 그때 사장님이 괜찮다고 연기에 집중하라고 하셔서."

강하영부터.

"이번에 청룡영화제에서 신인상을 받으셨죠? 축하드려요."

"네. 감사합니다."

"……아. 그, 그래요. 신인상을 받게 해준 영화 〈척살〉에는 어떻게 합류하게 됐나요?"

"오디션을 통해서요. 사장님이 보고 뽑아주셨고, 그대로 출연하게 됐어요."

강하진의 무미건조한 인터뷰.

그리고 김재욱의 짧은 인터뷰와 말숙의 극적인 캐스팅 비화까지. 아쉽게도 헤나와 최화진은 편곡 작업이 한창이라 불참했다.

이어서 팀장들과 실장들도 인터뷰에 참여했다. 추민재 팀장은 신나 보였고, 홍혜수 팀장은 최근 메이크업 중에 가장 화사한 모습을 보여줬다. 반면 황실장은 인터뷰 자체가 힘들었는지, 결국 박 과장이 그를 대신했고, 회사 내에 있던 감독들이나 백번 촬영팀까지 인터뷰하고 나서야 보이스프로덕션 촬영이 끝났다.

다시 고깃집. 약 4~5시간 정도 걸린 촬영은 실제로 고기를 먹으며 질문하고 대답하는 형식으로 꾸며졌다. 서서히 강주혁의 성향을 파악한 박한철 PD는 나름대로 이런저런 농담도 던지면서 현장을 꽤 재미있게 이끌었다.

"그런데 PD님, 진짜 이렇게 먹고 얘기만 해서 쓸 그림이 나옵니까? 정말 먹기만 한 것 같은데."

"하하하. 걱정 마세요. 사장님이 TV 예능에 나온 것만으로도 큰 화제가 될 겁니다. 나머지는 제가 편집하기 나름이죠. 재밌게 한번 뽑아보겠습니다."

시원하게 웃은 박한철 PD가 사이다를 한 모금 한 뒤, 다시 말을 이었다.

"다음 촬영부터는 세트에서 진행됩니다. 오프닝은 오늘 땄고, 전국적으로 1차 오디션을 진행한 후, 참가자들을 저희 쪽에서 많이 줄인 다음부터 본 촬영에 들어갈 예정입니다."

"그래요. 이제부터 엄청 바쁘시겠네."

"하하, 지옥이죠. 이제."

"다음 일정 나오면 연락 주세요."

"예. 제가 연락드리겠습니다."

그렇게 첫 녹화가 끝났고, 다음 날부터 WTVM 예능국이 보도자료를 뿌리기 시작했다.

「WTVM 관계자 "만능엔터테이너는 연기, 노래, 춤. 모든 것을 다 본다"」

「'만능엔터테이너' 베일에 싸인 메인 심사위원, 누가 될까?」

「실검 장악한 '만능엔터테이너', 첫날 신청자만 3천 명 몰려」

WTVM 예능국에서 돌린 홍보자료와 함께 첫날 신청자를 받았는데, 실검 장악 후 3천 명 이상이 몰리면서 서버가 다운되는 사태까지 벌어졌다. 그리고 다음 날.

「'만능엔터테이너' 드디어 심사위원 발표」

「노래에 '박종우', 댄스에 '민효정' 그리고 연기에 '강주혁'」

— 강주혁 심사위원으로 나오는 거 ㄹㅇ트루?

— 이거 홈피서 보고왔는데, 우승자한테 강주혁이 제작하는 영화 나올 기회 준다 함.

— 우승자 아니고 강주혁이 선택하는 거임.

베일에 싸여 있던 심사위원들이 발표되면서, 〈만능엔터테이너〉는 더욱 뜨겁게 타올랐고, 거기다 강주혁의 참여에 대중의 기대감은 배가되었다.

그런 정신없는 상황 속에서도 주혁이 진행하는 일은 착착 진행됐다. 최화진이 참여한 '차가운 이별'은 헤나 측 음악팀이 합류하면서 편곡과 녹음 작업이 한창 진행 중이었다. 프로듀서는 헤나와 꾸준히 같이해온 '베이스 김'이 맡으면서 속도를 더욱 높였고.

"감독님. 요즘 매주 송미진 작가 가족들과 만나신다면서요?"

"예. 처음은 좀 어색했는데, 지금은 꽤 친해졌습니다."

"하하, 시나리오가 기대됩니다."

〈간 큰 여자들〉의 총괄 연출 및 각색을 맡은 최명훈 감독 역시 주말마다 송미진 작가의 가족들과 만나면서 감각을 넓히고 있었다.

그사이 가장 빠른 속도를 보이는 김삼봉 감독의 영화 〈도적패〉는 이미 프리프로덕션 마지막 단계에 진행하는 대본 리딩까지 마쳤다. 강하영과 말숙도 물론 참여했다. 강하영은 〈도적패〉 말고도 해창전자 광고로 바빴고, 말숙은 〈도적패〉 일정이 없는 날에는 오디션을 적극적으로 보고 다녔다.

한편 주혁은 송 사장에게 받은 무비트리 전 사장의 정보를 황 실장에게 전달하고, 박종주와 더불어 알아보라고 지시했다.

"솔직히 큰 기대는 없습니다. 혹시나 싶어서 하는 거니까, 시간 날 때 알아보세요."

"알겠습니다."

동시에 비상금으로 챙겨뒀던 로또를 환전해 30억 정도의 추가 자금을 마련했다. 삼성동 DCS타워의 법원 경매가 3일 뒤에 있을 예정이었다. 어쨌든 DCS타워 낙찰에는 105억 2400만 원이 필요했다.

"아슬아슬하긴 한데, 되겠네."

당장 급한 지출은 기본적인 회사 운영비를 제외하면 〈만능엔터테이너〉 투자금과 DCS타워 낙찰금액. 다행히 로또 환전액이 포함되면서 막판에 아슬아슬하게 맞춰지긴 했다.

"이제 내가 알고 있는 낙찰금보다 높게 쓰기만 하면 끝이지."

사흘 뒤 1월 23일, 강주혁은 황 실장을 대동해 아침부터 서둘렀다. 서울지방법원에 도착한 주혁은 입찰 게시판에서 DCS타워의 입찰 여부를 확인했다.

"있어."

"예. 여기 있네요."

경매 시작 전에 해야 하는 자질구레한 절차가 참 많았다. 집행관이 주의사항을 고지하고, 경매물건에 대해 사건기록 등도 열람해야 했다. 그 과정에서 모여든 응찰자들이 강주혁을 보고 눈이 커졌다. 여기저기서 수군거리기도 했고, 아예 대놓고 사인을 요청하는 이도 있었다. 그나마 장소 특성상 사진을 요구하지는 못했다.

잠시 소란이 일긴 했지만 입찰이 진행됐고, 주혁은 입찰 봉투를 받아 보증금액과 입찰가액을 꼼꼼하게 적었다. 실수가 있어서는 안 됐다.

— 입찰가액 : 금 105억 2400만 원

입찰 진행은 10시경에 시작돼 11시쯤 마감됐다. 이어서 11시 20분부터 개찰을 시작했다. 응찰자들은 꽤 많았지만, 어째선지 집행관의 발표는 빨랐다.

"사건번호……."

집행관은 해당 건물에 입찰한 사람들을 한 명씩 호명하기 시작했고. 그중 가장 마지막에.

"최고가 매수 신고인……."

최종 낙찰자의 이름이 불렸다. 그 이름에 모두가 웅성거렸다. 강주혁이 웃으며 자리에서 일어났다.

강주혁이 삼성동 DCS타워를 낙찰받았다는 소식은 가십 기사부터 시작해, 여러 언론사를 통해 시끄럽게 돌아다녔다. 주혁도 예상했던 바였다. 애초 DCS타워는 비리 건설사 대철건설의 건물로 이슈몰이를 한 다음이었고, 거기다 강주혁이라는 유명인이 그 건물을 낙찰받았으니 꽤 군침이 도는 기삿거리였다. 그야말로 강주혁의 행동 하나하나를 대중이 지켜보는 것 같았고, 걸어 다니는 광고판이라는 별명이 붙을 만했다.

하지만 이런 화제 몰이 중에도 주혁의 신경은 딴 곳에 있었다.

"정리를 좀 해봅시다."

24일 오전, 주혁은 직원들과 감독들을 모두 호출했다. 회사 이전에 따른 미팅이 불가피했기 때문이었다.

"예전 분당에서 광주로 넘어왔을 때보다 할 일이 많아."

거기다 보이스프로덕션이 과거 분당 사무실에 있을 때보다 훨씬 확장됐고, 사옥으로 쓸 건물 자체도 광주 사옥보다 1.5배는 커졌기 때문에 확인할 사항이 넘쳐났다. 추민재 팀장이 간단하게 포문을 열었다.

"뭐, 가볍게 생각해봐도 매니지 쪽 말고 회사 내부적으로 직원 보충이 시급하지."

"동감. 직원도 직원이겠지만, 사장님 개인으로 봤을 때 건물 두 개를 관리하긴 힘들지 않겠어? 기본적으로 할 일이 많으니까. 건물 관리업체도 계약을 해두는 게 좋지 않나?"

추민재 팀장 뒤를 이어 빨간 머리띠로 멋을 낸 홍혜수 팀장이 낸 의견에 주혁도 고개를 끄덕였다.

"안 그래도 건물 관리업체는 몇 곳 선별해놨어."

그렇게 처리할 일들을 하나씩 다이어리에서 지워나가면서 미팅을 지속했다. 이번에는 헤나의 스케줄매니저인 고동구가 물었다.

"이번 사옥을 이전하면 곡 작업을 할 수 있는 공간을 추가하십니까?"

"물론이죠. 헤나 씨가 합류하면서 가수 쪽도 발을 넓혔으니 추가합니다. 기본적인 건 광주 사옥 공사와 비슷하게 가되, 곡 작업이 가능한 녹음실 등을 추가하고, 응접실이나 연습실을 추가하는 걸로 진행하자, 추민재 팀장님. 우리 광주 사옥 작업했던 업체랑 확인해봐."

"알았어."

이후로도 주혁은 미팅을 진행하며 처리할 일들을 하나씩 전달했다.

"홍혜수 팀장님은 매니지 쪽 말고 제작, 투자, 즉 회사 내부적인 직원 보충을 신경써줘. 이번에 넘어가면서 팀장님들 사무실 하나씩 배분하고 부서를 나눠야 하니까, 기본적으로 인포 직원은 부서마다 있어야 돼."

"어머, 우리 사무실 줄 거야?"

"당연하지."

"알았어. 직원 보충안은 따로 정리해서 올릴게."

이어서 주혁은 독립영화 감독팀인 최철수, 류성원 감독에게로 시선을 돌렸다.

"감독님들도 이참에 필요 스태프들 있으면 프리로 구하지 마시고, 회사 소속으로 구성해보세요. 그것도 번번이 일이니까. 아시는 분들 있으면 좋고."

"네! 알겠습니다."

"작품 기획은 문제될 것이 있습니까?"

자신 넘치는 표정으로 최철수 감독이 답했다.

"곧 기가 막힌 기획안 드릴 수 있을 것 같습니다."

"하하, 좋네요. 기대됩니다. 그리고 황 실장님."

"예. 사장님."

"보안팀이 사옥을 이전해도 제 기능을 할 수 있게, 보이스가드에 인원들 보충하시고 광주 사옥과 이전할 삼성동 사옥에 인원 배치를 한번 생각해보세요."

"알겠습니다."

사옥 이전 관련해서 진행된 미팅은 아침부터 시작돼 점심이 돼서야 대충 마무리됐다. 점심식사까지 마친 후, 주혁은 김이 모락모락 나는 커피 두 잔을 책상 위에 올려두고 누군가를 기다렸다. 이윽고 노크 소리와 함께 사장실 문이 열렸다.

"사장님, 죄송합니다. 마지막 정리를 좀 하느라고 늦었습니다."

"괜찮습니다. 앉으세요, 감독님."

문을 열고 들어온 것은 최명훈 감독이었다. 그는 자리에 앉자마자 종이뭉치를 내밀었다.

"수정 시나리오입니다."

〈간 큰 여자들〉의 원작자인 송미진 작가의 가족들과 부대끼던 최명훈 감독이 어느새 수정 시나리오 집필을 끝낸 것이다. 두꺼운 시나리오를 보던 주혁이 슬쩍 웃으며 최명훈 감독에게 시선을 던졌다.

"어떠셨어요. 송미진 작가 가족들과 만나보시니?"

"처음엔 정말 세상이 무너지는 줄 알았습니다. 그런 시끌벅적한 분위기에서 식사해본 게 태어나 처음이라."

"하하, 그렇습니까? 알겠습니다. 제가 읽어보고."

"아닙니다, 사장님. 지금 바로 부탁드리겠습니다. 기다리겠습니다."

"……그럼."

최명훈 감독은 확신이 가득 담긴 눈빛을 뿜고 있었다. 그런 그를 가만히 쳐다보던 주혁은 이내 말없이 시나리오를 집어 들었고.

— 팔락

빠르게 읽어내려가기 시작했다.

'시작부터 난장판이네.'

저번에 가져왔던 시나리오와는 딴판이었다. 수정 전 시나리오가 잔잔한 발라드 같은 느낌이라면 이번 시나리오는 헤비메탈 같았다. 주연급은 총 네 명. 여주 세 명에 그녀들을 쫓는 남자 형사 한 명.

— 팔락, 팔락, 팔락

주혁은 종이를 넘길수록 수정된 시나리오에 빠져들었다. 애초 여주 세 명이 초반에 만나는 장면부터 신박했다. 아니, 정신 빠진 전개였다. 중심 격인 여자주인공 마진희. 그런데 그녀의 직업이 골때렸다. 사채업자였다. 아버지가 사채업자였고, 가업을 이어받아 자신도 사채업자가 됐다. 덕분에 어릴 적부터 여러 운동을 겸하며 단증을 땄고, 현재는 강한 여자에다 사이코였다. 그리고 마진희의 후배 겸 부하인 도공주. 도공주는 이름에서부터 풍기듯이 공주병에 걸린 성격파탄자. 짜증 나면 손에 잡히는 건 무엇이든 던지고 보지만, 거울만 보면 다소곳해지는 캐릭터였다.

이야기는 마진희가 도공주와 쉬는 날 드라이브를 나왔다가 재밌는 일을 해보자는 대사에서부터 시작된다.

"두 명은 심심하니까, 아무 데나 전화 돌려서 같이 놀자고 할까?"

그리고 그 랜덤 전화를 받는 것이 호기심 왕성한 황다빈. 어쩌다 묶인 그녀들은 바닷가로 드라이브를 떠난다. 그러다 어느 휴게소에서 황다빈이 쓰레기통에 처박힌 가죽가방을 발견하고.

"이게 다 뭐야! 돈이야?!"

가방에는 정확하게 30억이 들어 있었다. 하지만 가방 주인은 따로 있었고, 일이 잘못된 것을 알아챈 돈 가방 주인 조봉구가 뒤를 쫓는데, 비리 형사 조봉구는 카리스마는 있지만 어딘가 바보 같고 묘하게 코믹했다.

어쨌든 그녀들은 타의로 어떠한 사건에 연루되고, 얽히고설키면서 극이 진행되었다.

— 팔락

두 시간에 걸쳐 시나리오를 완독한 주혁이 마지막 장을 넘기며 최명훈 감독을 쳐다봤다. 그러자 최명훈 감독이 침을 꿀꺽 삼켰고.

"어떠십니까?"

"아주."

주혁이 미소 지으며 말을 이었다.

"재밌습니다. 저도 이 정도까지는 기대 못했는데, 극의 임팩트나 대사 하나하나가 착착 감기는 게, 이거 그림으로 뽑으면 아주 물건 하나 나오겠어요."

예상을 뛰어넘는 칭찬에 최명훈 감독이 책상 밑으로 주먹을 불끈 쥐었고, 속으로 축포를 터뜨렸다.

"감사합니다!"

"뭘요. 수고하셨습니다. 저는 이대로 콘티 작업 들어가도 문제없을 것 같은데, 감독님은 어떠십니까?"

"예. 바로 작업 들어가겠습니다."

기분 좋게 자리에서 일어난 주혁은 커피를 추가로 뽑으면서 최명훈 감독에게 물었다.

"감독님 사단 만들기는 진행이 잘되고 있습니까?"

"최근 들어서 연락이 많이 옵니다. 일단 〈척살〉 찍었던 촬영감독님하고 조명감독님은 이번 작품도 하고 싶어 하시고, 조연출이었던 놈하고 당시 외부 제작팀은 전부 붙기로 했습니다."

"음. 백번 촬영팀 애들은 좀 어떻습니까?"

"잘합니다. 웹드라마 하나 해봤다고 들었는데, 송미진 작가 빼면 세 명밖에 안 되는데도 꽤 힘이 됩니다."

고개를 끄덕인 주혁이 다 내려진 커피를 집어들고 다시 자리에 앉았고.

"좋아요. 본격적으로 시작해봅시다."

달리기 시작했다.

"일단, 스태프부터 꾸립시다. 지금 연락된 스태프들에게 소속될 생각 있는지 물어보시고, 가능하면 계약하시죠. 그래야 소속이 생기고 사단이 완성될 테니."

"알겠습니다."

"감독님은 딱 그것만 해주시고 작업 들어가세요. 나머진 연출팀부터 제가 알아서 하겠습니다."

"예."

"그리고."

주혁이 말을 끊으면서 시나리오를 가리켰다.

"여기 비리 형사 조봉구 역, 생각하신 분 있습니까?"

"하하. 제가 아직 거기까진."

"이 역할, 제가 한 명 붙여볼까 하는데. 어떻습니까?"

"아, 물론 저야 환영입니다만, 누구를?"

"그놈이요."

툭 던진 이름에 최명훈 감독의 눈알이 500원 동전만큼 커졌다.

같은 날 늦은 오후, 청담동 블랙시크. 고풍스러운 인테리어에 온통 검은색 큐빅이 박힌 카운터.

"여기 오랜만이네."

과거에 와본 적 있는 술집 입구에 들어서자, 역시나 슈트를 빼입은 익숙한 꽃중년 남자 직원이 반겼다.

"강주혁 님 반갑습니다. 하성필 님은 2번 VIP실에 계십니다. 이쪽으로."

남자 직원은 이미 내용을 들었는지 주혁을 안내하기 시작했고, 주혁도 그의 뒤를 무심하게 따랐다.

"이 방입니다."

VIP실 문을 열자, 룸 내부에는 하성필이 이미 술상을 거나하게 차려놓고 강주혁을 기다리고 있었다.

"왔냐? 앉아라."

주혁이 입고 있던 싱글코트를 벗으며 가까운 자리에 앉자, 하성필이 씨익 웃었다.

"여기 기억나냐? 우리 추억의 장소."

"기억나지. 추억까진 아니고."

1년 전, 강주혁이 하성필을 〈척살〉에 꽂기 위해 승부를 걸었던 곳. 그때는 하성필 라인 배우들이 있었으나, 현재는 하성필만이 강주혁을 쳐다보고 있었다. 주혁이 과일 안주 중 방울토마토를 집으며 물었다.

"그래서, 왜."

"왜? 왜냐니, 이 새끼야. 우리 계산 아직 안 끝났잖아."

양주를 꼴꼴꼴 따르던 하성필이 발끈하며 주혁을 노려봤으나, 주혁은 여유롭게 슬쩍 웃었다.

"계산? 무슨 계산?"

"미친 새낀가 이거? 장난치지 말고 빨리 내놔. 〈척살〉만 찍으면 전부 넘긴다며."

주혁이 두 번째 방울토마토를 집었다.

"아~ 그거? 사진?"

"이제 기억난 척하고 자빠졌네. 내놔."

"그거, 이제 없어."

돌아온 대답이 너무 간단했는지, 하성필이 움직임을 멈췄고.

"……뭐?"

"없다고. 너 〈척살〉 계약할 때 지웠어."

의심병 도진 환자처럼 강주혁을 쏘아보며 말을 이었다.

"시발, 뭐라는 거야. 자꾸 구라 칠래? 빨리 안 내놔?"

주혁이 무심하게 세 번째 방울토마토를 집어 올렸다.

"구라? 야, 상식적으로 생각을 해봐. 넌 이제 지랄 같아도 내 회사 대표작 주연배우야. 작품의 얼굴이라고. 그런데 미쳤다고 내가 만든 작품 주연배우 아킬레스건을 세상에 뿌리겠냐?"

여기서부터가 중요했다. 최대한 자연스럽고 잡음 없이 넘어가야 했다.

"그리고 〈척살〉에 참여한 최명훈 감독부터 하진 씨까지 전부 내 회사 소속 이다. 내가 정신병자냐? 그런 거 뿌려서 작품에 흠집 내게?"

"……"

"진작에 삭제했다. 정 못 믿겠으면."

주혁이 탁자 위에 종이뭉치를 던졌다.

"하나 더 찍어."

느닷없이 튀어나온 종이뭉치를 보며 하성필이 악을 질렀다.

"뭐? 뭔 미친 소리야?!"

"내가 제작하는 거 하나 더 찍으면 좀 더 확실하지 않겠냐? 그리고."

주혁이 네 번째 방울토마토를 집으며 확인사살했다.

"너, 내기에도 졌잖아?"

강주혁이 하성필과 정겹게 대화를 나누는 사이, 보이스프로덕션 소속 배우들은 바쁜 스케줄을 소화해야 했다.

"말숙 언니! 우리 대사 맞춰봐요!"

"그래!"

강하영과 말숙은 〈도적패〉 대본 리딩 이후 본격적으로 캐릭터 잡기에 나섰고, 첫 촬영 일정과 촬영 스케줄을 기다리고 있었다.

김재욱은 겨울방학이었지만, 이제 고3이 되기에 대학입학을 위해 공부도 빠짐없이 해야 했다. 그러면서도 해창전자 브랜디드 콘텐츠를 준비 중이었고.

"하진 씨! 준비 부탁드립니다!!"

"예이!! 하진아, 들어가자."

강하진은 현재 광고 촬영 중이었다. 그리고 강주혁의 요청에 따라 한동안은 추민재 팀장이 강하진을 일 대 일로 봐주고 있었다.

"아, 네. 저 팀장님."

"어?"

"오늘 촬영 끝나고 바로 〈폭풍〉 쪽 워크숍 참여하는 거예요?"

광고 컨셉상 교복을 입은 그녀의 물음에 추민재 팀장이 로드매니저에게 다이어리를 받아 펼치며 답했다.

"어어. 아— 씨 겁나 바쁜데 요즘 하지도 않는 워크숍은. 그래도 곧 들어갈 작품이니까, 나랑 정욱이(로드매니저) 해서 얼굴만 비추고 오자. 양평이면 멀진 않아."

"네."

"하진 씨! 준비 부탁합니다!"

"아! 네!"

헤드셋을 낀 연출부 남자의 외침에 강하진이 세트장으로 달려갔다. 그녀의 뒷모습을 보며 추민재 팀장이 로드매니저에게 말을 던졌다.

"정욱아. 우리 헛둘식스 먹어두자. 오늘 밤샘 각 나왔다."

"……네, 여기."

고개를 끄덕인 로드매니저가 가방에서 에너지음료 한 캔을 꺼내 추민재 팀장에게 내밀자, 그가 고개를 저었다.

"야야. 한 캔 가지고 안 돼. 두 캔 줘, 두 캔."

몇 시간 뒤, 오피스텔에 도착한 주혁은 피곤했는지, 슈트를 벗지도 않고 그대로 침대에 다이빙했다.

"후우—"

이어서 포근한 이불 감촉을 느끼며 길게 한숨을 내쉬었다. 그러면서도 머릿속으로는 내일 처리할 일들을 빠르게 정리하고 있었다. 그때였다.

— 우우우우웅 우우우우웅

재킷 속주머니에 있던 핸드폰이 울렸다. 주혁은 감은 눈을 대충 뜨고 전화를 받았다.

"여보세."

"'실버' 단계의 주인이신 강주혁 님 안녕하세요!"

"응?"

느닷없이 뱉어내는 멘트에 주혁이 핸드폰 화면을 확인했다.

"보이스피싱이었어?"

번호를 확인한 주혁이 일어나 앉으며 1번을 눌렀다.

"들으실 항목의 키워드를 '선택'해주세요!

1번 '보이스프로덕션', 2번 '당해낼 수 없다', 3번 '새벽 3시', 4번 '데이트폭력', 5번 '1년 전 겨울', 6번……:"

키워드를 듣자 주혁의 눈이 커졌다. 곧바로 1번을 눌렀다.

"*탁월한 선택! 강주혁 님이 선택한 키워드는 '보이스프로덕션'입니다!*

심황석 감독의 영화 빗물 제작발표회에서 주연으로 캐스팅된 연기파 배우 강하진이 3년 전 '보이스프로덕션'에 소속돼 있을 당시 찍었던 영화 폭풍 촬영 전 워크숍에서 심황석 감독에게 심한 성추행과 성희롱을 당했다고 폭로해 파문이 입니다. 때문에 제작발표회가 기자회견장으로 돌변합니다."

전화가 끊기자마자, 주혁의 얼굴이 구겨졌다.

"시발 뭔 개소리!"

그 길로 침대에서 벌떡 일어나 현관으로 뛰며 추민재 팀장에게 전화를 걸었다.

— 뚜루~ 뚜루~ 뚜루~ 틱

"고객님께서 전화를 받을 수 없습니다. 잠시 후."

하지만 추민재 팀장은 받지 않았다.

"이런 씨!"

주혁은 주차장으로 다급하게 뛰기 시작했다.

차에 올라탄 주혁은 계속 추민재 팀장과 강하진 그리고 로드매니저에게 번갈아 전화를 걸었다. 하지만.

"왜 다들 전화를!"

헛방이었다. 마치 짠 듯이 전화를 받지 않았다. 하지만 차분히 사태를 파악할 시간이 없었다. 주혁은 다급히 핸드폰에 저장된 강필름 제작실장에게 전화를 걸었다.

"강주혁 사장님?"

다행히 제작실장은 전화를 빠르게 받았고.

— 끼기기기긱!

차가 주차장에서 움직일 때 나는 특유의 마찰음이 퍼졌다. 강주혁은 주차장을 빠르게 빠져나가며 제작실장에게 물었다.

"워크숍 장소 어딥니까."

"예?"

왜 알아먹었으면서 두 번 묻지? 순간 짜증이 일었지만, 어금니를 악문 주혁이 다시 물었다.

"오늘 촬영팀이 워크숍한다는 장소, 어디냐고."

"아, 양평 시크릿펜션…… 아니, 근데 왜 반말입니."

장소를 듣자마자 전화를 끊어버린 주혁은 이미 길가까지 나온 차를 잠시 갓길에 대고 핸드폰으로 양평 시크릿펜션을 검색했다. 검색결과는 빨랐다.

"한 시간."

장소를 확인한 주혁이 황 실장에게 먼저 장소를 문자로 보낸 뒤 전화를 걸었다. 신호는 짧았다.

"예. 사장님."

황 실장이 전화를 받자마자, 주혁은 액셀을 우악스럽게 밟으며 속도를 냈다.

"황 실장님, 지금 위치가 어딥니까."

강주혁의 목소리에서 예삿일이 아님을 느낀 황 실장이 빠르게 답했다.

"광주 사무실입니다. 무슨 일."

"설명할 시간 없습니다. 일단, 제가 실장님 핸드폰으로 장소 문자 보냈습니다. 그쪽으로 지금 바로 오세요. 박 과장님은?"

"옆에."

"같이 오시고, 지금 합류할 수 있는 보이스가드 인원은 얼마나 됩니까?"

"야간 조 포함해서 네 명 정도 있습니다."

"전부 오세요. 지금 바로."

"알겠습니다. 바로 출발하겠습니다."

그렇게 전화가 끊겼고, 곧바로 주혁이 시간을 확인했다.

"10시."

— 뚜루~ 뚜루~ 뚜루~

주혁은 추민재 팀장에게 전화를 계속하면서 속도를 높였다.

같은 시각, 시크릿펜션의 분위기는 이미 미쳐 있었다. 오후 6시께 시작된 워크숍은 60명이 넘는 스태프와 배우들이 참여했지만.

"마셔 마셔!!"

"윽!!"

"야야! 쟤 토한다! 밖으로 내보내!"

벌써 절반은 곯아떨어졌거나 제정신이 아니었다.

펜션에는 열 개 정도의 방이 있었는데, 오늘은 모두 〈폭풍〉 촬영팀 차지였다. 대체로 한옥 느낌이 물씬 나는 시크릿펜션은 중앙의 메인 건물을 중심으로 네 개의 별채가 여기저기 배치된 형태였다. 방 여섯 개가 있는 메인 건물에 스태프 대부분이 지내고, 나머지 별채는 심황석 감독부터 촬영감독 등 지위가 있는 인원이 각자 방을 차지했다. 주연급 배우들은 불참했고, 참여한 배우들은 대부분 조연들이었다.

"야야! 창수 어딨어?!"

"몰라~ 어디서 자빠져 자고 있겠지!"

"감독님은?"

"글쎄. 아까 보이스프로덕션 직원들이랑 강하진 씨 데리고 뭔 회의한다던데."

이미 11시가 다 되어가는 시간. 그나마 깨어 있는 스태프들도 누가 누굴 챙길 정신은 없었다. 때문에 눈에 안 띄는 인원들이 속출했다. 뒤늦게 도착한 추민재 팀장과 강하진 그리고 로드매니저도 마찬가지였다.

그들은 심황석 감독과 강필름 캐스팅 팀장과 함께 별채에 있었다. 다만, 추민재 팀장과 로드매니저는 바닥에 쓰러진 채였다. 〈폭풍〉 시나리오를 꼭 쥔 강하진은 식탁 의자에 기댄 채 잠들어 있었다. 맞은편에는 심황석 감독과 덩치 큰 캐스팅 팀장이 비릿하게 웃고 있었다.

캐스팅 팀장이 입을 열었다.

"감독님. 아무리 그래도 수면제를 먹인 건 좀 너무하지 않습니까?"

그러자 심황석 감독이 얼음 부딪히는 소리를 내는 양주 컵을 들어 올리며 답했다.

"야야. 진짜 마지막 보루로 가져온 거야. 수면제 탄 양주를 진짜 쓸 줄 나도 몰랐지."

"그러게, 좀 질기긴 하더라고요. 어떻게 술 마시면 뒈질 것처럼 입에도 안 대냐. 감독님이 딱 한 잔만 하자고 한 게 진짜 신의 한 수였습니다."

이어서 심황석 감독이 잠든 강하진을 음흉하게 쳐다보며 입을 열었다.

"얘랑 잠깐 작품 얘기만 한다고 했는데도 안 된다. 그럼 술을 먹자고 해도 안 된다. 결국 보루까지 쓰게 만들고. 징그러운 새끼들."

캐스팅 팀장이 자리에서 일어나며 바닥에 널브러져 곯아떨어진 추민재 팀장과 로드매니저를 내려다봤다.

"에헤이~ 근데 이거 일 잘못되면 골치 아파지는 거 아닙니까?"

"지랄. 내일 눈뜨면 기억도 못 할 거다."

말을 마친 심황석 감독이 식탁 오른쪽에 있는 삼각대와 그 위에 얹힌 디지털카메라를 가리켰다.

"근데 저거 지금 녹화 제대로 되는 거지?"

"아, 헤헤. 당연하죠."

캐스팅 팀장이 카메라의 꺼진 화면을 터치해서 녹화상황을 확인하며 검지와 엄지로 동그라미를 그렸다.

"잘 확인해. 그게 나중에 다 무기가 되는 거니까. 우리가 지금까지 해먹은 게 전부 고놈 덕분이잖냐."

"그라믄요. 자~알 알죠."

씨익 웃은 심황석 감독이 다시 강하진을 쳐다보며 자리에서 일어났다. 그때였다.

— 똑, 똑, 똑

별채에 노크 소리가 울려 퍼졌다. 그러자 심황석 감독이 움직임을 멈췄고, 캐스팅 팀장을 쳐다보며 입술에 검지를 가져다 댔다.

대답이 없자 노크 소리와 함께 남자 목소리가 들렸다.

"감독님, 주무십니까?"

"감독님? 주무시나 본데?"

이어서 같이 왔는지, 문밖에 여자 목소리가 끼어들었다.

"근데 뭘 확인해본다는 건데?"

"아니~ 제작실장님 전화 와서 강주혁 사장 어쩌고 하면서 감독님 전화 안 받는다고 확인해보라고 하잖아."

"그래?"

"감독님~ 주무십니까?"

"……"

"진짜 주무시나?"

그 시각, 박 과장은 업무용 승합차를 거칠게 몰고 있었고, 황 실장은 조수석에서 핸드폰 화면의 현재 시각과 내비에 찍힌 남은 거리를 번갈아 확인하고 있었다.

"형님! 무슨 일이랍니까?! 사장님 아직 연락 안 되십니까?"

"안 돼. 빨리 오라고만 하셨다."

"이제 12분 있으면 도착인데, 아— 이거 또 무슨 일 터진 거 아닙니까?!"

"몰라. 일단 더 밟아. 8분 안에 끊어보자."

박 과장이 대답 없이 액셀을 강하게 밟았다. 덕분에 내비에 찍힌 도착 예정 시각이 점차 줄어들었다. 1분씩 줄어드는 도착 예정시각을 초조하게 바라보던 황 실장이 고개를 돌려 뒷좌석에 탄 보이스가드 직원들을 바라봤다.

"거기 뒤쪽 어딘가 곤봉이 있어요. 줘봐요."

느닷없이 무기를 찾는 황 실장 말에 가드 한 명이 발치에 치이던 곤봉을 찾아 황 실장에게 건넸다.

"여기."

말없이 검은색 곤봉을 받아든 황 실장은 다시금 정면을 바라보면서 짧게 숨을 뱉었다.

"후우—"

다시 심황석 감독의 별채.

노크 소리에도 반응이 없자, 남자와 여자는 문밖에서 몇 분간 두런두런 얘기를 나눴고.

"……"

심황석 감독과 캐스팅 팀장은 움직임을 멈춘 채 그저 눈알만 굴리면서 침묵을 지켰다. 그렇게 몇 분이 흐르고.

"아, 몰라. 가자. 확인했다고 하지 뭐. 진짜 주무시는 것 같은데."

"괜찮겠지?"

남자와 여자의 발소리가 멀어지면서 목소리도 점점 희미해졌다. 그 뒤로도 1분 정도 침묵을 지키던 캐스팅 팀장이 죽였던 숨을 한 번에 뱉어냈다.

"파하—! 좆될 뻔했네."

"쫄기는 새끼. 한두 번이냐, 이랬던 적이?"

"크크. 아, 그래도 쫄립니다. 뭐, 이 맛에 중독된 거지만."

"쯧!"

짧게 혀를 찬 심황석 감독이 다시 몸을 움직였다. 그가 향한 곳은 여전히 색색 잠들어 있는 강하진 쪽이었다.

"……얘 얼굴 봐라. 어디서 이런 애가 나왔을까."

어느새 손만 뻗으면 강하진과 닿을 정도의 거리. 강하진은 긴 머리카락을 아래로 늘어뜨리고 곤색 롱패딩을 입고 있었다. 그런 강하진의 머리카락을 심황석 감독이 섬세하게 귀 뒤쪽으로 쓸어 넘겼다. 그러자 머리카락에 꽤 가려져 있던 강하진의 새하얀 얼굴이 드러났다.

"물건이야, 물건."

마치 예술작품을 감상하듯, 잠든 강하진의 모습을 물끄러미 내려다보던 심황석 감독은 이내 그녀에게 손을 뻗었다. 심황석 감독의 손가락에 그녀의 숨소리가 느껴졌다. 이어서 심황석 감독은 강하진의 롱패딩을 잡았다.

그때였다.

— 덜컥! 덜컥! 덜컥! 쾅쾅쾅!!!

누군가 잠긴 문을 강하게 두드렸다. 아니, 정확하게 말하자면 박살낼 듯이 쳐댔다. 손잡이를 돌렸다가 문을 부술 듯 두드리는 소음에 흠칫 놀란 심황석 감독이 강하진에게 다가가던 손을 거뒀다.

"……"

그는 여전히 입을 열진 않았지만, 캐스팅 팀장과 눈빛을 교환하면서 얼굴을 구겼다. 지금껏 이런 적은 없었는데.

"야!!! 감독 새끼야, 문 열어!"

이어서 처음 듣는 남자 목소리도 들렸다. 그 순간 심황석 감독과 캐스팅 팀장은 무언가 잘못됐음을 직감했다. 하지만 이미 늦은 뒤였다. 그들이 무언가 움직임을 취하려는 순간.

— 툭툭

커튼이 쳐진 정면 창문 너머로 느닷없이 곤봉이 모습을 드러내더니, 유리 두께를 확인하듯 가볍게 두드렸다. 그 모습에 캐스팅 팀장이 마치 외계인이라도 본 듯 말을 더듬었다.

"저, 저게!"

하지만 말을 끝까지 하지 못했다.

— 파장창창!!!

두께 확인을 마친 곤봉이 무참하게 창문을 깨뜨렸기 때문이었다. 순식간에 박살난 창문 테두리에 붙은 유리 파편을 대충 긁어내던 검은색 곤봉이 어느새 모습을 감췄고.

— 후웅! 타닷!

뻥 뚫린 창문을 통해 야상점퍼를 입은 남자가 별채 안으로 뛰어들었다. 잽싸기가 다람쥐 같았다.

"뭐, 뭐야, 당신!"

"……"

느닷없이 창문을 깨고 들어온 남자에게 심황석 감독이 소리쳤으나 남자는, 아니 황 실장은 대답 없이 별채 내부를 천천히 둘러봤다. 의자에 잠들어 있는 강하진, 그 앞에 심황석 감독, 그 모습을 찍는 듯 보이는 카메라, 그 뒤에 서 있는 돼지 같은 남자, 바닥에 널브러진 추민재 팀장과 로드매니저.

상황파악이 끝난 황 실장은 여전히 입을 꾹 다문 채, 바닥에 흩어진 유리 조각들을 밟으며 천천히 카메라 쪽으로 향했다.

"뭐, 뭔! 윽!"

황 실장은 돼지 같은 남자를 대충 밀어내고 카메라부터 회수한 후, 곧장 문 쪽으로 향했다. 갑자기 벌어진 상황에 멍청하게 황 실장을 쳐다보던 심황석 감독이 이내 정신을 차리더니 외쳤다.

"야!! 막아!!!"

심황석 감독 자신도 황 실장을 향해 몸을 던지려 했다. 하지만 소용없었다. 황 실장이 잠긴 철문의 걸쇠를 풀자 곧바로 문이 열리고, 문밖에서 소리치던 남자가 뛰어들어왔다. 박 과장이었다. 박 과장도 빠르게 내부를 둘러보더니 이내 어정쩡하게 서 있는 심황석 감독을 쳐다보며 얼굴을 구겼다.

"이런 시벌 것들이!!"

바로 그때, 박 과장 뒤로 누군가 모습을 드러냈다.

"강주혁? 너, 너!"

강주혁이었다. 얼굴에 아무 감정이 보이지 않는 강주혁은 발악하는 심황석 감독을 무시하곤 박 과장과 황 실장을 지나쳐 별채 내부를 이리저리 둘러봤다. 추민재 팀장과 로드매니저 그리고 유리로 범벅이 된 별채 내부. 그러다 식탁 의자에서 세상 모르게 잠들어 있는 강하진을 발견했다. 순간 감정 없이 싸늘하던 그의 표정이 미세하게 떨렸다.

주혁이 입고 있던 코트를 벗어, 롱패딩이 살짝 벌어진 강하진의 몸을 덮었다. 그러고는 그녀의 양어깨를 붙잡았다.

"후—"

그러면서 안도인지 아니면 분노인지 알 수 없는 숨을 내뱉었다. 그의 표정은 얼음장처럼 차가웠다. 무표정이었지만, 이상하게 잔인하게 보이기도 했다.

하지만 그의 가면에 이내 금이 가기 시작했다.

강주혁이 자글자글 주름이 핀 심황석 감독에게로 몸을 돌렸다. 심황석 감독은 강주혁의 감정 없이 싸한 표정에 공포를 느껴 뒷걸음질 쳤다.

"저, 저기 강주혁 씨. 침착하고."

그런 심황석 감독을 보며 강주혁이 짧게 뱉었다.

"거기. 가만히 있어 봐."

어느새 그의 손에는 양주병이 들려 있었다.

"사, 사장님!!"

심황석 감독을 노려보던 박 과장이 이성의 끈이 끊긴 것처럼 양주병을 들고 돌진하는 강주혁에게 달려들었다.

"안 됩니다!!"

하지만 얼마나 힘이 셌는지 강주혁은 팔에 매달린 박 과장을 그대로 질질 끌고 오직 심황석 감독만을 노려보며 전진했다. 박 과장이 매달린 줄도 모르는 것처럼 보였다. 사형 집행관처럼 다가오는 강주혁을 공포스럽게 쳐다보던 심황석 감독이 가만히 서 있는 황 실장을 보며 악을 질렀다.

"이, 이봐!! 당신은 안 말리고 뭐해!!!"

"……"

하지만 황 실장은 그저 입을 다물고 있을 뿐이었다. 어느새 손을 뻗으면 닿을 만큼 다가온 사형 집행관을 보며 심황석 감독은 여전히 엎어져 있는 캐스팅 팀장에게 소리 질렀다.

"야야!! 엎어져 있지만 말고 막아!!!"

"어어? 아, 저, 저기. 이봐, 하지 마……."

캐스팅 팀장은 그저 작은 목소리로 경고인지 주의인지 알 수 없는 말을 뱉을 뿐이었다.

마침내 강주혁이 심황석 감독 바로 눈앞에 도착했다.

"허, 헉!"

감정이 배제된 눈으로 내려다보는 강주혁. 심황석 감독은 볼살은 물론 뼛속까지 온몸이 부들부들 떨렸다. 주혁이 양주병을 들어 올렸다.

"안 됩니다! 사장님!"

매달려 있는 박 과장이 아니었다면 진작에 내려치고도 남았을 터였다. 심황석 감독의 목숨줄은 박 과장이 붙잡고 있는 거나 다름없었다.

"야. 너 머리를 이렇게 해봐."

주혁이 짧게 읊조리며 남은 왼손으로 심황석 감독의 머리채를 싸잡았다.

"아악!!"

심황석 감독이 고통스러운 비명을 질렀다. 침까지 흘려댔다. 당연했다. 강주혁의 온 힘이 왼손에 집중됐으니까.

"아아아악!!!"

"사장님! 이러시면!!"

매달려 있는 박 과장도 한계란 게 있기에 그야말로 일촉즉발의 상황이었다.

그때, 가만히 상황을 지켜보던 황 실장이 강주혁의 왼쪽 어깨를 강하게 붙잡았다.

"사장님."

"……"

황 실장의 잔잔한 음성에 강주혁이 약간 반응하는가 싶더니 고개를 돌려 황 실장과 눈을 마주쳤다. 강주혁은 표정이 없었지만, 눈에는 살기가 그득했다. 그 눈을 보며 황 실장이 다시 한 번 작게 말했다.

"사장님. 냉정하셔야 할 때입니다."

다시 강주혁답게 돌아오라는 말이었다. 몇 초간 황 실장과 눈을 마주치던 강주혁이 머리채를 잡혀 고통에 휩싸인 심황석 감독으로 시선을 돌려, 그를 잠시간 노려보다 이내.

— 툭!

손에 쥐고 있던 양주병을 떨어뜨렸다. 매달려 있던 박 과장은 떨어진 양주병을 잽싸게 집어다 멀리 던졌고, 강주혁의 어깨를 붙잡고 있던 황 실장도 자세를 풀었다. 여전히 머리채가 잡혀 있긴 했지만, 양주병이 사라지자 심황석 감독은 고통스러워하면서도 살짝 안도의 숨을 내쉬었다. 하지만 주혁은 그 작은 숨소리를 놓치지 않았다.

"안심했어?"

"뭐, 뭐?"

— 짜악!!!

경쾌한 소리가 퍼졌다.

"안심했냐고."

— 짜악!!!

또 한 번. 심황석 감독 얼굴에 당황과 고통이 뒤섞였다. 귀뺨을 맞은 심황석 감독의 양 볼은 어느새 시뻘겋게 물들었다. 이어서 주혁이 그의 머리채를 잡은 채 가까이 다가가더니 의자에 앉은 심황석 감독의 사타구니 중앙을 구둣발로 지그시, 그러나 우악스럽게 눌렀다.

"으윽!! 카악! 거, 거기!! 야야야! 거기!"

허벅지 사이 가랑이에 충격이 가해지자, 심황석 감독이 감전당한 것처럼 발광했다. 그 반동에 심황석 감독의 소매가 걷히면서 팔뚝에 난 빨간 반점들이 더 뻘겋게 도드라졌다. 그 모습을 지켜보던 주혁은 여전히 중요 부위를 구둣발로 꾹 누른 채, 그의 머리채를 잡아당겼다. 둘의 얼굴은 눈동자 굴러가는 소리가 들릴 정도로 가까웠고.

"앞으로 너는 포기의 연속일 거야. 니 인생에 기대라는 단어는 없을 거다."

"읙!"

짧게 말을 마친 주혁이 심황석 감독의 머리채를 거칠게 던졌다. 이어서 주혁의 신경은 강하진에게 돌아갔다. 자신의 코트를 덮고 잠든 강하진을 공주님 안듯 양팔 가득 들어 올린 주혁은 황 실장을 보며 입을 열었다.

"황 실장님. 같이 오신 가드분들이랑 여기 좀 지키고 계세요."

"알겠습니다."

대답을 들은 주혁이 고개를 끄덕이며 강하진을 들어 올린 채 방을 나섰다. 그러고는 곧장 자신의 차로 가서 강하진을 조심스럽게 눕혔다.

"으음."

이불로 착각했는지, 강하진은 작게 웅얼거리며 강주혁의 코트를 턱까지 당겼다. 주혁의 코트가 작은 그녀를 뒤덮었다. 삐져나온 손이 강주혁의 손 반만 했다. 작았다. 여렸다. 그런 그녀를 보며 주혁이 얼굴을 쓸었다.

"하……."

안심과 자책이 뒤섞인 숨이 터져 나왔다. 언제부터였을까? 보이스피싱을 받은 직후부터였을까? 아니면 사옥이 광주로 넘어간 후부터였을까.

초심이 점점 흐릿해진 것이.

언제부턴가 주혁은 주변을 제대로 챙기지 못했다. 파악하지 못했다. 남들이 본다면 할 만큼 했다고 했을지 모른다. 하지만 주혁은 변명할 생각이 없었다.

"정신 차려라, 강주혁."

강하진을 비롯해 보이스프로덕션에 소속된 모든 배우들, 직원들. 그들이 잘해줄수록 더욱 대단하게 만들고 싶었다.

"욕심으로 변한 거야."

강주혁의 마음속에 있던 배우로서의 목표와 미련이 알게 모르게 이 아이들에게 주입되고 있었다. 자신이 이루지 못한 드높은 영광을 이 아이들은 누리게끔 해주고 싶었다.

"분명 나와는 다른데."

그가 해냈다고 해서 모두가 해내는 것은 아니다. 물론 소속 배우들은 잘해주고 있다. 열정도 넘쳤다. 하지만 강주혁과는 명백하게 다른 인생들을 살았고, 앞으로도 그들의 인생은 그들의 선택에 따라 달라져야 했다.

"나는 거들어주기만 하는 역할이야."

엇나가지 않게, 그리고 조금 빠르게 해주는 역할. 제멋대로 걸려오는 보이스피싱을 이용해먹으면서, 자신의 풍부한 경험과 인맥을 이용해서. 하지만 언제부턴가 보이스피싱을 이용한다기보다는, 이용한다고 착각하며 사실은 기대고 있었는지도 몰랐다. 보이스피싱은 언제고 예고 없이 사라질지 모르는 존재였다. 당장 내일부터 전화가 안 올지 모르는.

강주혁이 상념에 빠져 있던 그때.

"으으음."

누워 있던 강하진이 몸을 비틀며 바닥으로 무언가 떨어졌다. 강주혁이 말없이 떨어진 것을 주웠다.

"……"

영화 〈폭풍〉의 시나리오였다. 얼마나 펼쳐봤는지, 그녀의 시나리오는 닳을 대로 닳아 있었다. 주혁이 시나리오를 펼쳤다. 몇 장 안 넘겼는데도 어디서 많이 본 듯했다. 강주혁의 오피스텔에 있는, 그가 해왔던 작품의 시나리오들과 비슷했다. 빈틈없이 적힌 메모, 자신이 맡은 역할의 대사마다 강세부터 이음 부분까지 철저하게 분석해 여기저기 밑줄이 쳐져 있었다. 그녀의 노력이 고스란히 담겨 있었다.

"……"

말없이 내려다보던 시나리오를 강하진의 옆에 조심스레 올려두며 강주혁이 다짐했다.

지켜주겠다고. 자신을 믿고 따라오는 모든 이를 보호하겠다고.

"사장님."

강하진을 내려다보고 있을 때, 누군가 강주혁을 불렀다. 언제 왔는지 황 실장이 카메라를 들고 서 있었다.

"황 실장님. 저쪽은."

"걱정하지 않으셔도 됩니다. 박 과장이 가드들과 지키고 있습니다. 추민재 팀장님과 로드 그 친구는 아직 안 깨어났습니다."

고개를 끄덕인 주혁의 시선이 다시금 강하진으로 돌아갔다. 그러자 황 실장이 다시 말을 걸었다.

"큰일날 뻔했습니다."

"······제 탓입니다."

"사장님. 뭐라고 말씀드리기가 어렵지만, 형사 짬밥 먹던 제가 한 말씀 드리자면, 이건 사장님 탓이 아닙니다. 그렇게 어떤 사건이든 탓을 따지면 끝이 없을 겁니다. 자신을 좀먹습니다, 그거. 그저 안에 있는 저 새끼들이 개새끼일 뿐 그 이상 그 이하도 아닙니다."

"······."

"일단 추스르시고, 안에 있는 저 인간말종들 처리부터 지시 부탁드립니다."

"후—"

맞는 말이었다. 이러고 시간만 죽여봐야 의미 없었다. 주혁이 짧은 숨을 뱉으며 화제를 돌렸다.

"그 카메라는 뭡니까?"

"제가 현장에 도착했을 때, 상황만 놓고 보자면 추행 장면을 녹화해서 나중에 협박용으로 사용하려고 했지 싶습니다."

황 실장이 검은색 디지털카메라를 주혁에게 넘기면서 말을 이었다.

"확인해보시죠. 기가 막힙니다."

카메라를 건네받은 주혁은 곧장 저장된 영상파일들을 두루 확인했다. 가관이었다. 세상에 이런 쓰레기가 존재할까 싶을 정도의 영상들이었다. 추행을 일삼은 영상이 한두 개가 아니었고, 영상에 녹화된 배우 중에는 주혁이 아는 배우도 보였다.

"이런 개새끼들이."

이어서 가장 최신에 녹화된 영상을 재생하니 방금 별채 상황과 그들의 대화가 고스란히 나왔다.

"이거 수면제 탄 술, 감독님 차에 가져다 놓을게요. 어차피 이제 쓸 일 없잖아요?"

"야야야야!!! 잠깐만!! 냅둬냅둬!! 내가 갈 테니까 냅두라고!!!"

캐스팅 팀장의 말에 심황석 감독의 반응이 살짝 미묘했다.

'개새끼, 뭘 이렇게까지 오버해.'

슬쩍 고개를 갸웃하긴 했으나, 상황을 정리하기 위해 주혁이 머리를 빠르게 굴리기 시작했다.

"저쪽 상황, 혹시 스태프들이 봤습니까?"

"아직 아무도 찾아오진 않았습니다."

"……저 새끼들 경찰에 넘기고 이 영상을 증거물로 넘기면 일은 쉽습니다. 다만."

문제가 있었다.

"피해는 저 새끼들보다 이 영상에 녹화된 여자들이 더 클 겁니다."

정신적인 피해든 물질적인 피해든. 이 일을 잊고 배우로서 잘 살고 있거나

이 바닥을 떠나 잘 지내는, 강하진을 포함해 이 영상에 녹화된 여자들이 더 피해를 본다는 것.

"그리고 저는 하진 씨가 이 일을 몰랐으면 좋겠고."

이 사건의 경위를 강하진이 듣는다면 티는 안 낼지 몰라도 분명 멘털에 문제가 생길지 몰랐다. 거기다 아직은 연기 자체를 마냥 즐기길 바랐다. 연예계에 환멸을 느끼기에는 너무 일렀다.

즉 이 영상은 양날의 검이었다. 턱을 쓰다듬는 주혁을 가만히 보던 황 실장이 말을 이었다.

"어떻게 하면 좋을까요? 수면제든 성추행이든 뭐가 됐든 저놈들이 죗값을 받으려면 영상에 찍힌 분들 죄다 소환될 겁니다."

"이 수많은 성추행, 희롱 사건은 약간 곁다리로 들어가야 될 것 같은데……."

어떻게 해야 할까? 어찌 됐든 저들의 죄를 심판하려면 모든 것이 까발려져야 했다. 하지만 그렇다고 해서 곧장 법의 심판을 받는 것도 아니었다. 분명 법정 공방이 이어질 테고, 그사이 강하진 포함 여기에 찍힌 여자들은 대중의 입에 오르내리며 고통받을 것이 자명했다.

"어떻게 하면…… 아."

순간 강주혁의 머릿속에 섬광처럼 무언가가 떠올랐다. 찰나의 순간, 작은 기억.

"황 실장님. 보통 약쟁이들이 투약하는 부위가 팔뚝입니까?"

"팔뚝이 보통이죠. 그런데 갑자기 그건 왜?"

잠시간 기억을 되짚어보는지, 주혁의 말이 끊겼다가 다시 이어졌다.

"아까 심황석 팔뚝에서 빨간 반점들을 스치듯 봤는데, 그게 생각해보니 부자연스럽습니다. 만약 그 반점이 주사 자국이라면, 어쩌면."

한 템포 쉰 강주혁이 말을 뱉었다.

"마약."

황 실장이 주혁의 말을 듣자 흥미롭다는 듯, 턱을 쓸었다.

"으흠. 저도 그 감독에게 이상한 점을 느끼긴 했습니다. 지나치게 흥분을 빨리 한다든지, 침을 질질 흘리지 않나, 판단도 좀 느린 것 같고."

"저놈이 약쟁이라면 얘기가 달라집니다. 차원이 다른 문제가 되죠. 일단 가서 확인을 해보죠."

"알겠습니다."

얘기를 정리한 두 남자는 심황석 감독의 마약 정황을 확인하기 위해 다시 별채로 걸었다. 그런데 별채로 이동하던 주혁이 별안간 발걸음을 멈췄다. 갑자기 멈춘 주혁을 돌아보며 황 실장이 물었다.

"사장님, 왜 그러십니까?"

하지만 주혁은 대답 없이 턱을 쓰다듬으며 별채 앞에 주차된 회색 외제차를 물끄러미 바라봤다. 주차 위치상 누가 봐도 심황석 감독의 차 같았다. 이어서 주혁은 조금 전 확인했던 영상 중 한 구간을 떠올렸다.

"야야야야!!! 잠깐만!! 냅둬냅둬!! 내가 갈 테니까 냅두라고!!!"

차에 간다는 팀장 말에 심황석 감독이 오버하던 장면. 주혁은 뭔가 생각이 있는지 외제차를 빤히 바라봤다. 그러더니 다짜고짜 트렁크를 열었다. 얼핏 보기엔 평범했다. 그 후 황 실장과 10분 넘게 뒤졌지만 나오는 건 없었다.

'잘못 짚었······ 응?'

바로 그때, 주혁의 눈에 띄는 것이 있었다.

"여기."

트렁크 중앙. 여분의 타이어를 넣어두는 공간이었다.

"여길 안 봤어."

혼잣말을 뱉으며 덮개를 열자, 옆에 있던 황 실장이 웃으며 입을 열었다.

"타이어 두는 곳에 파우치라."

여분 타이어를 넣어둔 한쪽 구석에 세면도구나 넣어 다닐 법한 검은색 파우치가 껴 있었다. 언뜻 봐도 숨겨놓은 게 분명했다. 주혁이 파우치를 집어 지퍼를 열자 안에 있던 물건들이 달그락거렸다. 황 실장이 말을 이었다.

"주사기, 라이터 그리고…… 얼음."

파우치에는 여러 개의 주사기와 터보 라이터, 손가락 세 개를 합쳐놓은 크기의 작은 지퍼백, 그리고 그 안에 아주 작은 얼음이라 착각할 만한 투명 알갱이들이 들어 있었다. 언뜻 보면 세공되기 전 다이아몬드 같았다. 지퍼백은 대충 봐도 열 장은 넘어 보였는데, 그중 두 장은 비었고 나머지엔 투명 알갱이가 채워져 있었다. 내용물을 확인한 주혁이 황 실장을 쳐다봤다.

"이걸 얼음이라고 부릅니까?"

"뭐, 여러 가지가 있습니다만, 수많은 은어 중 하나입니다."

"어쨌거나 이게 제가 생각하는 그게 맞다?"

"마약 전담은 아니었지만 이건 확실합니다. 마약이 맞습니다."

황 실장의 확답을 들은 주혁이 고개를 끄덕이며 다시 한 번 파우치를 내려다봤다. 그런데 가장 깊숙한 곳에 흰색 물체가 보였다.

"……?"

고개를 갸웃한 주혁이 파우치에 손가락을 집어넣어 흰색 물체를 끄집어냈다. 세 번 정도 접힌 손바닥만 한 쪽지였다. 꽤 오랫동안 들어 있었는지 여기저기 때가 타 있었다. 주혁은 곧장 접힌 쪽지를 펼쳤다.

—010……

쪽지에는 급하게 적었는지 글씨가 꽤 날림이긴 했지만, 어쨌든 대각선으로 핸드폰 번호가 적혀 있었다.

"핸드폰 번호라……."

중얼거리며 쪽지를 빤히 보던 주혁은 이내 생각이 있는지, 쪽지를 주머니에 쑤셔 넣었다. 당장은 심황석 감독 처리가 먼저였다. 주혁이 황 실장을 보며 입을 열었다.

"황 실장님, 신고하세요. 마무리하시죠."

여론이 시끄러워진 것은 사건이 터진 다음 날 밤부터였다.

「영화계 어쩌나? 심황석 감독, 제작사 팀장과 보란 듯이 마약 투약」

「현장에서 발견된 증거품들/ 사진」

「이번에도 강트맨이 잡았다! 최초 신고자는 강주혁」

「심황석 감독이 들어간 영화, 촬영 올스톱. 공중분해 가능성↑」

— 어후. 시벌 약쟁이 새끼들 다 뒈져버려라.

— 와 강주혁ㄷㄷㄷㄷㄷ 강트맨 레베루보소.

— 존나 역겹네. 워크숍에서 약을 빠네.

— ㅈㄴ 여자 밝힌다는 찌라시도 있음.

심황석 감독의 이름은 순식간에 실검에 올랐고, 당일에는 마약 관련 키워드들로 실검을 장악했다. 대놓고 워크숍 장소에서 마약을 했다고 퍼졌고, 증거도 확실했다. 인생 끝난 거나 다름없었다. 나아가 심황석 감독과 관련된 모든 곳이 피똥을 쌌다. 제작사, 투자사, 배급사 등. 촬영 직전까지 진행됐던 영화 〈폭풍〉은 엎어진 거나 다름없었다. 〈폭풍〉에 투자됐던 돈부터 인력까지 모두 공중분해됐다. 범행에 가담했던 캐스팅 팀장 때문에 강필름은 뿌리부터 흔들렸다. 나름대로 필모를 쌓아온 제작사였지만 대중의 철퇴는 자비가 없었고, 연기처럼 사라지는 것은 시간문제였다.

그렇게 시간은 정신없이 흘러 주말이 지나고, 27일 아침. 주혁이 전후 사정을 전혀 모르는 추민재 팀장과 강하진을 호출했다.

"……"

"……"

이들은 심황석 감독의 만행이 자행된 현장에 있었다는 것 자체로 꽤 충격받은 눈치였다. 평소 긍정 파워를 뿜어내는 추민재 팀장마저 말을 잃었다.

"왜 그렇게들 힘이 없어."

주혁이 말문을 열자, 추민재 팀장이 머리를 움켜잡으며 신음했다.

"그…… 펜션에서 마약을 빨다니. 근데 거기서 내가 잠을 처잔 거냐? 나를 해고해, 사장님."

"안 돼."

픽 웃으며 대답한 주혁이 강하진에게 시선을 돌렸다. 그녀는 말없이 책상에 놓인 잔뜩 닳은 〈폭풍〉 시나리오를 쓰다듬고 있었다.

"하진 씨."

"……"

"하진 씨."

"……네. 네?! 아, 네."

무슨 생각을 하는 건지 정신이 딴 나라에 있었다.

"괜찮아요?"

"아, 네. 처음 기사 봤을 땐 놀랐는데, 지금은 괜찮아요. 촬영 전에 밝혀져서 다행이에요."

주혁이 살며시 고개를 끄덕였다.

"하진 씨. 저번에 무비트리에서 보내준 시나리오 분석하고 있어요?"

"네. 〈폭풍〉이랑 같이 하고 있었어요."

"무비트리 것, 하고 싶어요? 난 솔직히 지금 다시 보니까 좀 별로라서. 까내고 딴 거 할까요? 시나리오는 계속 들어오니까, 편하게 까내도 돼요."

일부러 약간의 거짓을 보태서 강하진에게 묻자, 그녀가 화들짝 놀라며 눈을 크게 했다.

"네?! 벼, 별로셨어요? 아, 그런데. 그, 괜찮지 않아요? 저는 엄청, 아니, 재밌긴 했는데. 그게."

당황했는지 횡설수설을 시작했다. 분명 작품을 욕심내는 배우의 모습이었다.

"그럼 차기작은 그걸로 가도 괜찮겠어요?"

"네네네. 그때 송 사장님이랑도 만났는데, 출연을 고사하면 슬퍼하실 거 같아요."

마음에도 없는 송 사장까지 등장시키며 작품 사수를 시작한 강하진을 보며 주혁이 미소 지었다. 그러던 강하진의 시선이 다시 〈폭풍〉 시나리오로 내려갔다. 누가 봐도 헤어지기 아쉬운 인연 같은 눈빛. 그런 그녀를 잠시간 바라보던 주혁이 말을 이었다.

"그 시나리오는 이제 버려도 되는데."

"네? 아, 그렇긴 한데……."

말끝을 흐리는 강하진을 보며 주혁이 몸을 가까이했다.

"솔직히 말해봐요. 지금 마음이 어떤지. 그런 게 전부 연기 공부니까."

"……"

몇 초간 말 없던 강하진이 결심했는지, 작은 입을 열었다.

"너무 아쉬워요. 자식새끼 보내는 기분이에요."

"자식은 키워봤고?"

"아…… 그건 아닌데. 그러면 반려동물? 보내는 느낌으로 바꿀게요. 작품을 보내는 게 이렇게 힘든 건지 처음 알았어요."

강하진으로서는 작품이 엎어진 것 자체가 처음 하는 경험이었다. 배우로 10년쯤 살면 작품 엎어지는 거야 비일비재하지만, 그녀는 적응이 안 되는 듯 보였다.

"그래도 빨리 잊어버려야겠죠? 다시 살릴 수 있는 작품도 아니고. 죄송해요. 빨리 정신 차릴게요."

"만약 그 작품 살린다 해도, 당장은 대중들 눈 때문에 적어도 반년은 지나야 뭐가 돼도 될 텐데. 살린다 치면 그때도 하고 싶어요?"

"……네. 하고 싶기도 하고, 그럼 엄청 좋을 것 같긴 한데. 살린다는 게 불가능하니까."

주혁이 웃었다.

"난 가능한데?"

강하진의 눈이 동그랗게 변했다. 듣고 있던 추민재 팀장 역시 놀랐다.

"그걸 살려? 어떻게 살려?"

"글쎄. 모르긴 몰라도, 현재로선 나만 살릴 수 있을걸?"

사실이 그랬다. 〈폭풍〉을 살릴 수 없는 이유는 심황석 감독의 만행으로 이미지가 바닥으로 떨어진 것 말고도, 시나리오가 종잇조각이 되면 다시 제작하려는 제작사가 없을뿐더러, 투자하려는 투자사도 없다. 배급사도 마찬가지고, 참여하려는 배우도 없다. 아무도 모험을 하려 하지 않는다. 하지만 강주혁은 달랐다. 작품의 미래를 알고 있고, 무엇보다 제작과 투자 그리고 배우까지 모두 내부 역량으로 가능했다. 즉 죽어버린 작품에 심폐소생술을 할 수 있는 유일한 인물이 강주혁이었다.

"시나리오 하나 버리는 건 쉬워요. 다만 우리 소속 배우가 죽어가는 작품을 굳이 하고 싶다면 얘기는 달라지지."

"네? 정…말요?"

"하고 싶은 건 해야지. 내 배우가 하고 싶다는 작품을 하게 만드는 것도 내 일이니까."

미소 짓던 주혁이 다시 한 번 강하진을 보며 물었다.

"하진 씨, 〈폭풍〉 정말 하고 싶어요? 정말 버려도 돼. 편하게 말해봐요."

강하진의 눈은 어느새 초롱초롱 빛나고 있었다.

"하고 싶어요, 사장님. 내년에 들어가든 내후년이든 상관없이."

그런 그녀와 잠시간 눈을 마주치던 주혁이 그녀가 움켜쥐고 있던 〈폭풍〉 시나리오로 시선을 옮겼다.

"시나리오, 잘 가지고 있어요. 살려줄 테니까."

강하진과 면담을 마친 후, 주혁의 스케줄은 다시금 정신없이 흘러갔다. 가장 먼저 처리한 것은 〈척살〉의 정산. 9백만이 넘는 관객을 동원한 〈척살〉은 약 760억이라는 어마어마한 성공을 거뒀다. 이 중 세금과 영화발전기금으로 약 백억이 빠지고, 부율로 3백억 정도가 빠진다. 나머지 약 360억 중에서 10%는 배급사의 몫이고, 거기에다 초기 총제작비를 제한다. 대략 250억이 남고, 이걸 투자자들과 제작사가 6대 4 비율로 나눠 갖는다. 즉 투자 쪽으로 150억이 빠지고 백억이 제작사로 간다. 여기서 강주혁이 〈척살〉의 메인투자자 겸 공동제작이었다. 결과적으로.

"130억."

〈척살〉로 강주혁에게 떨어진 돈은 130억이었다. 2차 판매는 포함되지 않았으니 앞으로 VOD나 인터넷으로 팔리기 시작하면 수입은 더욱 늘어날 터였다.

수입을 확인한 주혁은 세무사와 간단한 미팅 후, 오후부터 무비트리 송 사장과 한식집에서 미팅을 진행했다. 여기에는 추민재 팀장과 강하진도 함께했다. 송 사장이 준비 중인 작품은 강하진을 주연으로 생각하고 있었기 때문에 간단한 방향성과 남주에 관해 얘기를 나눴다. 그리고 몸값 얘기도.

"강 사장님. 이 정도면 어때?"

송 사장이 예상 계산서를 올렸다. 그 계산서를 추민재 팀장이 끌어와 주혁에게 건넸다. 문서에는 이것저것 숫자들이 있었는데, 요약하자면 두 가지 안이었다.

— 2천만 원, 러닝 70원

— 2500만 원, 러닝 50원

강하진이 〈척살〉 때 받은 출연료와 비교도 안 되는 조건이었다. 무비트리가 강하진을 뜨는 신인배우로 인정한다는 뜻이었다. 하지만 바로 받아들이는 것도 재미없는 법. 여기서부터는 지인 찬스 같은 것도 의미가 없다. 현실적인 숫자가 오갈 뿐. 뭣보다 송 사장은 강하진이 주연으로 나오기를 원하고 있었다. 즉 금액을 높일 여지가 충분했다.

"음."

주혁이 탁자에 놓인 계산서를 보며 짧게 숨을 뱉었다. 그러자 송 사장이 곧바로 치고 들어왔다.

"주혁아, 아니 강 사장님. 지금 그거 시장에서 하진 씨 가치가 어느 정도인지 우리 쪽에서 몇 주간 조사해서 나온 거야. 음이 아니지, 음이."

"형, 그건 시장가치지. 하진 씨 같은 경우 데뷔작부터 필모가 다르잖아요. 거기다 지금 하진 씨만 놓고 보면 안 되는 거 같은데. 뒤에 보이스프로덕션이 있잖아요. 거기다 연기력도 받쳐주는데, 이건 좀 짠 거 같은데요."

주혁이 곧장 받아쳤다. 돈이 급해서가 아니었다. 배우의 몸값은 이미지와 직결되기에 싸게 부르면 그만큼 이미지가 싸진다. 송 사장이 머리를 긁었다. 강주혁의 말이 틀린 소리가 아니었기 때문. 현재 보이스프로덕션 소속 배우들은 그저 배우 자체만으로 파급력이 있는 게 아니었다. 대중의 머릿속에는 보이스프로덕션과 강주혁이 항상 따라온다. 즉 홍보 효과가 몇 배로 불어난다는 뜻이었다. 거기다 연기력은 기본이고. 한마디로 강하진은 현재 가성비가 매우 좋다.

"후— 그래그래. 한 번 더 내부적으로 논의해볼게. 다음은 남주로 이 정도 보고 있는데."

예상 계산서를 집어넣은 송 사장이 1차 캐스팅보드를 내밀었다. 처음부터 이렇게 대놓고 주연을 놓고 가면 따라붙는 상대역에 관해 주연배우와 상의하는 경우가 꽤 흔했다.

상대역을 포함해 여러 가지 얘기가 한 시간 정도 이어진 후, 추민재 팀장과 강하진이 먼저 일어나고 송 사장과 강주혁 둘만의 2차 미팅이 이어졌다.

"투자, 배급은요?"

"아직 시놉, 기획안도 안 돌리긴 했는데 배급은 입질이 와. 투자는 아직 좀 미미하고."

"투자 힘들면 말해요. 메인까진 아니라도 구멍은 메꿀 수 있어. 뭐, 내가 메인을 해도 되고."

"하하하, 그래. 든든하다, 인마. 〈척살〉 때 생각나는데?"

그래도 이번만큼은 혼자 힘으로 진행하고 싶었는지, 송 사장이 금방 말을 돌렸다.

"아, 그리고 감독 계약했다."

"누구?"

"김필수 감독."

"김필수? 처음 듣는데?"

"당연하지. 작년에 입봉한 놈이니까. 너 사라졌을 때야."

주혁이 고개를 끄덕이며 머릿속에 감독 이름을 박아넣었다. 최근 심황석

감독 일도 있었으니 뭐든 조심해야 했다. 송 사장 역시 주혁의 마음을 간파했
는지 입을 열었다.

"감독 프로필 보내줄게. 한번 확인해봐. 자체적으로 확인해봐도 되고. 괜찮
은 놈이야. 그리고 제목도 정했다."

"뭔데요?"

송 사장이 웃었다.

"19살 그리고 20살."

27. 진출

이틀 뒤, 29일 수요일.

〈만능엔터테이너〉 2차 녹화로 연기 부문 예선전이 있는 날이다. 〈만능엔터테이너〉는 초기 신청자만 50만 명이 넘었다. 물론 그저 호기심에 신청한 사람이 반 이상이었고, 실력을 다툴 만한 이들은 1% 정도로 파악됐다. WTVM 예능국이 전부 달라붙어, 50만 명이던 신청자를 1%인 5천 명으로 줄였고, 거기에서 다시 반을 줄여 2500명까지 추렸다. 이제 남은 것은 2500명에서 추려내는 것.

예선전을 통과시키는 것은 강주혁의 몫이었다. 물론 2500명을 하루에 모두 정리하는 것은 아니고, 3주에 걸쳐 심사하는 스케줄이었다. 춤과 노래 예선 역시 이 3주 안에 진행되는 듯했다. 연기 부문에서 합격하면 다음 노래로. 노래에서 합격하면 다음 춤으로. 춤까지 합격하면 예선전 통과. 물론 특정 참가자가 심사위원의 마음에 쏙 들면 프리패스를 행사해 바로 통과시킬 수도 있었다.

녹화가 진행되는 상암 WTVM 사옥 예술원은 참가자들로 북적였다. 입구에서부터 5열로 늘어선 줄이 100m는 족히 이어졌다. 그 모습을 WTVM 야외 촬영팀이 촬영하고 있었다.

"안녕하세요. 어디서 오셨어요?"

"저 경기도 광주에서 왔습니다!"

"어머, 광주면 오늘 심사위원으로 나오시는 강주혁 님 회사가 있는 곳이네요?"

"저도 거기 가봤는데! 갈 때마다 사람들 엄청 몰려 있어요."

"그래요? 오늘 강주혁 님께서 참가자분의 연기를 평가해줄 텐데 기분이 어떠세요?"

"무지하게 떨립니다!"

오늘 참가자만 약 5백 명이 몰렸기에 대기자 인터뷰를 따는 것만으로도 일이었고.

"김진수 씨 맞으시죠? 합격 문자랑 신분증 보여주세요."

"여기."

"네. 확인되었습니다. 번호표 가슴에 달아주시고 대기실로 이동하세요."

참가자를 인증하는 절차만 현재 한 시간째 진행 중이었다. 인증이 끝난 참가자는 스태프들의 안내에 따라 예술원 내부에 준비된 대기실로 이동했다. 한 방에 의자 백 개씩, 총 다섯 개 대기실에도 내부 촬영팀이 파견돼 촬영을 진행했다.

"안녕하세요!"

"반가워요. 이미소 씨. 미소 씨는 걸그룹 '포프린' 멤버신데, 여긴 어쩐 일이세요?"

"원래 연기자가 꿈이었어요. 지금이야 걸그룹으로 이미지가 굳어졌지만, 시청자분들께 제 연기를 보여드리고 싶었습니다!"

당연히 참가자 중에는 대중의 이목을 집중시킬 만한 캐릭터도 많았다. 물론 제작진이 의도적으로 합격시킨 인원들이었다. 걸그룹 멤버, 신인배우, 잊힌 배우, 아나운서 등등, 데뷔는 했지만 인지도가 높지 않은 연예인이나 특이한 이력을 가진 방송인까지. 그렇다고 제작진이 이런 인원들로만 참가자를 추린 것은 아니었다. 대충 2500명 중 70%가량은 일반인이었다.

이렇게 외부에서 정신없이 참가자들을 정리하고 있을 때, 본 촬영이 진행되는 예술원 내부는 내부대로 숨 돌릴 틈 없이 바빴다.

"야! 심사위원 자리에 PPL 음료 다시 놔! 상표가 보이게 놔야지!!"

"예이~ 알겠습니다!"

"합격자 팔찌가 왜 이것밖에 없어!"

"추가 주문한 거 지금 넘어오고 있답니다!"

본 녹화가 진행될 세트장은 이미 완성된 상태였고, 심사위원이 앉을 세트 책상은 총 세 자리. 그 앞으로 참가자들이 연기를 펼칠 작은 무대. 그리고 합격자들이 통과할 문과 탈락자들이 통과할 문까지.

"야야! 세트! 정면에 〈만능엔터테이너〉 로고 삐뚤어졌다!"

"확인하겠습니다!"

이런 정신없는 촬영장에 강주혁이 도착하자, 중앙에서 진두지휘하던 박한철 PD가 잽싸게 뛰어왔다.

"사장님. 일찍 오셨네요."

박한철 PD와 악수를 나눈 주혁이 촬영장을 스윽 둘러보며 입을 열었다.

"제가 원래 촬영장은 좀 일찍 나오는 게 버릇이라. 그냥 이렇게 바쁘게 움직이는 현장이 좋아서요."

"하하, 그러십니까? 보통은 준비가 끝나면 오시는데. 아, 게스트 심사위원은 들으셨죠?"

"네. 작가님께 들었어요. 두 분이라고? 누굽니까?"

질문을 들은 박한철 PD가 사악한 웃음으로 대답을 대신했다.

"사장님. 촬영은 사장님이 도착하시고 저랑 대화하는 순간부터 시작됐습니다. 그런 거 재미없게 다 알려주면 그림 못 뽑죠."

"하하. 그래요? 그럼 오늘 오시는 두 분이 쭉 같이 가시는 겁니까?"

"아, 그건 아니고. 예선전이 정리되는 동안에는 주마다 게스트 심사위원이 바뀝니다. 본선부터 고정 심사위원이 나오실 거고요."

"고정 심사위원도 비밀이겠죠?"

웃음으로 대답을 대신한 박한철 PD가 스태프를 불러 강주혁에게 녹화 준비를 시켰다. 주혁은 마이크를 찬 후, 곧장 세트장으로 향했다.

'진짜 졸졸졸 따라오면서 다 찍네.'

강주혁이 세트 책상으로 움직이자, 전담 카메라맨이 따라붙었다. 한 명도 아니고, 세 명도 더 돼 보였다.

강주혁의 자리는 중앙이었고, 책상 주변으로는 PPL 음료나 물건들이 올려져 있었다. 책상 위를 확인하던 주혁의 입에서 긴 한숨이 흘러나왔다.

"후—"

책상 위에 5백 명쯤 되는 참가자들의 프로필 서류가 쌓여 있었기 때문이다.

"또 서류."

백과사전 두께의 프로필 서류를 본 주혁은 자신의 책상 위에 있는 서류들이 떠올랐는지, 미간을 살짝 찌푸리며 이마를 감쌌다. 당연히 이 모든 과정은 촬영되고 있었다.

"사장님."

박한철 PD가 조연출과 세트장으로 들어왔다. 얼굴을 감싸고 있던 주혁의 시선이 박한철 PD로 향했다.

"프로필이 어마어마하네요."

"하하하, 죄송합니다. 그래도 이번 주 녹화는 참가자가 적은 편입니다만?"

"아…… 네."

고생길이 훤했는지, 주혁이 관자놀이를 꾹꾹 눌렀다. 박한철 PD가 살짝 미소 지으며 설명을 시작했다.

"진행 방향은 기획서를 보셨으니 아실 테고. 간단하게 설명해 드리겠습니다. 오늘 전 참가자는 지정연기를 시킵니다. 이미 쪽대본은 나눠준 상태고요. 남자 대본은 사장님 작품 중에 〈버스〉 있잖습니까? 그 영화 대사고, 여자 대본은 이번 〈척살〉의 류진주 씨 대사로 진행합니다."

"〈버스〉라…… 오랜만이네."

"하하, 그렇습니까? 일단 연기를 보시고 합격이면 합격, 탈락이면 탈락을 주시면 합격자에겐 이 팔찌가 제공되고 탈락자는 저쪽 검은색 문으로 빠져나갈 겁니다."

박한철 PD가 〈만능엔터테이너〉 로고가 인쇄된 팔찌를 보여준 후 손가락을 들어 반대쪽 검은색 문을 가리켰다.

"참가자 간략 이력은 프로필에 전부 나와 있습니다. 아, 그리고 오늘 심사에 가장 큰 지분은 사장님이 가지고 계시지만, 게스트로 참가하는 심사위원도 영향력은 있을 겁니다. 그분들도 프리패스는 있고, 사장님이 탈락을 놔도 게스트 심사분들이 프리패스 행사하면 그 참가자는 합격됩니다."

"만약에 저는 합격을 줬는데, 두 분이 탈락을 준다면 어떻게 됩니까?"

"상관없습니다. 사장님이 무조건 최종 결정권자입니다. 다만, 그림이 잘 빠지게 상의도 좀 하시고 게스트 심사분들 의견도 참고하시는 모습을 보여주면 되겠습니다. 그림이 좀 그려지십니까?"

"본선 때 방식은?"

"그건 그때 다시 한 번 설명해 드리겠습니다. 지금 전부 들으시면 헷갈리실 테니."

주혁이 고개를 끄덕였다. 그러자 박한철 PD가 들고 왔던 종이를 돌돌 말며 말을 이었다.

"너무 깊게 생각하지 마시고, 편하게 하시면 되겠습니다. 어차피 녹화니까, 중간중간 문제 일어나도 그때마다 처리하면 됩니다."

"알겠습니다."

"그럼! 준비 부탁드립니다."

박한철 PD가 파이팅하듯 책상을 탁탁 두드린 후 다시 스태프들 사이로 뛰어갔다. 그 모습을 잠시간 쳐다보던 주혁의 시선은 다시 5백 장의 프로필로 향했다.

"후—"

다시 한숨이 나오는데.

"오랜만이야?"

느닷없이 뒤쪽에서 늙은 목소리가 끼어들었다. 주혁이 고개를 돌리자, 회색 재킷에 체크셔츠를 입은 50대 정도의 남자가 서 있었다.

"……선배님."

그를 보자 주혁이 천천히 자리에서 일어났다. 나타난 남자는 호통 캐릭터로 알려진 원로배우 김진철이었다.

"뭘, 선배님은. 이 사람아, 자네 이제 배우도 아니지 않은가?"

"그러네요. 그럼 대충 선생님이라 부르겠습니다."

"이런 염병! 내가 선생님 소리 들을 나이는 아니지?"

어쩌라는 걸까. 주혁이 대놓고 미간을 찌푸렸다. 김진철은 주혁이 그다지 좋아하지 않는 배우였다. 어떻게 호통 이미지를 만들어 대중에게 녹아들었는지는 모르지만, 현장에서 겪어보면 눈치 없고 막말이 심하기로 유명했다.

"아이고~ 되다 돼. 어허, 이 프로필 좀 봐라. 미친다 미쳐. 그런데 자네가 뭘 볼 줄 안다고 메인 심사를 맡았나?"

"글쎄요."

주혁은 귀찮아졌는지, 대충 대화를 마무리했다. 그때.

"저도 대화 끼워주세요."

"어? 너, 심 감독. 이야~ 심 감독이 왔구면?"

"어머, 선배님이셨구나. 주혁 씨는 알고 있었는데, 진철 선배님이 계신 줄은 몰랐네. 주혁 씨도 안녕?"

은은한 베이지색 원피스에 청재킷을 입은 심향미 감독. 향수 냄새가 코를 찔렀다. 영화판에서 여자 감독으로서 성공한, 꽤 유명한 감독이었다.

"네. 오랜만입니다."

대충 대답은 했지만, 주혁의 속마음은 달랐다.

'저 여자도 여우 같아서 좀 별론데. 어째 오늘 녹화 쉽지 않겠네.'

김진철과 가볍게 인사를 나눈 심향미가 강주혁에게 눈웃음을 치며 입을 열었다.

"주혁 씨. 요즘 너무 핫하신 거 아니에요? 인터넷만 켜면 주혁 씨 기사가 꼭 하나씩 있더라. 작품은 안 해요?"

"거품이지, 거품!"

"어머, 선배님은 왜 괜히 시비세요? 잘나가서 그래?"

"잘나가긴 개뿔. 야, 심 감독. 내가 한창때는 말이야!"

김진철의 '나 때는 말이야!'가 시작되기 직전, 박한철 PD가 외쳤다.

"자! 심사위원분들! 3분 뒤, 참가자 입장하겠습니다! 준비 부탁드립니다!"

본격적으로 〈만능엔터테이너〉 녹화가 시작됐다.

강주혁이 〈만능엔터테이너〉 녹화를 진행하는 동안에도 그가 손댄 일들은 착착 진행되고 있었다. 헤나의 싱글앨범 초반 작업이 막바지였다. 작, 편곡부터 시작해서 레코딩, 믹싱, 마스터링 등 악기 녹음에 헤나의 녹음까지 마친 상태. 즉 '차가운 이별' 음원 자체는 이미 완성에 가까웠다.

"헤나야. 재킷은 이런 구도는 어때?"

"좋네! 겨울 같고, 차갑고!"

이제 음원을 어떤 형태로 가공할지와 재킷 디자인, 뮤비, 홍보 정도가 남은 상태였다. 재킷 디자인부터 뮤비까지는 헤나 팀과 프로듀서의 결정에 따라 진행될 예정이었고, 홍보도 기본적으로 들어가겠지만, 사실 헤나 정도면 홍보가 딱히 의미 없었다. 팬층이 두터워 발매하면 알아서 실검을 장악하기 때문이었다.

"오빠. 재킷 촬영은 내일, 뮤비는 다음 주로 잡아줘."

"알았어."

어쨌든 헤나의 싱글앨범 발매가 임박했다.

이어서 강주혁의 요청대로 서서히 사단을 완성해가던 최명훈 감독은 콘티시나리오 작업에 들어갔고, 추민재 팀장과 홍혜수 팀장은 사옥 이전 관련해서 지시받은 일을 수행 중이었다. 물론 배우들 관리에도 소홀하지 않았다. 강하영과 말숙은 영화 〈도적패〉 제작팀이 스탠바이를 외치면 곧장 투입될 예정이었다.

"고민이네."

다만 강하영의 스케줄을 관리하던 홍혜수 팀장은 고민이 깊어졌다.

"왜요! 팀장님?"

"하영아, 너 예능 하고 싶어?"

"예능이요?! 제가요? 저따위가 예능을 나가서 잘할 수 있을까요……."

강하영이 바닥을 보며 말끝을 흐리자, 홍혜수 팀장이 그녀의 머리를 쓰다듬으면서 답했다.

"어머, 하영아. 요즘 예능이 그냥 냅다 웃기기만 하는 건 아니잖아. 콘텐츠가 워낙 많으니까. 여행이나 음식, 힐링 같은 거."

"힐링! 힐링 좋아해요, 저! 먹는 것도 좋고! 사실 예전부터 예능은 꼭 해보고 싶었어요."

"그래?"

홍혜수 팀장의 고민. 그것은 강하영이 유독 예능 섭외가 넘쳐났기 때문이었다. 물론 해창전자의 패대기 광고 덕분이었다. 사실 짧은 시간에 인지도를 여러 연령대로 높일 수 있기로는 예능이 으뜸이었다. 그렇기에 배우든 가수든 예능 고정에 목을 매는 것이다. 무엇보다 이미지를 만들어가는 방편으로 예능만 한 게 없기도 하고. 처음에는 그저 게스트나 가벼운 토크쇼 섭외가 전부였는데, 점점 몸집 큰 예능이 입질을 주더니 아예 고정 섭외까지 들어오고 있었고.

"버리기 아까운 것들도 좀 있는데……."

"진짜요? 뭔데요? 저도! 저도 알려주세요!"

"초반 기획이라 자세한 건 없긴 하지만, 기획 대충 보니까 일반 시민의 사연을 받아서 소원 같은 걸 들어주는 포맷 같은데, 재밌긴 할 것 같아. 힐링 컨셉이고. 한번 봐봐. 보고 괜찮은 것 같으면 사장님한테 얘기해보자."

강하영이 눈을 반짝이며 기획안을 읽기 시작했다.

상암 WTVM 사옥 예술원에는 오디션이 한창이었다. 게스트 심사위원 김진철이 80번째 참가자의 연기를 보다 중간에 끊었다.

"그만! 후— 일단, 정홍구? 어— 홍구 씨는 발성, 호흡의 기본도 안 돼 있고 뭣보다 눈 초점에 문제가 많아요. 어딜 보는 겁니까, 지금? 저는 탈락 드립니다."

"저도요. 근데 홍구 씨 강세는 좋았어요!"

김진철이 이유를 말하고, 심향미 감독이 공감했다. 강주혁도 비슷한 마음이긴 했으나.

'저 영감. 슬슬 뻗대기 시작하네.'

마치 자신이 메인 심사위원인 양 행동하는 김진철이 슬슬 눈에 거슬리기 시작했다. 녹화는 이미 80번째 참가자까지 진행했지만, 합격자는 한 명도 없었다. 대부분 수준 미달이었다.

"개판이여."

"그러게요. 기본이 안 된 친구들이 많네요. 스타성도 안 보이고."

그들의 대화를 무시한 주혁이 80번 참가자의 프로필을 옆으로 빼면서 입을 열었다.

"다음 참가자 보내주세요."

이어서 주혁이 안내 스태프에게 고개를 끄덕이자, 예술원과 대기실 사이 통로에 있던 안내 스태프가 81번 참가자를 들여보냈다. 여자였고, 편한 후드 차림이었다.

"안녕하세요! 81번! 이미소입니다!"

그녀의 당찬 인사를 받은 주혁이 그녀의 프로필을 확인했다.

'걸그룹?'

그의 생각이 끝날 때쯤, 김진철이 전부 들릴 정도의 혼잣말을 뱉었다.

"옘~ 딴따라들. 개나 소나 연기한다지."

"아……."

이미소가 고개를 푹 숙였다. 명백하게 혼잣말인 척하는 비난이었고, 녹화

촬영이었으니 편집하면 그만이었다. 그런 말을 뱉었음에도 김진철이 아무렇지 않게 이미소를 보며 시작하라는 말을 던지려던 때에.

"자, 시작⋯⋯."

주혁이 김진철의 얼굴에 바싹 다가가서 귓속말로 말했다.

"선생님, 적당히 좀 하세요."

꽤 신사적이면서 예의는 다 차린 말이었지만, 뭔가 위협적이었다.

"뭐, 뭣?!"

곧장 김진철이 강주혁을 보며 발광했지만, 주혁은 대수롭지 않게 그를 무시하며 이미소를 보고 말했다.

"연기부터 보죠. 시작하세요."

"아, 넵!!"

애써 당차게 대답한 이미소가 짧게 숨을 뱉으면서 눈을 감았다. 뭔가 자신에게 주문을 넣는 듯한 모양새. 그리고 3초 뒤.

"당신 동생, 동생이 있잖아? 당⋯신이 이렇게⋯⋯ 가면 소희는 어떻게 해?"

대사 한 줄이 끝나자, 이미 얼굴이 구겨질 대로 구겨진 김진철이 손을 들었다.

"그만. 잘 봤고, 자네 걸그룹이라고 했나? 왜 연기를."

"아니, 연기 계속 보겠습니다."

김진철이 평가하는 도중에 주혁이 말을 잘라먹었다.

"⋯⋯뭐?"

"계속 보겠다고요. 그리고 선생님. 제가 마무리 짓기 전에는 참가자들 연기 끊지 마세요. 미소 씨, 다시 시작하세요."

촬영장이 순식간에 얼어붙었다. 특히나 김진철의 얼굴은 빨개지다 못해 폭발 직전이었다. 어쨌거나 우물거리던 이미소가 다시 연기를 시작했다. 이번엔

236

주혁의 표정부터 달랐다. 강주혁은 살짝 고개를 꺾으면서 계속 이미소를 쳐다봤다.

"무책임에도 정도가, 정도가 있는 거잖아? 아니, 그래. 지금…까지 죽은 줄 알았다고 치자. 치자니까? 그런데 지금은 아니잖아요?"

결국 이미소는 쪽대본에 나와 있는 대사를 모두 소화했다.

"탈락. 왜 이렇게 예쁜 척하면서 연기를 해?"

그녀의 연기가 끝나자마자, 얼굴이 시뻘게진 김진철이 탈락을 준 이유와 화풀이 겸 막말을 뱉었고.

"음. 미소 씨는 대체로 괜찮은데, 배우의 느낌은 안 나서, 죄송하지만 저도 탈락 드릴게요."

김진철과 심향미 감독의 평가가 끝나자, 이미소가 고개를 떨궜다. 그런데 앞선 심사위원들의 말은 듣지도 않고, 이미소의 프로필에 연신 무언가 메모를 하던 주혁이 고개를 들어 안내 스태프를 쳐다봤다.

"이미소 씨 팔찌 드리세요. 합격입니다."

잠시 뒤, 뛸 듯이 기뻐하는 이미소가 합격자 통로로 사라지자 박한철 PD가 외쳤다.

"10분 쉬었다 가겠습니다!"

박한철 PD의 외침에 김진철이 씩씩거리며 벌떡 일어났다.

"어험!"

헛기침과 함께 강주혁을 노려보며 사라졌고.

"전 화장실 좀."

심향미 감독 역시 자리에서 사라졌다.

하지만 주혁은 대수롭지 않았는지, 자리에서 여유롭게 다리를 꼬고는 핸드폰을 꺼냈다. 연락 온 게 없는지 확인하기 위해서였다. 부재중 전화가 없는 걸 확인한 주혁이 이번에는 인터넷에 들어갔다. 그런데 실검을 본 주혁의 눈이 확장됐다.

1. 김재형
2. 김재형 예능
3. TVL
4. TVL 김재형
5. 당해낼 수 없다

"재형이 형?"

예능의 대부로 유명한 김재형이 올라 있었다. 이어서 주혁의 시선이 실검 5위 '당해낼 수 없다'에 꽂혔다.

"당해낼 수 없다? 이거 어디서 많이."

그 순간, 주혁의 핸드폰이 진동음을 토해냈다.

"깜짝이야."

순간 놀란 주혁이 핸드폰 화면을 확인했다.

* 070-1004-1009

보이스피싱. 주혁은 살짝 주변을 둘러본 후, 아무도 없다는 것을 확인한 뒤 전화를 받았고.

"'실버' 단계의 주인이신 강주혁 님 안녕하세요!

강주혁 님의 유료서비스 '실버'의 남은 횟수는 총 24번입니다."

곧장 1번을 눌러 키워드 항목으로 넘어갔다.

"들으실 항목의 키워드를 '선택'해주세요!

1번 '바람처럼 사라진', 2번 '당해낼 수 없다', 3번 '새벽 3시', 4번 '데이트폭력', 5번 '1년 전 겨울', 6번……."

"맞아. 2번 '당해낼 수 없다.'"

실검 5위에서 본 건 2번 키워드 '당해낼 수 없다'였다. 실검의 김재형 항목을 터치하니 기사가 쏟아졌다.

「공중파 예능만 하던 김재형, 케이블 진출?」

「TVL 측 "긍정적으로 협의 중, 추측 자제 부탁"」

「김재형 케이블 예능 제목은 '당해낼 수 없다'?」

"재형이 형이 케이블에 진출한다고?"

화제성이 충분하다고 생각했다. 지금껏 지상파 방송국에서 굵직굵직한 예능을 해오던 김재형이 케이블에서 예능을 론칭한다는 소식. 2번 '당해낼 수 없다' 키워드도 이와 관련된 정보일 것이 확실해 보였다. 빠른 시일 안에 펼쳐질 미래 정보라는 뜻. 확인을 마친 주혁이 곧장 2번을 선택했다.

"탁월한 선택! 강주혁 님이 선택한 키워드는 '당해낼 수 없다'입니다!

TVL의 예능 '당해낼 수 없다'가 한 달 동안 시청률 1%대를 유지하다 결국 0.3%까지 떨어지면서 조기종영합니다. 예능인 원톱 김재형이 첫 케이블 진출로 메인 MC를 잡은 '당해낼 수 없다'는 초기 김재형이 내놓은 컨셉대로 시민들과 섞여드는 포맷으로 갔다면 시청률 1%에서 서서히 5%까지 오르는 기염을 토했을 테지만, 담당 PD가 과도하게 게스트를 출연시키면서 프로그램의 컨셉이 흐려져 결국 시청자에게 외면받습니다."

그렇게 전화가 끊겼다.

"예능."

주혁이 짧게 혼잣말하며 슬쩍 미소 지었다. 안 그래도 최근 본인이 예능에 출연하면서 관심이 깊어지기도 했고, 슬슬 보이스프로덕션 소속 배우들의 이미지를 위해 예능 쪽도 눈여겨보고 있었기 때문이었다.

"케이블 예능 시청률 5%라……."

괜찮은 수치였다. 아니, 초대박까진 아니더라도 대박에 가까웠다. 물론.

"담당 PD인지 뭔지가 문제네."

일단 주혁은 수첩을 꺼내 미래 정보를 메모했다. 당장은 녹화가 진행 중이었기에 녹화부터 끝내고 생각해보자는 마음에서였다. 그때였다.

"박 PD!!"

세트장 밖 촬영 스태프가 모인 곳에서 김진철이 박한철 PD에게 고래고래 소리를 지르고 있었다. 뭐라고 하는지는 잘 들리지 않았으나.

"징징거리는 거겠지."

뭐, 대충은 내가 이런 취급을 받아야 하냐? 왜 강주혁이 메인이냐? 등등일 거라 추측했다. 박한철 PD는 꽤 난감한 표정으로 심사위원석에 앉아 있는 주혁을 힐끔 봤다가, 이내 김진철을 진정시켰다. 어느새 화장실을 다녀왔는지 심향미 감독도 그 흐름에 동참하고 있었다. 그 모습을 주혁은 한마디로 압축했다.

"쯧, 저놈의 갑질 근성."

어쨌든 씩씩거리긴 하나, 가까스로 진정된 김진철이 자리로 돌아왔고 심향미가 따라 앉으면서 녹화는 다시 진행됐다.

"다시 진행하겠습니다!"

이후 녹화에는 속도가 붙었다. 심사위원들끼리 불편한 기류는 여전했지만, 대체로 기본기가 모자랐거나 성장 가능성이 전혀 없는 참가자들이 많았기에 평가는 대부분 비슷했다.

"다음 참가자 들어오세요."

백 명은 진즉 넘어갔고, 2백 명, 3백 명이 넘어갔지만 합격자는 고작 12명 뿐이었다.

3백 명을 평가한 후 점심을 간단하게 한 뒤 녹화가 속행됐다. 이쯤 되니 심사위원들의 불편한 기류는 뒷전이었다. 그야말로 체력싸움. 어느덧 시간은 오후 4시, 거의 여덟 시간째 진행되는 녹화였다.

'참가자들 임팩트가 없으니, 힘도 떨어지네.'

그나마 빛나는 참가자라도 있으면 그 가능성과 무한한 미래를 점쳐보는 맛에 힘이라도 날 텐데, 이미소 이후 전무하다 보니 의욕도 뚝뚝 떨어졌다.

"염병. 지루하다, 지루해! 야! 박 PD! 우리 이거 계속해야 돼? 대충 마무리하지?"

"죄송합니다~ 이제 거의 끝났으니까, 좀 부탁드리겠습니다."

"지랄. 이 고생을 해도 TV에는 10분이나 나올까 말까잖아!"

김진철의 투정이 틀린 말은 아니었다. 강주혁 역시 오늘 녹화 사이즈를 보니, TV에는 전부 편집되고 10분이나 나가면 다행이다 싶을 정도로 인재가 없었다. 그렇게 미적지근한 시간이 흐르고 있을 때였다.

"……안녕하세요. 398번 장주연입니다."

160이 안 될 것 같은 키에다 5대 5 단발머리에 회색 맨투맨, 검은색 청바지. 심지어 단발머리가 얼굴을 30%쯤 가리고 있어서 표정이 잘 보이지도 않는 데다 분위기가 음침하기까지 한 여자 참가자가 나타났다. 주혁은 말없이 그녀의 분위기를 즐겼다.

'그래. 저런 게 임팩트지.'

하지만 김진철이나 심향미의 첫마디는 달랐다.

"으아. 미친다, 미쳐. 이젠 하다하다 공포냐?"

"그러게요. 분위기가 좀, 그렇죠?"

그러거나 말거나 주혁은 장주연을 보며 영화가 떠올랐다. 〈장화홍련〉. 자매가 나오는 공포영화. 딱 그런 분위기의 참가자였다.

"시작하세요."

"네."

주혁이 스타트를 끊자, 장주연이 한 치의 망설임 없이 연기를 시작했다.

"당신 동생, 동생이 있잖아. 당신이 이렇게 가면 소희는 어떻게 할 거지?"

한순간도 여유를 두지 않고 쭉 뽑아낸 대사. 그런데 목소리 톤 자체가 음침해서인지, 공포영화의 한 장면을 보는 듯했다. 그 모습을 참기 힘들었는지, 김진철이 입을 열려고 했으나.

"그……?"

주혁이 손을 들어 그의 말을 막았다. 김진철이 어금니를 꽈드득 물었지만, 그러거나 말거나 장주연의 연기는 이어졌다.

"무책임에도 정도가, 정도가 있는 거잖아. 아니, 그래, 지금까지 죽은 줄 알았다고 치자. 그런데 지금은 아니잖아요."

그때 주혁이 끼어들었다.

"장주연 씨. 그 톤, 그 느낌 살려서 '내가 죽여버려도 괜찮아?' 한번 쳐보세요."

고개를 끄덕인 장주연이 곧바로 대사를 쳤다.

"내가 죽여버려도, 괜찮아?"

주혁이 웃었다. 재밌다고 느꼈다. 저 짧은 대사에 수많은 캐릭터가 보였다. 살인마, 사이코, 허언증, 킬러 등등.

그녀의 연기가 끝난 후, 심향미 감독부터 평가를 늘어놨다.

"음. 감정이 다채로운 것인지 아예 없는 건지 헷갈리네요. 그게 장점인지 단점인지는 앞으로 본인이 해결해야겠지만, 그저 배우로서 보자면 색깔이 좀 부족해 보여요. 스타가 되긴 어렵겠어요."

강주혁이 심향미 감독의 작품을 한 적은 없지만, 그간 그녀가 찍은 작품만 봐도 답이 나왔다. '내용은 거지 같아도 배우들의 비주얼이 괜찮으면 그림은 어떻게든 나온다' 같은 느낌. 즉 심향미 감독은 외적인 부분을 중히 여긴다는 뜻이었고.

"나쁘지 않아. 나쁘지 않은데, 대사에 공감이 안 가잖아. 그렇죠? 감정을 배제해서 여러 가지 느낌이 들게 하는 것은 좋은데. 시청자들에게 뭔가 느껴지는 건 있게 해야지. 내가 공감이 안 가는 거면 아마 보는 시청자들도 비슷하게 공감 안 갈 거야. 그리고 얼굴을 왜 가려? 가린다고 수박 되는 거 아니잖아."

김진철은 역시나 막말을 늘어놨다. 전형적인 고인물 평가. 이어서 장주연 프로필에 무언가 열심히 적던 주혁이 입을 열었다.

"캐릭터가 이미 잡혀 있는 것 같아서, 좋았습니다. 스타가 되고 안 되고 그 이전에 배우로서는 충분히 가능성이 있어요. 지금 그 톤을 유지하셨으면 좋겠어요. 대중들의 공감은 대중들이 판단할 문제고, 촬영 분장이나 메이크업 전부 얼굴을 숨기는 과정입니다. 전혀 기죽을 것 없어요. 저는 합격 드리겠습니다."

앞선 심사위원들의 평가를 명백하게 돌려 까는 발언이었다.

"장주연 씨, 팔찌 받으시고, 다음 주에 봐요."

장주연의 표정은 잘 안 보였지만, 인사를 90도로 하는 걸로 봐서는 꽤 기분이 좋은 듯 보였다. 그리고.

— 덜컥!

합격한 장주연이 무대에서 사라지자마자 김진철이 거칠게 자리에서 일어났다.

"내가 이딴 취급을! 야!! 매니저! 차 시동 걸어!"

기분이 상했는지, 김진철이 무대를 내려가려 했고 그런 그를 보며 주혁이 짧게 인사를 던졌다.

"수고하셨습니다."

"너…… 핏덩이던 새끼가."

"지금은 안 그런 모양이죠?"

"……"

몇 초간 강주혁을 노려보던 김진철은 이내 몸을 돌려 촬영장을 빠져나갔고, 그를 스태프 몇 명이 따라나섰다.

'여전하네. 저 영감.'

주혁은 김진철과 단 두 번의 작품을 같이했다. 신인 때 한 번, 톱스타 궤도에 오르고서 한 번. 신인 때에도 딱히 마음에 들진 않았다. 너무 눈치 없는 막말이 심했기 때문이었다. 그저 선배라는 계급장 하나로 상대방의 치부를 아무렇지 않게 말 한마디로 후벼 파는. 이후 톱스타로 자리매김한 뒤로는 김진철을 철저하게 무시했다. 심하다 싶으면 태클을 걸기도 했다. 그런 작은 불씨가 촬영 분위기를 좀먹고, 망치기 때문이었다. 그리고 강주혁의 말 한마디가 촬영현장에 끼치는 영향은 꽤 거대했다. 강주혁은 주연배우였고 김진철은 조연, 선배라는 계급장보다 주연의 파워가 더 먹히는 바닥이니까.

어쨌거나 김진철은 결국 돌아오지 않았다. 남은 참가자들은 강주혁과 심향미 감독 둘이서 봐야 했고, 촬영은 오후 7시가 돼서야 마무리됐다. 심향미 감독은 주혁에게 간단하게 인사를 던진 후 촬영장을 빠져나갔다.

"아— 이걸 어떻게 짜깁기를 해야 할지 감도 안 오네요."

깊은 한숨을 내뱉으며 박한철 PD가 주혁에게 다가왔다. 촬영장을 한번 휘둘러보며 머리를 긁던 박한철 PD가 말을 이었다.

"싸그리 날려야 되나 이거. 미치겠네."

주혁이 자리에서 일어나며 웃었다.

"그런 거 하나하나 신경써서 어떻게 방송합니까. 언제부터 방송가가 그렇게 배려심이 깊었다고."

"하하하, 그래도 이게 그림이 좀."

"왜요? 재밌잖아요?"

어색하게 웃는 박한철 PD의 어깨를 툭 친 강주혁이 무대를 내려가며 결론을 던졌다.

"편하게 내보내세요. 저는 전부 나가도 상관없으니까."

〈만능엔터테이너〉 첫 녹화가 끝난 후, 주혁은 천근만근인 몸을 이끌고 회사로 향했다.

"후─"

사무실에 도착해 의자에 몸을 던지자마자 긴 한숨이 터져 나왔다. 그 순간 주혁의 핸드폰이 울렸다. 홍혜수 팀장이었다.

"어, 누나."

"어머, 사장님. 목소리 봐. 오늘 녹화 힘들었나 봐?"

"죽겠어, 아주. 게스트 심사위원으로 김진철이 왔더라고. 심향미 감독하고."

"어어? 그 이빨 김진철? 아, 일단 지금 회사야?"

"어. 나 방금 사무실 들어왔는데."

"아아, 그럼 나 지금 하영이랑 올라갈게."

잠시 뒤, 운동복 차림의 강하영과 비슷한 복장의 홍혜수 팀장이 사장실로 올라왔다. 이어서 홍혜수 팀장이 예능 기획안 몇 개를 책상에 올리면서 브리핑을 시작했다. 길었지만, 대충 요약하자면.

"그러니까, 하영 씨가 예능을 하고 싶다는 거잖아?"

"네! 들어보니까, 예능은 스케줄이 일주일에 한 번 정도로 짧고, 꼭 해보고 싶었습니다!!"

강주혁만 보면 다나까 말투를 쓰는 강하영에게 주혁이 웃으며 물었다.

"괜찮겠어요? 예능을 나가면 진짜 스케줄이 빡빡해질 텐데."

"옙! 그리고 이 예능은 진짜 즐겁게 할 수 있을 것 같아요. 이거이거."

몇 가지 기획안 중 은근히 바라는 게 있는지, 강하영이 맨 위 기획안을 슬며시 주혁에게 어필했다. 그 모습에 피식한 주혁이 홍혜수 팀장으로 시선을 돌렸다.

"하영 씨 스케줄 전부 확인하고 진행하는 거지?"

"응, 사장님. 문제는 없을 거야."

"알았어요. 전부 확인해볼 테니까. 오늘은 들어가 쉬세요. 두 분."

"넵! 사장님도 푹 쉬세요!"

"맞아. 사장님도 오늘 녹화하느라 고생했어."

강하영과 홍혜수 팀장이 사장실을 빠져나간 뒤, 주혁은 강하영이 은근히 욕심을 표한 기획안부터 천천히 살폈다. 그런데 첫 장에 주혁의 자세가 달라졌다.

"······이것 봐라?"

— 기초 기획안(예능)

— 타이틀 : 당해낼 수 없다.

— 출연 연기자 : 미확정

강하영이 하고 싶다던 예능은 보이스피싱에서 들었던 〈당해낼 수 없다〉의 기초 기획안이었다.

"뭐가 어떻게 된 거지."

중얼거린 주혁이 기획안을 빠르게 훑었다. 가장 먼저 확인한 것은 홍혜수 팀장이 표시해둔 기획안 도착 날짜였다. 표시된 날짜는 두 달 전.

"두 달 전만 해도 재형이 형이 출연 의사가 없었나?"

하지만 현재는 실검을 장악할 정도로 화제가 된 상태였다. 물론 확정인지 아닌지 정확하진 않았지만.

"하영 씨를 고정으로 쓰고 싶다······."

기획안 끝자락에는 강하영을 고정으로 쓰고 싶은 이유와 멘트도 달려 있었다. 주혁이 수첩을 꺼내 〈당해낼 수 없다〉 관련 미래 정보를 곱씹었다.

— TVL 예능 〈당해낼 수 없다〉. 김재형 컨셉대로 시민들과 섞여드는 포맷으로 갔다면 시청률 1%에서 서서히 5%까지 오르는 기염을, 담당 PD가 과도하게 게스트를 출연시키면 0.3%로 조기종영.

어쨌든 팩트는 이대로 가면 이 예능은 망한다는 것.

"그럼 이건 TVL에서 하면 안 될 것 같은데."

검지로 수첩을 톡톡 치며 생각에 잠겼던 주혁이 짧게 읊조렸다.

"내부사정을 좀 파악해볼까?"

다음 날 아침. 출근한 주혁은 곧장 커피를 내린 후, 책상 이곳저곳을 뒤지기 시작했다.

"분명 여기 어디 뒀는데."

서랍부터 시작해서 책장, 선반까지 샅샅이 뒤졌으나 주혁이 찾는 것은 나오지 않았다.

"스읍, 어디다…… 아."

순간 번뜩 생각난 주혁이 책상 아래 깊숙이 넣어뒀던 〈척살〉 시나리오를 꺼내 좌라락 펼쳤다. 그러자 시나리오 사이에 껴 있던 무언가가 바닥에 떨어졌다. 명함이었다.

— 빅엔터테인먼트

— 사장 박찬규

강주혁은 예전 류진주를 구해주면서 박찬규 사장과 나눴던 대화를 떠올렸다.

"제가 사장님 필요할 때 한번 써먹게 해주세요. 그럼."

"날 써먹어?"

피식한 주혁이 짧게 읊조렸다.

"이게 또 이렇게 쓰인단 말이지."

주혁이 케케묵은 명함을 꺼내든 이유는 간단했다. 김재형의 소속사가 빅엔터테인먼트였기 때문이었다. 명함을 손에 든 주혁이 전화를 걸었다. 연결 신호는 짧았다.

"음? 강주혁 씨? 오랜만입니다."

"오랜만입니다. 사장님."

주혁이 명함을 얼굴 가까이 들어 올리며 말을 이었다.

"사장님을 써먹을 일이 생겼습니다."

"써먹을 일?"

"예, 써먹을 일. 기억나시죠? 저한테 빚 하나 지셨잖습니까?"

"……"

박찬규 사장은 당장은 기억이 나지 않는지, 잠시 침묵했다.

"어— 이러시면 곤란합니다. 전 아직도 사장님 명함을 가지고 있는데요."

"명함. 아, 그래요. 그걸 말하는 거구먼. 우리 진주 사건 터졌을 때 말이지?"

"맞습니다."

벌써 1년 전 일이었다. 박찬규 사장이 이제야 떠올랐는지, 짧게 웃으며 답했다.

"그래요. 기억납니다. 요즘 정신없어서."

"그러시겠죠. 저도 기사는 봤습니다. 재형이 형이 케이블에 예능을 론칭한다던데요?"

"아아. 뭐, 아직 확정은 아닌데 기자들이 냄새 맡고 기사부터 뿌린 거지."

주혁이 통화 중에 다이어리를 다급하게 꺼내 메모를 시작했다.

'아직 확정은 아니란 말이지? 비집고 들어갈 틈은 있다는 뜻이군.'

무려 김재형이다. 그의 첫 번째 케이블 진출이니 박찬규 사장이 직접 움직이는 게 전혀 이상하지 않았다. 어쨌든 다이어리에 '확정 아님'이라고 적은 주혁이 다시 물었다.

"그 예능 관련해서 드릴 말씀이 있는데, 시간 좀 내주시죠. 이 명함을 어떻게 쓸지도 그때 말씀드리겠습니다."

"재형 씨가 들어가는 예능에 자네가 할 말이 있다?"

"그렇죠."

"하하. 다른 사람도 아니고, 자네가 그렇게 나오니 궁금하긴 하네. 음."

스케줄을 확인하는지, 박찬규 사장이 잠시간 뜸을 들이더니 이내 다시 말했다.

"그런데 이번 주는 힘들어요. 오늘이 목요일이니까, 주말 지나고 다음 주 월요일에 보는 건 어때요? 저녁 같이합시다."

"그렇게 하시죠. 재형이 형도 같이 나오면 좋긴 한데, 바쁘시겠죠."

"내 한번 얘기는 해볼게요. 둘이 서로 아는 사이라는 건 아니까."

"알겠습니다. 그날 뵙죠."

그렇게 전화가 끊겼고, 주혁은 곧바로 추민재 팀장과 황 실장을 호출했다. 그러고는 〈당해낼 수 없다〉의 기획안을 내려다봤다.

"이건 꼭 돼야 하는데."

강하영의 첫 예능. 주혁이 강하영을 처음 보자마자 만들어내려 했던 이미지인 만큼 이 예능은 강하영에게 가치가 있었다.

"이건 하영 씨만의 무기가 될 거야."

어중간한 배우가 예능에 출연해서 대박을 치면 자칫 예능 색깔에 함몰될 수가 있다. 그럼 배우로서 가치가 떨어진다. 하지만 강하영은 이미 〈28주, 궁궐〉에서 악역으로 임팩트 있는 인상을 남겼다.

"무조건 돼야 해."

이 예능은 강하영의 이미지를 다채로운 색깔로 만들어낼 기회였다. 강주혁이 머리를 빠르게 굴리기 시작했다.

잠시 뒤, 사장실로 추민재 팀장과 황 실장이 들어오자 커피를 한 잔씩 건넨 주혁이 곧장 본론으로 들어갔다.

"형. 오늘 TVL 들어가서 정보 좀 털어와 봐."

"TVL? 무슨 정보를?"

"최근에 기사 터진 거. 김재형 TVL 예능 론칭."

"아— 그래. 나도 봤다. 근데 그걸 왜 우리가 캐는 건데?"

추민재 팀장이 고개를 갸웃하며 묻자, 주혁이 커피 한 모금 마시며 답했다.

"그걸 내가 건드려볼까 하는데."

"그 예능을? 사장님이? 왜?"

"하영 씨가 들어갈 예능이니까. 판 한번 키워보려고."

"오~ 하영이가 예능을 한다는 거지? 그것도 김재형이 메인에? 좋잖아? 알았어. 뭘 털어볼까?"

"전부. 그냥 시시콜콜한 것 모두."

고개를 끄덕이던 추민재 팀장이 다이어리를 꺼내 무언가 적더니 답했다.

"그냥 〈28주, 궁궐〉 때처럼 알아보면 되지?"

"맞아."

"바로 출발한다."

"무슨 일 있으면 전화 주고."

옆에 있던 황 실장에게 인사를 건넨 추민재 팀장이 사장실을 빠져나갔고.

"황 실장님."

"예. 사장님."

"박종주 요즘 좀 조용한데. 뭔가 움직임이 없습니까?"

"예. 최근에 일본 출장을 갔습니다. 딱히 크게 움직이는 것도 없고, 그래서 과거 위주로 한번 훑고 있습니다."

"음. 그때 말씀드린 무비트리 전 사장은요?"

"그쪽은 박 과장이 확인하고 있습니다. 일단 주신 자료에 적힌 주소에는 살고 있지 않은 모양입니다."

"그렇겠죠."

5년도 훨씬 넘은 자료이니, 그 주소에 살고 있을 확률은 매우 낮았다. 잠시 간 팔짱을 낀 채 생각을 정리하던 주혁이 책상에서 쪽지 하나를 집어 황 실장에게 건넸다.

"이건?"

"심황석 감독이 가지고 있던 마약. 그 파우치 안에 들어 있던 겁니다."

"아아, 예. 기억납니다."

주혁이 건넨 것은 파우치에 꾸깃꾸깃 처박혀 있던 전화번호 쪽지였다.

"황 실장님. 혹시 그 번호 확인이 가능합니까? 사용자라든지, 통화내역 같은 거."

"불가능하지는 않습니다. 그런데 보통 이런 놈들은 대포폰을 사용해서, 건질 게 없을지도 모릅니다."

"그럼 어쩔 수 없죠. 확인 가능한 범위에서만 알아보세요."

"예. 그런데 어찌 이것까지 알아보려고 하시는지."

살짝 의문을 가진 황 실장에게 주혁이 그 이유를 설명했다. 대비를 해두자는 마음에서였다. 심황석 사건으로 연예계에 마약이 얼마나 깊숙이 박혀 있는지는 이미 확인됐다. 앞으로 강주혁이 이 바닥을 호령하려면 이런 사건에 미리 대비해둘 필요가 있었다. 주혁의 설명을 들은 황 실장이 고개를 끄덕이며 자리에서 일어났다.

"알겠습니다. 지금 바로 확인해보겠습니다."

주혁에게 고개를 숙인 황 실장이 사장실을 나갔고, 그 모습을 잠시 바라보던 주혁이 다시 자리에 앉았다.

"일단 예능 파악부터."

주혁은 과거부터 현재까지 케이블 예능을 파악하기 시작했다. 강주혁의 설계대로 흘러가려면 예능 PD 선별이 시급했다. 국내 케이블 중 TVL을 배제한 HTVC, WTVM의 예능을 쭉 훑었다. 간단한 정보와 컨셉, 시청자 반응 정도를 살피는 데에도 어느새 두 시간이 흘렀다. 그렇게 내린 결론.

"아무래도 WTVM이 좋겠어."

사실 HTVC나 WTVM나 크게 다를 건 없었지만, 주혁의 입김이 닿는 WTVM이 좀 더 형편이 나았다.

"그렇다면 PD는 그 사람이 좋겠는데. 아직 그쪽에 있으려나."

누군가를 떠올린 주혁이 곧장 박한철 PD에게 전화를 걸었다. 바빴는지 연결 신호가 꽤 길었다.

"어— 사장님? 죄송합니다. 회의 중이었습니다. 무슨 일이십니까?"

"PD님. WTVM 예능국에 이민주 PD라고 혹시 아십니까?"

"이민주 PD요? 알죠. 제 동긴데. 근데 민주는 왜 갑자기."

"그분, 혹시 지금 프로그램 들어가신 게 있는가 해서."

"아…… 그게."

뭔가 문제가 있는지, 잠시 뜸을 들이던 박한철 PD가 길게 한숨을 내쉬며 말을 이었다.

"민주, 지금 예능 안 합니다. 교양국 쪽에 있어요."

"교양국? 예능 PD가 교양엔 왜?"

"간혹 있습니다. 좌천이죠. 민주가 하던 프로에. 아, 혹시 식스나인 아십니까? 남자 아이돌 그룹."

"아, 들어는 봤습니다."

"걔네가 윗분들끼리 딜 쳐서 게스트로 나왔었는데, 거의 편집해버렸어요. 재미없다고. 자기 프로 색깔하고 안 맞는다고. 그래서 뭐, 식스나인 소속사가 워낙에 덩치 있고 팬덤도 어마어마해서, 날아갔죠. 본보기로."

사정을 들은 주혁이 미소 지었다.

"딱 좋네요."

"예? 뭐라고 하셨습니까?"

"아, 아닙니다. 그 결정은 예능국장님이 하신 겁니까?"

"아, 뭐. 국장님도 별수 없었죠. 하도 일이 커지다 보니까. 그런데 사장님이 이민주 PD를 어떻게 아십니까?"

"자세히는 모릅니다. 예전에 조금."

강주혁에게 이민주 PD의 기억은 강렬했다.

주혁이 잠적하기 1년 전. 강주혁은 예능 출연을 안 하기로 유명했다. 그럴수록 예능 PD들이 군침 흘리는 아이템이었다. 그 와중에 당시 소속사 사장이었던 류진태가 강주혁 몰래 영화 홍보 겸 예능 출연을 진행했다. 그 프로의 PD가 이민주였다. 물론 그 상황을 주혁은 자세히 몰랐고.

그런데 어느 날 류진태가 자리를 비운 사이 그의 전화를 주혁이 대신 받았는데 대뜸.

"저 이민주 PD입니다. 저기요. 아무리 강주혁이라지만, 너무 막무가내로 때려 박는 거 아닙니까? 예능이 무슨 홍보실도 아니고. 그리고 제가 하는 프로는 시민과 함께하는 포맷입니다. 그런데 영화 홍보만 딱 하고 빠진다는 게 말이…… 후— 됐고요. 저희가 보내드린 스케줄 소화 못하시는 거면 저는 전부 날리겠습니다."

그렇게 전화가 끊겼다. 그때야 이게 뭔 개소린가 싶었고, 이후 예능 출연도 고사했지만, 당시 기억은 주혁의 머릿속에 강력하게 박혀 있었다. 그 기억이 떠오른 주혁이 피식하며 박한철 PD에게 다시 물었다.

"이민주 PD님, 같은 예능 PD로서는 좀 어떻습니까?"

"아깝죠. 실력 좋고. 원래 예능 쪽이 다른 곳에 비해 노가다가 심해서 여자 PD들이 갈려 나가는데 민주는 뚝심도 있고. 교양 갈 때 다시는 예능 안 하겠 다고 고래고래 소리치고 나갔을 정도니까요."

대답을 들은 주혁이 다이어리에 무언가 메모를 하더니 이내 답했다.

"이민주 PD님을 제가 한번 만나보고 싶은데."

뜬금없는 요청에 박한철 PD가 의아해했다.

"민주를요?! 아니, 사장님이 민주 PD를 왜."

주혁이 웃었다.

"맡기고 싶은 게 있어서요."

같은 날 늦은 점심, 주혁이 강필름 사장실에 들어섰다. 박건웅 사장과 약속 이 된 터였다. 주혁이 들어오자 머리를 감싸고 앉아 있던 박건웅 사장이 고개 를 들었다.

"……아, 강주혁 씨. 여기 앉으세요."

"예."

힘없이 자리에서 일어난 박건웅 사장은 매우 초췌해 보였다. 주욱 풀어놨 던 넥타이를 다시 반듯하게 조인 박건웅 사장이 강주혁의 반대쪽에 앉으면서 입을 열었다.

"이번 일은…… 죄송하게 됐습니다. 저도 그 인간이 그 정도일 줄."

"아뇨. 뭐, 이미 끝난 일이니."

"그래도 감사하게 생각하고 있습니다. 그나마 일찍 터져서, 이래저래 피해가 많이 줄었습니다."

말은 이렇게 하지만, 강필름이 심황석 감독 때문에 입은 피해가 막심할 거라고 주혁은 생각했다. 사장실까지 오는데 직원들의 자리가 많이 비어 있기도 했으니까.

'즉, 박건웅 사장은 돈이 필요하겠지.'

주혁이 생각할 때, 박건웅 사장이 물었다.

"그런데, 긴히 하실 말이 있다는 게?"

"아, 혹시 사장님. 〈폭풍〉 시나리오, 어떻게 처리하셨습니까?"

"처리할 게 있나요. 이제 그냥 휴지조각이죠."

사실이 그랬다. 그 작품의 미래를 모르는 이들에게는 그저 화장실에 걸린 휴지와 다를 게 없겠지. 하지만 강주혁은 달랐다.

"사장님. 만약에 그 휴지조각을 파신다면 얼마나 생각하십니까?"

"예? 〈폭풍〉을요? 허헛, 누가 사겠습니까."

"말씀해보세요. 얼마 정도에 파실까요?"

주혁의 물음에 박건웅 사장이 잠시나마 희망찬 표정으로 눈알을 굴렸다.

"그래요. 당장이라도 판다면 천만 원도 감지덕지죠."

"알겠습니다. 그럼 천만 원에 저한테 파시죠."

"예? 지금 뭐라고?"

훅 들어온 제안에 화들짝 놀란 박건웅 사장을 보며 주혁이 미소 지었다.

"〈폭풍〉 시나리오를 제가 사겠다고 말씀드렸습니다."

* * *

같은 시각, WTVM 교양국.

수많은 편집실 중 한 곳에 테 없는 동그란 안경에 머리카락을 질끈 묶은 여자가 육포를 뜯으며 영상을 편집 중이었다. 이민주 PD였다.

— 타닥, 타닥

그녀의 손은 빨랐지만, 눈에는 영혼이 빠져나간 듯 보였다.

그때 누군가 노크하며 편집실로 들어왔다.

"쌍민주~ 오빠다."

"지랄."

박한철 PD였다. 그가 들어왔음에도 이민주 PD는 그저 정면 모니터에 시선을 고정한 채 거친 대답을 쏟아냈다. 그런 게 일상인지, 박한철 PD가 빈 의자를 끌어다 앉았다.

"뭐 하냐?"

"보면 모르냐? 편집하잖아. 방해하지 말고 꺼져."

"크크. 성격 여전하네."

"니 얼굴도 여전하고."

그렇게 대화가 끊겼고, 편집하는 이민주 PD를 잠시 구경하던 박한철 PD가 장난스레 말을 이었다.

"민주, 예능국 안 돌아오냐? 국장님도 오라는데, 뭐라고 자꾸 버팅겨?"

"안 가. 가봤자지. 어차피 여기로 또 돌아올 건데. 여기가 편해."

"야, 예능국에서 칼 휘두르던 애가, 교양에서 격식 차리고 나이프로 고기 써는 게 되겠냐?"

"보면 모르냐? 지금도 고기 썰고 있잖아. 겁나게."

박한철 PD가 못 말리겠다는 듯 고개를 저었다. 그러다 의자 등받이에 허리를 움푹 기대면서 본론을 던졌다.

"그나저나, 민주 너 강주혁 알지?"

"대한민국에 강주혁 모르는 사람도 있냐? 뭐냐, 니 프로에 강주혁 박았다고 자랑하러 왔냐?"

찾아온 이유를 알겠다는 듯이 이민주 PD가 다시 머리카락을 질끈 묶으며 콧방귀를 뀌었다. 그러나 돌아온 대답이 뜻밖이었다.

"강주혁이 너 좀 보고 싶다는데."

"그래그래. 나도 보고 싶다고 전해라. 장난치지 말고 좀 꺼져."

눕혔던 허리를 세우면서 박한철 PD가 짐짓 진지한 표정으로 다시 입을 열었다.

"이민주 PD님, 진짜라고. 강주혁이 직접 전화해서 널 좀 보고 싶다고 했다니까. 너한테 맡길 게 있다면서."

한창 편집하던 이민주의 손이 비로소 멈췄다. 그 자세 그대로 박한철 PD를 돌아봤다.

"뭔 소리야. 진짜? 강주혁이 날 왜?"

"몰라. 자세한 건 모르는데. 진짜 널 좀 보고 싶다고 전화 왔다니까."

이민주 PD가 이번엔 몸까지 돌리며 답했다.

"나한테 뭘 맡겨? 난 강주혁이랑 인사 한 번 나눈 적 없는데."

그런 그녀에게 바싹 다가간 박한철 PD가 목소리를 낮췄다.

"야, 그 강주혁이야. 지금 이 바닥이나 영화 쪽이나 미쳐 날뛰고 있는 강주혁. 그 사람이 널 따로 불렀어. 이게 보통 일이겠냐?"

"보통 일이 아니면?"

"내가 이번 〈만능엔터테이너〉 준비하면서 강주혁을 좀 세세하게 봤는데,

보통 아니더라. 아니, 결과가 그렇잖아. 그 사람이 손댄 것들만 봐도. 그런 강주혁이 움직였다?"

이민주 PD만 들리게끔 말을 이었다.

"뭔가 큰놈으로 준비 중이라는 소리 아니겠냐?"

이민주 PD의 머릿속에 순간 〈28주, 궁궐〉이 스쳤다. 드라마국 사정이야 자세히 모르지만, 애초 땜빵 용이었던 드라마에 남들은 군침만 흘리는 헤나와 영화만 고집하던 김건욱을 투입하고 시청률 15%를 넘기는 작품으로 탄생시킨 것이 바로 강주혁이라는 소문은 방송가에 모르는 사람이 없었다. 그런 강주혁이 자신을 보고 싶어 한다는 말에 이민주 PD의 본능적인 호기심이 발동했다.

"나만 따로 보자는 거야?"

이미 넘어왔다 싶었는지, 웃음을 머금은 박한철 PD가 다시 의자에 몸을 기대며 말을 이었다.

"어어. 너한테 물어보고 다시 전화 주겠다고 했어. 강주혁 사장은 가능하면 오늘 저녁이 좋겠다는데. 안 되겠네~ 민주 격식 차리고 열심히 편집하셔야 하니까."

그런 박한철 PD를 쳐다보던 이민주 PD가 이내 다시 모니터 쪽으로 몸을 돌리더니 냉담하게 답했다.

"그래. 나 편집할 거야. 이제 좀 꺼져, 진짜."

"예예~"

의자에서 엉덩이를 뗀 박한철 PD가 그녀의 어깨를 툭 치면서 한마디 얹었다.

"하여튼 생각해봐~ 참고로 내가 강주혁 섭외하느라 진짜 피똥 싼 거 알지? PD로서 한 번 만나기도 힘든 사람이야. 근데 독대다, 독대. 뭔진 몰라도 난 무조건 너한테 기회라고 생각한다. 전화 줘라."

그렇게 박한철 PD가 편집실을 나섰다. 동시에 열심히 편집하던 이민주 PD의 손이 우뚝 멈췄다.

"하— 뭐야. 이민주. 기껏 여기에 적응했는데 뭘 또 흔들리고 그래."

혼잣말을 뱉더니, 양 볼을 짝짝 때리고는 다시 편집에 열중했다. 하지만 오래가지 못했다. 1분 편집하고 멈추기를 계속, 머릿속은 온통 강주혁이라는 세 글자로 가득 차기 시작했다.

그렇게 5분, 10분, 30분, 한 시간. 딱 한 시간 정도 지나자.

"……아오! 씨!"

이민주 PD가 핸드폰을 거칠게 집으며 편집실을 뛰쳐나갔다.

잠시 뒤, 미팅을 마친 강주혁의 손에는 영화 〈폭풍〉의 시나리오가 들려 있었다. 돈이 급했던 강필름 사장이 주혁의 제안을 덥석 받아 시나리오를 넘긴 것이었다. 별 탈 없이 시나리오를 넘겨받은 주혁이 흐뭇한 표정으로 차에 탔을 때, 전화가 울렸다. 박한철 PD였다.

"예, PD님."

"사장님, 물었습니다."

"물어요?"

"아, 하하하. 민주가 떡밥을 물었다고요. 애가 고집이 워낙 황소라, 고생 좀 했습니다."

"그렇습니까?"

"예예. 앞으로 우리 〈만능엔터테이너〉 잘 좀 부탁드리겠습니다, 하하. 시간은 언제가 좋으시겠습니까?"

"오늘 저녁도 괜찮으시면 8시 정도면 어떨까요. 장소는 방송국 주변이 좋겠죠?"

"알겠습니다. 민주 PD한테 전달하겠습니다."

그렇게 전화가 끊겼고, 주혁이 곧장 시간을 확인했다. 시간은 오후 2시.

"이렇게 되면 다음은 국장급."

짧게 읊조린 주혁이 잠시 신호에 걸린 틈을 타 어디론가 전화를 걸었다. 연결 신호는 초록 불이 켜짐과 동시에 끊겼다.

"어이구, 강 사장님."

"안녕하세요. 국장님."

상대는 WTVM 드라마국 국장이었다.

"그래요. 허허허, 강 사장님이 무슨 일로 전화를 주셨나?"

"국장님. 다름이 아니라 자리 주선을 부탁드리고자 전화했습니다."

"자리 주선?"

"예."

"어떤?"

"WTVM 예능국 국장님을 좀 만나뵙고 싶습니다."

"예능국장을?"

예상치 못한 요청이었는지, WTVM 드라마국 국장이 살짝 침묵하다 말을 이었다.

"간단한 식사자리라고 생각하면 되지요?"

"맞습니다. 간단한 식사자리라고 생각해주시면 됩니다."

"허허, 그럼 괜찮으면 지금 이리로 오면 됩니다. 나 지금 예능국장이랑 점심 중이니까."

타이밍이 아주 끝내줬다. 주혁이 움직이던 차를 갓길에 대며 말을 이었다.

"감사합니다. 위치 알려주시면 바로 그쪽으로 가겠습니다."

"뭘, 감사는. 허허, 알았어요. 지금 바로 문자로 주소 보내줄게."

"예."

〈28주, 궁궐〉 덕에 드라마국 국장이 강주혁을 대하는 태도는 매우 우호적이었다. 전화가 끊긴 지 몇 초 만에 문자가 도착했다. 웃으며 내용을 확인한 주혁의 차가 서서히 움직이기 시작했다.

오후 8시 즈음, WTVM 방송국 근처.

양식집 2번 룸에 이민주 PD가 앉아 있었다. 목이 타는지 연신 물을 벌컥벌컥 마셔대면서. 그때 나무문이 열리고, 정장에 코트를 차려입은 남자가 들어왔다. 그를 보자 이민주 PD의 눈이 커지면서 자연스레 혼잣말이 나왔다.

"……진짜네."

그 혼잣말을 듣지 못했는지, 남자가 문을 닫고 이민주 PD에게 손을 내밀었다.

"PD님, 반갑습니다. 강주혁입니다."

이민주 PD가 어정쩡하게 일어나서 그 손을 잡았다.

"예, 알죠. 강주혁 씨인 거, 모르는 사람이 어디 있나요."

"하하, 그런가요?"

짧게 대답한 주혁이 코트를 벗어 의자에 걸친 후, 자리에 앉아 이민주 PD를 잠시 바라봤다. 이민주 PD가 민망했는지 주혁의 눈길을 피했다. 그 모습에 슬쩍 미소 짓던 주혁이 앞에 놓인 물을 따르며 입을 열었다.

"바로 본론이라 죄송하지만, PD님께 맡기고 싶은 일이 있어서 뵙자고 했습니다."

"전 강주혁 씨 처음 보는데, 그런 저한테 맡긴다고 하는 일이……"

말끝을 흐린 이민주 PD를 보며 주혁이 답했다.

"이민주 PD님 연출하신 작품을 전부 보진 못했지만, 간략하게나마 확인은 했습니다. 게스트 비중이 매우 낮더군요. 요즘 예능은 게스트 사용이 넘쳐나는데 말이죠."

"아, 제가 게스트 섞는 걸 별로 안 좋아해서요."

"그래서 더욱 맡기고 싶어요. 그리고 PD님은 절 모르시겠지만, 저는 PD님을 알고 있습니다. 이 부분은 나중에 설명해드리죠."

이민주 PD의 미간이 살짝 찌푸려졌다.

"어떤 일인지 설명을 들을 수 있을까요?"

"물론입니다."

물을 한 컵 마신 주혁이 이민주 PD에게 간략하게나마 앞으로의 계획을 설명했다. 설명을 듣는 중간중간 이민주 PD의 표정이 폭죽 터지듯 변화무쌍하게 일그러졌다. 잠시 뒤.

"해서, 제가 일을 마무리 지으면 PD님께 최종적으로 연출을 맡기고 싶은 겁니다."

담담하게 설명을 마친 주혁을 보며 이민주 PD가 참다못해 외쳤다.

"그, 그게 말이 돼요?! 바쁘신 분이니 저한테 장난치는 건 아닐 테고! 아니, 애초에 그 정도 일이면 국장 선에서 커트가."

"그쪽은 이미 끝났습니다."

주혁이 말을 자르자, 그녀의 표정이 한층 요지경으로 변했다.

"끝나요? 뭐가 끝나요?"

"예능국 국장님과는 이미 얘기가 끝났습니다. 쉽게 얘기해서, 이미 예능국장은 한 배를 탔습니다. 그러니까."

주혁이 이민주 PD의 눈을 똑바로 보며 결론을 던졌다.

"이제 PD님만 수락하시면 일 진행됩니다."

같은 시각, TVL 방송국 로비 카페테리아에서는 예능국의 박동욱 PD가 엔터테인먼트 실장을 만나고 있었다. 현재 화제의 중심인 김재형의 프로를 맡기로 예정된 PD였다.

"그래서 PD님. 이번에 저희 회사에서, 아시죠? 걸그룹 '젤딩스' 엄청 밀고 있습니다."

"예예. 알죠. 이번에 나온 노래도 좋더만요."

"그렇죠. 벌써 차트 중위권에 알 박혔고, 반응도 좋습니다. 헤헤."

"아니, 근데 실장님. 5회 안으로 게스트는 힘들다니까."

"에이, PD님. 김재형이랑 도장만 찍으면 칼자루는 PD님이 쥐는 것 아닙니까. 1~2회 정도만 원래 컨셉으로 가도, 나머지는 다 되시면서."

박동욱 PD는 오늘만 벌써 열 번째 미팅이었다. 아직 편성이 확정된 게 아닌데도 벌써 게스트 거래가 활발히 이루어지고 있었다. 잔뜩 치켜세워진 박동욱 PD가 헛기침하며 애써 곤란한 척을 했다.

"허참, 곤란하네. 아직 확정도 아니구먼."

"에헤이~ PD님. 사방팔방에 기사가 도배됐는데, 이게 확정이 아니면 뭡니까. 다 알아요. 오늘만 여기저기 엄청 만나신 거. 그래서 말인데."

실장이 박동욱 PD 손에 자신의 명함을 내밀면서 싱긋 웃었다.

"오늘 밤에 전화주시면 우리 '젤딩스' 애들이랑 잽싸게 나가겠습니다. 한잔 거하게 꺾어보시죠."

손으로 소주잔 꺾는 시늉을 하자, 박동욱 PD가 눈을 빛냈다.

"어허— 참. 아, 요 앞에 양주집 새로 생긴 곳이 좋아 보이긴 하던데."

"아유, 말해 뭐합니까, PD님."

실장이 엄지와 새끼손가락으로 전화기 모양을 만들었고.

"전화만 주시면 바로 달려갑니다."

자기들끼리 북 치고 장구 치고를 시작했다.

* * *

같은 시각, 일본 도쿄의 한 거대한 저택.

입구 철문부터 저택까지 길쭉하게 난 길을 정장 차림의 남자가 걸어가고 있다. 길 주변은 큰 공원처럼 보일 만큼 관리가 잘돼 있다.

새소리가 울려 퍼지는 길을 약 5분간 걸어간 남자는 정면에 웅장하게 버티고 선 고급진 2층짜리 가옥을 보며 입을 열었다.

"시발."

짧게 욕을 뱉은 남자가 가옥 현관으로 다가서자, 현관문이 기다렸다는 듯 열리더니 형형색색 유카타를 입은 여자 두 명이 고개를 숙이며 나타났다.

"안뇨하세요, 박종주 님. 사쟝님이 기다리교 계십니다."

유카타를 입은 여자 한 명이 어색한 한국말을 뱉으며 박종주를 안내했다. 현관을 통과하자마자 정장을 빼입은 건장한 남자들이 일자로 서서 박종주의 걸음걸이 하나하나를 빠짐없이 체크하며 따라붙었다. 대충 봐도 열 명이 넘어 보였다.

유카타를 입은 여자는 계단을 통해 2층으로 안내했다. 2층 중앙에는 거대한 다다미방이 있었다. 1층이 일반적인 저택 느낌이라면 2층은 완벽하게 일본풍. 그런 다다미방 문 앞에 조심스레 선 여자가 안쪽을 향해 짧게 읊조렸다.

"도차쿠시마시따(도착하셨습니다)."

"어— 하이테쿠루(들어와)."

"하이."

허락을 맡은 여자가 박종주를 쳐다보며 생긋 웃었다. 박종주가 문 앞으로 다가서자 여자가 나무문을 옆에서 슥 열어줬다.

다다미방 안에는 기모노 차림의 40대 남자가 박종주를 반겼다. 상당히 멀 끔한 생김새였다.

"오오, 어서 와요. 종주 씨! 오느라 고생 많았어요!"

"……아, 예."

남자의 한국말은 어색하지 않았다. 아니, 오히려 말하는 것만 놓고 본다면 한국인인지 헷갈릴 정도의 실력이었다. 하지만 그런 남자의 환대에도 박종주 는 어째선지 남자의 눈을 쳐다보지 못했다.

"앉아요, 앉아. 여기 차 좀 가져오세요."

"하이."

남자의 지시에 유카타 입은 여자가 고개를 숙이며 방문을 닫았고, 박종주 를 졸졸 따라오던 남자들이 문 앞에 한 줄로 쭉 섰다. 이어서 박종주의 맞은 편 방석에 궁둥이를 붙인 남자가 살짝 흐트러진 기모노를 반듯하게 하며 웃 었다.

"저번 주에는 어째서 오지 않으셨나요? 보고 싶었습니다."

"아, 그것이…… 일이 바빠서."

"그렇지요. 바쁘시지요? 맞습니다. 무려 태신식품이시니! 바쁠 만해요!"

"……죄송합니다."

"아니에요! 죄송하긴!"

손사래 치던 남자가 박종주에게 가까이 다가서더니 그의 손을 웃으며 붙 잡았다.

"그런데요, 종주 씨. 저 궁금한 게 있어요."

"어— 예."

"보고를 들어보니까, 현재 한국에 얼음 유통이 막혔다던데. 왜 얼음 유통이 막힌 겁니까? 어째서? 그건 종주 씨가 잘해주셨잖아요."

남자가 웃으며 말하는데도 박종주는 땀을 뻘뻘 흘리며 말을 더듬기 시작했다.

"그, 그것이. 최근 일본에 날렸던 여자들이 사망하기도 했고."

"엥? 종주 씨. 그건 제가 알아서 한다고 했잖아요. 곧 한국에도 공식발표가 있을 거예요. 아니아니, 내가 궁금한 건 그게 아니지요. 왜 얼음을 유통하는 길이 막혔는가! 그게 궁금해요, 전."

여전히 손을 붙잡고 있는 남자의 얼굴을 쳐다보지도 못한 채 박종주가 침을 꿀꺽 삼키며 어렵사리 입을 열었다.

"최, 최근에 한국에 유통하는 얼음 고객 중에 영화감독 하나가 크게 걸리는 바람에…… 마약반 경계가 삼엄해서, 제가 잠시 멈추라고."

그 순간.

"읍!"

박종주의 손을 잡고 있던 남자가 그의 손을 강하게 당기더니.

— 짝!

— 짝! 짝!!

"켁! 읍!"

박종주의 뺨을 후려치기 시작했다. 마치 동물 학대하듯 박종주의 양쪽 뺨을 사정없이 내리쳤다. 그러는 남자의 얼굴에는 감정이 없었다. 처음 표정 그대로, 박종주의 뺨을 죽일 듯이 후려칠 뿐.

— 짝! 짝!! 짝!!! 짝!!!!

"푸읍! 헥— 헥— 샤장님! 켁!"

이러다 죽겠다 싶었는지, 박종주가 남자의 기모노 끝자락을 필사적으로 잡았다. 박종주의 코와 입에서 핏물이 다다미 바닥으로 흥건하게 떨어졌다.

그런 박종주를 벌레 보듯 내려다보던 남자가 다시금 흐트러진 기모노를 반듯하게 정리하면서 웃었다.

"종주 씨, 왜 그러고 계세요? 차 마셔야지. 일어나세요. 자자, 일어나요."

"……헥— 헥—"

핏물이 흥건한 바닥을 휘적거리던 박종주가 코와 입을 막았음에도 손가락 사이로 핏물이 줄줄줄 새자 다른 손으로 마저 막으며 비틀비틀 일어났다.

"그런데요, 종주 씨. 그 영화감독은 어떻게 걸린 걸까요? 구매자들에게 기본 수칙을 전달하지 않은 건가요?"

그러자 화들짝 놀란 박종주가 피를 튀기며 답했다.

"그, 그건 아닙니다. 모두 전달하면서 판매합니다. 그게 기사로는 강……주혁이 잡았다고."

"강주혁이오?"

"예."

핏물이 낭자하건만, 남자는 천연덕스럽게 고개를 까딱거리며 무언가 생각에 빠졌다. 그렇게 몇 초가 흘렀고, 남자가 무언가 떠올랐는지 양손을 짝 부딪치며 입을 열었다.

"아! 강주혁! 음? 그 친구, 예전에 저희 회장님 지시로 치운 사람 아닌가요?"

자신을 똑바로 바라보며 묻는 남자에게 박종주가 어렵사리 고개를 끄덕였다.

"맞……습니다."

대답을 들은 남자가 다시 시선을 자신의 기모노로 옮겼고, 살짝 흐트러진 기모노를 정리하면서 물었다.

"강주혁, 분명 그 친구. 우리가 한국 연예계에 얼음 유통을 시작할 때 귀찮게 방해하던 남자가 맞지요?"

"예. 아닌 척하면서 눈에 거슬리게 방해했습니다. 당시 그놈이 한국 연예계에선 톱스타들의 톱스타였고, 파급력이 어마무시해서 손을 내밀었는데, 회유도 안 먹혔습니다."

"그런데 그 남자가 왜 갑자기 등장한 거예요? 내 기억으로는 그 강주혁이라는 친구, 아예 제 구실 못하게 치웠던 걸로 보고받았는데? 아, 여기 좀 정리하세요."

남자가 박종주에게 물으면서 문 쪽에 석상처럼 꼿꼿하게 서 있는 부하들에게 지시했다. 그러자 덩치 큰 부하 몇몇이 달려와 하얀 면포로 바닥을 닦아대기 시작했다. 남자는 치우기 쉽도록 살짝 자리를 비켜주고는, 부하에게 면포를 받아 박종주에게 웃으며 건넸다.

"응? 말해봐요."

면포로 얼굴을 닦은 박종주가 어렵사리 입을 열었다.

"당시 강주혁 처리는 똑바로 됐습니다. 팔다리 다 잘랐고, 망해서 5년쯤은 둔했습니다. 그 이후 소식이 아예 끊겼는데."

"그런데요?"

"약…… 1년 전에 다시 모, 모습을 드러냈습니다."

"응? 벌써 1년이나 됐어요? 그런데 종주 씨, 왜 나는 그 얘기를 지금 들었을까요? 이상하다. 그죠?"

천연덕스럽게 되묻긴 했으나, 위압감이 담긴 남자의 질문에 박종주가 어금니를 꽈득 물면서 답했다.

"그게, 죄송……합니다. 저도 강주혁이 다시 움직인다는 것은 3개월 전에 알아차렸습니다. 그때 조사를 시켜보니 움직인 지는 이미 반년이 넘은 상태였습니다."

"그래서?"

"왜 갑자기 움직일까 싶어서 좀 지켜봤는데, 그저 제작사 하나 차려서 영화나 만들고 있길래 처, 처음에는 크게 신경쓰지 않았습니다."

여전히 웃는 상의 남자가 말을 듣다 말고 커다란 책상이 있는 곳에서 휘황찬란한 장식과 함께 놓인 일본도를 꺼내고는 자리로 돌아왔다. 이어서 박종주 앞에 일본도를 내려놓고 무릎을 꿇으며 정좌 자세를 취했다.

"응. 종주 씨, 계속 말해봐요."

눈앞에 놓인 흑색 일본도를 곁눈질하며 박종주가 침을 삼켰다.

"제가! 제가 처리하, 할 수 있습니다."

"응? 아니, 하던 얘기를 계속해보세요. 딴소리하지 마시고."

어느새 꿇은 무릎을 부들부들 떨고 있던 박종주가 계속 일본도를 힐끔거리면서 말을 이었다.

"처, 처음에는 그저 영화나 만들던 놈이 갑작스레 자신의 과거를 바로잡기 시작했습니다."

"과거를 바로잡아요? 그걸 어떻게 바로잡아요?"

"……저도 방법까지는 모르겠습니다. 마치 모든 것을 꿰뚫어보는 것처럼. 정신 차리고 보니 제가 공격당하고 있었습니다."

"왜 바로 반응하지 못했나요?"

박종주가 남자의 표정을 한 번 살핀 뒤, 일본도를 다시 힐끔거렸다.

"FNF엔터부터 시작해서, 정신없이 일이 터지는 바람에 수습하느라…… 나중에 확인해보니 모든 줄기의 끝에는 강주혁이 있었습니다."

"FNF엔터요? 여자들 공장 거기? 거기도 강주혁이 판을 짰다는 건가요?"

"예."

여전히 천연덕스러운 표정의 남자에게 박종주는 강주혁과 관련된 모든 일을 설명하기 시작했다. FNF엔터 사건부터 최근 해창그룹 연말 파티에서 만난 것까지.

"지, 지금까지는 어떻게 한 건지 강주혁이 쥐새끼처럼 잘 피했지만, 제가 확실하게!"

"어떻게 피했는데요?"

"예? 그게, 저도 미치겠습니다. 무슨 공격만 했다 하면 마치 다 알고 있는 것처럼 가볍게 피해서."

"다 알고 있는 것처럼?"

남자가 되물으며 팔짱을 꼈다. 넓은 다다미방에 침묵이 흘렀다. 5초, 10초, 15초.

15초 정도 지나자 남자가 가볍게 입을 열었다.

"미래를 알고 있나 봐요? 강주혁이라는 남자는."

"예? 그게 무슨……."

"웃어요, 종주 씨. 농담이었어요. 웃어요, 웃어."

비열함이 섞인 웃음을 던지는 남자를 보며 박종주가 억지로 썩은 웃음을 뱉었다.

"그런데요, 종주 씨. 그냥 간단하게 제거하시면 되잖아요? 그런 먼지 같은 인간."

"그게…… 좀 귀찮게 됐습니다."

"왜요?"

"애초에 강주혁이 한국에선 유명한 배우였는데, 이번에 복귀하면서 유명세를 더 끌어올렸습니다. 건들기가 어렵습니다. 거기다 어째서인지 김재황 사장과 친합니다."

"김재황 사장? 해창그룹 김재황 말하는 건가요?"

"예."

— 자각

박종주의 대답에 남자는 웃음기를 더욱 짙게 하며 일본도를 집었다.

"그럼, 강주혁이 그렇게 움직이는 동안 너는 뭘 했는데요?"

— 스릉

"아, 어…… 사장님. 사, 사장님?"

박종주가 주춤주춤 몸을 뒤쪽으로 당길 때, 남자가 칼집에서 칼을 뽑았다. 거울로 사용해도 될 만큼 깔끔하게 정돈된 칼날이 모습을 드러냈다.

"어, 어! 사, 사장님!"

오줌을 지릴 듯 당황하는 박종주. 남자가 박종주의 오른쪽 어깨에 칼을 올렸기 때문이었다. 칼날은 목을 향해 있었다. 살짝만 힘을 준다면 박종주의 목이 떨어질 판. 남자가 왼쪽으로 얼굴을 꺾으면서 박종주와 눈을 마주쳤다.

"종주 씨. 나는요, 칼이 참 좋아요. 칼은 갈면 갈수록 날카로워지거든요? 무뎌져도 또 갈면 계속 쓸 수가 있어요."

남자가 칼날로 박종주의 어깨를 두세 번 두드렸다. 하지만 박종주는 어떤 대답도 하지 못했다. 그저 부들부들 떨며 어깨에 올려진, 번뜩이는 살기를 내뿜는 칼날을 흰자를 뜨고 쳐다볼 뿐이었다. 그런 박종주의 목에 칼날을 더 바싹 붙이며 남자가 말을 이었다.

"그런데, 너는 왜 갈아도 갈아도 쓸모가 없을까요?"

"죄, 죄송…… 히헥! 사장님. 제가! 뭐, 뭐든지."

남자의 칼날이 박종주의 목에 닿았다.

"이 모가지가 잘려나가면 통나무로는 쓸모가 있으려나?"

어느새 박종주의 목에서 칼날을 타고 핏물이 한 방울씩 떨어지기 시작했고.

"아, 종주 씨는 담배를 피워서 장기들이 좀 싸겠네."

다시 천연덕스럽게 말하며 남자가 박종주의 목에서 칼을 거뒀다.

"끄윽!"

칼날이 자신의 목에서 떨어지자마자, 박종주가 목을 움켜잡으며 그대로 바닥에 고꾸라졌다. 그러거나 말거나 남자는 흰색 면포로 칼날에 묻은 박종주의 피를 닦아내며 말을 이었다.

"종주 씨. 한국 넘어가면 바로 강주혁 관련 자료 전부 넘겨주세요. 내가 한번 알아볼게요. 알았죠?"

"알겠……습니다."

때마침 유카타를 입은 여자가 차를 대령했다. 남자는 다시금 박종주의 맞은편에 앉아서, 차를 호로록 마시며 웃었다.

"어차피 한국은 실험하는 곳일 뿐이에요. 거기서부터 막히면 회장님이 좋아하시겠어요?"

* * *

다음 날, 아침부터 추민재 팀장이 보고차 사장실을 찾았다.

"TVL 내부적으로는 이미 확정인 양 떠들고 다니던데? 김재형이 케이블 첫 예능을 자기네 방송국에서 시작할 거라고."

어느새 1월의 마지막인 31일 금요일. 추민재 팀장은 어제 강주혁의 지시대로 TVL에서 정보를 캐온 참이었다.

"보도자료도 기자들이 냄새 맡고 흘렸다고는 하는데, 내가 볼 땐 TVL에서 의도적으로 터뜨렸지 싶다."

주혁이 김이 모락모락 나는 커피를 한 모금 하며 답했다.

"그렇겠지. 아무리 TVL이 케이블 1등이라곤 해도 재형이 형 같은 초대어가 흔히 물망에 오르진 않을 테니까, 욕심나겠지."

추민재 팀장이 동의한다는 듯 고개를 끄덕이며 다이어리 다음 장을 펼쳤다.

"어— 입소문이고 기사고 죄다 확정처럼 분위기가 흘러가니까, 뭐 개나 소나 빨아보겠다고 TVL 로비가 난리야 아주. 시장통이라니까?"

추민재 팀장이 TVL 로비부터 카페테리아 등등 상황을 찍은 핸드폰을 내밀었다. 주혁은 핸드폰 액정을 슥슥 넘기면서 웃었다.

"아는 얼굴도 좀 있네?"

"걸그룹부터 시작해서 배우, 개그맨, 하여튼 너나 할 것 없이 달려들고 있다. 공중파 쪽으론 김재형 라인이 너무 탄탄해서 끼어들 틈이 없으니 케이블 쪽이라도 붙어먹으려는 거지."

"벌써 패널이나 게스트 자리 차지하겠다고 전쟁이라는 거지?"

"그러게나 말이다. 떡 줄 사람은 생각도 않는데."

추민재 팀장이 다시 다이어리를 다음 장으로 넘겼다.

"근데 문제는 박동욱이라고 이 프로를 맡기로 예정된 PD가, 10년 차에 히트작도 몇 개 있고 TVL 쪽에서는 나름 괜찮은 모양인데, 얼굴 좀 볼라 했더니 만날 수가 없더라."

"방송국에 붙어 있질 않나 봐?"

"여기저기 좀 떠보니까, 거의 하루 종일 밖에서 출연 로비를 받는 모양인데, 내부적으로는 쉬쉬하는 분위기야. 딱 사이즈가 물 들어오니까 최대한 챙겨 먹으려는 것 같아."

"그 물, 금방 빠질 텐데. 아쉽게 됐네."

살짝 미소 짓던 주혁이 커피를 들어 올리자 추민재 팀장이 강주혁을 물끄러미 바라보다 물었다.

"근데 사장님. 왜 계속 WTVM을 밀어주는 거야? 〈28주, 궁궐〉부터 〈만능엔터테이너〉 그리고 이번에 김재형 예능까지. 이번 건 굳이 WTVM에 안 줘도 되는 거잖아."

주혁이 여유롭게 다리를 꼬며 대수롭지 않게 대답했다.

"하는 김에 케이블 방송사 순위 좀 바꿔보려고."

이후 추민재 팀장과 미팅을 마무리한 주혁은 김재형 건은 일단 덮어두고, 다른 일들을 확인했다. 먼저, 일본의 여파로 기획을 살짝 변경해야 했던 해창전자의 브랜디드 콘텐츠. 때문에 진즉 투입됐어야 할 김재욱이 스톱 상태였다.

"곧 진행될 거야. 재욱이 준비시켜두지."

다행히 김재황 사장의 입에서 곧 준비가 끝난다는 답변이 나왔다. 요즘 연기 레슨을 제외하고는 학업에 집중하는 김재욱의 스케줄이 오랜만에 잡힐 참이었다.

이어서 주혁은 헤나의 싱글앨범 제작 속도를 파악했다.

"네, 사장님. 이 속도라면 빠르면 2월 중순에는 발매할 것 같습니다."

이미 재킷 촬영과 뮤직비디오 촬영은 끝난 상태였다. 헤나의 스케줄매니저 고동구는 유통처와 홍보 등을 프로듀서와 상의 중이며 얼추 가닥이 잡히면 보고하겠다고 했다.

〈간 큰 여자들〉 콘티 작업 중인 최명훈 감독은 3층 사무실에 틀어박혀 나올 생각을 하지 않았다. 다큐 독립팀 감독들도 전국을 돌며 아이템을 모으느라 얼굴 보기가 하늘의 별 따기였다.

"DCS타워 공사는 얼마나 진행됐어?"

"반 정도 한 것 같더라."

거기에다 주혁은 현재 공사가 한창인 삼성동 DCS타워에도 신경써야 했다. 단순히 공사 진척 상황만 파악하는 것이 아니라, 건물 관리업체 선정부터 직원 충원, 자체 제작팀 및 보안팀 추가 등을 전부 확인하며 컨트롤해야 했다.

"삼성동으로 이전하기 전에 정리할 건 모두 해놔야 돼."

사옥 이전이 어느덧 코앞이었다.

* * *

주말이 지나고 2월 3일 월요일, 빅엔터테인먼트 박찬규 사장과의 미팅일이었다. 애초 저녁 식사를 하면서 얘기를 나누자는 약속이었으나, 박찬규 사장의 요청으로 빅엔터테인먼트로 변경됐다. 주혁이 빅엔터의 로비에 들어서자, 안내 직원이 이미 내용을 알고 있는지 영업용 미소로 강주혁을 맞이했다.

"안녕하세요. 바로 올라가시면 됩니다."

"감사합니다."

빅엔터 사장실로 가는 동안 주혁은 꽤 많은 인사를 받았다. 1년 전 방문했을 때와는 반응이 퍽 다른 느낌이었다. 1년 동안 많은 일이 있었으니 당연하다면 당연했다.

'여기도 많이 변했네.'

빅엔터의 분위기 자체도 많이 달라져 있었다. 김재형의 여파인지 보이는 직원마다 정신없이 뛰어다니고, 무엇보다 신인들이 많이 보였다.

"안녕하세요, 선배님! 신인배우 고지훈입니다!"

"안녕하십니까!!"

복도에서 강주혁에게 달려와 인사하는 신인배우부터 시작해서, 마치 신이라도 영접하는 듯이 멀리서 강주혁의 모습을 찍는 신인들도 있었다. 어쨌든 1년 전 빅엔터에 비해 굉장히 활기 있어진 것은 분명했다.

'몸집을 키울 생각인가?'

빅엔터의 변화를 파악하는 사이, 어느새 사장실 앞에 당도했다. 가볍게 노크하고 문을 열자, 소파 상석에 앉아 있는 박찬규 사장이 먼저 눈에 들어왔다. 박찬규 사장이 일어나 손을 내밀었다.

"아, 주혁 씨. 미안해요. 갑자기 장소를 변경해서."

"아뇨. 사람들 눈을 피하는 게 더 좋긴 합니다."

주혁이 담담하게 대답하며 박찬규 사장의 손을 맞잡았을 때, 아나운서 같은 남자 목소리가 끼어들었다.

"주혁아, 오랜만이다. 얼마만이냐, 이게."

대뜸 들려온 목소리에 주혁이 고개를 돌렸다.

"어, 재형이 형."

남자는 김재형이었다. 김재형은 청바지에 회색 맨투맨의 편한 차림이었다.

"하핫. 그래. 야, 너는 그대로네? 바로 영화 들어가도 되겠는데?"

"형도 그대론데요, 뭘. 오늘 방송 없어요?"

"야야, 나는 팍 삭았지. 세월을 정통으로 맞아가지고. 원래 방송 있었는데, 녹화가 내일로 미뤄져서 어떻게 시간이 맞았다."

강주혁과 김재형의 인연은 조금 특별했다. 방송을 같이하면서 친해진 것은 아니었고, 사석에서 어쩌다 만나 연락처는 아는 사이. 딱 그 정도였다.

지금처럼 예능 원톱 MC로 이름을 날리기 전, 김재형이 진행하던 예능 프로에서 '특별한 인연'이라는 포맷으로 진행한 에피소드가 있었는데, 거기서 김재형이 강주혁을 안다고 하자 패널들이 거짓말 말라고 난리 난 적이 있었다.

"아니!! 진짜로. 나 진짜 주혁이랑 술 한잔하면서 나중에 내 예능에 한 번 나온다는 약속도 받았다니까?!"

"또또또! 이 형 또 성 빼고 부르면서 친한 척하네! 전화해서 불러보든가!"

실제로 어느 술자리에서 강주혁을 만난 김재형은 지나가는 말로 또는 예의가 담긴 농담으로 그런 약속을 받은 적이 있었고, 당시 김재형은 상황을 예능적으로 풀어가기 위해 큰 기대 없이 강주혁에게 전화했다. 안 받아도 상관없고, 출연을 거절해도 상관없었다. 그저 예능이었으니까. 하지만.

"아, 맞아요. 그런 약속을 했죠? 어, 근데 제가 지금 촬영 중이라, 밤 9시는 돼야 잠깐 들를 수 있을 것 같은데, 괜찮아요?"

당시 끝장으로 잘나가던 배우 강주혁은 지나가듯 한 약속을 기억하고 있었고, 결국 10분 정도였지만 김재형이 진행하던 예능에 얼굴을 드러냈다. 덕분에 강주혁이 출연하는 편의 시청률이 급상승했고, 고마웠던 김재형이 강주혁에게 사적으로 연락을 하게 되면서 친해진 경우였다.

그런 김재형이 쓴웃음을 지으며 주혁을 쳐다봤다.

"나 너 사라지고 계속 연락이 안 돼서, 어디 외국으로 가버린 줄 알았다. 인마, 내가 얼마나 연락했는지 알아? 나 생깐 줄 알았다."

"응, 알아. 미안해요. 사정이 있었어."

"그래. 있었겠지. 지금은 괜찮고?"

"괜찮아. 아, 형 결혼 축하해요. 3년도 넘었는데, 이제 와서 말하네."

"괜찮다. 얼굴 보면서 해주는 게 어디냐."

강주혁과 김재형은 이후로도 몇 분 동안 근황에 관해 얘기를 나눴다. 그러다 문득 주혁이 박찬규 사장에게 시선을 돌렸다.

"사장님. 재형이 형이 여기 있다는 건, 얼추 내용은 알고 있다는 겁니까?"

대답은 김재형 쪽에서 나왔다.

"맞아. 사장님께 대충은 들었어. 궁금해서 참을 수가 있어야지. 주혁이 네가 요즘 오죽 핫하냐?"

이에 질세라 박찬규 사장도 거들었다.

"엔터 쪽 바닥에서도 주혁 씨, 아니 강 사장님이라고 불러야 하나? 허허. 강 사장님 얘기가 나오면 다들 귀를 기울여요. 그만큼 파급력이 있어. 그래서."

박찬규 사장이 김재형을 한 번 쳐다봤다가 다시금 강주혁에게 눈을 마주치며 물었다.

　"강 사장님이 짜고 있는 판이 뭘까요?"

　주혁이 김재형 쪽으로 고개를 돌렸고, 슬쩍 미소 지으며 답했다.

　"지금 재형이 형이 준비 중인 예능 〈당해낼 수 없다〉를 외주로 만들면 어떨까 싶어요."

　그리고 그 순간.

　— 우우우우웅 우우우우웅

　강주혁의 전화가 울리기 시작했다.

28. 확대

박찬규 사장은 주혁이 전화를 안 받을 거라 생각했는지 말을 계속 이으려 했다.

"외주로 만든다니?"

"죄송합니다."

하지만 주혁은 번호를 확인하자마자, 자리에서 벌떡 일어났다.

"잠시, 전화 좀 받고 오겠습니다."

"음? 아, 그래요."

살짝 의아한 표정을 짓는 박찬규 사장과 김재형을 뒤로 한 채 주혁이 사장실을 빠져나왔다. 복도에서 전화를 받자마자, 익숙한 여자 목소리가 쏟아졌다.

"'실버' 단계의 주인이신 강주혁 님 안녕하세요!

강주혁 님의 유료서비스 '실버'의 남은 횟수는 총 23번입니다."

1번을 누르자 키워드 선택이 나왔다.

"들으실 항목의 키워드를 '선택'해주세요!

1번 '바람처럼 사라진', 2번 '비밀친구 마니또', 3번 '새벽 3시', 4번 '데이트폭력', 5번 '1년 전 겨울', 6번……."

키워드를 들은 주혁이 고개를 갸웃했다.

"비밀친구 마니또?"

무슨 만화책 제목 같기도 한 키워드가 추가됐기 때문이었다.

"마니또는 뭔지 아는데."

짧게 읊조린 주혁이 다시 듣기 버튼을 누르면서 핸드폰에 검색창을 띄웠다. 혹시 모르니 '비밀친구 마니또'를 검색해볼 생각이었다. 검색결과는 빠르게 출력됐다.

"평범한데."

역시나 검색결과는 평범했다. '비밀친구, 마니또^^'나 '비밀친구(마니또) 놀이' 같은 제목의 블로그부터 시작해서 카페 등등으로 마니또와 관련된 것들뿐이었다.

"꽝인가."

바로 그때였다.

"응?"

페이지 중간쯤에 그의 눈길을 끄는 것이 있었다.

— 마니또 / 가수

— 멤버 : 효진, 서진, 수현, 엘리야

— 소속사 : 뮤직톡스튜디오

— 데뷔 : 2017년 싱글앨범(우리 집으로 놀러 와)

그룹명이 마니또인 걸그룹이었다.

"설마…… 이 걸그룹 미래 정보?"

아닐지도 몰랐다. 그저 마니또라는 키워드가 포함된 미래 정보가 나올 수도 있었다. 하지만 최근 헤나를 영입함으로써 가수 쪽에도 관심을 두던 터였다. 강주혁이 2번 '비밀친구 마니또' 키워드를 눌렀다.

"탁월한 선택! 강주혁 님이 선택한 키워드는 '비밀친구 마니또'입니다!

당신의 '비밀친구 마니또'라는 뜻을 지닌 걸그룹 마니또가 전국적으로 큰 인기를 얻을 신곡 Yellowmoon의 제작을 앞두고 해체합니다. 약 3년 동안 활동한 실력파 걸그룹 마니또는 뮤직톡스튜디오라는 신생 회사에서 시작했지만 인기를 얻지 못했고, 회사는 재정난에 시달리다 결국 3년간의 활동에 마침표를 찍게 됩니다."

"이 걸그룹 미래 정보가 맞았네."

전화가 끊긴 핸드폰을 내려다보며 주혁이 짧게 읊조렸다. 이어서 수첩을 꺼내 방금 들었던 정보를 메모했다.

"걸그룹이라……."

무슨 생각을 하는지, 메모하던 주혁이 눈알을 굴리면서 빠르게 계획을 정리하는 듯했다.

"이걸 잘만 이용하면 시간을 단축할 수 있겠는데?"

메모를 마친 주혁이 웃으며 다시 빅엔터의 사장실을 열었다. 주혁이 들어오자, 박찬규 사장이 물었다.

"급한 전화였나 봐요?"

"네. 급하다기보다 꽤 중요한 전화라."

"하하, 그래요. 앉아요. 다시 얘기해봅시다. 궁금해 죽겠어요. 너무 절묘한 부분에 끊겨서 말이지."

주혁이 자리에 앉자, 김재형이 득달같이 물었다.

"주혁아, 〈당해낼 수 없다〉를 외주로 돌린다는 게 무슨 소리야?"

"그 전에 형, 지금 하는 방송이 몇 개야?"

"네 개 정도?"

"전부 공중파죠?"

"맞아."

"공중파에서 네 개나 하고 있는데, 왜 갑자기 케이블에 진출하는지 물어봐도 돼요?"

"그럼. 뭐 어려운 거라고."

김재형이 커피를 한 모금 한 뒤에 다시 말을 이었다.

"너무 정체됐다고 느꼈어."

"정체?"

"맞아. 내가 예능을 한 지 벌써 20년이 넘었다. 지금이야 국민 MC, 예능 대부라 불러주시지만, 곧 사라질 거야."

"왜요?"

"공중파는 항상 똑같은 포맷을 요구해. 리얼 버라이어티나 게스트 섭외로 돌려막고. 익숙한 것, 어디서 본 것 같은. 물론 나도 그 흐름을 반대하는 건 아니야. 다만 세상이 빠르게 변하고 요즘은 너튜브나 넷플렉스처럼 굳이 TV가 아니어도 사람들이 즐기는 플랫폼이 넘쳐나. 후—"

한숨을 푹 쉰 김재형이 등을 소파에 움푹 기댔다.

"이렇게 위기인데도 예능 시장은 변화를 거부하고 있어. 똑같은 캐릭터, 비슷한 포맷, 익숙한 기획. 난 결정해야 했다. 백 프로까진 아니더라도 십 프로라도 새로움이 묻은, 조금이라도 다른 것을 개척하고 도전하고 싶었어."

김재형의 말을 박찬규 사장이 받았다.

"그래서 재형 씨의 고민을 듣고, 재형 씨가 직접 짠 예능 기획을 비밀리에 케이블에 뿌렸어요. 그리고."

"그에 호응한 것이 TVL이다?"

주혁이 박찬규 사장의 마지막 말을 대신하자, 고개를 끄덕였다.

'TVL이 케이블 중에서는 1위니까 바로 반응했을 거야.'

김재형이 케이블에서 예능을 하겠다고 선포한다고 해서, 모든 방송사가 덥석 무는 것은 아니었다. 편성부터 시작해서 방송국 내부사정, 투자금, 스태프 결정 거기다 거대한 김재형의 몸값까지. 뒤따르는 수많은 미션을 클리어해야 제작이 가능했다.

'그게 자체제작의 문제점이지.'

즉 걸리적거리는 게 너무 많다. 하지만 현재 강주혁이 짜둔 판은 달랐다.

'걸리적거릴 만한 것들은 정리가 끝났어.'

남은 것은 김재형 하나였다. 얼추 사정을 이해한 주혁이 곧장 본론으로 들어갔다.

"그런데, TVL의 움직임은 좀 다르던데요."

"달라? 뭐가?"

김재형이 몸을 가까이하며 물었고, 주혁이 그를 보며 답했다.

"TVL 측이랑 어느 정도 협의했는지는 모르겠는데, 벌써 게스트 섭외며 바쁘더라고. 심지어 그 담당 PD는 여기저기 소속사들을 뻔질나게 만나고 다녀요. 결국 TVL은 형이 아까 말한 똑같은 예능을 찍어낼 심산인 거지."

주혁이 말을 마치며 추민재 팀장에게 받은 사진들을 보여줬다. 주혁의 핸드폰을 먼저 집은 것은 김재형이었다.

"……이게 언제쯤이야?"

"주말."

사진을 확인한 김재형이 박찬규 사장에게 강주혁의 핸드폰을 힘없이 건네며 푸념을 늘어놨다.

"그래. 이렇게 될 거라고 생각하긴 했다. 설마 하긴 했지만, 후— 이 바닥이 뭐 그렇지. 별수 없나 보다. 변화하기는 힘들겠지."

주혁이 고개를 저었다.

"아니, 변할 수 있어."

"뭐?"

"내가 말했잖아요. 그 예능 자체제작 말고, 외주로 돌리자고."

핸드폰을 다시 주혁에게 돌려주며 박찬규 사장이 물었다.

"자체제작이 아니라, 외주로?"

"맞습니다. 어차피 이대로 가면 똑같은 양산형 예능이 나올 게 뻔하니, 재형이 형의 도전은 시작도 못할 겁니다. 그럴 바엔 아예 외주로 돌려서 방송국의 힘을 덜어내자는 겁니다."

"음…… 그렇게 되면 처음부터 다시 시작해야 한다는 건데. 외주라면 제작사부터 방송국 선정, 투자까지 시간이 너무 걸리는데."

팔짱을 끼며 문제점을 꼽는 박찬규 사장의 말을 주혁이 잘랐고.

"밑바탕 준비는 모두 끝났습니다."

김재형이 화들짝 놀랐다.

"뭐?! 뭐가 끝나?"

"가장 성가신 준비물. 제작사, 방송국, 투자, 담당 PD, 이미 섭외해놨어요. 빅엔터의 결정만 남았습니다."

"……그걸 전부?"

주혁이 김재형과 박찬규 사장을 번갈아 보면서 설명을 시작했다.

"방송국은 WTVM. 그쪽 예능국장과 얘기도 이미 끝났어요. PD는 이민주라고, 게스트 출연에 학을 떼는 PD를 붙였습니다. 제작사는 김앤미디어라고 드라마 〈28주, 궁궐에 피어난 꽃〉 아시죠? 그거 제작했던 곳입니다."

줄줄 읊어대는 주혁의 말에 놀란 김재형을 대신해 박찬규 사장이 끼어들었다.

"주혁 씨, 아니 강 사장님. 왜 그렇게까지 준비를 하셨나요? 재형 씨와 친하다지만, 냉정하게 보자면 다른 소속사가 아닙니까?"

"간단합니다. 내 배우 한 명이 그 예능에 관심을 가져서."

"관심? 허헛, 그 정도 이유만으로 이렇게 큰일을 벌였다? 못 말리겠군."

"물론 그 이유가 전부는 아닙니다. 내 배우가 관심을 가져서 좀 알아보니, 재형이 형이 껴 있었고 예능 기획 자체는 재밌었거든요. 그리고."

주혁이 어느새 진지한 표정으로 변한 김재형을 보며 말을 이었다.

"저도 재형이 형이 케이블에서 어떤 예능을 만들어낼지 궁금하기도 했고."

"……주혁아."

강주혁의 이름을 부를 뿐, 김재형은 말을 잇지 못했다. 그런 광경을 조용히 지켜보던 박찬규 사장이 다시 한 번 현실적인 문제를 상기시켰다.

"외주라면 투자를 받아야 하는데. 아무리 김재형이라는 간판이 있어도, 이게 시간이 걸리는 거거든."

맞는 말이었다. 〈당해낼 수 없다〉의 기획안대로라면 회당 제작비는 약 5천만 원. 기획안에는 총 30회로 나와 있었으니, 대략 15억이 조금 넘는 금액. 아무리 김재형이 핸들 잡고 움직이는 예능이라 해도 투자자들은 쉽게 돈을 토해내지 않는다. 즉 문제는 시간이었다. 하지만.

"투자도 문제될 게 없습니다."

"음? 어째서요?"

주혁에게는 큰 문제도 아니었다.

"전부 제가 투자하면 되니까요."

실로 가벼운 문제였다.

잠시 후, 빅엔터테인먼트 지하 주차장. 주혁이 차에 타자마자 어디론가 전화를 걸었다. 연결 신호는 길지 않았다.

"네. 사장님."

"PD님. 통화 좀 괜찮습니까?"

"그럼요. 말씀하세요."

상대는 이민주 PD였다. 편집하고 있었는지, 핸드폰 너머로 키보드 소리가 들렸다.

"내일쯤 빅엔터테인먼트에서 연락이 갈 겁니다."

"허— 정말 말씀하신 대로 된 거예요?"

"예. 왜요?"

"아, 아니. 진짜로 이게 될 일인가 싶었거든요."

"하하. 이제 PD님이 바삐 움직여주시면 시간은 단축됩니다."

마음을 다잡는지, 이민주 PD가 길게 숨을 뱉었다.

"후— 알겠습니다. 말씀하신 대로 김앤미디어, 빅엔터랑 1차 미팅 진행할게요. 2차 미팅부터는 현실적인 부분이 오가는 터라, 사장님도 참여해주셔야."

"물론이죠. 1차적으로 제작 관련해서 결정할 부분 전부 확정하시고, 2차 미팅 일정 알려주세요."

"알겠습니다."

그렇게 전화가 끊겼고.

"후흡!"

주혁이 기지개를 쭉 켰다.

"일단 스타트는 끊었어."

짧게 읊조린 주혁이 시동을 걸기 위해 손가락을 움직일 때, 조수석에 놓인 종이뭉치가 눈에 띄었다.

"아, 맞아. 이걸 까먹었네."

아차 싶었는지, 주혁이 이마를 짚었다.

"다시 올라가긴 좀 귀찮은데."

그때였다. 바퀴가 바닥에 끌리는 소음을 뱉어내며 흰색 밴 한 대가 강주혁의 차 바로 앞에 나타났다.

"오빠, 금방 올게!"

주차장 엘리베이터 입구에 정차한 흰색 밴에서 길쭉한 더플코트에 회색 후드를 입은 여자가 내렸다. 그녀를 보곤 주혁이 웃었다.

"타이밍 좋고."

곧장 차에서 내린 주혁이 외쳤다.

"류진주!"

느닷없는 남자 목소리에 엘리베이터 쪽으로 달려가던 류진주가 멈칫하며 뒤돌아섰다. 처음에는 못 알아봤는지 눈을 가늘게 뜨던 류진주가 이내 강주혁을 알아보곤 한달음에 달려왔다.

"어? 선배님! 위에 계신 거 아니었어요? 그래서 저도 잠깐 올라가려고."

"얘긴 끝났어. 오랜만이다. 어디 갔다 와? 스케줄?"

"네. 화보 촬영이 있어서. 아니, 벌써 얘기 끝났어요?"

"응."

주혁의 대답에 류진주가 슬쩍 아쉬움이 섞인 미묘한 표정을 지었다. 그런 그녀에게 주혁이 차에서 가져온 종이뭉치를 내밀었다.

"대신 너한테 할 말이 있다."

"어? 뭐예요? 설마, 시나리오?"

"맞아. 혹시 작품 들어가는 거 있냐?"

"없어요! 아직 없어요!"

그때 밴 운전석 창문이 내려가더니 류진주의 매니저가 토를 달았다.

"야, 진주야. 너 오늘만 작품 두 개 미팅하고 왔잖아. 뭘 없는 척이야. 아, 안녕하십니까. 오랜만입니다."

급작스럽게 끼어든 남자에게 강주혁도 간단하게 인사를 건넨 뒤 다시 류진주를 쳐다봤다. 그러자 그녀가 '아니라고!' 따위의 말을 뱉으면서 강주혁이 건네는 시나리오를 덥석 잡았고.

"제목이 〈간 큰 여자들〉? 이거 그거죠? 최명훈 감독님 차기작으로 들어가는 거."

"어떻게 알았어?"

"헤, 다 알죠."

"너한테 마진희 역할을 주고 싶은데. 물론 오디션까진 아니지만, 리허설은 볼 거야. 어때? 생각 있어?"

주혁이 묻자, 류진주는 〈간 큰 여자들〉의 시나리오를 마치 보물지도마냥 옆구리에 조심스레 끼면서 보조개가 폭 들어간 웃음을 흘렸다.

"치, 선배님. 저 비싸다면서요?"

할 말은 다 했는지, 강주혁이 돌아서며 말했다.

"이젠 안 비싸, 인마."

대충 그렇게 인사를 던진 주혁이 차로 돌아와 홍혜수 팀장에게 전화를 걸며 시동을 걸었다.

"응. 사장님."

"누나, 지금 어디야?"

"나? 나 지금 회사지. 왜?"

"나도 지금 회사로 들어가는 중이긴 한데, 급하니까 먼저 말할게."

무언가 서류를 보며 전화를 받는지, 핸드폰 너머에서 종이 넘어가는 소리가 들렸다.

"응, 말해. 뭔데?"

주혁은 아까 보이스피싱에서 들었던 걸그룹 마니또를 떠올리며 답했다.

"누나가 가수 쪽은 잘 아니까. 혹시 뮤직톡스튜디오라고 알아? 걸그룹 마니또가 속해 있는."

"뮤직톡스튜디오? 음…… 확실하진 않은데, 거기 김수열이 몇 년 전에 연 소속사 아닌가?"

"김수열? 가수 김수열?"

"응. 가수보단 작곡 쪽으로 더 유명하지만, 하여튼. 소속사 이름이 비슷했던 것 같은데."

신호에 걸린 주혁의 차가 멈췄다.

"어쨌든 누나. 그 뮤직톡스튜디오에 관해 좀 자세히 알아볼 수 있겠어? 그 바닥 쪽으론 누나가 인맥도 있고 이것저것 들리잖아?"

"어머, 당연하지. 나도 민재처럼 재밌는 거 하는 거야?! 그런데 사장님."

순간 들떠버린 홍혜수 팀장이 목소리를 가다듬더니 다시 물었다.

"거길 알아봐서 뭐하게?"

그러자 주혁이 슬쩍 미소 지으며 답했다.

"잘하면 한 방에 두 마리 토끼를 잡을 수도 있어."

걸그룹 마니또의 숙소.

거실에 편한 차림의 마니또 멤버들과 뮤직톡스튜디오 사장 김수열이 앉아 있었다. 분위기는 축 처져 있었다.

"……미안하다, 얘들아. 전부 내가 부족해서."

김수열이 말을 끝까지 잇지 못한 채 고개를 숙였다. 그러자 연갈색 단발머리에 약간은 이국적인 이목구비의 리더 효진이 고개를 세차게 저었다.

"아, 아니에요. 사장님. 저희가 더 열심히 해야 했는데."

리더가 입을 열자, 나머지 멤버들도 거들었다.

"저희 때문에 빚도 많이 생기고…… 죄송해요."

긴 생머리에 약간 까무잡잡한 피부의 엘리야.

"연습도 더 미친 듯이 해야 했어요."

하얀 피부에 눈이 동그란, 전체적으로 글래머 몸매인 서진.

"다음 활동은…… 없는 거죠?"

동글동글한 얼굴에 팔이나 키는 길쭉길쭉한, 척 보기에 배우를 하게 생긴 수현.

걸그룹 마니또는 앞날이 불투명한 상태였다. 빚을 내서 어찌어찌 다음 해 활동까진 이어갈 수는 있겠지만, 사장인 김수열은 다음 앨범으로 이어가는 것이 의미 없다고 생각했다.

"아니야. 내가, 어, 내가 어떻게 해서든 너희들을 제대로 키워줄 곳에 넣어 줄게! 너희 실력은 충분해. 건반이나 두들기던 내가 넘볼 곳이 아니었다. 정말 미안하다."

마니또의 실력은 충분했고, 뮤직톡스튜디오에 있는 20명 남짓한 직원들도 할 만큼 해주고 있었다. 김수열은 마니또의 실패는 그저 자신의 사업수완이 부족해서라고 결론 내렸다. 지금껏 가수 활동보다는 작곡에 치중했으니까. 이 포화 시장에서 걸그룹 하나를 키우기란 하늘의 별 따기. 그런 생각을 이제 와서 한 자신을 책망했다.

"일단…… 지금 하는 활동은 마무리하고. 다음 앨범부터는 내가 아닌 다른 전문적인 소속사에서 활동할 수 있게, 여기저기 알아볼게."

어떻게든 마니또만큼은 빛을 볼 수 있게 만들고 싶었다.

"사장님……"

그런 김수열을 보며 마니또 멤버들의 눈시울이 붉어졌다.

* * *

다음 날인 2월 4일 늦은 점심, 강주혁이 노트북 화면을 보며 무언가 골똘히 생각에 빠져 있었다.

"〈폭풍〉은 내년 정도에 들어간다 치고, 헤나 씨 정규앨범하고……."

노트북에 정리해둔 계획을 정리하는 중이었다. 소속 배우들을 포함해서 감독 그리고 제작, 직원들까지 포함된 계획이었고, 예산도 책정해야 했다. 그나마 다행인 것은 다들 제 기능을 하고 있다는 점이었다. 초기와 달리 하나하나 지시하지 않아도 알아서 굴러가고 있었기에, 주혁은 커다란 줄기만 잡아주는 것으로 어느 정도 숨통이 튄 상태였다. 그조차 곧 사라질 테지만.

그때였다. 사장실의 노크 소리가 울렸다.

"들어오세요."

사장실 문을 열고 들어온 것은 독립영화팀 최철수, 류성원 감독이었다.

"아, 오셨어요? 앉으세요. 커피?"

"감사합니다."

"제가 내리겠습니다!"

류성원 감독이 머신기로 달렸고, 주혁이 그를 만류하며 자리에 앉혔다. 첫 번째 커피를 내릴 때 주혁이 감독들에게로 몸을 돌렸다.

"요즘 거의 회사에 안 계시던데."

"예. 최근에 성원이 형이랑 전국 여기저기 돌았습니다."

"아이템 좀 모은다고 돌아다녔습니다."

"그래요."

어느새 두 번째 커피가 내려졌고, 주혁이 감독들에게 커피를 권했다.

"그래서, 두 분이 같이 오셨다는 건, 그렇죠? 나왔다는 거네요."

최철수 감독이 자신만만한 미소를 지었다.

"그렇습니다."

그러면서 챙겨온 기획안을 책상에 올렸다. 주혁이 기획안을 집었다. 그와 동시에 세 번째 커피가 내려졌다.

"먼저 보겠습니다."

주혁이 자리에 앉지도 않고 기획안을 읽기 시작했다. 종이를 넘기는 손만큼이나 내용 파악도 빨랐다. 그 모습을 보며 감독들이 침을 삼켰다.

반면 주혁의 입가에는 미소가 번졌다.

몇 분 뒤, 커피를 들고 회의 테이블에 앉은 주혁이 입을 열었다.

"제목이 인상 깊네요. '상품을 소개합니다.'"

"예. 약간 비유적으로 지은 건데, 제목은 변경돼도 괜찮습니다."

"그러니까 보이스프로덕션 소속 연예인들을 밀착취재해서 그걸 다큐로 만들겠다는 거죠?"

"그렇습니다. 어, 어떠셨는지."

주혁이 웃었다.

"특이하고, 재밌습니다. 더불어 제작 현실이나 이 바닥의 고충까지 표현할 수 있겠어요."

최철수, 류성원 감독이 구상한 기획안은 간단하게 말해서, 상품으로 표현되는 연예인들의 일상을 재조명하고, 거기에 스토리를 집어넣어 재밌게 풀어낸다는 것이었다. 기획안을 당기며 주혁이 다시 물었다.

"근데 이 기획대로 움직인다면 일반 영화 스태프까진 아니더라도 〈내 어머니 박점례〉 때보다는 스태프가 필요하긴 하겠습니다."

주혁이 묻자, 최철수 감독이 답했다.

"네. 맞습니다. 거기까지는 구체적으로 들어가진 않았지만."

"음."

최철수 감독의 대답을 들은 주혁이 커피를 들어 올리며 생각에 빠졌다. 그에 따라 잠시 정적이 흘렀다.

'기획은 재밌는데, 뭔가 아쉽단 말이지……'

그러면서 기획안을 다시 펼쳤다. 딱 세 번째 장을 넘겼을 때 주혁의 머릿속에 무언가 스치고 지나갔다. 강주혁이 다시 감독들을 쳐다봤다.

"이건 제 아이디어입니다만."

"예?"

"이 기획, 다큐 웹드라마로 만들어보면 어떻습니까?"

"다큐 웹드라마요?"

"맞아요. 다큐는 워낙 진입장벽이 높으니, 친숙한 웹드라마로 길게 가는 겁니다."

"다큐 웹드라마라……."

"그리고."

한 가지가 더 있는지 주혁이 말을 이었다.

"기껏 실력 좋은 감독님이 두 분이나 계시지 않습니까?"

"하하, 실력은 무슨."

겸연쩍게 웃어넘긴 류성원 감독을 보며 주혁이 말을 이었다.

"한 번에 두 작품을 진행해보는 건 어떠십니까?"

"두 가지라면?"

"음…… 다큐 웹드라마를 찍는 최철수 감독님을 류성원 감독님이 독립영화로 찍는 겁니다."

"……예?"

당장 이해되지 않았는지, 최철수 감독이 되묻기에 주혁이 설명을 덧붙였다.

"예를 들어 이 기획대로 다큐 웹드라마를 최철수 감독님이 들어갑니다. 그 과정을 류성원 감독님이 독립영화로 찍는 겁니다. 즉 같은 시간에 두 가지 작품을 진행하는 거죠."

"아."

순간 최철수, 류성원 감독의 표정이 진지하게 변했고.

"그리고 이건 제 생각인데."

한번 뱉으니 아이디어가 줄줄줄 흘러나왔다.

"제작에 참여하는 스태프들은 대학생이나 현재 제작에 뜻을 둔 청년들을 뽑아 쓰는 겁니다. 그러다 인재가 있으면 회사에 끌어들여도 됩니다. 제작팀 충원은 언제나 환영입니다."

가만히 듣던 최철수 감독이 짐짓 진지한 표정으로 되물었다.

"그렇게 되면 여러모로 큰 프로젝트가 됩니다만?"

주혁이 웃었다.

"좋네요, 프로젝트. 보이스프로덕션이 주최하는 제1회 다큐 독립 프로젝트. 해서 매년 또는 주기적으로 해도 괜찮겠어요. 명칭은 보이스 프로젝트, 뭐 이런 식으로. 영화제작에 뜻을 둔 인재들의 축제 같은 느낌으로."

방금 주혁이 말한 아이디어들은 여러 가지 뜻을 내포했다. 어쩌면 국내 독립영화계에 한 획을 그을지도 모르는, 거기다 회사 이미지 구축에도 상당한 도움이 될 터였다.

"죄송한데 사장님, 지금 바로 내려가서 정리를 좀 해야 될 것 같습니다."

최철수, 류성원 감독이 동시에 자리에서 일어났다. 이미 결정을 내린 눈빛이었다. 주혁이 굳이 말릴 이유는 없었다.

"네. 기다리겠습니다."

이후, 강주혁은 스케줄을 정신없이 소화해야 했다. 김재형이 들어가는 예능과 걸그룹 마니또가 추가돼 더욱 바쁘게 돌아갔다. 그리고.

"사장님. 이번 주는 약 7백 명의 참가자를 보시게 될 겁니다."

목요일에는 〈만능엔터테이너〉의 두 번째 예선 촬영이 있었다. 1차보다 2백 명이 불은 7백 명을 걸러내야 했다.

"안녕하십니까, 선배님."

"처음 뵙겠습니다."

두 번째 예선전에는 인기배우 김동욱과 식스엔터테인먼트의 이황수 사장이 참여했다. 이황수 사장은 배우 출신으로 이런 오디션 프로그램에 몇 번이나 얼굴을 비춘 적이 있는 인물이었다.

다행히 두 번째는 1차와 달리 무리 없이 마무리됐다. 거기에다 30명이라는 많은 합격자가 나왔다.

"사장님. 이번에는 합격자가 꽤 나왔습니다? 기준을 좀 낮추신 겁니까?"

박한철 PD가 뒷정리하는 틈에 강주혁에게 물었으나.

"딱히 그런 건 아닙니다. 그냥 이번엔 괜찮은 친구들이 많았어요."

주혁이 기준을 낮춘 것은 아니었다.

"하하하, 알겠습니다. 아, 저희 방송일정 나왔습니다. 예선전이 정리되고 한 주 텀을 두고 그다음 주에 본격적으로 본선이 시작될 예정이고 2월 17일 첫 티저가 공개됩니다. 이어서 일주일 동안 3차까지 티저가 나가고, 정확히 2월 29일 첫 방송입니다."

〈만능엔터테이너〉는 2월 29일부터 매주 토요일마다 방송될 예정이었다.

"새로운 포맷이라 벌써 시청자 반응이 뜨겁습니다!"

"기대되네요."

실제로 강주혁의 예능 출연으로 이미 〈만능엔터테이너〉를 기다리는 대중의 기대치는 높았다. 역시 2월 10일, 〈만능엔터테이너〉 관련 기사와 반응은 뜨거웠다.

「만능엔터테이너 제작진 "시작부터 새롭게 만들기 위해 노력했다"」

「강주혁을 기다리는 대중들, TV로 강주혁을 볼 수 있다고?」

ㅡ 와ㅏㅏㅏㅏㅏㅏ포스터에 강주혁 존잘….

ㅡ 그닥? 오디션 예능 한물가지 않았냐?

ㅡ 작품 없는 주혁 오빠….. TV로나마 위안을

ㅡ 그래서 첫방 언제임?

이어진 다음 날.

「'만능엔터테이너' 2월 29일 첫방 확정!」

〈만능엔터테이너〉의 첫방 날짜가 발표됐다.

* * *

2월 13일 목요일, 오후 3시 55분. 보이스프로덕션 3층 미팅룸에 팀장들과 최화진 그리고 헤나 팀이 모여서 하나같이 노트북을 보고 있었다.

3시 56분. 노래를 작곡한 최화진은 내내 얼어 있었고, 그 옆에 앉아 있던 헤나가 얼굴을 감쌌다.

"아ㅡ 정말. 매번 이때는 진짜 죽을 맛이야!"

그런 헤나를 홍혜수 팀장이 다독였다.

"헤나야, 괜찮을 거야. 너 공식 너튜브나 팬들 반응은 좋았잖아."

추민재 팀장도 거들었다.

"그래! 헤나 씨, 걱정 말어. 싱글 하나 죽쒀도 사장님은 별말 안 할 거야!"

"어머, 민재야. 미쳤구나? 지금 그게 위로니?"

"어? 이건 아닌가?"

그 순간 57분이 되었다. 헤나의 싱글앨범 '차가운 이별'은 오후 4시에 모든 음원 플랫폼에 업로드될 예정이었다. 미팅룸 문이 열리면서 강주혁이 들어왔다. 그를 보자마자 헤나가 외쳤다.

"사장님, 왜 이제 와요!"

"4시 발표 아니었어요?"

"맞아요…… 하— 진짜 이적하자마자 앨범 망하면 어쩌죠? 빨리 사장님한 테 돈 벌어다 줘야 하는데."

주혁은 왜 헤나가 자꾸 돈을 벌어다 줘야 한다는지 의문을 가지긴 했으나, 의욕증진만 된다면 괜찮겠다 싶었다.

"괜찮아요. 너무 부담 갖지 말아요."

거기다 실제로 4시에 발표될 '차가운 이별'은 보이스피싱에서 들었을 땐 완벽한 초대박 노래가 맞았지만, 몇 가지 문제도 있었다. 보이스피싱 랜덤박스에서 나온 미래 영상파일에서는 MR만 들렸기에 가수가 누군지 몰랐고, 노래도 앞부분만 들렸다. 즉 후반부는 오롯이 최화진에게 맡긴 셈. 강주혁이 개입했기에 미래가 어느 정도는 변할지도 몰랐다. 실제로 지금까지 결과는 좋았지만, 〈척살〉이나 〈28주, 궁궐〉 등 관객수와 시청률은 조금씩 달랐으니까. 어쨌거나 현재로서는 기다려보는 수밖에 없었다.

"이제 59분."

그 순간 추민재 팀장이 시간을 알렸고.

"아! 못 보겠다!"

"……"

최화진은 더욱 얼어붙었으며 헤나는 얼굴을 가려버렸다. 그 와중에 시간은 착착 흘렀다. 이윽고.

"4시."

음원 풀리는 시간이 되자, 미팅룸에는 마우스 클릭 소리가 시끄러웠다. 추민재 팀장, 홍혜수 팀장, 고동구 매니저 그리고 헤나의 스타일리스트까지 각자 다른 음원 플랫폼 홈페이지에 접속해 F5 새로 고침을 연타했다.

5분, 10분, 20분.

정확히 30분이 흘렀을 때, 추민재 팀장이 헛웃음을 흘렸다.

"허…… 이게 무슨."

가장 먼저 결과가 나온 듯. 그 소리에 헤나가 빠르게 반응했다.

"왜요! 팀장님 지금 메론파워 보고 있죠?"

메론파워는 1등 음원 플랫폼이었다.

"아, 아니, 그게. 헤나 씨, 다른 것부터 보는 게……."

"아! 왜요! 봐봐요!"

뭔가 꺼림칙했는지, 추민재 팀장이 노트북 화면을 막았으나 헤나가 그 틈을 비집고 들어갔다. 기어코 메론파워 화면을 확인한 헤나. 그녀의 입이 벌어졌다.

"헐……."

그런 그녀 뒤에 주혁이 양손을 찔러넣은 채로 서 있었다.

"축하해요. 헤나 씨."

주혁이 짧게 축하 인사를 하자마자, 여기저기서 탄성이 터졌다.

"뮤직박스 1위 진입이요!"

"어머! 킹콩플레이어도 1등!"

"댓글이 미쳤어요. 실시간으로 백 개씩 달려!"

이어서 홍혜수 팀장이 추민재 팀장을 보며 물었다.

"민재야, 그쪽이 제일 중요하잖아. 메론파워는? 반응이 별로야?"

그러자 심각하던 추민재 팀장 얼굴이 순식간에 장난스럽게 변했고.

"어, 별로야."

"진짜?!"

"어. 헤나 씨 반응이 생각보다 별로야. 좀 더 재밌는 표정을 기대했는데, 크크."

"무슨 소리니, 진짜."

시간이 멈춘 듯 미동도 없는 헤나의 어깨를 추민재 팀장이 툭 치면서 말을 이었다.

"메론파워 1등, 굉장하잖아? 전체 플랫폼 석권한 거 아냐, 이거?"

추민재 팀장의 짓궂은 장난에 헤나와 최화진을 제외한 모두의 야유가 쏟아졌다. 어쨌든 덕분에 분위기는 꽤 화기애애하게 풀렸다.

"……진짜? 우리 1등이야? 화진아. 네가 봐도 1등으로 보여?"

"……"

정작 주인공인 최화진과 헤나만 현실을 믿지 못하는 듯 보였다. 사실 헤나는 가수로서 1등을 놓치지 않는 편이었지만, 이번만큼은 도전에 가까웠기에 지금의 1등이 더욱 크게 느껴졌다. 최화진이라는 신인 작곡가가 만든 노래, 전 소속사의 방해, 가수 쪽 체계가 덜 잡힌 보이스프로덕션으로 이적 등등. 솔직히 1등은 전혀 예상치 못했다.

최화진은 한술 더 떠서 현실을 부정하는 표정이었다. 결과가 나와도 한마디를 못하고 있었다. 그런 그녀의 어깨에 주혁이 손을 올렸다.

"고생했어요. 화진 씨."

"……흑."

강주혁이 음성이 전해지자, 예전 FNF엔터 시절 고생과 고통이 떠올랐는지 그녀가 눈물을 흘렸다.

"어머, 하진 씨. 좋은 날에 울긴 왜 울어. 민재야, 거기 티슈 좀."

"어어."

홍혜수 팀장이 최화진을 다독였고, 그런 그녀를 헤나가 와락 껴안았다. 미팅룸은 순식간에 휴먼드라마 분위기가 연출됐다.

그 분위기가 진정된 것은 10분쯤 뒤였다. 강주혁이 비로소 자리에 앉으며 여전히 쿨쩍거리는 최화진에게 말했다.

"화진 씨 노래가 사람들에게 먹힌다는 뜻이에요. 자신감을 가지고 보이스 프로덕션에서 작곡가로서 최선을 다해줘요."

"……네, 사장님. 감사합니다."

이어서 주혁이 헤나를 쳐다봤다. 그녀는 이미 웃고 있었다.

"사장님, 앞으로 바빠지실 거예요. 먼저 회사 공식 너튜브에 뮤비부터 올려주시고요. 음악방송, 행사, 예능, 섭외가 어어엄청 쏟아질 거예요! 뭐, 이제 이 순위를 유지하는 게 중요하긴 하지만, 설마 며칠 만에 꺾이겠어요?"

사실이 그랬다. 음원 발표 첫날 전체 플랫폼 1위를 싹 쓸었다. 바빠질 것이 자명했다.

'역시 인원이 부족해.'

강주혁은 다시 한 번 현실을 절감했다. 가수 쪽 영역은 주혁이 커버할 수도 없었다. 헤나를 영입하면서부터 걱정했던 부분이었다. 고개를 끄덕이던 주혁의 시선이 홍혜수 팀장에게 맞춰졌다.

"혜수 팀장님, 내가 알아보라고 한 건."

"조금만, 시간을 좀만 더 줘. 거기 알아보다 보니까 재밌는 게 많더라? 좀 더 확실히 알아볼게."

"알았어. 대신 서둘러야 해."

당차게 고개를 끄덕이는 홍혜수 팀장을 보며 주혁이 머릿속으로 계획을 정리하기 시작했다.

늦은 밤, 사장실. 주혁이 자리에 앉아 서류를 처리할 때였다. 사장실 문이 열리며 퀭한 남자가 들어왔다.

"어, 형 왔어요?"

"그래, 주혁아. 갑자기 와서 방해냐?"

"무슨, 송 사장님답지 않게 왜 그래요?"

송 사장이 제작 중인 작품의 미팅을 위해 직접 광주까지 온 것이었다. 처음 송 사장의 전화를 받았을 때 의아하긴 했다. 굳이 와서 미팅할 이유는 없으니까. 주연으로 갈 강하진의 몸값이야 메일이나 통화로 협의해도 큰 문제는 없음에도 굳이 왔다는 것은.

'다른 쪽으로 할 말이 있는 거야.'

무슨 문제가 생겼을 거라 주혁은 추측했다.

"앉아요. 형."

"캬~ 회사 좋다. 미안하네. 너 이쪽으로 넘어와서는 처음 왔네."

"뭘, 분당에 있을 땐 형이 가장 먼저 왔잖아요. 그거면 됐어. 커피?"

"아, 아냐. 난 많이 마셨어. 오늘만 한 3백 잔은 마셨다. 진짜로."

고개를 끄덕인 주혁이 송 사장의 맞은편에 앉았다.

"그래서, 무슨 일 있어요?"

"티 나냐?"

"아니, 굳이 여기까지 왔으니까."

"크크, 그렇긴 하지. 먼저, 이것부터 봐."

말을 마친 송 사장이 책상 위로 종이 몇 장을 올렸다. 강하진의 수정된 출연료였다.

"저번보다 각 5백씩 올랐네요."

"이건 내가 밀어붙인 거야. 제작팀장이 반대하긴 했는데, 씨, 어, 내가 사장이야."

"하하, 고맙네. 여튼 알겠어. 출연료는 이걸로 하고, 둘 중에 하진 씨가 선택하면 연락 줄게요."

"어어. 그리고 이건."

다음으로 송 사장이 책상에 올린 것은 예상 캐스팅보드였다.

"한번 봐라."

예상 캐스팅보드에는 첫 줄 '강하진(확정)'을 시작으로 남주와 조연, 조단역 등등 빽빽하게 이름이 올라 있었다. 가만히 보던 주혁이 웃었다.

"〈척살〉 찍은 배우들이 많이 보이는데, 내 착각이에요?"

"아냐, 인마. 맞게 봤어. 예전에 네가 말했지? 이러다 〈척살〉 찍은 조연들이 다음 작품 때도 나랑 하는 거 아니냐고? 진짜 현실이 됐다."

"잘됐네. 그래서, 이걸 왜 나한테까지 보여줘요?"

주혁의 질문에 송 사장의 표정이 짐짓 진지하게 변했다.

"거기, 남주 봐봐."

"남주?"

강하진의 이름 바로 밑, 남자주인공은 총 세 명이 올라 있었다.

"백찬기, 최현수, 오— 이강찬? 이 친구 요즘 잘나가던데. 잘 잡으셨네?"

"그렇지. 요즘 뭐, 국민 남친으로 핫하지."

"이미지 좋은데요. 배역에도 잘 어울리겠어. 근데 얘네들이 왜요?"

"주혁아."

잠시 뜸을 들이던 송 사장이 어렵사리 입을 열었다.

"솔직히 말하면 이강찬이 가장 유력한데, 걔 소속사가 MV e&m이다."

"아."

'그래서 직접 오셨구먼?'이라는 말은 삼켰다. MV e&m, 참으로 오랜만에 들어본 이름이었다.

"거기서 직접 컨텍 온 건가? 아니면 형이?"

"직접 왔어. 시나리오를 어떻게 받았는지는 모르겠는데."

"그래요? 흠."

냄새가 났다. 주혁은 간만에 예전 장춘성 때 맡았던 악취를 느꼈다.

"냄새가 나네. 그래서 형은 어쩌고 싶은데요?"

"얌마, 나야 당연히 고지. 그런데 우리가 걔네랑 엮인 게 있고, 강하진 씨 내가 너한테 달라고 했는데, 막가는 건 예의가 아니니까."

주혁이 팔짱을 꼈다. 만약 무비트리 측에서 남주를 이강찬으로 간다면 강하진을 빼내야 했다. 굳이 MV e&m이 섞인 작품에 낄 이유는 없으니까. 하지만 강하진이 이 작품을 욕심내고 있고, 벌써 작품 분석에 나섰다. 이렇게 되면 답은 하나였다. 남주를 갈아치우는 것. 생각을 정리한 주혁이 팔짱을 풀었다.

"형. 남주를 바꿔볼까요?"

"뭐? 얘네 세 명이 최종인데 이 중에서 누구로?"

"아니, 아예 시선을 돌려보자고."

송 사장이 무슨 소린지 모르겠다는 표정으로 미간을 찌푸렸고, 그런 송 사장을 보며 주혁이 짧게 읊조렸다.

"건욱이 어때요? 김건욱."

다음 날 아침, 국내 3위 엔터테인먼트인 JH엔터테인먼트 회의실이 아침부터 분주했다.

"음. 그럼 그 건은 그렇게 처리하지."

"예!"

20년 차 배우 겸 사장인 장황수가 커다란 책상 상석에 앉아, 노트북을 보며 이것저것 지시를 내리고 있었다. 꽤 묵직한 결정이 오가는 간부급 회의였다.

"그리고 사장님. 고주희 차기작은 어떡할까요?"

"고주희 재계약이 얼마나 남았지?"

"반년 정도 남았습니다. 지금 작품 들어가면 살짝 걸칩니다."

장황수 사장이 턱을 긁었다.

"근데 왜 재계약을 안 하고 있어?"

"그게…… 바라는 게 좀 많습니다."

"엔간하면 전부 들어줘. 배우 쪽으로 넓히려면 걔로 초석을 다져야 하니까."

"알겠습니다."

JH엔터테인먼트의 시작은 걸그룹 '소녀감성'이었다. 이게 대박이 터졌고, 이어서 보이그룹 'POW'가 그 대박을 이어받았다. 이 두 그룹은 국내는 물론 아시아를 석권하며 JH엔터테인먼트의 성장에 크게 기여했다. 이후 JH엔터테인먼트는 굵직한 가수를 영입하면서 가요계에 파란을 일으켰고, 짧은 시간 국내 엔터 3위까지 오르는 기염을 토했다. 그리고 현재는 소속 연예인만 50명이 넘는 기업이 됐고, 최근 배우 쪽으로 사업을 확장하는 중이었다.

"그리고 보이스프로덕션 쪽은 움직임이 좀 어때?"

"여전합니다. 배우 쪽 성장세가 가장 가파르고, 아시다시피 최근 영입한 헤나의 싱글이 플랫폼을 석권했습니다. 거기다 사장인 강주혁 본인도."

"파급력이 굉장하지. 그놈은 배우 시절에도 그랬어. 언제나 위에서 놀았지. 하여튼 난놈이야. 아직도 배우 하고 있었으면 바로 영입하는 건데."

장황수가 과거를 떠올리며 입을 다물자 회의실에 모인 20명 남짓한 실장,

팀장들 역시 입을 닫았다. 그러다 미련을 털어냈는지 장황수가 노트북 화면을 바꾸며 화제를 전환했다.

"하여튼, 강주혁 쪽은 항상 지켜봐. 내 보기에 보이스프로덕션은 계속 부딪칠 거 같으니까. 다음, 마니또. 이건 누가 맡았어?"

검은색 뿔테안경을 쓴, 약간은 젊은 남자가 손을 들었다.

"접니다."

"어, 우 실장. 마니또 어떻게 됐어?"

"말씀하신 대로 조치했습니다."

장황수 사장이 고개를 끄덕였다.

"그래. 걔네는 돈 될 거야. 무조건 넘겨받아. 정 힘들면 김수열 사장을 내가 직접 만나도 되니까."

"괜찮을 것 같습니다. 만만치 않은 금액을 제시했고, 그쪽도 지금 마니또 새 둥지 찾느라 혈안이라고 보고받았습니다."

"빈틈없이 처리해."

"알겠습니다."

당차게 대답한 남자가 한마디를 덧붙였다.

"별다른 이변이 없는 한, 마니또 흡수는 문제없을 겁니다."

같은 시각, 상암 WTVM 사옥 예술원에는 〈만능엔터테이너〉의 세 번째 예선전 녹화 준비가 한창이었다. 언제나 그랬듯 주혁은 심사위원 중 가장 먼저 도착했다. 그런데 차에서 내리려다 멈칫했다.

"뭐지? 여기까지 나온 적은 없었는데."

박한철 PD와 VJ 두 명이 주혁의 차에 대포 쏘듯 카메라를 들이대고 있었다. 이상한 느낌이 든 주혁이 쉽사리 차에서 내리지 못했다.

"어쨌거나 예능 PD니까."

TV에서 흔히 보는 리얼 버라이어티 예능을 보면 이런 상황엔 항상 예상치 못한 일이 벌어지곤 했다. 그 기억이 강렬했던 주혁이 차에서 내리지 않고 창문만 내렸다. 그러자 싱긋 웃는 박한철 PD가 다가왔다.

"사장님, 오셨습니까? 안 내리고 뭐 하세요?"

"아니, 보통 여기까진 안 나오시지 않습니까? 카메라도 그렇고."

"하하하, 너무 긴장 마세요. 티저에 쓸 그림 따는 겁니다. 사장님이 차에서 내리는 장면에서, 사장님의 다리부터 몸까지 틸업(아래에서 위로 촬영)으로 쓸어올릴 그림을 보고 있습니다. 그게 첫 장면."

"진짭니까?"

순간 주혁은 예전 어느 선배의 조언이 떠올랐다.

'이 바닥에 못 믿을 놈이 수두룩하지만, 그중에서 가장 못 믿을 놈은 예능 PD다.'

반면 박한철 PD의 반응은 여유로웠다.

"진짭니다, 사장님. 내리시는 김에 최대한 멋지게 내려주세요. 자, 그럼 전 빠지겠습니다."

말을 마친 박한철 PD가 약 세 걸음 떨어졌다. 그 모습을 유심히 보던 주혁이 이내 대수롭지 않게 한숨을 픽 쉬며 차에서 내렸다. 아니, 최대한 멋지게 내렸다. 코트를 펄럭이면서.

'그래도 티저에 쓴다니까, 뭐.'

— 텅!

차 문도 멋지게 닫았다. 그러자 박한철 PD 쪽에서 박수 소리가 났다.

"브라보! 아주 좋습니다. 영화 보는 것 같은데요?"

"큼. 가시죠."

괜한 어색함을 헛기침으로 날린 주혁이 녹화장으로 발길을 돌렸다. 그런데 박한철 PD가 예전과 달리 VJ 촬영반경 밖에서 따라왔다. 조금 이상하긴 했지만, 예능 티저에 PD가 직접 출연하는 것이 어찌 보면 더 이상하기도 하지, 정도로 넘기고 주혁이 녹화장의 문을 열었다.

'……?'

그런데 더욱 이상한 광경이 펼쳐졌다. 예전에 없던 이동식 책상이 중앙에 쭉 펼쳐져 있었고, 거기엔 대충 봐도 다섯 대는 넘는 노트북과 스태프들이 모두 몰려 있었다. 희한한 건 모두 강주혁을 등지고 있었음에도 주혁이 녹화장으로 들어서자, 귀신같이 알고 다들 뒤를 돌아봤다는 점. 그 모습에 주혁의 의아한 표정은 더욱 짙어졌고, 뒤쪽에 선 박한철 PD는 옅은 미소를 지었다.

분위기가 요상했다.

잠시 박한철 PD를 바라보던 주혁은 이내 스태프들이 모인 곳으로 가, 곧장 노트북 화면을 확인했다. 노트북에는 각기 다른 화면이 켜져 있었는데, 공통점이 하나 있었다. 같은 영상이 재생되고 있다는 점.

주혁이 노트북에 얼굴을 더욱 가까이했다. 그러자 그의 얼굴이 더욱 미묘하게 변했다. 노트북이 출력하는 화면마다 수많은 채팅이 올라오고 있었다. 속도가 너무 빨라서 따라 읽을 수 없을 지경이었다.

"?"

여전히 묘한 표정을 짓는 강주혁이 아예 노트북에 얼굴을 붙였다. 그리고 노트북마다 표시되는, 왼쪽 하단에 초마다 바뀌는 시청자 수에 눈이 박혔고.

'……'

말도 안 되는 숫자에 주혁이 고개를 돌려 박한철 PD에게 물었다.

"뭡니까. 이 숫자는?"

— 시청자 수 : 11,789명

시청자가 1만 2천 명에 가까웠다. 그 어마어마한 숫자에 주혁이 물었지만, 박한철 PD는 말없이 웃음 지을 뿐이고, 그런 상황을 VJ가 계속 촬영 중이었다. 슬슬 감이 온 주혁의 시선이 다시금 노트북으로 향했다. 채팅창은 여전히 미쳐 있었다.

— 워ㅓㅓㅓ 강주혁이다

— 아니, 갑자기 강주혁 등장하는 거 실화임?

— 계속 촬영 준비만 보여주다가 느닷없이 강주혁등장ㅋㅋㅋㅋㅋㅋㅋ

— 뭐가 잘생겼다는 거지.....

— 니 얼굴 한번 보자.

— 오빠 인사 좀 해 줘요ㅜㅜㅜ

— 놀란닼ㅋㅋㅋ강주혁이 놀라고 있얶ㅋㅋㅋ

너무 빨라서 하나하나 읽을 수 없을 지경이었다. 가만히 노트북 화면을 보던 주혁이 슬쩍 미소 지었다. 그러자 채팅창이 더욱 미쳐 날뛰었고. 강주혁이 여유롭게 인사말을 던졌다.

"안녕하세요. 강주혁입니다. 〈28주, 궁궐〉 이후로 처음 인사드리는 것 같아요. 전 지금 〈만능엔터테이너〉 녹화를 위해 촬영장에 왔습니다. 곧 티저가 공개될 예정이니, 많은 기대 부탁드립니다."

이어서 매끄럽게 손 인사까지. 남들이 보면 이 모든 상황이 짜인 것처럼 보일 정도였다. 강주혁이었기에 가능했던 대처. 덕분인지 왼쪽 하단에 표시되는 시청자 수가 급격하게 늘어나, 곧 1만 3천 명을 돌파할 기세였다. 그때 박한철 PD가 촬영하던 VJ에게 무언가 손짓했고, 이내 노트북에 재생되던 영상이 멈췄다. 하지만 채팅창은 계속 올라왔다. 대부분 더 보고 싶다는, 아쉽다는 반응. 채팅창을 주혁이 흥미롭게 보고 있을 때, 박한철 PD가 다가왔다.

"실시간 시청자 수 보셨습니까?"

"본방 때 시청률, 기대해도 되겠어요. 이건 실시간 방송이었습니까?"

"맞습니다. 공식 1차 티저 공개 전에 약간은 예고편 느낌으로 인터넷에 기습 실시간 영상을 내보낸 건데, 무전에서 사장님 도착했다는 음성이 나가자마자 시청자 수가 미친 듯이 뛰었습니다."

박한철 PD가 스태프들에게 책상을 정리하라고 지시한 후, 다시 주혁을 쳐다봤다.

"그나저나 와, 사장님. 어떻게 하면 반응이 그렇게 자연스럽게 나옵니까? 역시 대단하십."

그때 주혁이 담담하게 웃으며 박한철 PD의 말을 잘랐다.

"그런데요, PD님."

"예?"

"이왕 하기로 한 거 저도 최대한 협조할 테고, 프로가 잘되길 바라지만."

한 템포 끊은 후, 차가운 분위기로 다시 말을 이었다.

"이런 건 사전에 언질을 주세요. 아시겠습니까?"

"……아, 그, 그게."

단숨에 당황한 표정이 된 박한철 PD가 어버버거렸다. 그의 어깨를 툭 치며 주혁이 웃었다.

"하하, 장난입니다. 예능에서 이런 상황이야 늘 있겠죠."

그러면서 몸을 돌려 세트장으로 발걸음을 옮겼다. 강주혁의 등판을 멍하니 쳐다보는 박한철 PD 옆으로 조연출이 다다닥 달려왔다.

"무슨 일 있으십니까? 선배님, 표정이 좀."

"달라."

"예? 달라요? 뭐가 말입니까?"

"저 사람, 내가 아는 배우들과는 확실히 뭔가 달라."

"강주혁 사장님이오? 어떤 것이……."

괜히 턱을 긁던 박한철 PD가 몸을 돌리며 짧게 답했다.

"몰라. 하여튼 달라."

잠시 뒤, 〈만능엔터테이너〉의 세 번째 예선전 녹화가 시작됐다. 게스트 심사위원으로는 원로배우 송향미와 배우에서 연극 연출자로 전향한 고창섭이 맡았다. 두 인물 모두 까마득한 선배여서 주혁은 자리에서 일어나 예의를 차렸다. 간단한 인사치레가 끝난 후, 본격적으로 참가자들이 무대로 올라오기 시작했다.

"아쉽지만, 탈락입니다."

첫 번째 참가자부터 백 번째 참가자까지는 쏜살같이 지나갔다. 대부분이 탈락이었다. 이어서 101번째 참가자가 나오기 전, 송향미가 갈색 파마머리를 긁적이며 주혁에게 물었다.

"전부 이런 식이여?"

"예, 선생님. 10%를 위해 전부를 보는 느낌입니다."

"하이고, 고생이 많았겠네."

주혁이 송향미에게 괜찮다고 말하며 101번 참가자를 요청했다. 그러면서 참가자의 프로필을 확인했고.

"음?"

곧장 프로필에서 무언가 확인했다. 자기소개란 맨 첫 줄.

"이거."

짧게 읊조리며 주혁이 무대로 시선을 돌렸다. 무대 중앙에는 이미 101번째 참가자가 서 있었고.

"당신의 비밀친구! 안녕하세요. 걸그룹 마니또의 수현입니다!!"

그녀는 흔히 걸그룹이 외치는 그룹 인사를 던지며 허리를 90도로 숙였다.

주혁의 입이 저절로 열렸다.

"마니또?"

같은 시각, 남양주. 대형 영화세트장에 아침부터 촬영 스태프들의 움직임이 분주했다.

"소품팀!! 거기! 객잔에 술병 세팅해라!!"

"예~ 지금 갑니다!"

"야! 어떤 새끼가 담장에 패딩 걸어놨어! 조선시대에 놀스페이스가 웬 말이야!! 빨리 안 치워?!"

"김삼봉 감독님 모셔오겠습니다~"

영화 〈도적패〉의 촬영 현장이었다. 어느새 프리프로덕션과 대본 리딩을 끝낸 영화 〈도적패〉의 첫 촬영이 목전이었다. 분주한 스태프들 사이에서 남주를 맡은 정진훈이 올드한 정장을 차려입고, 따끈한 커피를 마시며 대본을 넘기고 있었다. 대본의 네 번째 장을 넘길 때, 뒤쪽에서 남자 목소리가 끼어들었다.

"형, 안녕하세요."

정진훈이 뒤를 돌아봤다.

"어, 승휘. 왔냐?"

뒤쪽에서 정진훈과 비슷하면서도 미묘하게 다른 정장을 입은 남자가 걸어오고 있었고, 그를 보며 정진훈이 말을 이었다.

"야. 무슨 까메오가 이렇게 늦게 오냐. 딱 대기하고 있어야지."

"아니, 매니저 형이 길을 못 찾아서."

그는 이번 〈도적패〉 초반 까메오로 출연하기로 한 조승휘였다. 가까이 온 그에게 정진훈이 픽 웃었다.

"너 근데, 운 좋다? 김삼봉 감독님 영화에 까메오로 낙점되고."

"크~ 저도 전화 받고 소리 질렀다니까요."

무려 거장 김삼봉 감독 영화였다. 까메오라 할지라도 경쟁이 치열했을 것이 자명했다. 두 배우가 두런두런 얘기를 나누며 대사를 맞추는데, 일순간 조승휘의 눈이 정면에 꽂혔다.

"……"

그의 정면에는 허름한 한복 의상에 롱패딩을 걸친 여배우가 의자에 앉아 매니저로 보이는 남자와 얘기를 나누며 까르륵 웃고 있었다.

"형, 쟤 누구야?"

조승휘가 턱짓으로 여배우를 가리키며 정진훈에게 물었다. 대본을 보던 정진훈의 시선이 턱짓을 따라갔다.

"아— 너 쟤 몰라? 요즘 겁나 핫한데. 강하영."

"어? 강하영? 쟤가 강하영이야?"

"그래. 아마 여기서 유일하게 김삼봉 감독님이 직접 뽑은 배우일걸?"

약간 놀란 조승휘가 다시 강하영을 쳐다봤다. 강하영은 양손에 초콜릿 에너지바를 들고선 신났는지, 연신 팔을 흔들고 있었다. 그런 강하영을 보며 조승휘가 짧게 읊조렸고.

"귀여운데?"

정진훈이 다시 대본을 보며 한숨을 픽 뱉었다.

"아서라."

"왜? 내가 뭘?"

"내가 널 모르냐?"

"그냥 친해지는 건 상관없잖아."

"상관없지. 근데 넌 그게 끝이 아니잖아."

괜히 목을 긁적이는 조승휘를 정진훈이 다시 쳐다봤다.

"너, 강주혁 선배님 본 적 있어? 지금껏 활동하면서."

"단역 때 한 번? 근데 갑자기 왜."

"야, 나도 8년 배우 생활하면서 그분 딱 두 번 봤어. 너 강주혁 선배님 앞에 서면 편하게 말 걸 수 있겠냐?"

"에이, 그건 오버지."

"그럼 너 쟤 못 꼬셔."

"……뭐?"

얼빵한 표정의 조승휘를 보던 정진훈이 다시 대본으로 시선을 돌리면서 짧게 답했다.

"쟤 소속이 거기야. 보이스프로덕션. 네가 강주혁 선배님한테 비빌 수 있으면 꼬셔보든가."

보이스프로덕션이라는 말에 순간 눈이 커진 조승휘가 이미 에너지바를 먹어치운 강하영을 다시 쳐다봤고, 어쩌다 눈이 마주쳤다.

"아?"

그러자 강하영이 환하게 웃으며 의자에 걸어둔 가방에서 에너지바를 꺼내더니 조승휘에게 도도도 달려왔다. 어느새 조승휘와 정진훈 앞에 선 강하영이 넙죽 인사하며 대뜸 에너지바를 내밀었다.

"안녕하세요!! 선배님! 신인배우 강하영입니다!! 조승휘 선배님 맞으시죠? 까메오로 출연하신다는 얘기 듣고 저 엄청 기대했어요!"

"……아, 네. 반가워요, 하하하. 진훈이 형, 저 잠시 화장실 좀."

"어— 그러든가."

자리를 빠르게 피한 조승휘의 뒷모습을 보며 강하영이 고개를 갸웃했지만, 이내 다시 웃는 표정으로 정진훈에게 에너지바를 내밀었다.

"선배님! 에너지바 드실래요?"

"어? 어어. 고마워."

바로 그때였다.

"감독님 도착하셨습니다!"

김삼봉 감독이 천천히 걸어서 촬영 세팅이 끝난 모니터 앞에 앉았고.

"3분 뒤 가이드 리허설 들어가겠습니다!"

영화 〈도적패〉의 첫 촬영이 시작됐다.

다시 〈만능엔터테이너〉 녹화장.

녹화장에는 짧은 정적이 흘렀다. 그 흔한 기침 소리도 들리지 않았다. 마니또 멤버 수현의 연기가 끝난 직후였기 때문. 짧은 정적을 깬 것은 게스트 심사위원인 송향미였다.

"수현 씨는 연기를 좀 해봤나 본데? 딕션이 또렷해서 대사가 확실히 들리네요. 좋아요. 물론 본업이 가수라 그런지, 대사 중간중간 리듬이 좀 이상한데. 전 괜찮게 봤어요."

송향미의 평가가 끝나자, 곧바로 고창섭이 이어받았다.

"아이돌이 연기 못한다는 건 옛말이여~ 충분히 예선은 통과할 실력입니다."

"……"

그런데 다음 타자였던 메인 심사위원 강주혁이 말을 잇지 못했다. 그저 어색하게 양손을 모으고 자신을 쳐다보고 있는 수현을 빤히 쳐다볼 뿐이었다.

'마니또가 왜 여기서 나와?'

전혀 예상치 못했던 전개였다. 거기다가.

'연기도 잘하는데.'

기대하지도 않았던 능력이었다. 순간 주혁의 머릿속이 살짝 복잡해졌다. 그때.

"주혁 씨?"

옆에서 주혁을 이상하게 쳐다보던 송향미가 강주혁의 생각을 차단했다.

"……예? 아, 예."

"심사, 해야지?"

"아, 예. 죄송합니다."

이내 주혁이 현실로 돌아왔고, 차분하게 심사부터 진행했다.

"일단, 동양적인 마스크가 매력적입니다. 어느 배역이든 잘 녹이겠어요. 그리고 대사를 쭉쭉 밀어내는 느낌이 인상적이네요. 그런 강세는 나중에 큰 장점이 될 겁니다. 합격입니다."

"가, 감사합니다!"

수현이 허리를 넙죽 굽혔다. 그런 그녀를 보며 주혁은 '여긴 어째서 왔습니까?'라고 묻고 싶었다. 하지만 지금은 참아야 했다. 대뜸 아는 척을 할 수도 없는 노릇이었으니. 그저 지금은 합격자의 문으로 사라지는 뒷모습을 빤히 쳐다볼 뿐이었다.

몇 시간 뒤.

"수고하셨습니다!"

마지막 참가자의 심사가 끝나자, 박한철 PD가 크게 외쳤다. 이로써 〈만능 엔터테이너〉 예선전 녹화가 모두 끝났다. 스태프들이 무대 정리를 위해 세트로 뛰어들어왔고, 주혁은 고생한 게스트 심사위원들과 인사를 나눴다. 그 와중에 박한철 PD가 비타민 음료를 심사위원들에게 나눠주며 입을 열었다.

"수고하셨습니다, 사장님. 이제 본선입니다. 사실 본선부터가 진짜 시작입니다."

"그렇겠죠."

주혁은 듣는 둥 마는 둥 대답했다. 그의 생각은 마니또로 꽉 차 있었다.

'왜 마니또 멤버가 여기서.'

물론 오디션 프로니 나올 수야 있지만, 아직 해체한 것도 아닌데 이렇게 개인적으로 활동을 시작해도 되나 싶었다. 직접 묻지도 못했으니, 홍혜수 팀장의 보고를 기다리는 수밖에 없었다.

그렇게 생각을 정리하며 주차장에 도착해 차에 오르려던 찰나.

"응! 언니. 나 합격이야! 완전 말도 안 돼. 나 어떻게 합격한 거지?"

여자 목소리가 들렸다. 강주혁의 차 바로 옆이었다.

"응? 강주혁 님? 봤지. 대박 카리스마! 응. 연기 합격이니까, 앞으로 노래랑 춤 합격하면 본선이래."

주혁이 슬쩍 보니 웬 여자가 쪼그려 앉아 통화 중이었다. 그 모습에 순간 주혁이 실소를 터뜨렸다. 마니또 멤버인 수현이었다.

수현은 강주혁이 뒤에서 보고 있는 줄도 모르고, 5분 넘게 통화를 이어나갔다. 이윽고.

"응. 알았어. 나머진 숙소 가서 말해줄게. 응."

그녀가 전화를 끊고, 길게 숨을 뱉으면서 자리에서 일어났다.

"흡흡! 다음은 노래. 잘하자. 내가 희망이야!"

짧게 혼잣말을 하던 수현이 뒤를 돌아봤고, 강주혁과 눈이 마주쳤다.

"꺄악!!!"

수현이 마치 귀신이라도 본 듯 소리를 지르는 바람에 핸드폰을 놓쳐버렸다. 바닥에 떨어지는 핸드폰을 강주혁이 손을 뻗어 빠르게 낚아챘다. 그러고는 수현에게 돌려주며 입을 열었다.

"조심해야죠."

"……네? 뭐가요? 아, 응?"

현실인가 싶었는지, 수현이 양손으로 눈을 비비적거렸다. 하지만 여전히 강주혁은 그 자리에 있었고.

"가, 감사합니다. 아니! 죄송합니다!"

그녀가 느닷없이 허리를 굽혔다.

"수현 씨가 죄송할 거 없는데."

"네? 아! 네!"

이어서 주혁은 수현의 얼굴을 빤히 쳐다봤다. 무슨 말부터 꺼내야 할까? 그런데 생각해보면 이 아이에게 당장 무슨 말을 한다고 해서 바뀔 것은 없었다. 앞에 있는 이 아이는 가수로서 배우로서 성장하고 있는, 이를테면 강자매와 같은 아이일 뿐이었다.

'어른의 사정은 어른끼리 해결해야겠지.'

피식한 주혁이 할 말을 골랐다.

"수현 씨. 연기는 원래 연습해왔어요?"

"어…… 네. 저희 사장님이 시켜주셨어요. 저는 배우 마스크라고."

"누군지 몰라도, 보는 눈이 있네요."

"……네?"

수현이 되물었지만, 주혁이 다른 말을 꺼냈다.

"수현 씨는 배우로서 장점이 확실해요. 대신, 단점도 눈에 띕니다."

"어…… 네."

"장점은 자유로운 마스크, 확실한 딕션, 강세, 대사를 보는 창의성."

그가 코트 단추 하나를 풀면서 말을 이었다.

"덕분에 수현 씨가 대사를 치면 상대 배우가 편하게 대응할 거예요. 잘 들리니까. 그런데 아쉽게도 그 좋은 딕션에 비해, 감정이 너무 약하게 실려요. 그러다 보니 좀 퍽퍽하고, 이게 쪼로 박히면 위험해요. 그러니까 항시 대사를 칠 때, 무표정이 아닌 웃든지 울든지 화내든지 뭐든 감정을 실어서 말하는 연습을 해요."

"네! 아, 알겠습니다!"

그녀의 느닷없는 다나까 말투에 주혁은 순간 강하영을 떠올리며 피식했다.

"일부러는 아니었는데, 통화를 살짝 들었어요. 수현 씨가 희망이라고 혼잣말을 하던데. 회사가 좀 힘든가요?"

"아…… 저희 때문에 조금."

"그래요? 열심히 하셔야겠네."

"네! 감사합니다! 본선 가기 전에 떨어지더라도, 선배님이 말씀하신 조언대로 계속 연습할게요."

주혁이 슬쩍 웃으면서 마지막 말을 던졌다.

"본선 때 봐요."

이후, 수현은 아무 생각 없이 크게 대답했고, 그대로 주혁은 차에 올랐다.

"아."

수현은 강주혁의 차가 사라지고 난 후에야 깨달았다. 그가 남긴 마지막 말.

"본선 때 봐요……."

그의 말에는 확신만이 존재했다는 것을.

다음 날, 토요일임에도 강주혁은 일찍부터 출근했다. 전날 저녁에 홍혜수 팀장이 토요일 아침에 보고하겠다고 요청했기 때문이었다. 생각보다 일찍 도착했는지, 시계를 슬쩍 본 주혁은 곧장 사장실로 향하지 않고 건물 주변을 천천히 둘러봤다. 주변은 광주시청이 주관하는 지역개발 공사가 한창이었다. 새로운 건물의 뼈대가 올라가고, 도로가 깔리고 다 자란 나무도 옮겨지고 있었다. 그런 광경을 보며 주혁이 짧게 읊조렸다.

"속도가 빠르네."

이대로라면 반년 안에는 얼추 형태가 잡힐 듯했다. 주혁은 다시 한 번 공사 현장을 힐끗 쳐다보고는 발길을 돌렸다.

사장실에는 홍혜수 팀장이 먼저 와서 강주혁을 기다리고 있었다.

"사장님. 커피는 이미 뽑아놨어요~"

"아, 고마워."

가볍게 고마움을 표한 주혁이 커피를 한 모금 넘기며 말을 이었다.

"그래서, 뭐 좀 나왔어?"

"당연하죠."

장난스레 웃으며 홍혜수 팀장이 다이어리를 펼치고는 보고를 시작했다.

"어— 일단, 뮤직톡스튜디오는 내가 말한 김수열이 시작한 데가 맞았어. 내 기억력이 이렇게 좋다니까."

"김수열 그 사람, 가수로 크게 성공하진 않았잖아? 돈이 어디서."

"으음, 아니야. 가수로서는 90년대에 반짝하고 끝이었지만, 그 바닥에선 작곡으로 더 유명해. 히트곡이 몇 갠데 그 사람이."

"그럼 그 돈으로 시작했다?"

홍혜수 팀장이 고개를 끄덕였다.

"처음에는 회사 이름처럼 작곡가들 좀 모아서, 작곡 및 프로듀싱 회사로 시작했나 봐."

"그런데 왜 걸그룹을 론칭했지?"

"음— 그 부분은 좀 막히는데, 무슨 사정이 있었겠지? 어쨌든 김수열이 회사를 열고 1년 있다가 마니또 얘들을 데뷔시켰어."

주혁이 말없이 커피를 홀짝이며 홍혜수 팀장을 쳐다봤다. 계속하라는 뜻이었다.

"처음에는 반응이 좀 있었나 봐. 김수열이 작곡가로 유명하고, 그 바닥에선 입김이 좀 있으니까 여기저기 인맥으로 풀었나 본데. 그게 딱 반년 갔어. 아이돌이 1년에만 수백 명이 데뷔하는데, 그 틈에서 인기를 얻기가 어디 쉬웠겠어?"

"잘은 모르지만, 힘들겠지."

"어머, 장난 아니라니까? 한 해에도 데뷔하고 잊히는 애들이 수두룩 빽빽이야."

주혁이 고개를 끄덕였고, 홍혜수 팀장이 말을 이었다.

"어쨌든 약간 애매하게 출발한 마니또는 다음 앨범부터 내리막길을 걸었어. 내가 걔들이 뽑은 노래 전부 들어봤는데, 곡은 좋은데 뭐랄까, 요즘 아이돌 트렌드랑은 안 맞는달까? 감성이 좀 달라."

"그래서 마니또가 쭉 떨어지면서, 회사도 같이 힘들어진 건가?"

"그렇지. 별수 있겠어? 다른 회사처럼 서브가 있는 것도 아니고, 버텨주는 돈줄이 있는 것도 아니니까. 그래도 김수열이 어떻게든 마니또 띄워보겠다고 사방팔방 뛰어다닌 모양인데. 성적은 계속 떨어졌고, 그렇게 지금까지 온 거지."

"음."

턱을 쓰다듬던 주혁이 어제 봤던 수현을 떠올렸다.

"마니또 자체는 실력이 괜찮아 보이던데."

"맞아. 애초에 컨셉이 실력파 걸그룹이었거든. 춤, 노래는 기본이고 비주얼도 좋아. 근데 또 이게 참 웃기다니까? 그런 거 다 출중해도 안 되는 게 이 바닥이라."

"그래서, 지금 뮤직톡스튜디오는 어떻게 움직이고 있어?"

"응. 마니또 이번 앨범 활동까지는 마무리하고, 해체하든지 아니면 다른 곳으로 인수인계를 하겠지? 김수열이 여기저기 뛰어다니고 있어. 그런데 인수인계를 하더라도 통상 해체를 한 번 하고 그룹명을 바꾸든가 그렇게 흘러가."

즉, 이대로 간다면 보이스피싱에서 들었던 것처럼 아예 해체하든가 다른 소속사로 넘어가도 일단 해체는 해야 한다는 소리였다. 주혁이 다시 물었다.

"그 뮤직톡스튜디오에 있는 직원은 얼마나 돼?"

"직원? 어머, 그쪽은 정확하게 못 알아봤는데?"

"대충."

"어— 내가 알기론 김수열 밑으로 작곡가, 프로듀서, 기타 직원 해서 한 20명 내외?"

"실력은 어떤 거 같아?"

"김수열이 뽑았을 테니까, 실력이야 확실하겠지. 작곡가나 프로듀서로서 김수열은 알아줘."

주혁의 설계에는 마니또도 마니또지만 뮤직톡스튜디오 자체도 중요한 부분을 차지하고 있었다.

"그런데, 사장님."

"어?"

"여기서 재밌는 게 있어."

"재밌는 거?"

"으흥. 벌써 마니또를 노리는 회사가 꽤 있는 모양이야. 즉! 걔들이 아직 희망이 있다는 소리지."

"회사가 어딘데?"

"수면 위로 나온 건 없는데, 들리는 소문으로는 JH엔터테인먼트도 껴 있던데?"

"JH엔터테인먼트면."

홍혜수 팀장이 짐짓 진지한 표정을 지었다.

"맞아. 거물이지."

"재밌게 돌아가네."

현재 상황을 파악한 주혁이 검지로 팔뚝을 톡톡 두드리기 시작했다.

'이렇게 되면 다른 소속사들이랑 경쟁을 해야 한다는 건데…… 일단 보이스피싱에서 알려준 노래 'Yellowmoon'하고 김수열 쪽부터.'

생각에 빠진 주혁을 가만히 보던 홍혜수 팀장이 끼어들었다.

"어떡할까? 우리도 접촉해볼까요?"

당연히 접촉해봐야 했다. 하지만.

'굳이 바로 나타날 필요는 없어.'

강주혁의 생각은 조금 달랐다.

"아니, 우린 돌아가는 상황을 좀 보자. 뒤늦게 등장해도 상관없겠지. 이변처럼."

"흥흥, 재밌겠다."

"대신 누나는 김수열이랑 접촉하는 회사가 어딘지 전부 확인해보고, 조건 같은 것 좀 알아낼 수 있음 좋고."

"껌이지."

"그리고 뮤직톡스튜디오나 떠도는 노래 중에 'Yellowmoon'이라는 노래가 있는지도 한번 확인해봐."

"Yellowmoon?"

홍혜수 팀장이 되물으며 다이어리를 펼쳤고.

"만약 있다면."

주혁이 대화를 마무리했다.

"그 노래부터 확보해야 돼."

* * *

송 사장에게 전화가 온 건 주혁이 정신없이 일을 쳐내고 오피스텔에 들어온 늦은 밤이었다. 소파에 널브러져 있던 주혁이 따뜻한 물에 몸을 담그고 싶었는지 힘겹게 몸을 일으킬 무렵, 진동음이 울렸다.

"형? 이 밤에."

송 사장의 목소리가 퍽 다급했다.

"주혁아! 지금 인터넷 좀 확인해봐라!"

"인터넷?"

"그래, 인마! 네 말 듣고 내가 건욱 씨한테. 아, 일단 확인부터 해봐!!"

이유고 나발이고, 송 사장의 전화가 거칠게 끊겼다. 뭔가 불안함을 느낀 주혁이 곧장 핸드폰으로 인터넷을 켰다. 핸드폰 화면에 검색사이트가 켜졌고.

"어?"

주혁의 눈이 커지며 입이 짧게 열렸다가 닫혔다. 이유는 간단했다. 실검 1위가 아는 인물이었고.

1. 김건욱

2위는 그 인물이 실검에 오른 이유였다.

2. 김건욱 데이트폭력

29. 희망

"데이트폭력?"

실검에 오른 단어를 다시 확인하듯 짧게 읊조린 주혁의 얼굴이 구겨졌다. 동시에 수많은 생각이 그의 머릿속을 관통했다.

1. 김건욱

2. 김건욱 데이트폭력

3. 정태림

4. 정태림 SNS

5. 김건욱 정태림

그 와중에도 실시간 검색어는 김건욱의 이름으로 도배되고 있었다.

"정태림은 누구지."

김건욱과 함께 실검에 오른 정태림이라는 이름. 무언가 연관이 있어 보였다. 주혁은 실검을 하나하나 터치해, 쏟아지는 결과를 확인했다. 김건욱이라는 이름은 이미 포화상태였다.

「배우 김건욱 데이트폭력?」

「비연예인 정태림 씨 SNS에 올라온 구타 흔적, 진짜 김건욱이 한 짓인가?」

「'김건욱의 두 얼굴' 일반인과 사귀던 인기배우 김건욱, 폭력 일삼아」

기사는 초마다, 분마다 갱신되는 수준이었고.

— 와. 김건욱 ㅈㄴ좋게 봤는데. 쓰레기였네.

— 아니, 아직 김건욱 쪽은 입장을 밝히지도 않았는데, 벌써 오바 ㄴㄴ

— 빼박임. SNS에 여자가 맞은 상처 올림.

— 여자 패는 것들은 강력히 처단해야 함.

— 여자 SNS 갔다 왔는데, 개 심하게 때렸던데?

— 양쪽 말 다 들어봐야 함.

— 은팔찌 ㄱㄱ

댓글은 이미 김건욱의 데이트폭력을 기정사실로 몰아가고 있었다. 그뿐 아니라 SNS, 카페, 블로그 등으로 김건욱의 데이트폭력 사건은 빠르게 퍼져나가고 있었다.

"이게 전부 뭔 소리야?"

주혁은 이 상황이 전혀 이해되지 않았다. 강주혁이 아는 김건욱은 바닥에 있는 개미새끼도 피해갈 남자였기 때문이었다.

"……"

이번에는 정태림이라는 이름을 터치했다. 이쪽도 사정은 비슷했다. 이미 냄새를 맡은 기자들이 일반인임에도 수많은 기사를 쏟아내고 있었다. 하지만 이번엔 기사나 검색결과는 무시했다.

— 김건욱 여자친구라는 비연예인 정태림 SNS임

벌써 누군가 찾아냈는지, 중간쯤 걸려 있는 카페 제목을 터치했다. 그러자 카페에 정태림이라는 여자의 SNS 주소가 적혀 있었다. 강주혁은 말없이 그녀의 SNS에 접속했다. 가장 최신 글이 눈에 띄었다.

— 저의 남자친구는 인기배우입니다. 그는 아역배우 출신이고, 저와 그는

어릴 때부터 알고 지냈습니다. 사귀기 시작한 것은 약 8년 전부터입니다……
헤어지자고 하자, 차 안에서 목을 조르고, 절 때리기 시작했습니다. 처음에는
무서워서, 숨기려고 했습니다. 하지만 주변 사람들이 용기를 주어 이렇게 글
을 올립니다. 남자친구의 이름은 김건욱입니다. 현재 제 상태를 사진으로 올
립니다.

장문으로 자신의 심경을 고백한 정태림은 환자복 차림에 얼굴이 퉁퉁 붓
고 여기저기 멍든 사진과 목, 등 부위 상처를 찍어 올렸다.

"……뭐야, 이게."

명백한 폭력의 흔적이었다. 거기다 SNS 댓글은 이미 2만 개가 넘어가고 있
었다. 죄다 응원 댓글이었다.

그런데 아무리 생각해봐도 이상했다. 일반인을 사귀고 있다는 얘기도 처
음 들었거니와, 강주혁이 알고 있는 김건욱이 이런 폭력을 자행했다는 게 여
전히 믿기지 않았다.

잠시 멍하니 핸드폰을 쳐다보던 주혁이 전화를 걸었다. 김건욱에게로였다.

— 뚜루~ 뚜루~ 뚜루~ 뚜루~

— 뚜루~ 뚜루~ 뚜루~ 뚜루~

하지만 전화는 불통이었다. 이후로도 몇 번이나 전화했지만, 김건욱의 목
소리를 들을 수 없었다.

어떻게 된 걸까?

그리고 주혁이 김건욱에게 네 번째 전화를 걸려는 순간.

"아."

주혁의 머릿속에 무언가 관통했다.

"보이스피싱 키워드."

주혁이 수첩을 꺼내 들어 가장 최근 보이스피싱의 키워드를 정리해둔 장을

펼쳤다.

— 1번 '바람처럼 사라진', 2번 '비밀친구 마니또', 3번 '새벽 3시', 4번 '데이
트폭력', 5번 '1년 전 겨울'

주혁의 눈이 4번에서 멈췄다.

"4번 '데이트폭력'……."

보이스피싱 키워드에 데이트폭력이 있었고.

"이게, 건욱이 사건이라고?"

어쩌면 이미 현실에서 일어난 건지도 몰랐다.

다음 날 일요일. 주혁이 출근해 일을 처리하는 중에도 김건욱의 이름은 실
검에서 내려갈 기미가 없었다. 오히려 더욱 활활 타올랐다.

다만 어젯밤과는 변화가 있었다. 김건욱 측에서 반박기사를 낸 것. '사실이
아니다', '조사를 받고 있다. 곧 밝혀질 것', '사귄 것은 사실이나 폭력을 쓴 적
은 없다' 등등. 하지만.

— 웃기시네.

— 니가 인간이냐?

— 아, 좀 기다려보자고요.

— 윗 댓글 김건욱 추종자죠?

— 조사 결과 나오면 알겠지.

— 하나 마나지.

여전히 여론은 김건욱을 폭력범으로 몰고 있었다. 중간중간 강주혁이 김
건욱에게 연락을 취했지만, 통화는 되지 않았다.

"어제부터 조사를 받고 있는 건가?"

만약 그렇다면 하루, 아니 어쩌면 다음 주 내내 연락이 안 될지도 몰랐다.

"후—"

걱정됐다. 그러나 주혁이 해줄 수 있는 게 없었다. 연락조차 안 되는 데다, 여기서 괜히 강주혁이 움직였다간 오히려 김건욱에게 피해가 갈지 몰랐다.

"일단, 기다려보자."

시간이 흘러 어느새 새벽 1시. 주혁은 시간을 확인할 새도 없이 일에 열중해 있었다. 어쩌면 김건욱과 관련된 일을 잠시나마 잊기 위해 더욱 열중한 것인지도 몰랐고.

새벽 1시 20분쯤, 주혁은 천근만근인 몸을 겨우 일으켰다. 일을 끝낸 것은 아니었지만, 더이상 손에 잡히지 않았다. 피곤한 듯 얼굴을 쓸어넘긴 주혁이 노트북을 덮으며 의자에 걸쳐놓은 코트를 집었다. 그때였다.

— 우우우우웅 우우우우웅

이 시간에 오는 전화. 주혁은 누구인지 직감했고.

— 김건욱

그 직감이 들어맞았다. 주혁이 통화버튼을 터치했다. 하지만 김건욱은 말이 없었다. 그의 목소리가 들린 것은 30초는 지난 후였다.

"……형. 미안. 조사받는다고."

목소리만 들었는데도 헬쑥해진 것이 느껴졌다. 무슨 말부터 꺼내야 할까? 강주혁이 순간 고민했지만, 결국 꺼낸 말은 간단했다.

"혼자 있고 싶냐? 아니면 지금 가줄까?"

일절 사건에 관한 물음은 없었다. 잠시 조용하던 김건욱이 답했다.

"……소주, 술이 먹고 싶다."

"알았다. 주소 찍어. 지금 출발한다."

"고마워."

"간지러운 소리 말고. 주소나 보내, 인마."

신사역 주변, 김건욱의 집 지하 주차장.

김건욱의 아파트에 도착한 주혁이 술과 안주를 뒷좌석에서 꺼내고 있을 때, 누군가 주혁을 불렀다.

"형."

뒤쪽에는 잠옷 차림에 롱패딩, 마스크를 쓴 김건욱이 서 있었다.

"왜 나왔어."

"그냥. 마중 나왔지."

"뭘 또 마중까지."

짧게 대화를 마친 주혁은 술과 안주가 담긴 봉투를 손에 들고 차 문을 닫았고, 두 남자는 집에 도착할 때까지 대화가 없었다. 건욱은 여전히 느릿느릿 주혁을 안내했다. 엘리베이터에서 내린 김건욱이 2405호라고 적힌 철문 앞에 멈춰섰다.

— 띡띡띡띡, 띠리릭

비밀번호를 누르는 손길 역시 느렸다. 그 모습을 보며 주혁이 한마디 했다.

"배우라는 놈이 누가 보면 어쩌려고. 비밀번호가 1239가 뭐냐, 1239가."

"그냥. 귀찮아서."

대답을 들은 주혁이 못 말린다는 듯 고개를 저었고, 옅은 웃음을 지은 김건욱이 문을 열었다.

집안은 흔한 아파트 풍경이었다. 아니, 오히려 미니멀을 추구하는지 가구도 몇 개 없었다.

"왜 이렇게 휑해."

"그냥. 뭐, 딱히 살 것도 없어서. 앉아, 형."

김건욱이 강주혁을 새하얀 불빛이 내리쬐는 탁자로 손짓했다. 이어서 김건욱이 롱패딩을 느리게 벗어 대충 주변에 벗어던졌고, 서랍장을 열어 주전부리를 추가로 꺼냈다. 곧 탁자에는 소주 다섯 병과 안주가 세팅됐고.

　"자."

　주혁이 소주병을 들었다. 김건욱은 소주잔을 들어 올렸다.

　그 뒤로 두 남자는 한참이나 술잔을 기울였으나, 누구의 입에서도 데이트 폭력 관련 이야기는 나오지 않았다. 그저 예전 이야기, 추억, 했던 작품들 등, 친한 친구로서 나눌 수 있는 대화가 다였다. 그렇게 두 시간쯤 흘렀을 때였다. 가만히 강주혁을 쳐다보던 김건욱이 물어왔다.

　"형. 근데 왜 안 물어봐?"

　"뭘."

　"알잖아."

　주혁이 한숨을 픽 쉬면서 땅콩 하나를 입에 넣었다.

　"야. 너 내가 사건 터지고 왜 집에 틀어박혀서 안 나왔는지 아냐?"

　"……세상이 지랄 같아서?"

　"지랄 같았지. 죄다 날 범죄자 보듯 했거든. 근데 못 참을 정도로 지랄 같았던 게 있었어."

　"뭔데?"

　간략하게 물어오는 김건욱을 보며 주혁이 무심하게 답했다.

　"진짜야? 라고 묻는 것."

　"아."

　"나를 보면 다들 짠 것처럼 그거 진짜야? 기사 난 거 진짜야? 하면서 하루에도 진짜야를 진짜 수백 번은 들었다. 나중엔 그 말이 역겹기까지 하더라. 근데 내가 너한테 그 말을 한다고?"

"……."

대답 없는 김건욱을 강주혁이 쳐다봤고.

"나는 네가 그럴 놈이 아니란 것쯤은 안다. 구구절절 설명 안 해도 돼. 나도 겪어봤던 일이고. 그냥 정리되고 마음 편해지면 말해줘도 된다."

주혁이었기에 할 수 있는 말을 했다.

"그리고 건욱아."

"어?"

"버텨. 이 악물고. 그런 게 이기는 거야. 나는 너 믿고 있으니까."

주혁의 마지막 말에 김건욱이 입을 다물었다. 그렇게 몇 분간 조용하던 김건욱이 어렵사리 입을 열었다.

"나 아니야, 형. 기사 난 거. 나, 아니야."

"알았어."

"……내일부터 3일간 베트남 스케줄이 있어. 갔다 와서 연락할게. 형."

"그래. 그거 아니어도 전화는 언제든지 해도 돼. 인터넷 하지 말고."

이후 두 남자의 술자리는 꽤 오랫동안 이어졌다.

* * *

17일 이른 점심.

12시 정각에 〈만능엔터테이너〉 1차 티저가 공개됐다. WTVM이 얼마나 힘을 줬는지, 공식 홈페이지를 포함해 3사 검색사이트, 너튜브, 기타 동영상 플랫폼, SNS 채널 등에 동시에 오픈됐다. 화력 덕분인지 기대감 덕분인지, 공개한 시간 만에 너튜브에 올린 티저는 조회수 백만을 가볍게 넘겼다. 검색사이트 및 타 플랫폼에 오픈한 티저영상 조회수도 30만~80만을 돌파했다. 그러더니 그 기세 그대로 〈만능엔터테이너〉 심사위원 이름 및 관련 키워드가 어제까지 김건욱으로 활활 타오르던 실시간 검색어를 순식간에 갈아치웠다.

반응을 확인한 주혁은 고민 없이 노트북을 덮으며 자리에서 일어났다. 이어서 어디론가 외출을 할 모양이었는지, 의자에 걸쳐진 코트를 집었다. 그때였다.

"사장님."

웃는 듯 아닌 듯, 미묘한 표정의 황 실장이 강주혁에게 인사하며 사장실에 들어왔다. 주혁이 권하는 대로 자리에 앉은 황 실장은 다짜고짜 들고 온 서류를 내밀며 입을 열었다.

"지난번에 알아보라고 하셨던 무비트리 전 사장, 사망했다고 합니다."

"사망?"

"예. 3년 전 자동차 사고로 사망했다고 합니다. 그래서 확인을 중단했습니다."

살짝 눈이 커진 주혁의 시선이 손에 들린 자료에 맞춰졌다. 마치 '죽었다고?' 같은 표정이었다. 잠시간 자료를 보며 침묵하던 주혁이 이윽고 입을 열었다.

"사고는 확인해보셨습니까?"

"자세히는 확인이 어려웠고, 사고 경위 정도만. 버스와 추돌했고 현장에서 즉사했다고 합니다."

"흠…… 생각지도 못했던 전개네요."

"예."

느닷없는 사망 소식에 주혁이 들고 있던 자료를 탁자에 내려놓았다.

"알겠습니다. 다음은?"

"예. 일전에 확인하라고 하셨던 핸드폰 번호 말입니다만."

심황석 감독의 마약이 들어 있던 파우치. 그 속에 있던 쪽지에 적힌 핸드폰 번호를 말하는 것이었다. 황 실장이 주혁에게 받았던 쪽지를 내밀며 말을 이었다.

"역시 대포폰이었습니다."

"역시나 그랬습니까?"

"예."

"흠. 뭐 어쩔 수 없죠."

주혁이 한숨을 쉬며 쪽지를 주머니에 넣으려는 찰나였다.

"다만, 이 번호의 통화내역은 확인할 수 있었습니다."

황 실장이 여러 번호가 빼곡하게 적힌 종이 몇 장을 주혁에게 내밀었다. 황 실장이 표시해둔 것인지, 중간중간 형광색 밑줄이 그어져 있었다.

"이 밑줄은?"

"주기적, 반복적으로 찍힌 번호들을 표시하고 확인해봤습니다."

"그러니까 이 대포폰을 사용하는 놈이 자주 연락하는 번호다?"

"맞습니다."

주혁이 고개를 끄덕이며 표시된 번호를 쭉 확인했다. 그런데 번호를 보던 주혁의 미간이 살짝 찌푸려졌다.

"……이 번호, 어디선가."

"알아보시겠습니까?"

"……"

말없이 종이를 쳐다보던 주혁이 느닷없이 핸드폰을 꺼내, 표시된 번호를 입력했다. 주혁의 핸드폰에 한 명의 연락처가 검색됐다.

"장수림?"

"맞습니다. 장수림의 번호였습니다."

짤막하게 대답한 황 실장. 주혁이 천천히 핸드폰을 속주머니에 넣으면서 머리를 빠르게 굴렸다.

'심황석 감독이 가지고 있던 마약 파우치, 그 안에서 나온 쪽지, 그 쪽지에 적힌 핸드폰 번호, 대포폰, 그 대포폰을 사용하던 놈이 자주 연락한 번호.'

그 번호의 주인이 장수림? 그 순간 뭔가 떠올린 주혁이 짧게 읊조렸다.

"류진태?"

"확실하진 않습니다만. 저도 이 번호의 주인은 류진태일 가능성이 크다고 생각합니다."

주혁이 턱을 쓸었다.

"지금 류진태가 어딨죠?"

"교도소에 있습니다. 여주 쪽에 있는."

"음. 만약 이 번호, 류진태가 맞다면 그 인간 일본으로 성매매만 한 게 아니란 소린데. 뭔가 일이 흥미롭게 흘러가네."

"조금 더 파볼까요?"

황 실장이 다이어리를 꺼내며 되물었지만, 주혁이 고개를 저었다.

"아니. 마약 쪽은 일단 멈추세요. 우리가 검찰도 아니고, 이 정도면 됐습니다. 대신 류진태를 가볍게 확인해보세요. 교도소에서 어쩌고 지내는지 정도만."

"알겠습니다. 다음은 박종주입니다."

"박종주는 아직 일본에 있습니까?"

"어제 돌아온 모양입니다. 정보를 입수하고 박 과장이 공항에 잠복했는데. 이게 참, 묘한 인물이 꼈습니다."

"묘한 인물?"

고개를 갸웃한 강주혁에게 황 실장이 뽑아온 사진 몇 장을 내밀었다. 사진의 배경은 공항이 대부분이었고, 박종주와 처음 보는 남자 그리고 그들을 뒤

따르는 양복쟁이들이 찍혀 있었다. 이상한 것은.

"딱 봐서는 박종주가 무슨 따까리 같은데요?"

처음 보는 남자가 메인처럼 보였다.

"박종주는 알겠는데, 이 남자는 누굽니까?"

"확인이 안 됩니다."

"……확인이 전혀 안 된다는 말입니까?"

주혁이 살짝 놀라며 묻자 황 실장이 입을 앙다물며 고개를 숙였다.

"죄송합니다. 저도 처음입니다. 이렇게 정보가 안 나오는 인간은."

"아, 괜찮아요. 어쨌든 정보 확인이 안 되는 묘한 놈이라는 건 확실하네요."

말을 마친 강주혁이 사진 속 남자를 물끄러미 바라봤다. 어렴풋이 아이 같은 미소를 짓고 있는 듯한 모습. 가만히 사진 속 남자를 보던 주혁이 입을 열었다.

"뭔가 열 받게 생겼네요. 묘하게."

주혁의 말에 살짝 실소한 황 실장이 다이어리를 펼쳤다.

"여기서 재밌는 것이 있습니다."

"재밌는 것?"

"예. 박종주가 예전부터 준비해온 것인지, 아니면 오자마자 움직인 것인지는 모르겠으나, GM엔터테인먼트라는 회사의 지분을 사들였다는 얘기가 있습니다. 그것도 상당 부분."

"GM? 아니 왜 갑자기 엔터회사를."

주혁이 말끝을 흐리며 생각에 빠졌다. GM엔터테인먼트는 국내 2~3위라고 평가되는 엔터테인먼트였다. 비슷한 규모의 엔터 회사들이 있긴 했지만, 가장 오랜 전통을 자랑하는 회사였다.

"GM엔터테인먼트라……."

짧게 읊조린 주혁의 시선이 다시금 사진으로 향했고, 뜸 들이던 그의 입이 마침내 열렸다.

"이 새끼들 뭔가 설계 잡고 있는 것 같은데."

강주혁의 머리가 빠르게 굴러가기 시작했다.

* * *

다음 날, 18일. 주혁의 하루는 여지없이 몰아쳤다.

가장 먼저 영화 〈간 큰 여자들〉의 제작 회의. 약 한 달 전 촬영대본인 콘티 작업에 들어간 최명훈 감독은 원작자인 송미진 작가가 동참하면서 작업 속도를 높여 빠르게 완성시켰다. 덕분에 진행에 속도가 붙어 곧바로 제작 회의가 열렸다. 강주혁을 포함해 최명훈 감독, 송미진 작가, 그리고 최명훈 감독 사단에 포함되면서 보이스프로덕션에 소속된 제작, 연출, 촬영, 캐스팅팀 등 헤드급 스태프들이 참여했다. 미팅룸에 모인 인원을 쭉 둘러보던 주혁이 입을 열었다.

"배우부터 시작합시다."

강주혁이 회의 시작을 알리자, 모든 인원이 앞에 놓인 자료를 넘겼다. 동시에 크게 헛기침을 한 제작부 실장이 손을 들었다.

"그, 하성필 씨는 확정입니까?"

제작부 실장의 말에 모든 스태프의 기대 섞인 시선이 주혁에게 꽂혔다. 그 기대에 부응하듯이 주혁이 픽 웃었다.

"확정입니다. 배우 계약 날이 정해지면 부르기만 하면 됩니다."

"오오!"

사장의 확답이 떨어지자, 여기저기서 탄성이 흘러나왔다. 그때 짐짓 진지한 표정의 최명훈 감독이 몸을 슥 내밀었다.

"사장님. 그— 류진주 씨는."

"아, 일단 마진희 역에 1순위는 류진주로 밀어봅시다. 시나리오는 저번에 넘겼어요. 반응은 긍정적이긴 했는데, 류진주가 연습해오는 가이드 리허설 보고 결정합시다."

주혁은 〈간 큰 여자들〉에 한 가지 원칙을 세워두었다. 모든 배역은 배우의 가이드 리허설, 즉 어떤 연기를 보여줄지를 보고 결정한다는 것.

"뭐, 류진주 님 정도면 기깔나게 뽑아오겠죠."

"하하, 감독님. 류진주에 대해 기대가 큰 모양입니다."

주혁의 물음에 최명훈 감독은 부끄러운 듯 머리를 긁었다. 순식간에 회의 분위기가 탁 풀렸다. 일사천리로 주혁이 캐스팅팀을 보며 말을 이었다.

"황다빈 역에는 말숙 씨를 포함시켜서 캐스팅을 진행하세요."

"알겠습니다."

"도공주 역은 주조연급 배우로 알아보시고, 황다빈 역은 조연부터 단역까지 폭넓게 봅시다. 그리고 조금 빡빡하겠지만, 작은 단역부터 조단역까지 모두 오디션을 통했으면 좋겠어요."

최명훈 감독도 동의했다.

"저도 그렇게 생각합니다. 프리 기간을 좀 길게 가져가더라도, 전부 의미 있는 배우들로 채워졌으면 좋겠습니다."

모두 공감하는 분위기 속에, 보이스프로덕션의 첫 자체제작 영화 〈간 큰 여자들〉의 1차 제작 회의는 꽤 오래 이어졌다.

같은 시각, 상암 WTVM 사옥 예술원에서는 〈만능엔터테이너〉 노래 및 댄스파트 예선전 녹화가 한창이었다. 연기파트와 달리 두 파트는 동시에 진행됐다. 강주혁이 심사하는 연기파트에서 꽤 많은 참가자가 걸러진 터라, 그나마 적은 참가자들을 모아서 노래와 댄스를 한 번에 보는 것이었다. 덕분에 노래 파트 심사위원 박종우와 댄스파트 심사위원 민효정은 항시 같은 날에 녹화를 진행했다.

"잘 봤어요~ 이미소 씨는 걸그룹 '포프린' 멤버죠? 확실히 퍼포먼스는 좋아요. 시선 처리도 센스 있고, 다만 음— 선배님은 어떠세요?"

"가창력이 좀 아쉽네. 그래도 예선전에서 떨어질 실력은 아니야. 본선까지는 봐도 되겠는데."

"아, 그럼 전 합격입니다."

"본선 때는 좀 더 발전된 모습을 보여줘요."

"감사합니다!!"

참가자 이미소를 끝으로 노래 및 댄스파트의 녹화가 마무리됐다. 조연출이 슬레이트로 녹화의 끝을 알리자, 참가자 프로필을 정리하던 민효정이 박종우에게 말을 걸었다.

"처음에 나온 애가 너무 임팩트가 강해서 그랬나? 그 뒤에 나온 친구들은 너무 평범했어요."

"그렇지. 이름이 뭐더라? 장주현? 장주연? 하여튼 그 분위기 약간 공포스럽던 애."

"맞아요. 안 그럴 거 같더니 춤을 너무 잘 춰서 깜짝 놀랐어요."

"노래도 잘해. 캐릭터가 있어. 아, 걔도 잘하던데, 마니또 걔."

"아, 수현이요? 마니또 애들은 뭐 워낙 실력은 좋으니까. 수열 선배 애들이 잖아요."

두런두런 얘기를 나누던 민효정이 자신의 것과 박종우의 참가자 프로필까지 합쳐서 연출팀 스태프에게 건넸을 때였다. 책상에 쌓여 있던 또 다른 프로필 뭉치가 그녀의 눈에 띄었다. 민효정이 옆에 있는 스태프에게 물었다.

"이 프로필들은 뭐예요?"

그러자 민효정에게 받은 프로필을 정리하던 스태프가 답했다.

"아— 그거 연기파트 예선전 프로필 정리한 거요. 오른쪽이 탈락, 왼쪽이 합격자."

"와, 이게 전부 연기 쪽 참가자들? 엄청 많네."

그때 갈 준비를 마친 박종우가 슬쩍 끼어들었다.

"연기 쪽이 그 사람이지? 강주혁 씨."

"맞아요. 강주혁 씨가 연기 쪽 메인 심사 보잖아요. 하루에 5백~7백 명씩 봤다던데."

"허이구, 우린 힘들다고 징징거리면 안 되겠네."

박종우의 농담에 피식한 민효정의 눈에 무언가 띄었다. 강주혁이 합격을 준 참가자들의 프로필에 무언가 빼곡하게 적혀 있었다.

'이게 뭐지?'

호기심에 프로필을 슬쩍 확인한 민효정의 눈이 커졌다.

'헐. 이게 전부 코멘트야?'

장점이 무엇인지, 단점은 무언지, 발전 가능성부터 시작해서 자세와 발성, 캐릭터 소화 능력, 하다못해 숨 쉬는 타이밍까지. 코멘트가 마치 시나리오에 캐릭터 분석을 한 것처럼 보일 정도. 민효정이 혀를 내두르며 프로필을 볼 때, 옆에 있던 박종우가 다시 스태프에게 물었다.

"이건 무슨 표시래? 이 참가자 이름 옆에 빨간 별표 해둔 거."

"아아, 그건 강주혁 님이 괜찮다 싶은 참가자들 표시해둔 거라던데요."

"괜찮다 싶은 참가자?"

"예. 이를테면 그게 요주인물이에요. 실력이나 뭐 캐릭터 있는 친구들."

"아."

무슨 뜻인지 알겠다는 표정으로 박종우가 고개를 끄덕이는데, 민효정이 뭔가 파악한 듯이 빠르게 별표가 그려진 참가자들을 전부 확인했고.

"선배님."

"응? 왜?"

"이거 별표 그려진 참가자들……."

"왜 뭔데?"

"전부 오늘 우리가 극찬한 친구들이네요?"

"어?"

박종우가 놀라며 민효정의 손에 들린 프로필을 뺏었다. 그러고는 강주혁이 빼곡하게 적어둔 코멘트를 보며 짧게 읊조렸다.

"뭐야, 이 남자……."

* * *

다음 날 19일, 주혁은 사무실에 출근하자마자 헤나의 싱글앨범 반응부터 살폈다.

「역시 헤나! 싱글앨범 '차가운 이별' 일주일 동안 전 플랫폼 1위 지켰다」

「가수로 돌아온 헤나 "1위 감사, 앞으로도 '헤나'에 맞는 음악으로 보답할 것"」

— 역쉬 헤나는 노래 부를 때가 제일 이쁘지.

— 진짜 겨울에 딱 맞는 노래임.

싱글앨범을 낸 지 일주일이 지났음에도 그녀의 인기는 높아만 갔다.

반면, 김건욱의 상황은 더욱 악화됐다.

「'데이트폭력' 의혹에도 김건욱 해외 스케줄」

「17일, 얼굴 전부 가린 김건욱 베트남으로 출국」

「3일간 스케줄 마치고 19일 입국한 김건욱/ 사진」

「'김건욱' 공항에서도 여전히 입 다문 모습/ 사진」

― 그 와중에 해외에 돈벌러 나갔넼ㅋㅋㅋㅋㅋ

― 소속사 뭐 하냐. 입장표명이 없네.

― 이쯤까지 입 다문 거면 사실이라는 거지.

― 왘ㅋㅋ멘탈보소? 돈 욕심 오지네.

― 여자만 불쌍.....

― 김건욱 OUT.

수많은 악플은 기본이고 김건욱의 SNS는 차마 눈 뜨고 볼 수 없는 단어들로 도배되었다. 그 상황을 지켜보던 주혁이 짜증을 냈다.

"소속사는 뭘 하는 거야. 일이 이 지경이 됐는데."

실제로 김건욱의 소속사에서는 무슨 생각인지 지금껏 공식입장을 내보내지 않았고, 그러다 보니 여론은 당연히 김건욱의 데이트폭력이 사실이라고 확신하는 분위기였다. 그 바람에 화가 잔뜩 난 주혁이 거칠게 노트북을 덮었다.

그리고 점심 즈음, 김건욱에게 전화가 왔다.

"어. 잘 갔다 왔냐?"

"응, 형. 고맙다고 인사하려고."

"내가 한 게 뭐가 있다고. 그보다 야, 너 소속사는 대체……."

'뭘 하고 있는 거냐?'고 물으려던 주혁이 말을 삼켰다. 방금 베트남에서 돌아온 김건욱에게 다짜고짜 묻기가 난감했다. 결국 주혁은 다른 말을 꺼냈다.

"아니다. 일단 오늘은 인터넷 하지 말고 집에 가서 푹 쉬어라. 내일 연락할게."

"……형. 나 요즘 새삼 느꼈어."

"뭘?"

"형 진짜 대단하구나 싶어."

"뭔 소리야."

"아니, 그냥. 형은 진짜 대단한 사람이야. 그때 어떻게 버텼······ 아니야. 하여튼 고마워, 형."

그대로 김건욱의 전화가 끊겼다. 핸드폰을 잠시 쳐다보던 주혁이 길게 한숨을 내쉬었다.

늦은 밤.

여지없이 11시가 넘어서야 퇴근한 주혁이 엘리베이터에 무거운 몸을 실었다. 이어서 지하 1층에 도착한 엘리베이터 문이 스르륵 열리고, 동시에.

— 우우우우웅 우우우우웅

그의 핸드폰이 울렸다.

늦은 밤. 왠지 모르게 주혁은 김건욱이라 생각했다. 하지만 아니었다.

* 070-1004-1009

번호를 확인한 주혁이 전화를 받아 하던 대로 안내에 따라 1번을 눌렀다.

"들으실 항목의 키워드를 '선택'해주세요!

1번 '바람처럼 사라진', 2번 '없어졌던 남자', 3번 '새벽 3시', 4번 '데이트폭력', 5번 '1년 전 겨울', 6번······."

"어?"

그런데 키워드를 듣던 주혁의 눈이 살짝 흔들렸다.

"왜 '데이트폭력' 키워드가 안 없어졌지?"

강주혁은 '데이트폭력'이라는 키워드가 김건욱의 사건이라 생각했다. 그런데 보이스피싱에서 아직 '데이트폭력' 키워드가 없어지지 않은 상태였다.

"……"

순간 불길한 느낌이 스친 주혁이 빠르게 4번을 선택했다.

"탁월한 선택! 강주혁 님이 선택한 키워드는 '데이트폭력'입니다!

'데이트폭력' 의혹을 받던 배우 김건욱이 베트남 스케줄을 마치고 귀국한 다음 날 아침, 자택 욕실에서 숨진 채 발견됩니다. 경찰은 현장 정황과 유서 등을 토대로 자살로 판단, 김건욱이 사망하고 3일 뒤 김건욱에게 폭력을 당했다 말한 정태림의 여동생이 김건욱의 '데이트폭력'은 전부 사실이 아니었다고 발표해 더욱 안타까움을 자아냅니다."

그렇게 보이스피싱이 끊겼고.

"이게 뭔!!"

강주혁이 핸드폰을 손에 쥔 채로 주차된 차로 뛰기 시작했다. 운전석 문을 다급하게 연 주혁은 곧장 차 시동을 걸면서 중얼거렸다.

"안 된다, 건욱아. 제발."

주혁이 중얼거리는 틈에 그의 차는 어느새 주차장을 벗어나 속도를 내기 시작했다. 그 와중에 주혁은 계속 김건욱에게 전화를 걸어댔다. 하지만 김건욱은 전화를 받지 않았고.

"받으라고, 이 새끼야!!"

마치 김건욱이 앞에 있기라도 한 것처럼 주혁이 핸드폰을 보며 소리쳤다. 강주혁에게 들리는 통화연결음이 마치 김건욱의 심장 박동 소리 같았다.

— 뚜루~ 뚜루~ 뚜루~

— 뚜루~ 뚜루~ 뚜루~

통화연결음이 끊기면 다시 걸고, 끊기면 다시 걸고, 다시, 다시, 다시. 마치 이 통화연결음이 끊기면 김건욱의 심장이 멈추는 것처럼 느꼈는지, 쉴새 없이 전화를 걸어댔다.

— 뚜루~ 뚜루~ 뚜루~

그런 주혁의 마음을 아는지 모르는지 김건욱은 전화를 받지 않았고, 주혁은 보이스피싱을 되새겼다.

"베트남 스케줄을 마치고 귀국한 다음 날 아침에 집 욕실에서 발견된다고 했어."

김건욱은 오늘 낮에 강주혁에게 해외 스케줄을 마치고 귀국했다고 전화했다. 즉, 시간이 없었다. 주혁의 차가 더욱 속력을 내기 시작했다.

잠시 뒤, 김건욱의 집 아파트에 도착한 주혁은 정신없이 차에서 내려 엘리베이터로 뛰었다. 1분 1초 피가 말랐다. 다행히 엘리베이터는 빠르게 내려와 주혁을 싣고, 천천히 24층으로 올리기 시작했다.

"후—"

그 짧은 시간, 주혁은 하나하나 바뀌는 층수를 보면서 초조하게 다리를 떨었다. 제정신이 아니었다. 당연했다. 강주혁에게 김건욱은 어쩌면 이 더러운, 부조리한 연예계에서 처음이자 마지막 친구 같은 존재였다. 남들에게는 흔한 친구. 하지만 주혁에겐 흔하지 않았다. 열한 살부터 연기를 시작한 강주혁에게 김건욱은 흙장난을 함께한 초등학교 친구였고, 분식집에서 떡볶이를 나눠 먹은 중학교, 고등학교 친구였으며 같이 정상급 배우로 성장해서도 잠옷 바람으로 가볍게 맥주를 마실 수 있는, 어찌 보면 주혁이 속마음을 터놓을 수 있는 유일한 인물이었다.

그렇기에 김건욱의 계약기간이 끝나면 보이스프로덕션으로 데려와, 같이 지내며 더 높은 곳으로 올려놓고 싶었다.

"그러니까, 지금 그럴 때가 아니라고."

주혁이 짧게 읊조릴 때, 엘리베이터가 도착음을 뱉었다.

— 띵!

엘리베이터 문이 열리자 주혁이 총알처럼 튀어나왔다. 순식간에 2405호 문 앞에 도착한 그가 순간 멈칫했다.

"비밀번호."

도어락 커버를 열고, 망설이듯 허공을 떠다니는 주혁의 손.

그때 주혁의 머릿속을 무언가 관통했다. 며칠 전 바로 이 자리에서 나눴던 대화.

'배우라는 놈이 누가 보면 어쩌려고. 비밀번호가 1239가 뭐냐, 1239가.'

비밀번호가 떠오르자마자, 주혁은 도어락에 1239를 빠르게 눌렀고.

— 띠띠띠띠 띠리릭!

문을 열고 구둣발로 뛰어들었다. 집 안은 마치 정전인 듯 어두컴컴했다. 주혁은 곧장 욕실로 달렸다. 욕실에는 살짝 열린 틈으로 물소리와 옅은 빛이 새어 나오고 있었다. 더욱 다급해진 주혁이 욕실 문을 거칠게 열었고.

"이 새끼가!"

욕조에 눈을 감고 누워 있는 김건욱. 그의 왼쪽 손목에는 붉은 물이 흘러 나오고 있었다. 주혁은 상황파악을 하자마자, 매고 있던 넥타이로 김건욱의 손목 위를 단단하게 동여매고는 어깨와 허리를 붙잡고 일으켜 세웠다. 그 순간 현관에서 누군가 달려오는 소리가 들렸다.

"계십니까?!"

"신고하신 분!"

"여기요!"

주혁이 김건욱의 집에 오면서 부른 119 구급대원들이 간이침대를 끌고 거실로 뛰어들어왔고, 강주혁과 구급대원들은 정신을 잃은 김건욱을 눕혀 곧장 집 밖으로 뛰었다.

강주혁이 만진 김건욱의 발에는 아직 온기가 남아 있었다.

몇 시간 뒤, 주변 종합병원.

주혁은 벽이 온통 새하얀 수술실 앞을 서성이고 있었다. 응급실에 도착한 김건욱을 본 의사는 곧장 수술이 필요하다 판단했고, 그대로 수술실로 들어간 터였다. 그게 벌써 몇 시간 전이었다. 그러나 주혁은 피곤한 줄 모르고 수술실 앞을 계속 서성거렸다. 그리고 드디어.

수술실 문이 열리면서 초록색 수술복을 입은 의사가 걸어 나왔다. 주혁이 곧장 의사에게 다가섰다.

"어떻습니까?!"

"상태가 나쁘진 않습니다. 상처가 많이 깊지 않고, 초기대처가 빨라서 의식만 되찾으면 일반 병동으로 옮겨도 될 것 같아요."

의사의 말에 비로소 주혁의 다리가 풀리고, 안도의 숨이 길게 빠져나왔다.

잠시 뒤, 회복실로 옮겨진 김건욱을 확인한 주혁이 찾아온 경찰과 짧은 조사를 마친 후, 병원 로비에 있는 의자에 앉았다. 일단, 숨을 돌려야 했다.

"후—"

주혁이 짧게 숨을 내뱉는 순간에도 주변으로 간호사나 병원 관계자들이 수군거리거나 사진을 찍어댔다. 그러나 주혁은 그런 것에 신경쓸 새가 없었다. 속주머니에서 수첩을 꺼내 들었다. 아까 들었던 보이스피싱을 정리해야 했다.

— ……김건욱이 사망하고 3일 뒤, 폭력을 당했다고 했던 정태림의 여동생이 전부 사실이 아니라고 발표.

"데이트폭력이 아니었다……."

이제 핵심은 마지막 부분이었다. 데이트폭력이 아니었다는 것.

"그럼, 그 상처들은 뭐야?"

주혁은 몇 주 전 정태림이 SNS에 올린 사진들을 떠올렸다. 누가 봐도 폭행당한 사진이었다. 확인이 필요해 보였다. 가만히 수첩을 바라보던 주혁이 자리에서 일어나며 짧게 읊조렸다.

"어쨌든 건욱이가 깨어나기 전에 정리한다."

병원 앞 택시를 잡으며 황 실장에게 전화를 걸었다.

한 시간 뒤, 김건욱의 아파트 지하 주차장으로 돌아온 주혁이 황 실장을 기다리고 있었다. 오래지 않아 저 멀리서 승합차 한 대가 빠르게 다가왔다. 황 실장의 차였다. 새벽임에도 황 실장의 행색이 나쁘지 않았다. 마치 몇 시간 전부터 깨어 있었던 듯이.

"새벽부터 죄송합니다."

"아닙니다. 괜찮습니다. 회사에 있었습니다."

왜 회사에 있었는지, 집에는 안 갔는지 물어야 했지만, 다급한 주혁이 바로 본론으로 들어갔다.

"사람 하나 찾아주세요."

말이 끝나기 무섭게 황 실장이 다이어리를 펼쳤다.

"누구를 찾으면 되겠습니까?"

"정태림이라는 여자의 여동생입니다."

"정태림이라면?"

"최근 건욱이한테 데이트폭력을 당했다고 SNS에 폭로한 여잡니다. 그녀의 여동생을 찾아야 됩니다."

"아."

황 실장도 본 적이 있는지, 짧은 감탄사를 뱉으며 다이어리에 메모를 시작했다. 주혁이 물었다.

"찾을 수 있습니까?"

"가능합니다."

"얼마나 걸리겠습니까?"

"최근 꽤 화제에 올랐던 여자고, 그 여동생을 찾는 거니…… 오늘 안에 찾아보겠습니다."

"연락처까지 확인되면 좋습니다."

"알겠습니다. 확인되면 연락드리겠습니다."

다부진 대답을 내놓은 황 실장이 곧바로 차에 타고는 마찰음을 뱉으며 주혁의 눈앞에서 사라졌다.

주혁은 핸드폰을 꺼내 어디론가 전화를 걸었다. 하지만 새벽이라 그런지 바로 연결되지 않았다. 몇 번의 시도 끝에 간신히 상대방이 전화를 받았다.

"……예. 여보세요."

목소리는 남자였다. 자다 일어났는지, 황망한 음성이 들렸고.

"건욱이 매니저 맞죠?"

"네…… 어디시죠?"

"강주혁입니다."

"……예? 강주혁 씨요?"

"네."

"어? 제 번호는 어찌?"

"예전에 건욱이 광고촬영장에서."

"아아. 맞다! 근데 무슨 일로."

매니저의 물음에 주혁이 차에 타면서 짧게 답했다.

"지금 당장 만나야겠습니다."

김건욱과 꽤 가까이 살고 있었는지, 매니저는 30분 만에 주차장에 도착했다. 커다란 검은색 밴을 확인한 주혁이 차에서 내렸다. 그러자 주혁을 확인한 매니저 역시 주변에 차를 댄 뒤, 강주혁에게로 뛰어왔다.

"안녕하세요."

"네. 안녕하세요. 일단, 타세요."

강주혁을 보자마자 꾸벅 인사하는 김건욱의 매니저는 역시나 나이가 꽤 어려 보였다. 예전 김건욱의 광고촬영장에서도 의아했다. 어째서 김건욱에게 이런 경험 적은 매니저가 붙었는지.

어쨌든 매니저는 군말 없이 주혁의 차에 탔고, 매니저가 당황할 것을 염려해 주혁은 김건욱의 상태를 바로 알리지 않았다. 대신 다른 것을 먼저 물었다.

"매니저님, 지금 건욱이 소속사 내부 사정이 안 좋습니까? 왜 아무 행동도 취하지 않죠?"

대뜸 들어온 질문에 매니저가 난감한 듯 어물거리다 이내 강주혁을 쳐다봤다.

"그게…… 회사 사정이 안 좋다기보다, 사장님이 좀."

"사장이 왜요?"

"아…… 음. 저 그게 절대 어디 가셔서 제가 말했다고 하시면 안 됩니다?"

"걱정 마시고, 편하게 말씀해보세요."

대답을 들은 매니저가 탁 한숨을 쉬었다.

"저도 여기 다닌 지 얼마 안 돼서 자세한 건 모르는데, 예전에 계시던 사장님이 돌아가시면서 그 아들이 자리를 차지했는데. 거의 망나니 새끼예요."

"망나니?"

"예. 한 2년 됐는데, 술이랑 여자 좋아하고 회사 관리는 뒷전, 아니 능력이 안 돼요. 회사를 관리할 능력이. 이번에 건욱이 형 터졌을 때도 연락도 안 되다가 겨우 나타나서는 반박기사 몇 개 내주는 게 끝이었어요."

주혁이 바로 되물었다.

"그런 인간이 어떻게 사장이 된 겁니까?"

"저도 거기까진 잘 몰라요. 어쨌든 전 사장님이 일궈놓은 연예인들은 전부 떠나고, 지금은 계약 때문에 묶인 건욱이 형하고 신인들 몇 명이 전부예요. 건욱이 형도 이제 1년 남아서 버틴다고 했는데, 갑자기 일이 터지는 바람에⋯⋯."

순간 주혁은 짜증이 치밀어 올랐다. 매니저가 다시 말을 이었다.

"솔직히 건욱이 형 정도 되는 톱스타가 스캔들이나 구설수가 터지면 소속사 차원에서 초장에 강력대응하면서 빠르게 처리해야 하는데, 저따위로 세월아 네월아 하면서 시간 보내니까 건욱이 형만 힘들고⋯⋯ 사실 소속사도 소속산데, 건욱이 형은 다른 쪽으로도 한 1년 시달리는 중이었거든요."

"다른 쪽?"

"아⋯⋯ 그게, 잠시만요."

잠시 고민하는 모습을 보이던 매니저가 갑자기 주차해둔 밴으로 갔다가 돌아와 주혁에게 무언가를 내밀었다.

"안에 사진이나 문자 내용 좀 보세요."

매니저가 건넨 것은 흰색 핸드폰이었다. 살짝 의아하긴 했으나 주혁이 곧장 이것저것 확인하기 시작했다. 그러기를 약 10분, 강주혁의 표정이 더욱 의아하게 변했다.

"이건."

한마디로 요약하자면 특이할 게 없었다. 사진첩에는 일반적인 여자친구가 남자친구에게 보낼 만한 내용의 메신저 화면이 스크린샷으로 찍혀 있었고, 문자에 저장된 대화도 대충 그런 내용. 가끔 과격한 단어들이 보이긴 했지만, 크게 문제는 없어 보였다. 다만 이상한 점은 김건욱의 답장이 전혀 없다는 것.

무언가 이상함을 느낀 주혁이 매니저를 다시 쳐다봤다. 그러자 매니저가 머리를 긁으며 설명을 늘어놨다.

"그게 전부 정태림이 건욱이 형한테 1년 동안 혼자 보낸 거예요."

"⋯⋯왜 혼자?"

"건욱이 형, 그 여자랑 벌써 1년 전에 헤어졌어요. 그랬더니 다음 날부터 바로 사생팬처럼 주구장창 쫓아다니면서 형을 괴롭혔어요. 옆에서 보는 제가 질릴 정도로. 형이 시달리다 못해 신고한다고 하면 정신과 다니는 사진 같은 거나 병원에 입원한 사진 보내면서 그러지도 못하게 하고. 잠시 잠잠하다 다시 나타나고…… 어후 진짜 미친년이 따로 없다니까요."

"……"

답을 들은 주혁이 가만히 핸드폰을 내려다볼 때, 매니저가 한숨을 길게 뱉었다.

"어후 진짜. 그 미친년이 터뜨린 스캔들, 악플들, 소속사 사장은 저따위고, 사람들은 범죄자 취급하고. 어휴 시발. 아, 죄송해요. 근데 저도 너무 답답해서. 제가 이런데 형은 오죽할까요. 그간 버틴 게 용한 거지."

어느새 서늘한 눈빛으로 변한 주혁의 시선이 핸드폰에서 매니저에게로 옮겨갔다.

"지금 그 사장은 어딨습니까."

"그 새끼 지금 베트남에 있어요. 건욱이 형 해외 스케줄 갈 때 따라와서는 자기는 일 볼 게 남았다고 했는데, 지랄. 그냥 놀다 오는 거겠죠. 미친 새끼."

"언제 돌아옵니까?"

"내일이오."

매니저에게 받은 핸드폰을 속주머니에 넣은 주혁이 그제서야 매니저에게 김건욱의 상태를 알렸고, 놀라자빠진 매니저가 곧바로 밴을 타고 사라졌다.

그 모습을 잠시 쳐다보던 주혁도 어금니를 꽈득 물며 차를 출발시켰다.

비슷한 시각, 무비트리 회의실.

김건욱의 데이트폭력 사건이 터진 후부터 무비트리가 제작 준비 중이던

〈19살 그리고 20살〉은 올스톱 상태였다. 잠시 상황을 지켜보긴 했지만, 여론이 점점 나빠지자 결국 무비트리가 전체 회의를 잡았다. 회의에는 무비트리의 송 사장과 〈19살 그리고 20살〉의 연출을 맡은 김필수 감독, 헤드급 스태프와 무비트리 직원들이 참석했다. 가장 먼저 말을 꺼낸 것은 제작팀장이었다.

"사장님, 빨리 남주 교체 잡아야 합니다! 더 기다리면 늦어요."

캐스팅팀 팀장이 말을 이어받았다.

"맞아요! 아직 MV e&m 쪽이 이강찬 홀드 잡힌 거 모르고 있을 때니까, 지금 하자고 하면 바로 할 겁니다."

"흠."

틀린 말은 아니었다. 아니, 어쩌면 지금 상황에선 가장 적합한 판단일지 몰랐다. 이대로 김건욱만 고집하다 여론이 더 싸늘해지면 까딱 이강찬도 김건욱도 날아갈 상황. 하지만 송 사장은 다른 고민을 하는 중이었다.

"김건욱 빼내고 이강찬 넣는 거야 어렵겠어? 문제는 보이스프로덕션이야. 이강찬을 넣으면 강하진이 빠져."

"예? 왜 그게 그렇게 돼요?"

"너희는 몰라도 돼. 하여튼 빠져, 무조건. 그건 곤란해. 이 역할은 무조건 강하진이 해야 해."

"그, 그렇다고 이렇게 마냥 손 놓고 기다릴 수는!"

"후—"

제작팀장의 외침에 송 사장이 길게 한숨을 내쉬며 얼굴을 감쌌다. 〈척살〉이후 제작하는 영화. 그만큼 중요했고, 송 사장 역시 목숨 걸고 하는 영화였다. 결국 송 사장이 뱉은 말은 직원들을 놀라게 했다.

"조금만 더 기다려보자."

"사, 사장님!!"

회의실에 모인 모두가 당황했지만, 답은 짧았다.

"아직, 그놈한테서 연락이 없어. 움직이고 있을 거야, 분명."

다음 날 늦은 아침. 김건욱의 소속사 사장이 사장실에 모습을 드러냈다. 빼빼 마른 허수아비 같은 인상이었다. 그가 꽤 고급스러운 의자를 빼내어 몸을 던졌다.

"후— 또 여기네. 베트남 좋았는데, 흐흐."

변태 같은 웃음을 지은 소속사 사장이 인터폰을 눌렀다.

"네. 사장님."

"커피."

"……알겠습. 어? 잠시만요! 저기요!"

조곤조곤 대답하던 직원이 갑작스레 소리쳤다.

"뭐야? 왜 저래."

격앙된 목소리에 소속사 사장이 고개를 갸웃거릴 때였다. 사장실 문이 부서질 듯 열리더니, 영혼 없는 얼굴을 한 남자가 코트를 펄럭거리며 걸어왔다. 남자를 보자마자 사장이 외쳤다.

"뭐, 뭐야! 당신! 어? 강주혁?"

소속사 사장은 어정쩡한 자세로 의자를 뒤로 쭉 뺐고, 강주혁을 뒤따라 직원 몇 명이 들어왔다. 그러거나 말거나 주혁은 직진했고.

— 탕!!!

어느새 코앞에 도착한 주혁이 책상을 강하게 내려쳤다. 그 손에는 종이 몇 장이 들려 있었다. 갑작스러운 상황에 소속사 사장이 어버버거렸다.

"뭐, 뭐야!"

그런 허수아비를 노려보며 주혁이 짧게 씹어뱉었다.

"김건욱 내놔."

"뭐, 뭐라는 거야. 갑자기 와서."

명백히 당황한 소속사 사장에 비해, 주혁은 꽤 냉철했다.

"김건욱 내놓으라고 말했어."

"아니. 그러니까 다짜고짜 그게 무슨 소리냐고."

이번엔 주혁이 대구 없이 책상에 내리쳤던 손을 거뒀다. 그러자 그 밑에 있던 종이가 모습을 드러냈다.

— 전속 해지 합의서

"해지 합의서?"

"맞아. 사인해."

이제야 상황을 대충 파악했는지, 소속사 사장이 버럭 소리를 질렀다.

"당신! 갑자기 나타나서 이게 무슨 행패야! 야! 경찰 불러!"

하지만 주혁은 여전히 허수아비를 노려보며 담담하게 답했다.

"그래, 불러. 대신 경찰이 도착하면 당신이 지금껏 자행해왔던 모든 것들을 경찰에 얘기하고, 언론을 움직일 거야."

순간 소속사 사장의 미간이 찌푸려졌다.

"무, 무슨"

"물론 당신이 죄를 지은 것은 없어. 하지만 없는 죄도 만들어지는 데야, 이 바닥이. 당신은 소속사 사장이고, 그 자리는 도의적 책임이 뒤따르지."

"도의적 책임?"

되묻는 소속사 사장에게 주혁이 합의서를 더욱 밀며 말을 이었다.

"소속사 사장이 계약한 배우를 나 몰라라 하는 것도 갑질 아닌가? 나는 신경을 안 쓰지만 너는 돈을 벌어와라, 뭐 그런 건가?"

"아, 아니. 건욱 씨 같은 경우는"

"지금껏 이 소속사를 나온 연예인들 전부 만나 인터뷰 따고, 매니저들 직원들 얘기만 들어도 당신이 얼마나 태만했는지 금방 나올 거야. 하지만 그 정도론 안 되지. 당신 건욱이 사건이 터졌는데, 베트남에서 처놀다 오셨다고? 소속 배우가 지금 병원에 있는데 말이지."

"벼, 병원이라니? 그게 무슨."

"그것 봐. 사장이라는 인간이 소속 메인 배우가 지금 상태가 어떤지 전혀 모르잖아?"

전혀 모르는 이야기가 나오자, 허수아비가 입을 다물었다. 하지만 주혁의 입은 멈추지 않았다.

"난 이 사건을 해결할 거야. 이미 어느 정도 확인이 끝났고, 명명백백하게 확인해서 정확하게 밝혀낼 건데. 당신이 이 합의서에 지금 사인을 안 한다면."

강주혁이 더욱 다가서며 서늘하게 말을 이어갔다.

"일이 전부 똑바로 잡힐 때, 모든 언론사에 당신 이야기를 끼워 넣을 생각이야. 기사 타이틀은, 그래. 김건욱이 병원에 누워 있는 동안 베트남에서 놀다 온 사장, 이런 건 어떨까 싶은데. 재밌겠지? 우리 같은 연예인이 겪는 정신적 고통을, 죄를 짓지도 않았는데 평생 죄인으로 살아가는 기분을."

"저, 저 강주혁 씨. 일단, 진정하고."

"당신이 이 합의서에 사인 안 해도 상관없어. 당신이 소송을 걸면 까짓거 위약금 좀 물어주고 건욱이 데려오면 돼. 그런데도 내가 이렇게까지 하는 이유는 그저 건욱이 케어 때문이야. 더는 정신적인 고통을 주기 싫어서."

강주혁의 싸늘한 눈빛과 음성 그리고 자신의 과거가 소속사 사장을 고뇌하게 했다.

쉽게 말해, 제 발 저리는 중이랄까?

그 타이밍에 주혁이 결정타를 날렸다.

"어떻게 할래. 사인 안 하고 몇 년 동안 있는 돈 없는 돈 끌어써서 소송하면서 죄인처럼 살래? 하긴, 건욱이 활동 스톱되면 돈 들어올 구멍도 없겠어. 참고로 말해두지만, 여기서 당신이 사인을 안 한다면 난 지금까지 말한 것을 철저하게 지켜나갈 거야. 방어할 수 있겠어?"

즉 이러나저러나 사인을 안 하면 소속사 사장에게는 죄다 불이익이었다. 거기다 앞에 있는 남자는 강주혁이었다. 최근 여론을 좌지우지하는 그 강주혁. 게다가 김건욱은 계약기간이 1년도 채 안 남은 상태. 해봤자 작품 하나 들어가면 끝날 시간이었다. 그럼에도 허수아비는 허세를 늘어놨다.

"그래도 건욱 씨를 이렇게 쉽게 내줄 수는."

그때였다.

"왜 이렇게 안 내려와!"

대뜸 사장실 문 앞에서 웬 남자가 소리쳤다.

"뭐야. 그 양반이야? 네가 말한 인간이?"

어느새 앞으로 다가온 남자가 명함을 내밀었고, 소속사 사장이 얼결에 명함을 받았다. 이어서 그의 눈에 가장 먼저 띈 로고.

— 디쓰패치

남자는 디쓰패치 박 기자였다.

"......"

소속사 사장은 명함을 보자마자, 입을 다물었다. 그 틈에 주혁이 다시금 합의서를 밀었다.

"사인. 할 거야, 말 거야?"

점심 무렵. 회사로 돌아온 강주혁이 노트북을 보고 있을 때, 문이 열렸다. 이어서 다이어리를 옆구리에 낀 황 실장과 어색한 표정의 여자 한 명이 들어왔다. 주혁이 곧장 자리에서 일어났다.

"안녕하세요. 거기 앉으세요."

"아…… 네."

여자가 작은 목소리로 답했고, 황 실장이 강주혁을 쳐다봤다.

"사장님. 그럼 전 나가보겠습니다."

"네, 황 실장님. 수고하셨습니다."

"네."

황 실장이 사장실 문을 닫자마자, 주혁이 여자에게 시선을 돌렸다.

"많이 놀라진 않으시네요."

"네. 건욱 오빠를 자주 봐서 그런가. 연예인 봐도 막 놀랍고 그렇진 않아요."

"그래요. 갑자기 요청했는데, 받아주셔서 감사합니다."

"근데, 건욱 오빠 입원했다는 거 정말이에요?"

"네. 지금 회복 중이긴 한데. 진짜예요."

"그…… 생명에는."

"지장 없습니다."

"……후, 다행이다."

"하지만 큰일날 뻔한 것도 사실이죠. 이 일이 계속 이렇게 커진다면 앞으로 더 큰일이 날지도 모릅니다."

주혁의 말을 가만히 듣던 여자가 챙겨온 서류봉투를 책상 위에 올렸다.

"언니가 정신과 다닌 이력이에요. 근데 진짜 제가 뭘 말한다고 해서, 건욱 오빠 오해가 풀릴 수 있는 거예요?"

"제가 그렇게 만들 겁니다."

여자는 정태림의 여동생이었다. 그녀는 가만히 강주혁의 얼굴을 쳐다보다 입을 열었다.

"언니랑 건욱 오빠는 초등학교 때부터 알던 사이예요. 저도 자주 봤고, 그러다 오빠가 아역배우로 데뷔했죠. 그래도 건욱 오빠는 언니나 저한테 계속 연락하면서 잘해줬어요. 그러다 오빠가 언니랑 사귄 게 아마 20대 초반쯤 됐을 거예요. 오래 사귀었죠. 그런데 언니가 집착을 시작했어요. 오빠가 배우로 성공했으니 스케줄도 빡빡하고 바쁜데도 어디냐, 누구랑 있냐, 전화 받아라. 어후— 미친 듯이 연락했어요."

여동생이 잠시 말을 정리하는지, 멈췄다가 다시 입을 열었다.

"그래도 건욱 오빤 시간 날 때마다 언니 다독이고 그랬는데, 언니의 집착이 점점 심해졌어요. 거의 분마다 카톡을 보냈더라고요, 언니 핸드폰 보니까. 아무리 오빠라도 그걸 어떻게 버텨요. 그쯤 헤어졌을 거예요. 그리고 언니의 병도 그쯤 본격적으로 시작됐어요."

"병이오?"

"네. 자해를 시작했어요."

순간 주혁의 눈이 커졌다.

"자해?"

"일종의 정신병이라는데, 뭔가 뜻대로 안 되면 자기 몸을 때리는, 그런 거래요. 약간 조울증처럼 괜찮아졌다 나빠졌다 그랬어요. 그때쯤부터 저희 가족이랑 언니랑은 따로 살았고."

"그럼 이번에 SNS에 올라온 사진들은."

"맞아요. 언니가 한 거예요. 등이나 목에 있는 상처는 꽤 오래된 거고, 얼굴은 최근에 했나 봐요. 저도 처음 봤어요."

덕분에 모든 퍼즐이 맞춰졌다. 다만, 몇 가지 풀리지 않는 의문.

"그런데, 왜 갑자기 그런 사건을 벌였을까요? 언니분께서."

"그건 잘 모르겠어요. 병이 있긴 했지만, 그렇게 건욱 오빠를 죽이는 짓은 안 할 거라 생각했어요. 솔직히 말씀드리면 저도 언니가 감당이 안 돼서 연락 안 한 지 오래거든요. 아빠 엄마가 매달 찾아가긴 하는데, 갈 땐 거의 정상인 처럼 보인다고도 하고."

하긴 이 부분은 정태림 본인이 아니고서야 정확하게 판단할 수 없었다. 주 혁은 다음으로 넘어갔다.

"그럼, 이 사건이 터지고 왜 따로 가족 측에서 해명하지 않았나요?"

"아니에요! 그건. 부모님은 잘 모르셨고, 나중에 저도 기사를 보고 알았는 데. 아까도 말씀드렸잖아요. 제가 말한다고 오해가 풀리냐고. 왜 그렇게 말씀 드렸냐면 기사 보자마자 건욱이 오빠 회사에 전화도 해보고, 여기저기 말을 해봤는데, 아무도 신경쓰지 않았어요. 방법이 없었어요. 저도 답답해서, 이걸 어떻게 해야 할지."

여론은 자극을 원하고, 언론은 양념을 뿌린다. 맛있을 수밖에 없다. 자극적 이니까. 따라서 초기 찌라시를 돌리는 언론은 자극적인 맛에 물을 부어 희석 하기를 원하지 않는다. 아마 이대로 됐다면 김건욱은 빨릴 대로 빨리다가 잠 잠해진 후에야 오해를 풀었을 터였다. 그나마 정확하게 풀리지도 않았겠지만.

어쨌든 얼추 상황을 파악한 주혁이 여동생을 불렀다.

"여동생분, 아니 성함이?"

"은정이요. 정은정."

"네, 은정 씨. 지금 이야기, 언론사에서도 해줄 수 있어요? 물론 얼굴은 안 나가고 아마 변조된 목소리로 나갈 거예요."

"네. 할 수 있어요. 저…… 근데 혹시, 건욱 오빠 볼 수 있어요?"

"볼 수 있어요. 좀 나아지면 연락드릴게요."

"감사합니다."

그녀가 고개를 숙였고, 잠시간 그녀를 보던 주혁이 핸드폰을 꺼내 박 기자에게 전화를 걸었다.

주혁이 본격적으로 움직인 것은 그날 오후부터였다. 먼저, 정은정을 대동해 인터뷰를 딴 후 정신과 이력, 김건욱의 핸드폰 등 모인 증거들로 반박기사를 준비했다. 그러고도 부족하다고 생각했는지, 주혁이 박 기자에게 물었다.

"혹시 〈나는 알고 싶다〉 쪽이랑 미팅 가능한가?"

"가능하지. 왜? TV랑 언론이랑 같이 움직이려고?"

"언론만으로는 앞서 터진 사건을 덮기 부족할 거야. 확실하게 뒤집어야 돼."

"괜찮겠지. 이 정도 판이면 그쪽도 관심 보일 거야. 타이틀은 내가 정해둔 게 있어."

"뭔데?"

"댓글이 사람의 생사를 결정하는 세계."

나쁘지 않았는지, 주혁이 고개를 끄덕였다. 〈나는 알고 싶다〉 측과 미팅이 잡힌 것은 바로 다음 날이었다. 주혁은 그들에게 현재까지의 상황을 설명했고, 지금까지 모은 증거들을 바탕으로 그들을 설득했다.

"요즘 악플 관련으로 사건이 많이 터집니다. 비단 연예계뿐 아니라 기업이나 사회적으로도 문제가 큽니다. 이쯤에서 한번 문제를 상기시키는 것이 어떻습니까?"

다행히 〈나는 알고 싶다〉 측도 나쁘지 않은 제안이었는지, 주혁의 손을 잡았다.

"이 소스로 다음 주 방송분 잡겠습니다. 사실 저희도 이쪽 이야기는 생각 중이었거든요."

본격적인 정정기사가 나가기 시작한 것은 다음 날인 23일부터였다. 강주혁이 작정하고 관여한 만큼 기사의 화력은 꽤 대단했다. 시작은 디쓰패치부터 였고.

「배우 김건욱에게 '데이트폭력' 당했다는 정모씨, 알고 보니 자해였다?」

「정모씨, SNS 폐쇄」

「또 악플이? 배우 김건욱 병원에 입원 중」

「정모씨, 알고 보니 헤어진 후 1년간 김건욱 지독하게 괴롭혀」

이후로도 정정기사는 계속해서 쏟아졌고, 끝없이 달리던 악플은 순식간에 모습을 감췄다.

— 이것 봐라. 이럴 줄 알았다.

— 너네가 김건욱 입원 시킨 거임.

— 진짜 바로 버로우 타는 것 보소.

— 건욱 오빠…. 상태가 어떤 거지…

이어진 다음 날이 돼서야 언론에서도 정확히 상황을 파악했는지, 현 상황에 관한 기사를 내기 시작했다.

「정모씨의 집착과 악플에 시달리던 배우 김건욱 결국 극단적 선택, 강주혁이 살렸다」

「병원 측 "김건욱 생명에는 지장 없어"」

「김건욱의 소속사, 묵묵부답. 왜?」

— 이걸 강트맨이 또 해내네.

— 진짜 다행이다. 강주혁 너무 멋있다.

— 신기하긴 하다. 지금 강주혁이 살린 목숨만 몇 개임?

— 언젠가 네 목숨도 살려줄지 모름.

강주혁이 설계한 스노우볼은 빠르게 커져갔고, 그 주 〈나는 알고 싶다〉가 전파를 탔다. 제목은 '댓글이 사람의 생사를 결정하는 세계'였다.

그리고 다음 날, 김건욱이 의식을 되찾았다.

29일, 손목에 붕대를 감은 김건욱이 창밖을 보고 있는데 병실 문이 열렸다.

"건욱아. 나 또 왔다."

추민재 팀장이 웃으며 모습을 드러냈다. 그런 그를 보며 김건욱이 느릿느릿 웃었다.

"형은 이제 그만 와. 지겹다고. 오늘도 주혁이 형은 안 와?"

"인마, 그렇게 말해도 반가운 거 다 알아. 사장님은 너 깨어나기 전까지 매일 왔는데, 하필 너 깨어나고 갑자기 일이 쏟아져서. 금방 정리하고 올 거다."

"그보다, 형. 나 핸드폰 좀 돌려줘. 여기가 무슨 석기시대야? TV도 안 틀어지고 핸드폰도 없고. 심심해 죽겠어."

추민재 팀장이 김건욱의 어깨를 툭 치며 의자를 끌어다 앉았다.

"안 돼, 인마. 사장님 명령이다. 절. 대. 안. 정. 몰라?"

"그래도 어떻게 된 건지는."

그때 추민재 팀장이 서류 한 장을 내밀며 김건욱의 말을 막았다.

"사장님이 알아서 싸악~ 정리 다 해놨으니까, 넌 회복에나 집중해. 그리고 이거, 사인하슈."

"어? 이게 뭔데?"

"보면 알잖아."

장난스럽게 웃는 추민재 팀장이 김건욱의 얼굴 앞에 종이를 팔락팔락 흔들었다. 김건욱이 종이를 집어 내용을 확인하더니, 곧장 눈이 흔들렸다.

"보이스프로덕션 전속 계약서? 이게 뭐."

살짝 당황한 듯한 김건욱에게 추민재 팀장이 펜을 꺼내 들이밀며 간단히 답했다.

"뭐긴 뭐야. 배우 김건욱, 우리 회사가 데려간다는 거지."

같은 날, 주혁은 예전 〈만능엔터테이너〉 오프닝을 녹화했던 고깃집을 찾았다. 오늘도 역시 제작팀이 고깃집 전체를 빌린 상태였고.

"아, 오셨어요?"

강주혁이 내부로 들어서자, 박한철 PD가 웃으며 주혁을 반겼다.

"네. 제가 좀 늦었습니까?"

"하하하, 아닙니다. 심사위원분들 중에서 가장 일찍 오셨어요. 자, 올라가시죠."

오늘은 〈만능엔터테이너〉 본선 녹화 전에 고정 심사위원들을 소개하고, 겸사겸사 첫방을 같이 본다는 취지의 모임이었다. 내부는 이미 영락없는 회사 회식 분위기였다.

잠시간 그 광경을 지켜보던 주혁이 박한철 PD를 따라 2층으로 올라갔다. 2층은 중앙에 커다랗게 탁자들이 세팅되고, 정면으로 다섯 명은 있어야 가려질 만큼 큰 TV가 놓여 있었다.

"아, 사장님 이쪽으로 앉으세요. 딱 중앙에. 하하하."

박한철 PD가 주혁을 자기 옆자리로 안내하며 말을 이었다.

"다른 심사위원분들은 조금 늦으신답니다. 아마 방송 시작하면 오실 것 같아요. 먼저 시킬까요?"

"편하신 대로 하세요. 스태프분들도 계시니까."

고개를 끄덕인 박한철 PD가 조연출을 불렀고, 잠시 뒤 대기하던 메인 작가부터 헤드급 스태프들이 강주혁 주변을 채웠다.

"자, TV 틀어."

박한철 PD의 지시로 대형 TV의 전원이 켜졌다. TV에는 광고가 흘러나왔다.

"후— 이제 곧입니다!"

실제로 곧이었다. 화면 상단에 표시되던 〈만능엔터테이너〉 글자가 사라졌으니, 이 광고가 끝나면 시작이었다.

"시작합니다!"

광고가 끝나자, 〈만능엔터테이너〉가 시작됐다. 시작은 예선전에 참가자들이 길게 줄 선 장면부터였다. 그 순간 쌈채소 옆에 놓인 박한철 PD의 핸드폰이 진동을 뱉어냈다.

"나왔어?!"

빠르게 전화를 받으며 지른 외침에 모든 스태프의 시선이 박한철 PD에게 꽂혔다.

"……얼마?"

30. 본선

고깃집에 모인 모두의 시선이 박한철 PD에게 꽂혔을 때, 수많은 참가자를 비추던 TV에서 여자 성우 목소리가 흘러나왔다.

"수백 명이 모였습니다! 이분들은 과연 무엇 때문에 이렇게 아침부터 줄을 섰을까요? 그 시작은 여기서부터였습니다."

여자 목소리가 끊기자, TV 화면은 지금 강주혁이 있는 고깃집으로 바뀌었다. 예전 〈만능엔터테이너〉 오프닝 때 했던 인터뷰 장면이었다.

"진짜? 그게 지금 오프닝 시청률이라고?"

박한철 PD는 통화하는 상대에게 다시 물었다. 하지만 대답은 같았는지, 박한철 PD가 '일단, 알았어' 따위의 대답으로 전화를 끊었다. 그러고는 사이다를 집었다. 탄산이 시급한 모양.

"PD님! 뭐래요. 우리 얼마나 나왔어요?"

하지만 박한철 PD는 톡 쏘는 탄산을 즐길 새가 없었다. 메인 작가부터 시작해서 모여든 스태프들의 질문 공세가 이어졌기 때문이었다.

"서, 설마. 저희 3%는 넘었죠?"

"야야. 주말이야, 주말. 3%는 나와야지. 3%도 안 나오면 우리 국장한테 다

죽는다 진짜. 예산을 얼마나 땡겼는데."

"PD님!"

입을 다문 채, 반쯤 마시다 만 사이다 잔을 멍하니 쳐다보던 박한철 PD에게 스태프들이 대답을 재촉했다. 하지만 박한철 PD의 시선은 무덤덤하게 TV를 보고 있는 강주혁에게로 향했다.

"사장님……."

박한철 PD의 부름에 딱 자신이 고기를 집는 장면까지 보던 주혁의 얼굴이 돌아갔다.

"네."

"감사합니다."

"음? 갑자기요? 시청률, 좀 괜찮게 나왔습니까?"

"11%."

주혁이 갸웃했다.

"몇 프로요?"

박한철 PD가 숨겼던 미소를 끄집어냈다.

"11%. 딱 광고 끝나고 오프닝 시청률만 11% 나왔답니다."

"대박 터졌네. 11%?! 아니, PD님 진짜예요?"

"마, 말도 안 돼……."

"자, 잠깐만. 〈28주, 궁궐〉이 15%쯤 나오지 않았나?!"

"말해 뭐해. 와씨! 내가 살면서 10% 넘는 프로를 할 줄은 몰랐다!!"

스태프들은 북과 꽹과리만 안 들었다 뿐, 아주 난리가 났다. 그사이 조용히 PD를 쳐다보던 주혁이 입을 열었다.

"시작이 나쁘지 않네요."

"하하하. 사장님, 나쁘지 않다뇨. 요즘 케이블 주말 예능이 10% 넘는 건 거의 없습니다! 저도 한 5%나 예상했는데."

덩실덩실 춤을 추는 스태프들 사이에서 박한철 PD가 티나지 않게 주먹을 불끈 쥐었다. 11%, 실로 대단한 수치였다. 거기다 WTVM은 케이블 중 꼴등 방송사.

"사장님. 정말 감사드립니다."

그 현실을 잘 아는 박한철 PD가 주혁에게 진심으로 고개를 숙였다. 사실 〈만능엔터테이너〉의 연료는 주혁이 만땅으로 채워준 것이나 다름없었으니. 투자부터 홍보까지. 박한철 PD 입장에선 〈만능엔터테이너〉의 초기 시청률 은 강주혁에게 매달릴 수밖에 없었다. 그래서 편집도 강주혁 위주로 뽑았고, 홍보부터 티저, 포스터 등등 전반적인 마케팅에 강주혁을 메인으로 세웠다. 그 결과가 첫방 11%.

잠시간 난리 난 스태프들과 장단을 맞춰주던 박한철 PD가 다시금 강주혁 을 쳐다봤다. 강주혁은 어느새 콜라가 든 유리컵을 들고서 TV를 보고 있었 다. 그런 그를 보며 박한철 PD가 속으로 생각했다.

'죽어도 끝까지 가야 돼.'

박한철 PD의 새해 첫 번째 다짐이었다.

WTVM 예능국 주조정실 역시 축제의 현장이었다. WTVM 개국 이래 10% 넘는 예능이 나온 것이 처음이다. 아니, 앞으로도 또 나올 수 있을까. 현 재 방송 현실이 그랬다. 그런데 나와버렸다. 그에 따른 당연한 반응이었다.

그 광경을 흐뭇하게 바라보던 예능국장이 짧게 읊조렸다.

"강주혁이라…… 진짜 물건이야."

"그렇지?"

순간 뒤쪽에서 난입한 목소리에 예능국장의 고개가 휙 하니 돌아갔다. 뒤 에는 드라마 국장이 서 있었다.

"뭐야. 구경이라도 오셨나?"

"당연하지. 한솥밥 먹는 사이에 이 정도 축하도 안 해주면 안 되지."

"지랄. 영 궁금해서 놀러 온 게 티가 나는구먼."

"허허허, 거 친구 말본새하고는."

너털웃음을 뱉던 드라마국 국장이 예능국장 옆에 섰고, 난리가 난 주조정실에 눈길을 던지며 입을 열었다.

"자네도 본부장님이랑 식사할 일만 남았군."

"개인적으로는 사장님이랑 하고 싶은데?"

"원 이 친구, 욕심이 과하네. 뭐, 이런 기세라면 영 불가능한 일도 아니긴 하지."

그때 예능국장의 표정이 오묘하게 바뀌면서 팔짱을 꼈다.

"강주혁 그 친구, 진짜 무슨 신기(神氣) 있는 거 아닌가?"

"신기라니?"

"아니, 그렇잖나. 지금 저 프로도 초기에 일본 쪽 투자 얘기가 있었단 말이야. 그런데 강주혁 그 친구가 투자한다면서 일본을 까냈다고. 그런데."

"얼마 안 가 일본 쪽 여론이 많이 악화됐지."

잠시간 침묵이 흘렀다. 침묵을 먼저 깬 것은 드라마국 국장이었다.

"나는 말이야. 외주제작사 것들, 별로야. 자네도 뭐 비슷하겠지. 나나 우리 애들 밥그릇을 뺏어가니까."

"그렇지."

"뭐 어찌어찌 맡기면 결과가 대단치도 않아. 그런데 보이스프로덕션, 아니 강주혁을 봐. 그 친구가 지금 혼자서 방송국 하나를, WTVM을 흔들고 있어."

"고작 한 명이, 방송사 하나를 뿌리째 흔들고 있지."

작게 고개를 끄덕이던 드라마 국장이 몸을 틀면서 말을 이었고.

"〈28주, 궁궐에 피어난 꽃〉, 〈만능엔터테이너〉그리고 곧 론칭할 김재형 예능까지 전부 그 친구가 투자했지. 만약에 김재형 예능까지 터지고, 앞으로 계속 강주혁이 WTVM에 상주한다면."

예능국장이 받아쳤다.

"어쩌면 올해 안에 진짜 방송국 순위가 바뀔지도 모르겠군."

그때 드라마 국장이 WTVM의 사장을 떠올리며 한마디 추가했다.

"그러고 보니, 저번 회의 때 사장님이 강주혁을 언급했지?"

그들이 대화를 나누는 중에도 〈만능엔터테이너〉의 반응은 그야말로 파죽지세였다. 예전 오디션 예능이 판을 치던 시절에도 이런 반응까지 나온 프로는 없었다.

「예선전부터 화제였던 '만능엔터테이너' 주말 예능 석권!」

「'만능엔터테이너' 실시간 네티즌 반응 후끈」

「'만능' 강주혁의 진솔한 인터뷰에 네티즌 "생각보다 친숙해"」

방송이 끝난 것도 아닌데, 실시간으로 기사가 쏟아지기 시작했고.

— 지금 보고 있는데, 심사위원 섭외부터 보여주니까 되게 새롭넼ㅋㅋㅋㅋ

— 강주혁 고기 오물오물 먹는 게 존귀다 진짝ㅋㅋ

— 음....고기만 먹다 끝나나? 뭐지?

— 그도 사람인 게지. 삼겹살을 그 누가 거절하겠는가.

— 확실히 강주혁은 연기에 관해서는 확고한 자기만의 색깔이 있는 듯.

— 니들은 이게 재밌냐?

그 순간 고깃집에서도 축배가 한창이었다.

"짠!!!"

"자자, 내기합시다. 내기! 다음 주 시청률 맞히기!"

"12%!"

"야야. 누구냐! 그런 현실적인 시청률을 내건 놈이! 기분이다! 20%!"

"하하하, 촬영감독님. 취하셨어요?"

스태프들의 정신은 이미 우주에 처박힌 뒤였고, 여기저기서 축하 전화를 받던 박한철 PD는 얼굴이 약간 벌게진 채로 강주혁에게 웃으며 이런저런 얘기를 던지고 있었다. 바로 그때.

"어머, 늦어서 죄송해요!"

"죄송합니다~"

노래 및 댄스파트의 심사위원 민효정과 박종우가 도착했다. 박한철 PD가 벌떡 일어났다.

"아이고, 괜찮습니다. 어서들 오세요."

"감독님~ 축하드려요. 우리 11% 넘었다며? 벌써 기사 나오던데요?"

민효정이 박한철 PD에게 축하 멘트를 던질 때, 고깃집에서 때마침 민효정의 노래가 나왔고.

"뭐야, 이 타이밍? 나 춰야 돼?"

민효정이 자기 노래의 안무를 추기 시작하자 갑자기 노래방 분위기로 급변했다. 그 와중에 박종우가 강주혁에게 손을 내밀었다.

"강주혁 씨, 반가워요. 같은 프로 하면서 얼굴을 처음 보네."

"반갑습니다. 저는 선배님 TV에서 자주 뵀습니다."

"허허, 이 사람. 나야말로."

박종우가 슬쩍 강주혁의 오른쪽에 앉을 때, 안무를 마친 민효정이 동참했다.

"와, 안녕하세요! 주혁 씨 저 예전에 어— 언제더라. 몇 년 전 청룡에서 인사했는데, 기억하세요?"

"물론이죠. 오랜만입니다."

"근데 관리 어디서 받으세요? 아니, 어떻게 그때랑 얼굴이 똑같네요?"

늦게 도착했지만, 민효정과 박종우는 금세 분위기에 섞여 들어갔다.

그리고 정확하게 5분 뒤. 1층에 있던 조연출이 2층으로 후다닥 달려와 소리쳤다.

"선배님! 도착하셨습니다!"

"아, 이제 오셨군."

짧게 대답하던 박한철 PD가 자리에서 일어나며 강주혁을 쳐다봤다.

"앞으로 같이 쭉 가실 고정 심사위원분들 오셨습니다."

"그렇군요."

앞으로 〈만능엔터테이너〉를 강주혁과 함께 끝까지 이끌어갈 인물들이 도착했다는 말이었다. 그 말에 강주혁 역시 자리에서 일어났고, 2층 입구에 서 있던 조연출이 자리를 비켜서자 그 뒤로 회색 정장을 차려입은 남자가 나타났다.

"PD님, 많이 늦었습니다."

"어이구, 무슨 말씀이세요. 괜찮습니다."

박한철 PD와 악수한 남자의 시선이 천천히 강주혁에게로 옮겨졌고, 자연스럽게 박한철 PD의 소개가 이어졌다.

"이쪽은 배우 겸 JH엔터테인먼트를 이끌고 계시는 장황수 사장님. 강주혁 사장님도 알고 계시죠?"

"물론이죠. 오랜만입니다, 선배님."

"응, 그래. 오랜만이야."

이어서 장황수와 강주혁이 서로 손을 맞잡았다. 주혁이 장황수를 물끄러미 바라봤다.

'여기서 JH엔터테인먼트라……'

홍혜수 팀장의 보고에서 마니또를 노리는 국내 3대 엔터 회사.

"요즘 행보 잘 보고 있어. 선배로서 아주 뿌듯해."

"뭘요. 선배님이 더 대단하시죠."

간단한 덕담이 오가는 와중에 장황수는 미묘한 눈빛으로 강주혁을 쳐다봤다. 마치 '가까이서 지켜보겠다' 정도의 표정. 그 순간.

"도착하셨습니다!"

조연출이 두 번째 고정 심사위원의 도착을 알렸고.

"늦었어요~ 미안미안. 박 PD 미안해요."

"하하하, 아닙니다. 제때 오셨어요."

가장 마지막에 도착한 여자를 박한철 PD가 모두에게 소개했다.

"두 분 다 알고 계시죠? 배우 겸 연극무대 연출자 오희연 씨. 지금은 MV e&m 제작부 이사를 맡고 계십니다."

빨간 비니에 야상 점퍼를 입은 오희연은 도착하자마자 장황수와 강주혁에게 인사를 던지며 악수를 나눴다. 특히 강주혁의 손을 오래 잡았다.

"안녕, 주혁아. 너 요즘 핫하더라."

"아닙니다. 선배님이 MV e&m에 계신 줄은 몰랐는데요."

"응, 최근에 그렇게 됐어."

그렇게 모인 심사위원 세 명. 이미 안면도 있고, 인사도 나눴다. 그런데 왁자지껄한 스태프들에 비해 이들의 분위기는 뭔가 묘했다. 잔잔했지만, 곧 터질 것만 같은 느낌.

'JH엔터테인먼트, MV e&m이라.'

주혁이 장황수와 오희연을 번갈아 봤다.

'공통점은 배우라는 것과 두 곳 모두, 그리고 나까지 회사 내에서 자체제작이 가능하다는 점인가?'

그때 박한철 PD가 소주잔을 들어 올렸다.

"자, 전부 모이셨습니다. 오늘 〈만능엔터테이너〉가 11%로 아주 좋은 스타트를 끊었습니다. 일단 오늘은 놀고! 다음 주 본선 녹화 전에 제작 미팅을 시작으로 본격적으로 달려봅시다!"

이어서 스태프 포함 모두가 각자 잔을 올렸다. 강주혁 역시 마찬가지였다. 다만.

'적과의 동침인가? 하긴, 적은 가까이 둘수록 안전한 법이지.'

잔을 올리는 순간에도 주혁은 짜냈던 설계를 빠르게 변경하고 있었다.

'어쩌면 보이스프로덕션이 공식적으로 처음 나서는 전면전.'

국내에 존재하는 수많은 엔터 관련, 제작 관련 회사들. 강주혁이 이 바닥을 호령하려면 전부 넘어야 할 산이었고, 어찌 보면 지금 이 순간 강주혁의 보이스프로덕션은 출사표를 던진 것과 진배없었다.

"자! 쭉쭉 올라갑시다!!!"

박한철 PD의 외침으로 잔들이 부딪쳤고, 주혁이 소주 한잔을 시원하게 입에 털어 넣으며 웃었다.

'까짓거 전부 뒤집어 까내면 그만이지.'

그날 〈만능엔터테이너〉는 첫방 11.5%라는 굉장한 성적으로 마무리됐다. 하나같이 오디션 예능 같지 않은 신선함이 있었다는 반응이었다. 거기다 1화는 거의 강주혁 특집이나 다름없었다. 그러다 마지막 20분쯤 본격적인 예선전 모습이 보였지만.

"어, 일단."

강주혁이 첫 심사를 하는 장면에서 강력한 절단마공을 시전했다. 그래서인지 〈만능엔터테이너〉가 끝나고 네티즌들의 후폭풍이 엄청났다.

— 아니! 60초 후에 계속도 아니고! 일주일이나 기다리라고?

— 이걸 이렇게 끊는다고?

— 장난?

— ㅋㅋㅋㅋㅋㅋ피디가 미쳤네 이건.

당장 보기엔 욕들이 엄청났지만, 그만큼 다음 주 〈만능엔터테이너〉를 기대하고 있다는 얘기와 같았다.

* * *

정신없는 주말이 지나고, 어느새 3월 2일 월요일. 다들 바쁜 시기였지만, 주혁이 아침부터 모두를 소집했다. 기본적으로 달마다 하는 회의 같은 느낌이었지만, 이번 소집에는 다른 의미도 내포됐다. 최근 보이스프로덕션에 변화가 있었기 때문이었다.

"어머, 겨울에도 살이 타나? 얼굴이 좀 까무잡잡해졌네? 〈만능엔터테이너〉에 나온 얼굴은 포샵?"

"당신 얼굴도 〈만능〉에서 너무 말도 안 되게 나왔어, 아줌마. 시비 걸지 맙시다. 피차 바쁜 거 알잖아?"

"그럴수록 더 이렇게 서로 스트레스를 풀어줘야지."

"후— 스트레스가 더 쌓인다, 쌓여. 옷이나 좀 깃털 들어 있는 걸 입어. 뭐냐, 그건."

꽤 오랜만에 만난 팀장들이 보자마자 티키타카를 시작했고.

"언니, 촬영 바빠? 어제 안 들어왔지?"

"응…… 어제 새벽까지 촬영하고, 바로 아침 촬영 있어서 차에서 잤어. 하진아, 언니 이러다 죽는 거 아닐까?"

"그런 것 치곤 얼굴이 너무 탱탱해. 거기다 언니 살 좀 찐 거 아냐?"

"뭐?! 살쪄 보여?!! 헐! 쑤기 언니! 저 살쪘어요?!"

"응? 아니? 근데 하영이 너 에너지바를 좀 많이 먹긴 하더라."

집이 아닌 회사에서 안부를 나누는 강자매와 말숙. 그때 홍혜수 팀장이 눈에 불을 켜고 강하영을 노려봤다.

"하영아! 너 요즘 내가 짜준 대로 식단 관리 안 해?"

"아……니요? 해요. 완전 하고 있어요."

"쑥아. 하영이 요즘 에너지바 하루에 몇 개 먹어?"

"음. 한 박스 20개 들어 있는 걸, 한 이틀 만에 먹던데."

"뭣?! 어머, 미쳤나 봐. 야! 강하영!"

미팅룸이 한바탕 난리가 났다. 그때 추민재 팀장이 긴 한숨을 내쉬면서 고개를 절레절레 흔들었다.

"후— 다들 여전하네. 야야, 하영아. 소 봐라, 소. 하루죙~일 풀만 뜯는데도 덩치가 그렇잖아? 니네 지금부터 관리 안 하면 진짜 훅 간다."

추민재 팀장의 말에 강하영이 고개를 숙였다. 이어서 홍혜수 팀장의 잔소리가 시작될 때쯤 미팅룸의 문이 다시 열렸고.

"아, 사장님 오셨네. 하영이 너, 좀 이따 얘기해."

"네……."

"사장님!! 축하해! 〈만능엔터테이너〉 시청률 11% 돌파!"

"PD가 완전 작정하고 사장님 위주로 편집했더만."

"어머, 그만큼 WTVM이 사장님 싸고돈다는 거 아니겠어?〃

강주혁이 수많은 축하를 받으며 미팅룸으로 들어왔다. 그런데 혼자가 아니었다.

"다 모였나?"

"아니. 혜나 씨 뮤탱(뮤직탱크) 녹화. 재욱이 오늘 개학식."

추민재 팀장의 브리핑에 주혁이 고개를 끄덕이며 같이 온 남자를 소개했다.

"다들 알지? 배우 김건욱. 이번 달부터 우리 회사로 넘어왔어요."

주혁이 서 있던 자리에서 옆으로 살짝 비키자 그 뒤에서 숨겨져 있던, 길쭉한 패딩을 입고 있는 김건욱의 모습이 나타났다. 슬금슬금 앞으로 나온 김건욱이 모두에게 인사했다.

"오랜만입니다. 다들…… 이번에 많이 신경써주셔서 감사해요. 앞으로 뼈가 부서지게 연기하겠습니다."

김건욱의 약간은 느릿한 인사에 미팅룸에 모인 모두가 그를 격하게 반겼다.

"오빠!! 언제 오시나 했잖아요!"

"어서 오세요!"

"야야야. 건욱아, 서 있지 말고 앉아. 고개 아프다."

"어머~ 건욱이 안녕?"

최근 있었던 가장 큰 변화는 김건욱의 퇴원이었다. 다행히 강주혁이 시킨 절대안정 덕에 회복이 빠른 덕이었다. 물론 김건욱의 이미지가 완벽하게 회복된 건 아니었지만, 강주혁의 빠른 처리로 얼추 회복됐다고 볼 수 있었다. 정태림의 처리는 김건욱에게 맡겼는데, 그는 선처를 택했다. 덕분에 나온 판결은 접근금지와 벌금 그리고 정신병원행이었다.

"건욱이는 추민재 팀장님 산하로 들어갑니다. 로드는 추가로 붙여주되, 지금 있는 매니저분을 스케줄로 올려서 움직이는 걸로 하고."

"예예~"

이어서 주혁이 무표정이지만, 눈빛만큼은 초롱초롱한 강하진을 쳐다봤다.

"그리고 하진 씨."

"네."

"무비트리에서 들어가는 〈19살 그리고 20살〉, 남주는 건욱이로 가는 거 들었죠?"

"네. 들었어요. 잘 부탁해요, 오빠."

강하진이 김건욱을 보며 고개를 숙였고, 김건욱은 웃음으로 대답을 대신했다.

"캬― 그럼 영화 남주, 여주가 다 우리 회사에서 나가는 거네. 대박이다~ 점점 판이 커지는구나."

현재 보이스프로덕션의 상황을 추민재 팀장이 축약했다. 주혁이 자리에 앉으며 짐짓 진지한 표정으로 변했다.

"그런 상황에 한 가지 전달할 게 있어."

강주혁이 진지하게 입을 열어서인지 모두의 시선이 집중됐다.

"앞으로 보이스프로덕션을 여러 파트로 나눌까 해."

"여러 파트?"

"쉽게 말해서, 분야마다 상호를 달아서 분할할 거야."

"음."

주혁은 보이스프로덕션의 문제점을 예전부터 느끼고 있었다. 여러 가지가 있었지만, 핵심을 짚자면 너무 중구난방이었다.

"현재 보이스프로덕션은 여러 분야가 뒤섞여 있어. 투자부터 시작해서 제작, 매니지먼트까지. 여기서 세세하게 들어가면 또 여러 가지가 파생돼. 따라서 간부급 인원이 너무 많은 일을 하다 보니까, 효율이 떨어져. 회사가 커질수록 더 떨어지겠지. 체계적으로 바꿀 필요가 있어."

추민재 팀장과 홍혜수 팀장이 동의하는 듯 고개를 끄덕였다. 그들을 보며 주혁이 결론을 던졌다.

"즉 전부 나눌 거야. 물론 당장은 힘들겠지. 일단 사옥이 삼성동으로 이전하기 전에 매니지먼트 부분부터 손을 봐볼 참인데."

"매니지부터?"

"응. 현재 우리 회사에는 배우만 있는 게 아니잖아. 가수도 있어. 또 앞으로 어떤 분야 연예인이 합류할지 모르니까. 각 분야의 인재들을 영입하거나 작은 회사를 인수해서, 매니지먼트를 독립시켜서 운영할 거야. 판은 내가 짜고 있어. 당장은 알고 있으라고 말해두는 거야."

주혁의 말에 추민재 팀장이 웃었고.

"그러니까, 큰 그림을 그리고 있다는 거잖아?"

며칠 전, 고깃집에서 만난 거물들을 떠올리며 강주혁이 자리에서 일어났고.

"언젠가 이 바닥을 씹어먹어야 하니까, 슬슬 준비해야지."

본격적으로 움직이기 시작했다.

아침 회의가 끝난 후 강주혁은 김재황 사장을 만났다. 시작이 임박한 브랜디드 콘텐츠에 관한 이야기도 나눠야 했지만, 무엇보다 김재황 사장은 아들 김재욱의 미래에 관해 많이 물었다.

"요즘 미친 듯이 공부만 해."

"높은 수준의 대학을 원하는 것 같던데요. 근데 왜 그리 표정이 어두우십니까?"

"아니, 뭐 그냥. 애가 들어오면 공부만 하니까."

"서운하다?"

"허허, 사람 참."

어색하게 웃는 김재황 사장을 보며 주혁이 짧게 답했다.

"재욱이 작품은, 본인이 원할 때 들어갈 생각입니다. 지금은 해창전자 브랜디드만 해도 벅찰 겁니다."

"그래. 그렇겠지."

김재황 사장의 씁쓸한 표정을 끝으로 가벼운 점심이 끝나고 주혁은 김건욱, 강하진과 함께 무비트리로 이동했다. 계약을 위해서였다.

 "건욱이는 회복기까지 생각해서 촬영대본이 나오면 본격적으로 참여할까 해."

 "당연하지. 그리고 뭐, 우리 주연배우님들이야 대본 리딩 전까지는 시간 있으니까."

 "자, 그럼 건욱이 개런티 말인데."

 강하진과 김건욱이 무비트리에서 내미는 계약서에 사인하기까지는 두 시간이 지나서야 가능했다.

 이어서 주혁은 강하영과 김앤미디어에 가야 했다. 김재형의 예능 〈당해낼 수 없다〉의 2차 미팅이 있었기 때문이었다. 그런데 이 미팅은 의외로 빨리 끝났다.

 "그럼 첫 촬영은 언제쯤 들어갑니까?"

 이유는 이민주 PD의 입에서 나왔다.

 "초반 밑작업을 사장님이 전부 해주셔서, 제가 쳐낼 게 없어요. 투자도 문제없고. 이번에 〈만능엔터테이너〉가 터져서 편성도 금방 나올 거예요. 기획 부분은 1차 미팅 때 전부 끝냈고. 음, 편성 봐야겠지만, 4월 초에는 들어가겠어요."

 다행히 예능 〈당해낼 수 없다〉는 강주혁의 설계대로 세상에 던져지기 일보 직전이었고.

 "좋아요. 오늘 사인할 건 전부 하죠."

 강하영이 계약서에 사인하면서, 〈당해낼 수 없다〉의 출연을 확정했다.

* * *

같은 시각, 작가 작업실로 보이는 공간.

다섯 명은 너끈히 누워 잘 수 있을 듯한 커다란 소파에 중년여성이 누워, 정면 벽에 걸린 TV를 보고 있다. TV에는 〈만능엔터테이너〉의 재방송이 흘러 나오고 있었다. 중년여성은 중간중간 피식거리기도 하며 방송에 몰입했다. 그러다 그녀의 시선이 문득 TV 옆 책장으로 옮겨졌다. 책장에는 칸칸이 금색 빛을 내뿜는 트로피가 진열돼 그녀의 위세를 입증해주었다.

— 올해의 작가상

— 당신이 잠들었던 동안

— 홍혜숙

수십억대 연봉을 받는 스타작가 홍혜숙. 지금껏 쓴 작품만 15편이 넘었으며 그중 아홉 편이 메가 히트를 쳤다. 심지어 그 아홉 편 중 네 작품이 2015년부터 매년 터지면서 국내 몇 없는 스타작가 중에서도 가장 큰 권력을 틀어쥐고 있었다. 지상파 3사를 포함해서 수많은 엔터 회사가 그녀 앞에서 굽신거렸고, 배우들은 말할 것도 없었다.

그런 그녀가 차기작을 쓰는 도중 살짝 짬을 내 TV를 틀었는데, 때마침 〈만능엔터테이너〉가 방송 중이었다. 잠깐만 본다는 것이 지금은 아예 자리까지 잡고 50분째 시청 중.

"연기는 경험입니다. 모든 연기는 경험에서부터……"

TV에서 강주혁이 멘트를 쳤다. 그러자 홍혜숙 작가가 고개를 끄덕였다.

"맞아. 그래도 뭐가 좀 있어야 내공이 생기지. 어쩜 저 발음 좀 봐. 표본이네, 표본."

리모컨을 까딱거리며 TV에 나온 강주혁을 극찬한 홍혜숙 작가가 혼잣말을 이었다.

"아까워라…… 꼭 한 번 작품에 넣고 싶었는데."

그때 TV에서 강주혁이 다시 멘트를 쳤고.

"보이스피싱을 당해서요. 그랬더니 살고 싶어지더라고요."

홍혜숙 작가의 눈이 반달로 변했다.

"어머머, 농담하는 것 좀 봐. 누가 보면 진짜 보이스피싱을……."

그런데 순간 혼잣말을 뱉던 홍혜숙 작가의 표정이 일순 진지하게 변했다. 움직임도 멈췄다. 그러더니 무언가 생각하는 듯 눈알을 이리저리 굴렸다. 그때 누군가 방문을 노크했다.

"응. 누구니."

"선생님. 식사는."

"안 할래."

"그럼, 저희 먼저 할게요."

"응."

다크서클이 턱까지 내려온 보조작가가 고개를 숙이며 문을 닫으려는 찰나.

"자기야, 잠깐만!!"

홍혜숙 작가의 외침에 닫히던 문이 다시 열렸고.

"네?"

문틈으로 보조작가가 다시 얼굴을 들이밀었다. 홍혜숙 작가가 눈을 맞추며 입을 열었다.

"자기, 강주혁 알지?"

"네. 알죠."

"요즘 어때? 엄청 자주 나오던데. 여기저기."

"아, 엄청 핫하잖아요. 강주혁."

"어째서? 한때 망하지 않았었나?"

"맞아요. 그런데 한…… 1년 전인가? 갑자기 엄청 나오던데."

"……그래?"

홍혜숙 작가의 눈이 다시금 TV로 향했다. 그리고 이어진 잠시간의 침묵. 침묵을 깬 것은 여전히 TV를 보는 홍혜숙 작가 쪽이었다.

"자기야. 지금부터 강주혁 자료 좀 모아볼래?"

* * *

다음 날 이른 아침. WTVM 예능국 회의실에 네이비 정장으로 멋을 낸 JH 엔터테인먼트 사장 장황수가 도착했다.

"아, 오셨어요? PD님 곧 오실 겁니다."

"그래요."

장황수가 도착하자, 회의실에서 대기하고 있던 조연출과 메인 작가 포함 스태프들이 일어나 인사했다.

"다른 심사위원분들은?"

"아, 다들 10분 안에 오실 겁니다."

메인 작가의 대답에 고개를 끄덕인 장황수가 대충 가까운 자리에 앉을 때였다. 회의실 문이 다시 열리더니, 오늘도 야상 점퍼를 입은 MV e&m의 제작이사 오희연이 웃으며 들어왔다.

"안녕하세요오~"

그러자 금방 앉았던 스태프들이 다시 우르르 일어났다.

"안녕하십니까!"

"PD님은…….."

"아— 알아요. 올라오다 PD님 만났어. 황수 씨 일찍 오셨네?"

"왜 갑자기 존댓말이야. 컨셉인가?"

"아니~ 너무 오랜만이니까, 어색하잖아?"

"어제도 봐놓고 뭘."

장황수나 오희연은 이미 꽤 안면이 있는 것 같았다. 오희연이 장황수 옆자리에 앉더니 손거울로 얼굴 상태를 확인하며 입을 열었다.

"아, 맞다. 장황수 사장님. 요즘 잘나가시던데? POW 해외 콘서트를 실황으로 영화 제작한다며? 벌써 기사 나고 난리던데, 아주 혼자 다 해드셔?"

그러자 앞에 놓인 녹차를 한 모금 한 장황수가 콧방귀를 뀌었다.

"흥, 대기업 MV의 제작이사로 계신 분이. 거기 이번에 거물 감독만 세 명 계약했다지? 너야말로 잘나가는 거지."

바로 그때 다급하게 회의실 문이 다시 열렸고.

"아이고~ 죄송합니다. 자료 좀 확인하고 오느라 늦었습니다!"

박한철 PD가 스태프 몇 명과 뛰어들어왔다. 이어서 스태프들이 정리된 자료를 장황수와 오희연에게 차례로 나눠주고 있을 때였다. 닫혔던 회의실 문이 다시 열렸다. 받은 자료를 보던 장황수의 고개가 문 쪽으로 돌아가더니, 살짝 피식하며 입을 열었다.

"진짜 잘나가는 분 오셨네."

그와 동시에 방금 등장한 남자의 담담한 음성이 들렸다.

"늦었습니다."

코트를 한 손에 걸친 강주혁이 회의실로 들어오자, 장황수와 오희연을 제외한 모두가 자리에서 일어났고.

"자, 박수!"

박한철 PD가 박수를 치자, 스태프들 모두가 따라 쳤다.

"우리 프로 시청률 11%를 만드신 주역이십니다!"

스태프들이 한마디씩 하며 극찬이 쏟아지는 상황에 주혁은 슬쩍 미소 지으며 화답하고는, 장황수와 오희연에게 고개를 숙이며 인사했다.

"안녕하세요. 선배님들."

"음. 그래."

"주혁이 안녕~"

간단하게 인사를 던진 주혁이 마지막으로 자리에 앉자, 박한철 PD가 옆에 있던 조연출에게 손을 내밀었다. 그러자 조연출이 종이 몇 장을 그에게 건넸고, 박한철 PD가 종이에 적힌 글자를 읽기 시작했다.

"요즘 대세인 힐링과 오디션을 접목해서, 보는 내내 미소가 가시지 않았음. 강주혁 비주얼 왜 저래? 나만 늙었네. 시청률 11%? 솔직히 강주혁이 다 했다고 본다. 시작이 11%면 막방 때는 20%는 찍는 거 아님? 예전에 봤던 오디션 예능과 다르게 많이 자극적이지도 않고 재밌었음. 강주혁이 심사 보는 예선전 기대 중 등등. 이게 전부 네티즌 반응입니다."

네티즌 댓글을 읽던 박한철 PD가 종이를 흔들었다.

"거기다 이건 고작 〈만능엔터테이너〉 공식 홈페이지에 걸린 반응입니다. 아시죠? 토요일에 WTVM 홈피는 약 10분간 서버가 터질 정도였습니다. 솔직히 반응이 너무 거세서 저희 어제 다시 전체 회의하면서 밤새웠습니다. 하하하."

현재 반응을 알리던 박한철 PD가 웃으며 자리에 앉았다. 이어서 본격적으로 본선 회의로 접어들었다.

"예선전을 통과해 본선을 보는 참가자는 총 3백 명 정도고, 이 숫자를 본선 마지막 즈음에는 20명까지 줄이셔야 합니다. 일단 3백 명에서 백 명까지는 심사위원분들이 직접 줄이시고, 백 명부터는 시청자 투표가 약 80%의 힘을 가지게 됩니다."

그때 앞에 놓인 자료를 보며 오희연이 질문했고.

"그러니까, 여기 적힌 포맷대로 제작진이 내준 과제들을 참가자들이 수행하고, 그 결과물을 우리가 심사하면 된다는 거네?"

"맞습니다."

강주혁이 거들었다.

"자료를 보면 첫 번째 녹화에서 거의 백 명 넘게 걸러야 하는 걸로 나오는데. 어떤 식으로 진행합니까?"

"아— 본선 녹화 전에도 한 번 설명해드릴 텐데, 간단하게 말씀드리면 첫 번째 과제는 그룹 연기입니다."

"그룹 연기?"

"예. 3백 명의 참가자를 임의로 다섯 명씩 그룹을 만들 겁니다. 그리고 똑같은 쪽대본을 줍니다. 심사위원분들은 약 60개 그룹을 평가하게 되는데, 상의하에 그룹당 최대 세 명까지만 합격시킬 수 있습니다. 물론 다 떨어뜨리셔도 됩니다."

순간 장황수가 고개를 갸웃했다.

"모두 같은 쪽대본을 줘? 그럼 죄다 똑같은 연기가 나오지 않나?"

"맞습니다. 다만, 저희가 만든 쪽대본에는 지문이나 감정표현이 적혀 있지 않습니다."

이해가 빠른 주혁이 결론을 지었다.

"그러니까, 대사 이외에는 백지라는 말이네요. 캐릭터를 입히는 건 개개인이 해내야 하는."

"그렇죠. 결국 3백 명 참가자에게서 3백 가지의 다른 연기가 나올 거라 예상합니다."

"배역은요? 어떻게 정합니까?"

"그것도 그룹에 맡길 예정입니다. 그룹장을 선별하는 과정부터 배역을 정하는 것까지 전부 담아낼 그림을 그리고 있습니다."

박한철 PD의 설명에 다들 이해가 갔는지, 고개를 끄덕였다. 한마디로 배틀로열. 오직 본인의 능력만으로 캐릭터를 만들고, 그 캐릭터를 글자뿐인 대사에 입혀서 배역을 만들어내는, 모든 미장센(연출)을 참가자에게 맡긴다는 뜻이었다. 게다가 말이 그룹이지, 그룹 내에서도 배틀로열을 통해 살아남아야 하는 구도였다. 어느새 미소까지 짓던 주혁이 자료를 검지로 치며 슬쩍 읊조렸다.

"재밌겠네."

* * *

같은 시각, 구흥고등학교 3학년 3반.

교실 앞 복도는 학생들로 북적였다. 마치 신기한 구경거리라도 있는 양 앞문 뒷문을 기웃거리거나 창문을 통해 교실 내부를 훔쳐보기 바빴다.

"어딨어? 어디?"

"야야. 저깄잖아. 헐, 진짜 개존잘이네."

"와, 저 우수에 찬 눈빛 무엇?"

"쟤 공부하는 거야? 근데 공부만 하고 있는데 왜 난 떨리지?"

대부분 여학생이었다. 물론 중간중간 남학생들도 껴 있긴 했지만.

"민주, 가서 인사해봐. 인사."

"야야, 미침? 뭐라 그래 가서. 드라마 대존잼이었다 그래? 네가 가보든가."

"근데 진짜 실물 애진다."

그 수는 분마다 점점 늘어났다. 당연했다. 3반에는 〈28주, 궁궐〉의 김재욱이 있었으니까.

김재욱은 학교에서 그다지 눈길을 끄는 스타일이 아니었다. 말수도 적을뿐더러 머리카락으로 얼굴을 가린 채 무표정으로 학교 분위기에 잘 섞이지 못했다. 그랬던 아이가 느닷없이 배우가 되어 나타났다. 거기다 스타일마저 180도 달라졌다.

"근데 쟤 어떻게 저렇게 한 방에 바뀌지?"

"카메라 마사지 받은 거지. 원래 데뷔하고 그러면 개쩔게 바뀌자녀."

"나 드라마 볼 때도 잘생겼다 하면서 침 흘렸는데, 걔가 쟤인지 진짜 꿈에도 몰랐잖아. 검색해보고 알았다니까."

여학생들이 복도에서 시끄럽게 대화를 나눌 때, 앞머리를 일자로 자른 남학생이 끼어들었다.

"레베루가 달라서 다가가지도 못하죠? 쫄았죠? 맞죠?"

"닥쳐, 동물 새끼야."

"야야야, 주먹 올리지 마. 무슨 주먹이 타이슨급이여~ 하면서 교실로 쑤셔 넣기!"

"꺅!"

말장난을 치던 남학생이 주먹을 든 여학생을 억지로 교실로 밀어 넣었다. 그 바람에 여학생의 발 스텝이 꼬였고.

— 타다닥

그녀의 추진력은 공부하고 있는 김재욱 앞에 가서야 멈췄다. 김재욱이 말없이 고개를 들어 여학생을 쳐다봤다.

"……"

"……"

타의로 김재욱 앞에 선 여학생 역시 쉽사리 입을 열지 못했다. 그때 교실 앞
문으로 머리만 빼꼼 내민 여학생의 친구들과 일자 머리 남학생이 용기를 불
어넣었다.

"민주! 파이팅!"

"인사해, 인사. 민주야!"

"크크, 사진 찍어야지. 개꿀."

결국 민주라는 여학생이 어렵사리 입을 열었다.

"아, 안녕? 드라마, 재밌더라."

"……"

하지만 김재욱은 대답이 없었다. 2초, 3초, 5초. 김재욱은 그저 빤히 여학
생을 쳐다볼 뿐이었다. 현 상황을 일자 머리 남학생이 압축했다.

"씹혔죠?"

남들 보기에 김재욱의 반응은 싸늘하기 그지없었다. 하지만 김재욱의 속
마음은 달랐다.

'아…… 뭐라고 대답해야 하지.'

어제 개학식에서도 많은 학생이 주변에서 수군거리거나 사진을 찍기는 했
지만, 이렇게 직접 말을 건 것은 처음이었다.

그렇게 김재욱이 고뇌하고 있을 때, 민망해진 여학생 민주가 뒷걸음질을
쳤고.

"그, 그럼! 공부해! 방해해서 미안!"

약간 붉은빛이 도는 양 볼을 감싸며 민주가 재빠르게 몸을 돌릴 때였다.

"……아, 안녕."

교실 앞문으로 뛸 참이던 민주가 순간 발을 멈췄다.

"어?"

"그…… 인사했는데. 안녕이라고."

늦게 돌아온 인사에 민주의 눈이 커졌고, 김재욱은 약간은 어색한 반응에 실수했나 싶었는지, 제 턱을 슬슬 긁었다. 김재욱은 강주혁이 말했던 것들을 필사적으로 실천하는 중이었다.

'친구도 사귀고, 학교생활을 즐겨. 여자도 만나고.'

공부도 공부지만, 사장님이 던진 미션이 한둘이 아니었다. 그래서 어색했지만, 최대한 친구를 사귀기 위해 노력하는 중이었다. 그리고 김재욱의 입이 열리자, 그것이 허락처럼 느껴졌는지 교실 앞문에 머리만 빼꼼 내밀던 학생들이 밀물처럼 쏟아져 들어왔다.

"안녕안녕! 악수하자, 악수!"

"야! 은근슬쩍 손 잡지 마라?"

"사진 찍어도 돼?"

"너 강주혁 실제로 봤어?"

"헤나! 헤나는?"

순식간에 김재욱은 학생들에게 둘러싸였다. 교실은 기자회견장을 방불케 할 만큼 인산인해였다.

"쯧!"

어디선가 짧게 혀를 차는 소리가 들렸지만, 소란스런 학생들 목소리에 금방 묻혔다.

* * *

같은 날 이른 오후, 〈만능엔터테이너〉 본선 미팅이 한창일 때 인터넷에 느닷없는 사건이 터졌다.

「GM엔터테인먼트의 수장 황동욱, 탈세 혐의」

「국세청, GM·황동욱 탈세 혐의 포착」

GM엔터테인먼트의 수장 황동욱 관련 사건이었다. 황동욱은 방송인으로도 유명했고 거기에 국내 2~3위로 쳐주는 GM엔터였기에 퍼지는 속도가 매우 빨랐다.

탈세로 시작된 GM엔터의 사건은 이번엔 음악방송 〈뮤직탱크〉의 순위조작으로 번지기 시작했다.

「뮤직탱크 측 묵묵부답」

「GM엔터 소속 걸그룹 엔걸스, 조작으로 1등 했나?」

이게 단 몇 시간 만에 이루어진 일이었다. 바싹 마른 장작이 타듯 빠르게 불붙은 GM엔터의 사건은 번지는 속도가 엄청났다. 결국 사건이 터진 지 반나절도 안 돼 GM엔터테인먼트가 공식입장을 내놨다.

「황동욱, GM엔터테인먼트에서 물러난다」

국내 거물 엔터회사답게 발 빠른 대처를 보여주며, 'GM엔터=황동욱'의 공식이 깨졌다.

늦은 밤, 사장실에서 이 소식을 접한 주혁이 묘한 표정으로 노트북을 덮었다.

"황동욱이 GM엔터에서 물러난다…… 분명 박종주가 GM엔터 지분을 꽤 사들였다고 했지?"

혼잣말을 뱉은 주혁이 순간 입을 다문 채, 검지로 책상을 때렸다.

"……."

그때 노크 소리가 들렸다.

"사장님. 바빠?"

나타난 것은 홍혜수 팀장이었다.

"괜찮아. 앉아. 커피는?"

"안 먹을래."

"난 한잔 먹어야겠어. 도핑도핑."

피곤한 듯 이마를 쓸어내리며 커피를 내리던 주혁이 몸을 돌리며 물었다.

"그래서, 어떻게 돌아가고 있어? 전부 확인해봤어?"

"당연하지요."

장난스레 웃으며 홍혜수 팀장이 다이어리와 종이 몇 장을 꺼냈다.

"일단, 마니또 쟁탈전에 참여한 회사는 JH엔터를 포함해서 이렇게 다섯 곳."

홍혜수 팀장이 내민 종이에는 JH엔터를 포함해 마니또를 가지려는 회사 이름과 정보가 적혀 있었다.

"다섯 곳이라. 꽤 많은데?"

"아무래도 그렇지. 사실 마니또가 확 뜬 건 아니지만, 인지도가 없는 것도 아니거든. 걸그룹 하나가 그 정도 인지도를 쌓는 게 쉽진 않으니까. 거기다 글쎄? 마니또한테서 뭔가 세일즈 부분을 느꼈겠지?"

"흠. 그래서, 이 회사들이 전부 뮤직톡스튜디오, 그러니까 김수열 사장이랑 접촉은 한 거야?"

홍혜수 팀장이 이번에는 다이어리를 펼치며 답했다.

"한 거 같아. 전부 조건은 오간 것 같고, 여기저기 확인해보니까 김수열 결정만 남았다는 것 같던데. 세세한 조건까지는 확인이 어렵고요."

"그렇지. 음, 누나가 김수열이라면 어디랑 사인할 거 같아?"

"어머? 나? 어ㅡ 나 같으면 JH엔터지. 일단 다른 곳이랑 사이즈부터 다르니까, 조건도 아예 차원이 다르지 않았을까?"

강주혁이 살며시 고개를 끄덕이며 오늘 만났던 JH엔터테인먼트 사장 장황수를 떠올렸다.

"뭐, 그 양반이 보통은 아니니까."

"맞아. 사장님이 장황수 사장이랑 작품도 몇 개 했었지?"

"응. 옛날이지만. 한 세 개쯤."

잠시 과거가 떠올랐는지, 미소 짓던 홍혜수 팀장이 다이어리를 덮으며 물어왔다.

"그런데 사장님. 마니또 애들을 어떻게 할 건데?"

이어진 주혁의 대답에는 망설임이 없었다.

"데려올 거야."

마치 결정되기라도 한 듯이.

"아니, 정확하게 말하면 뿌리째 뽑아온다고 해야 하나."

대답을 들은 홍혜수 팀장이 '못 말려' 따위의 반응을 던질 때, 주혁이 그녀를 다시 쳐다봤다.

"노래는? 'Yellowmoon' 확인돼?"

"김수열이 만든 노래야. 원래는 마니또 다음 싱글로 들어갈 노래였나 봐. 올 스톱됐지만. 지금은 시장에 나왔어."

"즉, 노래를 살 수 있다는 소리네."

"맞아요."

주혁이 팔짱을 꼈다.

'슬슬 움직여야겠는데.'

사실 조금 더 애간장을 태우고 싶긴 했지만, 상황이 여의치 않았다. 뭣보다 JH엔터가 끼어 있다면 슬슬 등장할 때라고 주혁은 판단했다.

"슬슬 이변을 등장시켜볼까?"

"김수열이랑 접촉해봐?"

"음. 일단 'Yellowmoon' 노래부터 확보하자. 아마 가격보단 어느 가수한테 줄 건지 물을 테니, 헤나 씨랑 얘기해서, 적당히 헤나한테 갈 거라고 약을 치자고."

"내가 노래를 확보하고 있으면?"

주혁이 자리에서 일어나며 웃었다.

"김수열 쪽은 내가 처리할게. 약속만 잡아줘."

이틀 뒤, 목요일. 상암 WTVM 사옥 예술원.

〈만능엔터테이너〉 본선 녹화 날이 밝았다. 세트장에 들어선 주혁의 눈이 커졌다. 분명 장소는 예선전을 치른 그곳이었는데.

"힘준 것 봐라."

세트장이 180도 달라져 있었다. 마치 전혀 다른 곳처럼, 웅장함마저 느껴질 정도였다. 주혁이 세트장을 빙 둘러보며 구경하고 있을 때, 박한철 PD가 다가왔다.

"사장님, 무대 괜찮습니까?"

"괜찮은…… 정도가 아닌데요."

"하하하, 감사합니다. 본선이니만큼 세트에도 힘을 줘야죠. 것보다 사장님, 이걸."

박한철 PD가 주혁에게 손바닥만 한 큐카드를 건넸다.

"이게 뭡니까?"

주혁이 얼떨결에 받은 큐카드를 보며 고개를 갸웃하자, 박한철 PD가 설명을 시작했다. 얼추 설명을 듣던 주혁이 살짝 놀라며 다시 물었고.

"제가 말입니까?"

박한철 PD가 미소 지었다.

"당연합니다. 누가 뭐래도 사장님이 메인이시니. 그럼 10분 뒤 시작합니다. 잘 부탁드리겠습니다!"

말을 마친 박한철 PD는 수많은 스태프 사이로 뛰어갔고, 살짝 애매하게 턱을 긁던 주혁은 쥐고 있던 큐카드를 펼쳐 훑어보기 시작했다.

잠시 뒤. 본선을 치를 3백 명가량의 참가자들이 우르르 세트장으로 쏟아져 들어왔다. 다들 가슴팍에 번호표를 붙이고는, 하나같이 상기된 표정. 그들이 지정된 자리에 앉았다.

세트장은 언뜻 보면 영화관을 방불케 하는 모습이었다. 커다란 무대가 있고, 그 무대를 정면으로 바로 볼 수 있게 세팅된 심사위원석. 그 심사위원석을 중앙으로 양쪽에 참가자들이 채워진 형태였다. 먼저 자리를 채운 참가자들은 앞으로 펼쳐질 새로운 경험을 저마다 다른 모습으로 기다리고 있었고, 그 모습을 VJ들이 촬영하고 있었다.

이윽고.

— 탁, 탁, 탁, 탁!

세트장의 불이 꺼지면서, 천장에 달린 수많은 조명이 특유의 소음을 뱉으며 정면 무대를 비췄다. 웅성웅성하는 참가자들의 시선이 모두 무대로 집중됐다.

무대는 암막으로 가려진 상태. 그 뒤쪽에서 남자의 음성이 들렸다.

"모두, 준비를 끝내셨습니까?"

남자 목소리가 세트장에 울려 퍼지자, 참가자 전원이 박수를 치며 환호하기 시작했다.

"와아아아아!!!"

"준비됐습니다!!"

이유는 간단했다. 익숙한 목소리였기 때문. 세트장이 남자의 한마디로 후

끈 달아오르자, 모든 카메라가 저마다 다른 샷으로 무대를 찍기 시작했고.

— 좌라라락!

암막이 빠르게 걷히며 남자가 천천히 무대 중앙으로 걸어 나왔다. 강주혁이었다.

그의 등장에 참가자들의 환호는 더욱 거세졌고, 아예 자리에서 일어나 소리치기도 했다. 마치 야구나 축구 경기의 관중이 열광하며 응원하는 모습과 같았다. 그 모습을 가만히 둘러보던 강주혁이 쥐고 있던 핸드마이크를 들어 올려 담담하게 입을 열었고.

"준비가 끝나셨다면, 시작하겠습니다."

분위기를 더욱 고조시켰다.

"〈만능엔터테이너〉의 본선을!"

강주혁이 시작을 크게 알리자, 3백여 명의 참가자들은 일제히 열정 넘치는 소리로 화답했다. 주혁은 핸드마이크를 든 채 작게 박수를 쳤다. 그 타이밍에 무대 왼쪽에서 다른 남자 음성이 들렸다.

"강주혁 씨! 기가 막힌 오프닝입니다!"

그러자 모두의 시선이 무대 왼쪽으로 향했다. 아나운서 겸 방송인 김정식이 웃으며 걸어 나와, 강주혁과 약 세 걸음 떨어진 곳에서 멈춰섰다.

"반갑습니다! 〈만능엔터테이너〉의 진행을 맡은 김정식입니다! 녹화긴 하지만, 생방처럼 진행하도록 하겠습니다!"

"와아아아아아!"

"하하하, 감사합니다. 저 역시 여러분의 멋진 데뷔를 응원하겠습니다!"

참가자들에게 응원의 박수를 보낸 김정식이 들고 있던 큐카드 한 장을 넘기면서 진행을 시작했다.

"자! 그럼 여러분이 가장 궁금해하시는 심사위원 소개부터 시작하겠습니다!"

김정식이 손을 올리며 소리쳤다.

"화려한 필모의 배우 겸 JH엔터테인먼트를 진두지휘하는 장황수!"

오늘은 위아래 블랙 정장으로 멋을 낸 장황수가 무대 뒤편에서 중앙으로 걸어 나왔다. 그의 등장에 참가자들의 박수 세례가 쏟아졌고.

"반갑습니다. 장황습니다. 여러분이 열심히 준비하시는 만큼 저 역시 빈틈 없이 심사하겠습니다. 쭉쭉 올라가시기 바랍니다."

진행자 김정식이 장황수의 멘트가 끝나기를 기다렸다가 두 번째 심사위원을 소개했다.

"다음은 배우에서 무대 연출가 그리고 현재는 MV e&m의 제작이사로 계시는 오~희연!"

소개가 끝나자, 항공 점퍼에 검은색 비니를 쓴 오희연이 빙긋 미소 지으며 장황수 옆에 섰다.

"반가워요. 다들 눈빛이 살아 있네요. 예선전을 통과하신 분들이니 진짜배기들만 남았다고 생각해요. 그중에서도 살아남길 바랍니다~"

이어서 진행자 김정식이 오프닝부터 줄곧 무대에 서 있는 강주혁을 가리키며 소리쳤다.

"그리고! 보이스프로덕션을 이끄는 톱배우 강주혁!!"

"와아아아아아아!!!"

이전 심사위원들과는 확연하게 온도 차가 느껴지는 반응이었다. 참가자들의 외침이 함성을 넘어 괴성으로 느껴질 정도. 그 와중에 주혁이 핸드마이크를 들어 올렸다.

"여기 계신 분들은 예선전에서부터 봐왔고, 이곳까지 제가 올린 분들입니다. 그만큼 책임감이 느껴집니다. 다만, 본선부터는 저 역시 기준을 조금 높게 잡을 것이며 여러분도 프로의 자세로 임해주시기 바랍니다. 그리고 진짜 프로의 세계에서 만나 뵙길 기대합니다."

강주혁의 멘트를 끝으로 큐카드를 쥔 채 박수치던 진행자 김정식이 다음으로 넘어갔다.

"자! 그럼 심사위원분들은 정면에 보이는 심사위원석으로 이동해주시면 되겠습니다!"

"슬레이트 한번 치고 가겠습니다~"

이어서 스태프 한 명이 달려 나와 무대에서 슬레이트를 쳤고, 그사이 김정식이 물 한 모금 들이켜며 큐카드를 점검했다. 그리고 정확히 5분 뒤.

"자, 본격적인 미션 발표에 앞서, 우리 심사위원분들 인터뷰 한 번씩 하고 넘어갈까요? 심사위원분들은 앞에 놓인 마이크로 대답해주시면 되겠습니다! 질문은 모두 동일하게 가겠습니다. 먼저 장황수 심사위원님!"

"네."

"오늘 1차 본선에서 어떤 부분을 가장 중점적으로 보실 생각입니까?"

질문을 받은 장황수가 작게 헛기침을 한 후, 책상에 놓인 핸드마이크를 들었다.

"가장 기본이 되는 연기 실력과 갑자기 닥치는 상황에 따른 판단력 그리고 얼마나 자기관리가 철저한 참가자인가를 볼 예정입니다."

"오호! 자 그럼, 오희연 심사위원님!"

"음— 저는 제가 딱 보고 전율이 느껴지는, 참가자 개개인의 에너지와 카리스마 등을 볼 것 같아요. 얼마나 관객들을 사로잡을 수 있는가! 정도?"

"아하! 알겠습니다. 이어서 강주혁 심사위원님."

자신이 불리자, 조용히 참가자들의 프로필을 확인하던 주혁이 핸드마이크를 천천히 집어 올렸다.

"희소성입니다. 즉 희소가치. 본선부터는 남들이 하는 것을 그대로 가져다 쓰시는 분들은 정말 말도 안 되게, 이미 있는 것을 뛰어넘을 만큼 잘하셔야 합니다. 흔해 빠진 연기를 하는 배우는 이미 시장에 넘칩니다. 그런 분은 대중이 원하지 않습니다. 기억하세요. 남의 것을 가져다 쓰는 가짜가 아니라, 자신만의 진짜를 찾길 바랍니다."

멘트를 마친 주혁이 핸드마이크를 책상에 내렸다. 이어서 다시 큐카드를 넘긴 김정식이 이번에는 참가자를 향하며 설명을 시작했다.

"심사위원분들의 말씀 잘 들으셨죠? 머릿속 깊숙하게 넣어두고 임하시기 바랍니다! 자, 그럼 1차 본선 과제를 발표하겠습니다!"

참가자 전원이 침을 삼키며 김정식의 얼굴을 쳐다봤다.

"첫 번째 과제는! 무작위 그룹 연기입니다. 지금부터 참가자 여러분들은 다섯 명으로 이루어진 그룹에 무작위로 배정됩니다. 그룹이 완성되면 그룹명과 그룹장을 정한 후에 제작진에게 받은 쪽대본으로 연기의 한 장면을 만들어내시면 됩니다! 연습시간은 단 한 시간! 지금부터 호명하겠습니다!"

김정식의 물 흐르는 듯한 진행에 참가자들이 눈에 띄게 당황하기 시작했다. 생각지 못한 과제였던 것이다. 그러거나 말거나 김정식의 호명에 속속들이 그룹이 완성되고, 그 그룹에 스태프들이 달라붙어 과제에 관한 부연설명을 하고는 세트장 옆 대기실로 빠르게 이끌었다.

"이, 이게 뭐야!"

"지문이나 배역 이름도 없어."

"내 거엔 대사만 적혀 있는데? 다들 똑같아요? 나만 잘못 받은 거 아니죠?"

가장 먼저 옆 대기실에 도착한 참가자들이 쪽대본을 받고 헉소리를 냈다. 어떤 지문이나 감정표현도 없는, 책 읽듯 줄줄 읽어내려가면 30초면 끝날 정도의 분량이었다.

그래도 얼추 사태를 파악한 참가자들은 당황도 잠시, 곧바로 그룹명과 그룹장을 정하기 시작했다. 한 시간밖에 없었다.

같은 시각, 뮤직톡스튜디오 사장실.

좁다 싶은 그곳에 김수열과 직원 몇 명이 둘러앉아 서류를 보며 길게 한숨을 내쉬었다. 분위기가 축축했다.

"후— 어떻게 하나같이……."

"별수 없다고 생각합니다. 다른 회사가 마니또를 보는 건 세일즈 부분일 테니."

"그렇지. 하지만, 그래도 어느 정도 사정을 봐줄지도 모른다고 생각했는데."

김수열은 지금까지 다섯 곳과 마니또 인수인계 관련으로 미팅을 가졌지만, 어느 한 곳 마음에 드는 조건을 내미는 회사가 없었다.

"……욕심인가."

그는 가능하면 지금의 컨셉을 그대로 유지하는 마니또를 보고 싶었다. 물론 회사가 바뀐다면 그룹명이나 컨셉이 어느 정도 바뀌는 게 당연하겠지만, 그래도 실력파 걸그룹이라는 이름표는 그대로 달고 있기를 원했다. 하지만 그가 원하는 대답을 해주는 곳은 없었다. 즉, 마니또가 다른 회사로 넘어간다면 완벽하게 새로운 걸그룹으로 탄생한다는 뜻.

직원 한 명이 입을 열었다.

"현재 조건으로 보면 JH 쪽이 가장 합당합니다. 저희가 지금껏 마니또에 넣은 것보다는 조금 없은 수준이지만……."

직원이 건네는 파일을 잠시간 내려다보던 김수열이 얼굴을 감쌌다.

"후— 지금 애들은 어쩌고 있어?"

"숙소에서 쉬고 있습니다. 슬슬 활동도 마무리됐고. 여기서 시간을 더 끌면 애들 가격도 떨어질 겁니다. 그건 곧."

"넘어갔을 때 대우도 안 좋아진다는 거지."

"맞습니다. 시간은 끌면 끌수록 저희가, 아니 마니또가 많이 불리합니다."

인지도. 직원 말의 속뜻은 뮤직톡스튜디오 측이 시간을 끌수록 마니또의 인지도가 뚝뚝 떨어진다는 뜻이었고, 그만큼 가격도 떨어진다는 말이었다.

"……JH엔터로 전화 넣."

그 순간, 사장실의 문이 열리더니 직원 한 명이 고개를 꾸벅이며 들어왔다.

"어, 왜 그래?"

"사장님, 지금 'Yellowmoon'을 사겠다는 전화를 받았는데."

"아, 그래? 어디라는데. 가수 누구?"

"그게, 헤나랍니다."

김수열이 가수 이름을 듣자 고개를 갸웃했다.

"헤나? 걔가 내 노래를?"

이상했다. 헤나 쪽은 이미 쟁쟁한 작곡가들이 줄 서 있을 텐데? 김수열이 되물었다.

"진짜 헤나가 산다고 연락 왔다고? 지금 걔가 어디 회사에 있지?"

"보이스프로덕션에 있습니다."

"어, 맞아. 강주혁 씨가 사장으로 있는."

"예."

잠시간 뜸을 들이며 생각하던 김수열 사장이 이내 결정했다.

"주지, 뭐. 헤나가 산다는데 생각할 필요 없지. 걸그룹 용으로 만든 거긴 하지만, 노래 만지는 거야 그쪽에서 알아서 하겠지."

김수열이 답을 내렸으나, 문 앞에 있던 직원은 나가지 않았다.

"그런데요, 사장님. 노래도 노랜데, 다른 요청이."

"요청? 뭔데?"

"보이스프로덕션 강주혁 사장이 미팅을 요청했습니다. 근데 이게 노래 관련은 아니라는데요."

김수열의 눈이 커졌다.

"강주혁이 나를?"

비슷한 시각, 다른 사무실.

커다란 사무실 여기저기 이사 박스와 서류들이 쌓여 있었다. 그중 한 박스에 명패가 튀어나와 있었다.

— 사장 이강수

소파에는 이강수 사장으로 보이는 남자가 다리를 꼰 채 노트북을 들여다보고 있었다. 화면에는 최근 불거졌던 김건욱 관련 기사들이 떠 있었다. 기사를 보며 이강수가 흥미로운지 턱을 쓸었다.

"신기하네, 정말."

이어서 남자는 장난기 가득한 웃음을 지으며 탁자에 놓인 커피잔을 들어 올렸다.

"일 처리하는 속도가 너무 빨라. 어떻게 한 걸까……."

혼잣말을 뱉으며 커피 한 모금으로 입안을 적셨다. 그대로 커피 맛을 음미하던 이강수가 잔을 내리며 아이 같은 웃음을 지었다.

"이러니 종주 씨가 상대가 안 되지."

* * *

상암 WTVM 예술원 세트장에는 어느새 참가자들이 한 명도 남지 않았다. 다섯 개의 대기실에는 참가자들의 연기 연습이 한창이었고.

"1번 그룹! 5분 뒤 들어갈게요!"

어느새 첫 번째 그룹이 연습을 시작한 지 한 시간이 지났다. 세트장에서는 강주혁을 포함해 심사위원들이 참가자들의 프로필을 확인하며 시간을 죽이고 있었다. 그리고 5분 뒤.

"첫 번째 그룹 들어갑니다!"

스태프의 외침으로 다섯 명의 참가자가 차례차례 무대 위로 올라왔고.

"둘~셋!"

"안녕하십니까! 그룹 '첫 개시'입니다!"

그룹장으로 보이는 여자 참가자의 호흡에 맞춰 참가자들이 큰소리로 그룹명을 외쳤다. 동시에 수많은 카메라 중 반은 심사위원들의 표정을, 나머지 반은 무대 위에 오른 참가자들의 모습을 담기 바빴다. 심사위원들은 그룹명대로 정리된 프로필을 넘겼고, 가장 먼저 장황수가 질문했다.

"그룹명을 '첫 개시'로 한 이유가 있어요?"

대답은 가장 왼쪽에 선 여자 참가자에게서 나왔다.

"간단하게 가장 처음으로 무대에 오르기에 그렇게 지었습니다!"

"음. 심플하네. 어— 이미연 씨. 이미연 씨가 그룹장으로 뽑힌 이유가 뭐죠?"

"아…… 나이가 제일 많아서요."

간단명료한 대답에 옆에서 피식한 오희연이 농담을 던졌다.

"이거 봐. 나이는 숫자에 불과하다고 누가 그래. 어딜 가나 이렇게 중요하다니깐. 우리 전부 준비됐죠? 그럼 시작하세요."

강주혁과 장황수를 쳐다보던 오희연의 목소리를 끝으로 '첫 개시' 그룹이 약속한 동선대로 움직이기 시작했다. 그 상황에 '첫 개시' 그룹을 하나하나 유심히 바라보던 주혁이 느닷없이 질문을 던졌다.

"대사, 못 외웠습니까?"

"예?"

"다섯 명 전부 대본을 들고 있어서요. 대사를 못 외운 겁니까?"

"……아."

난데없이 찔러온 주혁의 질문에 참가자들이 어물거렸다. 잠시 대답을 기다리던 주혁이 다시 연기를 진행시켰다.

"알겠습니다. 계속하세요."

"어— 네."

이어서 '첫 개시' 그룹이 요청했는지, 스태프 몇 명이 쇠로 된 원형 식탁과 플라스틱 의자 다섯 개를 들고 무대로 올라왔다. 세팅은 금방 끝났고, '첫 개시' 그룹이 쪽대본을 손에 든 채로 연기를 시작했다.

그러나 이들의 연기는 오래 버티지 못했다. 딱 1분.

"그만하셔도 되겠습니다."

강주혁이 이들의 연기를 잘랐기 때문이었다. 카메라들은 일제히 심사위원석의 강주혁과 장황수, 오희연을 담기 시작했다. 세트장에는 기침 소리 하나 없는 정적이 흘렀고, '첫 개시' 그룹의 프로필 다섯 장 전부 옆으로 빼둔 강주혁이 장황수와 오희연 쪽으로 몸을 굽히며 작은 목소리를 냈다.

"어떻게 생각하십니까?"

"음."

"처음부터 어렵네."

장황수와 오희연에게 묻긴 했지만, 주혁에겐 이미 답이 나와 있었다. 그리고 바꿀 생각이 없었다. 결국 그는 악역을 자처했다.

"저는 전부 탈락입니다. 애매한 친구들은 의미가 없습니다."

간단한 설명이었지만 장황수와 오희연도 동의, 이어서 주혁이 핸드마이크를 집었고.

"'첫 개시' 그룹은."

무대에 일렬로 선 참가자들을 보며 선고했다.

"전원 탈락입니다."

그 뒤로 다섯 그룹의 심사가 끝났을 때, 박한철 PD의 외침으로 잠시 쉬는 시간이 주어졌다. 다들 자리를 비우고 강주혁이 홀로 다음 그룹의 프로필을 넘길 때.

ㅡ 우우우우웅 우우우우웅

전화가 울렸다. 주혁은 시선을 여전히 프로필에 내린 채, 전화를 받았다.

"여보세."

그런데 주혁의 말을 끝까지 듣지도 않고, 핸드폰에서 여자 목소리가 쏟아졌다.

"'실버' 단계의 주인이신 강주혁 님 안녕하세요!

강주혁 님의 유료서비스 '실버'의 남은 횟수는 총 21번입니다."

전화는 보이스피싱이었다. 잠시 주변을 확인하고, 아무도 없는 것을 인지한 주혁이 1번을 눌렀다. 그런데 핸드폰에서 익숙한 정적이 들렸다.

"이거."

무언가 떠오른 주혁이 짧게 읊조릴 때.

"'실버' 단계의 주인이신 강주혁 님. '실버' 단계부터는 랜덤박스 서비스가 시작됩니다. 확인 결과 앞선 다섯 개의 키워드 결과 달성률이 100%, 랜덤박스 조건이 충족되었습니다."

핸드폰에서 다시금 여자 목소리가 흘러나왔다.

"맞아. 랜덤박스."

예전 최화진이 작곡한 노래 '차가운 이별'을 들려줬던 랜덤박스. 그 조건이 다시 충족됐다는 여자 음성에 주혁이 살짝 미소 지었다. 그 타이밍에 보이스피싱은 키워드를 늘어놨다.

"들으실 항목의 키워드를 '선택'해주세요!

1번 '바람처럼 사라진', 2번 '없어졌던 남자', 3번 '새벽 3시', 4번 '누나 넷 3대 독자', 5번 '1년 전 겨울', 6번 '랜덤박스.'"

역시나 마지막 6번이 해금됐다. 주혁은 주변을 다시 한 번 둘러본 뒤, 현재 키워드를 수첩에 메모했고. 곧바로 6번 '랜덤박스'를 눌렀다.

"탁월한 선택! 강주혁 님이 선택한 키워드는 '랜덤박스'입니다!

강주혁 님의 제2차 '랜덤박스'를 개봉하는 중입니다. 잠시만 기다려주시기 바랍니다…… 축하드립니다! 강주혁 님의 제2차 '랜덤박스'에서 미래 음성 녹음파일이 나왔습니다. 문자를 확인하시기 바랍니다!"

"미래 음성 녹음파일?"

강주혁이 랜덤박스 멘트를 읊조렸다. 그리고 대답이라도 하듯이 핸드폰에 보이스피싱 번호로 문자가 도착했다. 주혁은 약간의 기대감을 가지고 문자를 터치했고.

— 2차 랜덤박스 / 미래 음성 녹음파일

— 유효기간 / 30일(기간이 지나면 자동으로 파일은 열리지 않게 됩니다.)

— 첨부 : 1. 미래 음성 녹음파일

1차 미래 영상파일과 비슷한 형식의 첨부파일이 도착해 있었다. 주혁의 손이 천천히 첨부파일로 움직이던 때였다.

"사장님."

옆에서 남자 목소리가 끼어들었다. 순간 아무렇지 않게 핸드폰을 속주머니에 넣은 주혁이 고개를 들자, 박한철 PD가 웃으며 서 있었다.

'그래. 여기서 확인하긴 너무 위험하지.'

어차피 남은 일수도 넉넉하니, 주혁은 일단 머릿속에서 랜덤박스 생각을 지워냈고.

"네. PD님."

"예선전에서 본선으로 넘어오시니, 느낌이 좀 어떠십니까?"

박한철 PD의 물음에 곧장 대답했다.

"심사위원끼리 협의를 통해 합격자를 가리는 포맷, 언제까지 이어집니까? 본선 내내?"

주혁의 속뜻은 간단했다. 너무 평화로웠다. 주혁에게 이 자리는 전쟁터나 다름없었다. 물어뜯는 정도까진 아니라도, 싸워서 쟁취해야 했다. 그게 가능성이 보이는 참가자든 보이스프로덕션의 명성이든 뭐든 간에. 저들은 이미 정상에 올라 있고, 강주혁은 밑바닥부터 올라가는 도전자다. 다윗과 골리앗의 싸움에서 이런 평화적인 방법으로는 강주혁이 얻을 게 없었다. 거기다 이런 포맷은 강주혁의 성격과도 잘 맞지 않았다.

박한철 PD 역시 같은 마음이었는지 주혁에게 슬쩍 다가와선 목소리를 죽였다.

"그러실 거라 생각했습니다. 저도 너무 평화적이면 그림이 별롭니다. 1차는 참가자를 많이 걸러내야 하니 이해해주시고, 2차 본선부터는 날뛰어주세요. 2차부터는 전부 솔로 심사로 진행됩니다."

"그렇군요."

주혁이 슬쩍 미소 지으며 답하자, 박한철 PD가 심사위원석에서 천천히 내려가며 마지막 말을 던졌다.

"좋은 그림 기대하겠습니다."

같은 시각. 세트장 옆 2번 대기실에서 연습 중이던 참가자들은 미친 듯이 대사를 외우며 연습 중이었다. 1번 대기실 참가자들이 대사를 못 외워 대거 탈락했다는 소식을 이미 들은 터였다. 덕분에 2번부터 5번 대기실에서 연습 중인 참가자들의 긴장도는 수능시험을 방불케 했다.

그들 중 그룹명 '여배우'의 그룹장인 이혜원은 내내 심기가 불편했다.

'짜증 나. 하필 쟤랑 같은 그룹이라니.'

이혜원은 옆옆에 앉은 괴기스럽기까지 한 5대 5 단발 장주연을 슬쩍 곁눈 질했다.

'쟤는 어떻게 연기, 노래, 춤까지 전부 합격한 거야? 비주얼을 딱 봐도 연예 인 되기 글렀는데.'

이혜원은 속으로 혀를 찼다.

그녀의 소속사는 MV e&m. 어렵사리 들어갔지만 배우로 데뷔하기는 하 늘의 별 따기였고, 그즈음 〈만능엔터테이너〉가 시작됐다. 그리고 본선까지 어 찌어찌 왔는데, 심사위원 중 한 사람이 무려 MV e&m의 제작이사 오희연. 그녀는 아무도 모르게 혼자 쾌재를 불렀다.

딱 거기까진 좋았다. 같은 그룹에 으스스한 장주연이 합류하기 전까진.

'쯧!'

바로 그때 여전히 다크한 분위기의 장주연이 대사를 쳤다. 그리고 이혜원 이 괜한 트집의 시동을 걸었다.

"저기요. 대사 좀 밝게 쳐주면 안 돼요?"

"네?"

같은 그룹에 있는 참가자들은 딱히 느끼지도 못한 것들을 문제 삼기 시작 했다.

"우리 전부가 피해 보잖아."

"……"

"계속 그렇게 톤이 다운되니까, 전체적으로 우리가 짠 장면이 우중충해지잖아요. 그럴 거면 아예 대사를 좀 뺄."

그 모습에 대기실 여기저기를 돌아다니던 VJ가 재밌겠다 싶었는지 '여배우' 그룹 쪽으로 카메라를 돌렸고, 카메라가 자기 쪽으로 붙은 것을 눈치챈 이혜원이 돌연 말투를 나긋나긋하게 바꿨다.

"수는 없으니까, 그— 살짝만 톤 업 해주세요. 응?"

조심스레 이혜원의 얼굴을 바라본 장주연이 다시금 쪽대본으로 시선을 내리면서 답했다.

"……네."

사실 이혜원의 말은 상당히 어폐가 있었다. 제작진이 내민 과제가 그룹 연기라곤 하지만, 결국 집단에서 뽑아내는 개개인의 능력을 보기 위한 테스트. 대사를 못 외워 상대의 호흡을 흐트러뜨리지 않는 한 다른 참가자의 연기 스타일을 건드릴 이유는 없었다.

"부탁해요? 자, 우리 다시 해봐요~"

이 모든 과정은 고스란히 카메라에 담기고 있었다.

한 시간 뒤. 녹화가 재개되고 어느새 2번 대기실의 참가자 그룹도 절반가량 심사가 끝난 상황이었다. 지금까지 합격자는 20명 남짓. 탈락자는 그 세 배에 달했다. 스태프들은 슬슬 팀을 나눠 반은 탈락자들의 인터뷰를 따고, 반은 남아서 심사를 촬영했다. 그리고 이어서.

"안녕하세요! 저희는!"

"그룹 '여배우'입니다!!"

'여배우' 그룹이 무대에 올랐다. 참가자들을 하나하나 확인하던 주혁의 눈이 빛났다.

'장주연.'

예선 때부터 눈여겨보던 장주연은 여전히 수수했다. 특유의 드라이한 분위

408

기도 그대로였고. 참가자들의 프로필을 보던 장황수가 핸드마이크를 집었다.

"허~ 여기 MV e&m 소속이 있네."

"어? 정말? 아— 진짜네. 어머, 안녕?"

처음 알았는지, 프로필을 확인한 오희연이 이혜원에게 손을 흔들었다. 그러자 이혜원이 속으로 '됐다!'를 외치며 허리를 90도로 숙였고.

"선배님! 안녕하세요!"

"응, 그래. 열심히 해~"

응원을 받은 이혜원의 얼굴이 환해졌다. 이어서 장황수가 다시 질문을 이었다.

"그래요. 집중된 김에 그룹장인 이혜원 씨."

"넵!"

"대기실에서 연습하는 동안 어땠어요?"

"모인 분들과 재밌게 연습했어요! 무대에 올라오면서도 즐겁게 즐기다 내려가자 생각했습니다!"

남들이야 어떤 마음이든, 교과서 같은 이혜원의 대답을 가만히 듣던 주혁이 담담하게 마이크를 집었다.

"무대가 끝나고도 그렇게 즐겁게 웃을 수 있겠어요?"

"……예?"

"아니, 혜원 씨가 아니더라도, 이 무대가 끝나면 분명 누군가는 가혹한 결과를 받아들여야 하는데."

강주혁의 칼 같은 질문에 이혜원이 명백하게 당황하며 심사위원 오희연을 쳐다봤다. SOS였다.

"어……."

하지만 오희연은 그저 참가자들의 프로필을 보고 있을 뿐이었고, 잠시간

이혜원의 대답을 기다리던 주혁이 진행을 알렸다.

"일단, 알겠습니다. 시작하세요."

잠시 후, 짤막한 연기를 끝낸 '여배우' 그룹이 무대에 일자로 주르륵 서서 심사결과를 기다렸다. 가만히 무대를 내려다보던 강주혁이 뜻밖의 인물을 맞닥뜨린 듯이 프로필을 다시 확인했다.

'도경태? 예선전에 이런 애가 있었던가? 괜찮은데?'

바로 그때 오희연이 작게 입을 열었다.

"나는 여기서 이혜원, 도경태가 괜찮은데?"

그 말을 장황수가 붙잡았고.

"나는 도경태만."

프로필을 보며 펜을 휘휘 돌리던 주혁이 반기를 들었다.

"이혜원은 테크닉은 있는데, 해석이 없는데요. 사실 이 과제는 테크닉은 기본이고, 인물 해석을 어찌하는지를 봐야 하는데. 이혜원 연기는 어떤 인물인지 그려지지가 않아요."

"으음? 주혁아. 테크닉이 됐다는 건 기본은 됐다는 거잖아? 기본이 됐으면 발전 가능성이."

"저희가 기본만 된 친구들 뽑자고 여기 있는 건 아니니까요."

"……좋아. 그럼 넌 누가 괜찮은데?"

주혁이 주저 없이 말했다.

"장주연, 도경태. 나머진 제 기준으로 탈락입니다."

"주혁아. 내 기준에서도 장주연은 스타성이 전혀 없거든? 그러니까 이렇게 하자. 일단 도경태는 만장일치니까, 올려보내고. 이혜원, 장주연, 이 둘은 의견이 합쳐지지 않으니까."

"일단, 올려놓고 2차 때 한 번 더 보자?"

주혁이 자신의 말을 잘라먹고 들어온 것이 살짝 기분 상했는지, 오희연이 미간을 찌푸리며 답했다.

"그래."

썩 내키진 않았지만, 어차피 1차 본선은 협의 포맷. 여기서 왈가왈부해봐야 시간 낭비라 느낀 주혁이 고개를 끄덕였다.

"좋습니다."

다시 제자리로 돌아가던 오희연이 생각했다.

'좋습니다? 이거 완전 저놈이 허락해준 것 같잖아?'

오희연은 살짝 기분이 더러워졌지만, 반격할 타이밍을 놓쳤다. 짧게 혀를 찬 오희연이 합격자 발표를 시작했다.

"전체적인 연기 흐름은 나쁘지 않았어요. 다만, 너무 평면적인 인물묘사를 해서 좀 아쉬웠습니다. 어— 그래서, '여배우' 그룹의 합격자는 장주연, 이혜원, 도경태 씨. 축하드려요."

합격의 기쁨도 잠시, 속으로 덩실덩실 춤을 추던 이혜원이 장주연을 번뜩 쳐다봤다. 이혜원의 표정에는 누가 봐도 이렇게 쓰여 있었다.

'얘는 왜 자꾸 붙는 거야?'

심사는 그 후로도 계속됐다. 어느새 2번 대기실 그룹이 모두 끝나고, 3번 대기실의 그룹이 시작됐다.

"……어?"

3번 대기실의 첫 번째 그룹이 나오자마자, 심사위원 장황수가 살짝 당황했다. 그런 그를 주혁이 유심히 쳐다봤고.

'전혀 몰랐겠지. 쟤가 여기 있을 줄.'

장황수가 당황한 이유는 간단했다.

'수현이 여기서 나타났으니, 지금껏 짜놨던 마니또 인수인계 설계에 수정이

필요할 거야.'

이어서 주혁이 살짝 미소 지으며 시선을 다시 무대로 옮겼고.

'대가리 굴리는 소리가 여기까지 나네.'

작게 읊조렸다.

"뭐, 어쨌든 시간은 벌었어."

1차 본선 녹화는 늦은 밤이 되어서야 끝났다. 사람이 확 줄어서 예선전보다 일찍 끝날 줄 알았으나, 막상 마치고 보니 녹화시간은 거의 비슷했다. 스태프들은 뒷정리가 한창이었고, 장황수나 오희연은 이미 돌아간 상태. 하지만 강주혁은 여전히 자리에 앉아서 무언가를 열심히 적고 있었다. 그 모습이 의아했는지, 박한철 PD가 강주혁에게 다가왔다.

"사장님. 무슨 문제 있으십니까? 오늘은 꽤 오래 앉아 계시네요?"

"아."

그때야 고개를 든 주혁이 박한철 PD에게 물었다.

"오늘 합격자가 얼마나 나왔습니까?"

"대충 110명 정도 됩니다."

"그 친구들은 앞으로 진행이 어떻게."

"아― 본선부터는 숙소를 잡아주고 같이 생활하게 되는데, 풀 촬영입니다. 숙소에는 전부 카메라가 설치돼 있습니다. 다음 주 본선 2차까지 얘들은 노래, 춤 파트에서 또 살아남아야죠. 그래야 2차 본선에 나갈 수 있으니까."

"그거."

"예?"

"그 노래, 춤 파트 본선 녹화 날이 언젭니까?"

살짝 의아한 표정을 짓던 박한철 PD가 답했다.

"내일모레입니다만."

대답을 들은 주혁이 벗어놓은 코트를 입으며 박한철 PD를 다시 쳐다봤다.

"그날 저도 구경 좀 해도 되겠습니까?"

〈만능엔터테이너〉의 기나긴 녹화를 마친 주혁은 오피스텔로 향하지 않았다. 아직 확인하지 않은 것이 있었기 때문이었다. 사무실에 도착하자마자 주혁은 커피부터 내린 후, 자리에 앉아 핸드폰을 꺼냈다.

"미래 음성 녹음파일이 뭔지 확인해볼까."

그가 핸드폰 액정을 몇 번 두드려 첨부파일을 터치했다. 이내 미래 음성 녹음파일이 재생되기 시작했다. 녹음파일은 예전에 받았던 미래 영상파일에 비해 심플했다. 검은색 화면 중앙에 표시된 흰색 줄이 다였다.

"……치직."

잠시간 잡음이 들렸다. 그럴 때마다 흰색 줄이 소리를 인식하고 넘실넘실 춤을 췄다. 그렇게 약 10초 뒤, 잡음만 들리던 파일에서 남자 목소리가 흘러나오기 시작했다. 음질이 생각보다 깔끔했다.

"바깥 상황이 어때?"

"아직까진 조용합니다."

"조용해? 그년들이 일본에서 뒈졌는데, 아직 조용하단 말이야? 시발, 덮은 건가?"

"자, 잘 모르겠습니다."

"후— 박종주. 박종주 그 새끼 움직임은?"

박종주라는 이름에 강주혁의 자세가 변했다.

"그게…… 최근에 그분과 한국으로 들어왔습니다."

"그분? 혹시, 일본의 그 원숭이 새끼?"

"예에."

"하, 시발. 아예 한국으로 들어왔다? 미친 약돌이 새끼…… 야. 내가 따로 챙겨두라던 자료들, 증거들 어딨어?"

"말씀하신 곳에."

"그거 지금 당장 다른 곳으로 옮겨. 아니, 주마다 옮겨."

녹음파일을 듣던 주혁이 무언가 떠올랐는지, 수첩을 꺼내 들었다. 그러거나 말거나 음성은 계속 이어졌다.

"예? 왜 그렇게까지……."

"야 이 미친놈아. 그게 우리 목숨줄이야. 그 양반 기억 안 나? 무비토린지 무비트린지 뭔지 하여튼 본보기로 훅 간 그 양반. 버스사고로 그 자리에서 죽었잖아. 그거 꼬리 자른 거라고."

그 순간 미친 듯이 춤을 추던 흰색 줄이 심장이 멈춘 듯 일자로 올곧게 변했고, 그대로 음성이 멈췄다.

파일의 내용이 꽤 충격적이었음에도 주혁은 담담하게 다리를 꼬았고.

"이 목소리."

책상 위에 수첩을 들어 올리며 짧게 읊조렸다.

"류진태 같은데."

(4권에서 계속)

장탄

데뷔작 《보이스피싱인데 인생역전》으로 웹소설 플랫폼 문피아에서만 760만 뷰라는
기염을 토한 천생 이야기꾼.
출중한 스토리텔링 능력은 신인작가라 믿기 어려운 뛰어난 흡인력을 자랑한다.
재미있는 이야기를 끊임없이 추구하기에 더욱 다음이 기대되는 작가.
작품으로 《보이스피싱인데 인생역전》(2019), 《산지직송 자연산 천재배우》(2021)가
있다.

보이스피싱인데
인생역전 3

2021년 7월 29일 초판 1쇄 발행

지은이 장탄

펴낸곳 비스토리
펴낸이 권정희
편집부 이은규
콘텐츠사업부 박선영

주소 서울특별시 성동구 연무장7길 11, 8층
대표전화 02-6463-7000 팩스 02-6499-1706
이메일 info@book-stone.co.kr
출판등록 2020년 7월 10일 제2020-000071호

ⓒ 장탄
(저작권자와 맺은 특약에 따라 검인을 생략합니다)

ISBN 979-11-91211-40-5 (04810)
ISBN 979-11-91211-37-5 (세트)

비스토리는 ㈜북스톤의 임프린트입니다.